读集丛考

颜庆余 著

凤凰出版社

图书在版编目（CIP）数据

读集丛考 / 颜庆余著. -- 南京 : 凤凰出版社,
2017.11
ISBN 978-7-5506-2687-4

Ⅰ. ①读… Ⅱ. ①颜… Ⅲ. ①中国文学－古典文学研
究 Ⅳ. ①I206.2

中国版本图书馆CIP数据核字(2017)第292602号

书　　名　读集丛考
著　　者　颜庆余
责任编辑　林日波
装帧设计　陈贵子
出版发行　凤凰出版社(原江苏古籍出版社)
　　　　　发行部电话025-83223462
出版社地址　南京市中央路165号,邮编:210009
出版社网址　http://www.fhcbs.com
照　　排　江苏凤凰制版有限公司
印　　刷　江苏凤凰通达印刷有限公司
　　　　　南京市六合区冶山镇,邮编:211523
开　　本　880×1230毫米　1/16
印　　张　10.625
字　　数　239千字
版　　次　2017年11月第1版　2017年11月第1次印刷
标准书号　ISBN 978-7-5506-2687-4
定　　价　54.00元
　　　　　(本书凡印装错误可向承印厂调换,电话:025-57572508)

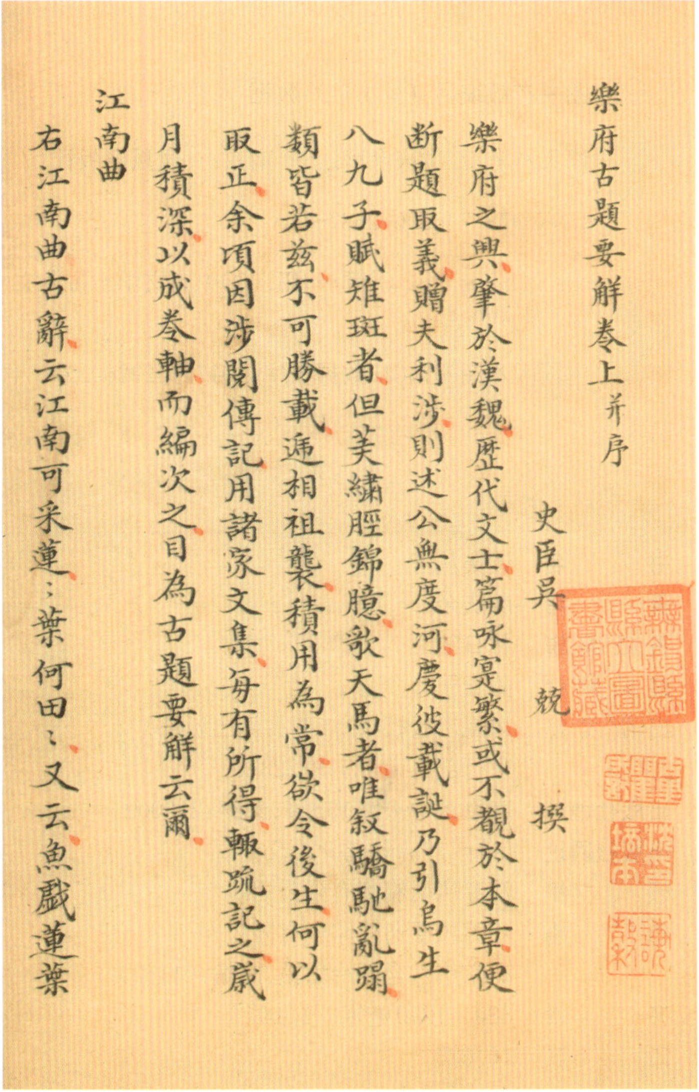
樂府古題要解卷上并序

史臣吳兢撰

樂府之興肇於漢魏歷代文士篇咏寔繁或不覩於本章便斷題取義贈夫利涉則述公無度河慶彼載誕乃引烏生八九子賦雉斑者但美繡脛錦臆歌天馬者唯叙驕馳亂蹋類皆若兹不可勝載遞相祖襲積用為常欲令後生何以取正余頃因涉閱傳記用諸家文集每有所得輒疏記之歲月積深以成卷軸而編次之目為古題要解云爾

江南曲

右江南曲古辭云江南可采蓮蓮葉何田田又云魚戲蓮葉

无锡市图书馆藏 唐吴兢《乐府古题要解》（明抄本）书影

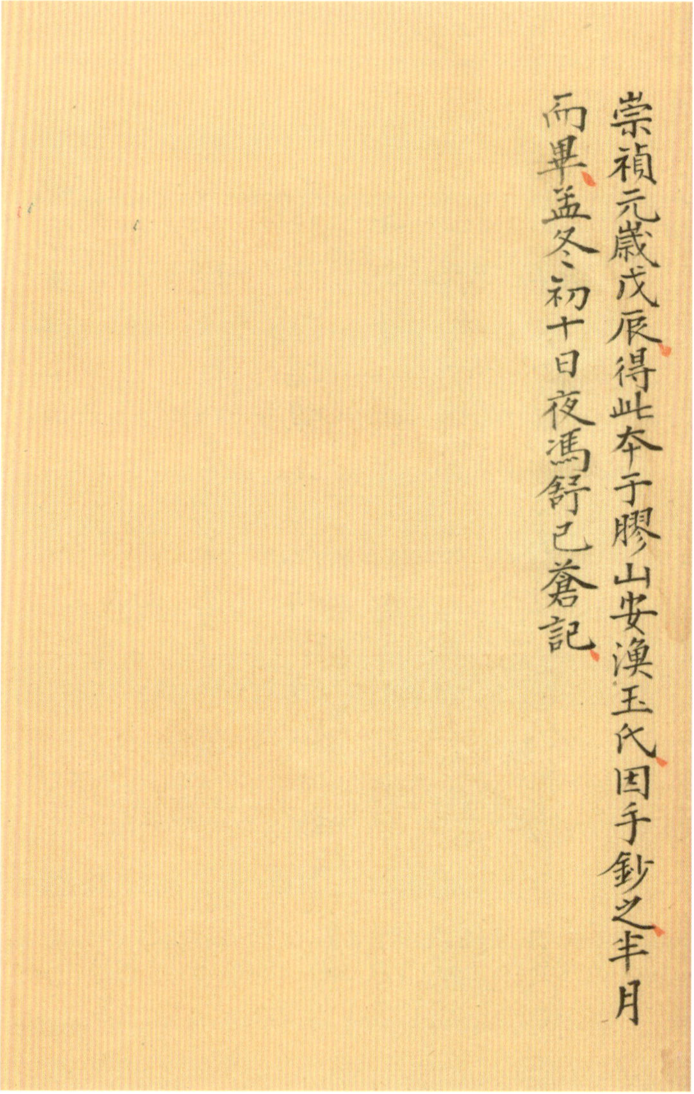

崇禎元歲戊辰得此本于膠山安溪王氏因手鈔之半月
而畢孟冬初十日夜馮舒已蒼記

无锡市图书馆藏 唐吴兢《乐府古题要解》（明抄本）冯舒跋

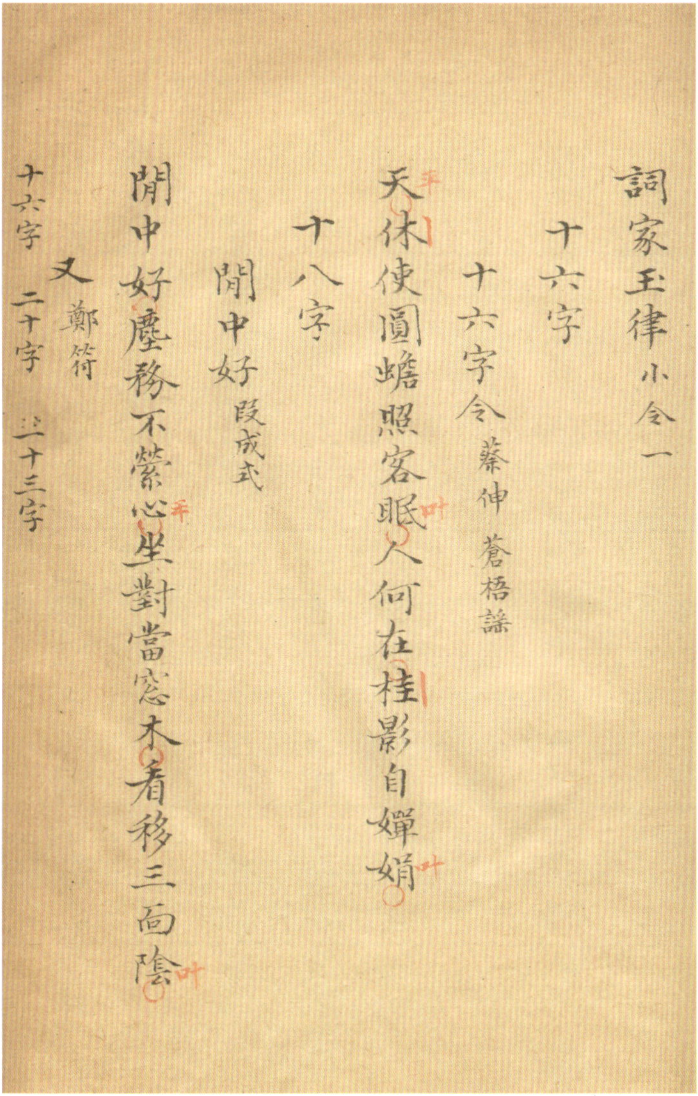
詞家玉律 小令一

十六字

十六字令 蔡伸 蒼梧謠

天休使圓蟾照客眠人何在桂影自嬋娟

十八字

閒中好 段成式

閒中好塵務不縈心坐對當窗木看移三面陰

又 鄭符

十六字 二十字 三十三字

无锡市图书馆藏 清王一元《词家玉律》（稿本）书影一

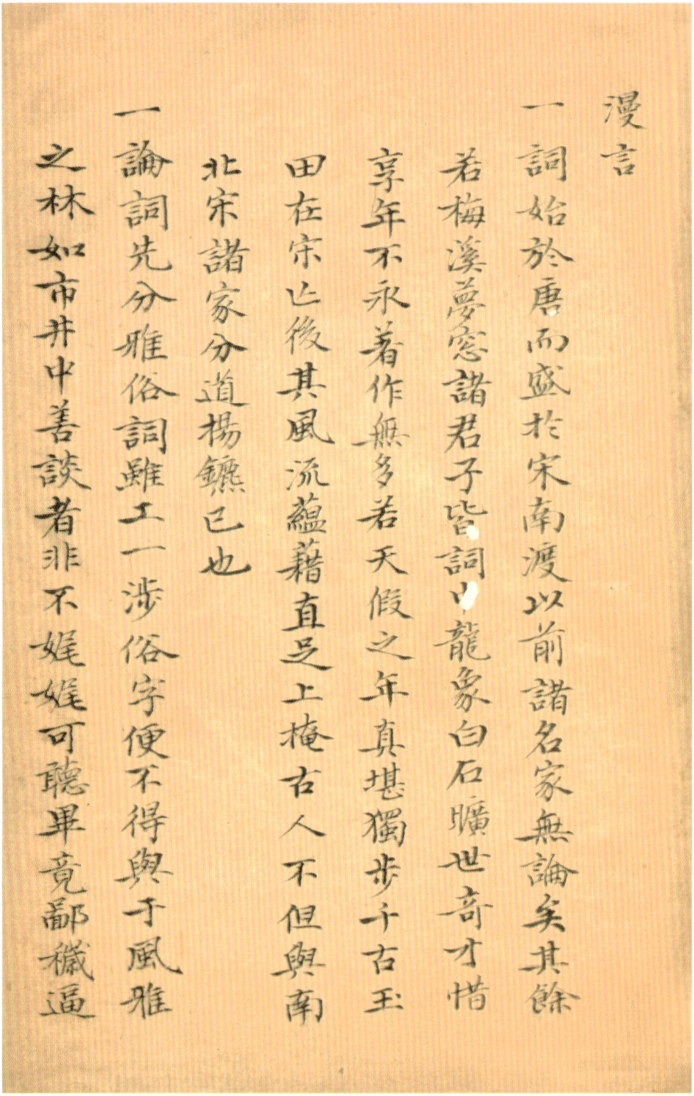
漫言
一詞始於唐而盛於宋南渡以前諸名家無論矣其餘
若梅溪夢窗諸君子皆詞中龍象白石曠世奇才惜
享年不永着作無多若天假之年真堪獨步千古玉
田在宋亡後其風流蘊藉直足上掩古人不但與南
北宋諸家分道揚鑣已也
一論詞先分雅俗詞雖工一涉俗字便不得與于風雅
之林如市井中善談者非不娓娓可聽畢竟鄙穢逼

无锡市图书馆藏 清王一元《词家玉律》（稿本）书影二

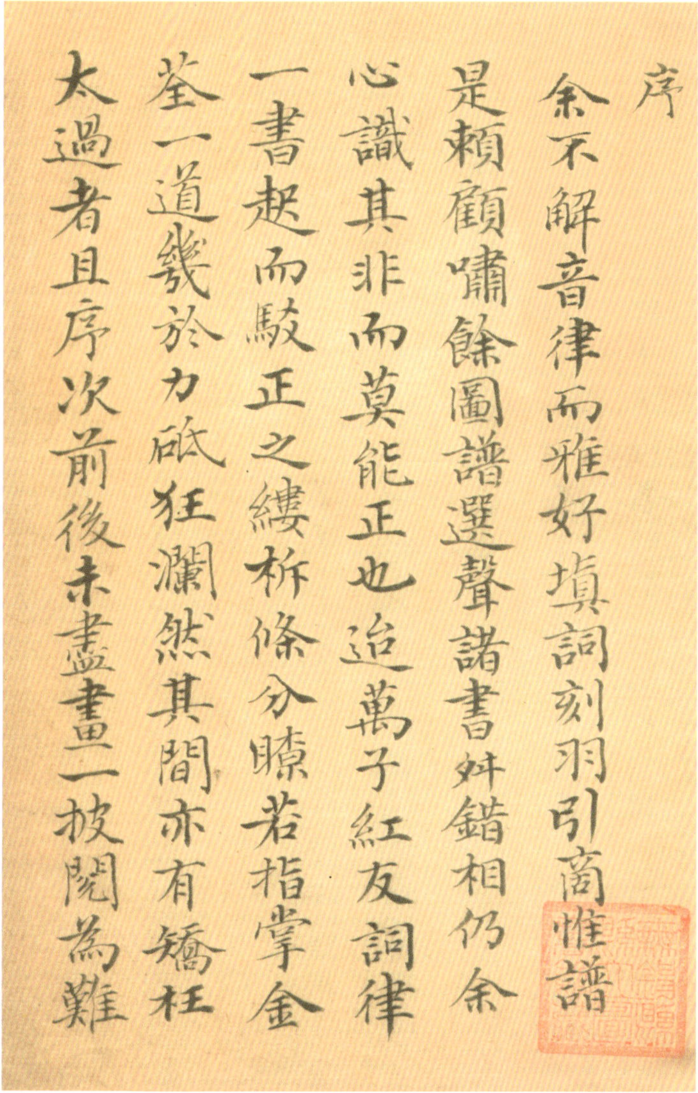

序

余不解音律而雅好填詞刻羽引商惟譜是賴顧嘯餘圖譜選聲諸書舛錯相仍余心識其非而莫能正也迨萬子紅友詞律一書起而駁正之縷析條分瞭若指掌金荃一道幾於力砥狂瀾然其間亦有矯枉太過者且序次前後未盡畫一披閱為難

无锡市图书馆藏 清王一元《词家玉律》（稿本）书影三

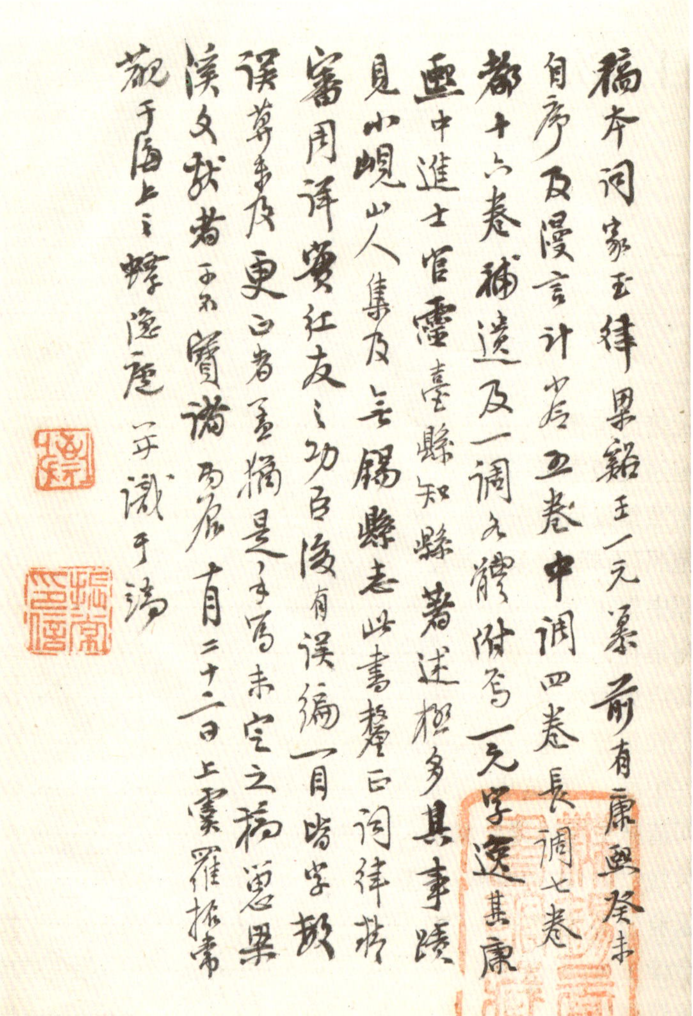

无锡市图书馆藏 清王一元《词家玉律》（稿本）罗振常跋

目 次

阮籍诗流传考

清人严可均和近人逯钦立都将阮籍集当成幸存的先唐旧集，流传有绪，与后人掇拾丛残的辑本不同，可信程度比较高。实际上，阮集在漫长岁月的传抄刻印中，同样不免讹误和残佚。《隋书·经籍志》著录为十卷，注曰："梁十三卷，录一卷。"可见唐初阮集已非全本。《郡斋读书志》、《直斋书录解题》都著录为十卷，大概南宋时还保持唐初阮集的规模。明人所刊阮集诸本，如嘉靖二十二年范钦所刊二卷本、天启三年及朴所刊四卷本、启祯间张燮所刊五卷本，仅从卷数上看，大概在宋以后又有脱佚。从具体篇章上说，《通老论》仅存三小段，《老子赞》仅存四句，《孔子诔》仅存六句，都出于《太平御览》，显然只是残片，经由后人补入本集，《吊某公文》仅存四句，题目也残缺不全[1]，这些都表明传世的阮集只是残本。

阮籍诗的流传，却至少保持着表面的稳定和可靠。《晋书》本传称其"作《咏怀诗》八十余篇"，而传世五言《咏怀诗》也是八十余篇。数量的大体吻合，似乎表明这组诗在传抄过程

① 《吊某公文》，明刊诸本都是这样的题目，严可均《全三国文》卷四十六同，并且都不注出处，诸种现代校注本也都如此。《全唐文》卷三八四独孤及《阮公啸台颂并序》曰："哀莫大于矫时死名，于是有《吊比干文》。"应指此文，因此可补此文的题目。

中始终保持稳定的面貌，诗题、次序、文字、真伪等方面都可以完全信赖。然而，稳定的表面之下，细按之，却充满各种疑问。明人冯惟讷《诗纪》已指出："阮集传之既久，颇存伪阙，校录者往往肆为补缀，作者之旨淆乱甚焉。今以诸本参校，其义稍优者为正文，互异者分注于下焉。其旧有阙文疑字而今本窜益者，廓其旁，俟再考正。"冯惟讷说的主要是阮诗，他见过哪些阮集旧本，我们不得而知，他说的伪阙、补缀、淆乱和窜益的情况，我们也缺乏足够的认识，但我们至少应该意识到，阮诗的流传存在各种问题和疑义。

一　数量问题

阮籍《咏怀诗》的数量，《晋书》本传的记载是"八十余篇"，没有说明五言还是四言，从后世流传的情况看，大概专指五言。南宋陈振孙《直斋书录解题》卷十九《诗集类》，著录《阮步兵集》四卷，并且说："其题皆曰《咏怀》。首卷四言十三篇，余皆五言，八十篇，通为九十三篇。《文选》所收十七篇而已。"四言十三首暂且不论，五言八十首，是一个确定的数目，而非举其成数。这个数目比起《晋书》的记载已经减少数首。

明人李梦阳《刻阮嗣宗诗序》说："今以故所抄籍《咏怀诗》八十篇刊诸此，伪缺姑仍之，俟知者校焉。"这是李梦阳为大梁刊本作的序，可见李梦阳所见旧抄本也是八十首，与陈振孙的记载相同。

范钦刊本卷首有陈德文嘉靖二十二年序说："今览其《咏怀》八十一篇。"又说："大梁旧刻籍诗，南来少传，郡伯鄞范子取而刻之宜春。"范钦刊本出于大梁刊本，而数量增至八十一首。程荣校刊本大概出于范钦刊本，卷首保留陈德文序，版式都是九行二十字，白口，微有不同的是程本左右双边，范本四周单边。程荣刊本八十二首，比范本又增加一首。

冯惟讷《诗纪》所收阮诗也是八十二首，与《诗纪》存在渊源关系的诸种本子，如晚明梅鼎祚、张燮、张溥、潘璁、及朴诸家所刊阮诗，都保持这个数量。现代的校本，如逯钦立《先秦汉魏晋南北朝诗》所收阮诗、陈伯君《阮籍集校注》、郭光《阮籍集校注》，也都是这个数量。八十二首成为阮籍五言《咏怀诗》传存至今的最终数量。

然而，我们还是有必要计较这个数量问题，为什么陈振孙、李梦阳所见的本子减少了篇数，而晚明诸家所见又增加了篇数？这个数量问题的背后是阮诗在流传中的分合和窜益。例如，范钦刊本、程荣刊本等收入"青鸟海上游"一首，实际是羼入的江淹诗。"墓前荧荧者"一首，曾国藩《十八家诗钞》卷一提出："此与四十四首、七十一首语意重复，别无精义，疑亦后人附益之也。""徘徊蓬池上"一首与"俦物终始殊"一首，《六朝诗集》本合一首。"生命辰安在"一首与"鸣鸠嬉庭树"一首，范钦刊本等合一首，并注曰："本集'鸣鸠'下列为一首。"这里只是举出存在疑义的几个例子，详细的考证有待来日。

另外一个相关的问题是，在《咏怀诗》之外，阮籍还有其他诗作吗？《文选》李善注引阮籍诗，基本上称为"阮籍咏怀诗"，仅有一处称"阮籍诗"，李善所见阮诗大概都是《咏怀诗》。陈振孙《直斋书录解题》著录《阮步兵集》四卷，明确指出："其题皆曰《咏怀》。"传存至今的阮集也只有《咏怀诗》，陈伯君《阮籍集校注》所收《采薪者歌》、《大人先生歌》，实际上都是《大人先生传》中的片断，并不能独立成篇。这些证据都表明，阮籍在《咏怀诗》之外别无他诗，然而事实未必如此。

《晋书》本传说："籍能属文，初不留思。作《咏怀诗》八十余篇，为世所重。著《达庄论》，叙无为之贵。文多不录。"这里的记载显然是举例的意思，并不是说阮籍诗只有《咏怀诗》，文章只有《达庄论》。本传中又记载："登武牢山，望京邑而叹，于是赋《豪杰诗》。"这首《豪杰诗》已经失传，但至少可以证明阮籍在《咏怀诗》之外还有其他诗作。

二 次序问题

对于《咏怀》组诗来说，次序问题似乎无关紧要，不如分合和窜益的问题引人关注，然而，次序问题反映组诗在流传过程中的稳定程度，以及与此相伴随的可靠程度。阮籍的五言《咏怀诗》，原本次序如何，已经无从考证。传世各本的次序并不一致，大概有三类，《诗纪》是一类，梅鼎祚本、张燮本、张溥本、及朴本、潘璁本与之相同；范钦刊本是一类，之前的大梁刊本和之后的程荣刊本与之相同；《六朝诗集》本又是一类。哪一类的次序保留原本的面貌，我们不得而知，或许原本的次序早已错乱，传世各本的三类次序都出于后人重编，这当然也难以确认。唯一能够确认的是，《诗纪》以下诸本的次序，绝非原本，而是出于冯惟讷的重编。

冯惟讷重编所留下的痕迹至少有两点，一是《诗纪》本阮诗的第一至第十七首，正好是萧统《文选》所收的阮诗十七首，只是顺序不尽相同。试想，如果《诗纪》本阮诗保留原本的次序，我们只能得出一个结论，萧统当日选录阮诗时，并不是择优录取，而是昏头昏脑地抄走前面的十七首，其余诗篇一概不管，这想必是不可能的。二是《诗纪》本阮诗的第十八至第二十二首，正好是刘履《风雅翼》所收的阮诗五首。《风雅翼》卷三收阮诗十三首，前十一首同《文选》，后二首在《文选》之外，再加上卷十补收《文选》之外的阮诗三首，这五首《文选》未收的阮诗，其先后次序在《诗纪》中保持不变。

这两点当然不会是无意的巧合，我们可以清楚地看出，冯惟讷的重编是从《文选》和《风雅翼》开始的。在这两种总集之外，冯惟讷又利用类书的记载，如第四十三首“鸿鹄相随飞”，《诗纪》注：“从《艺文》订正。”第四十六首“鷽鸠飞桑榆”，《诗纪》注：“此首《艺文类聚》所载与今本不同而义意近优。观李善《文选》注江文通拟咏怀诗所引，与《艺文》同，亦一证也。今从《艺文》定正。”冯惟讷利用总集和类书重编阮诗，显然是出于对本集的不信任，如上文的引述，他清楚地认识到阮集的伪阙、补缀、淆乱和窜益的状况。

冯惟讷校理的阮诗，问世以后，就在很大程度上支配了阮诗的流传，晚明以降，梅鼎祚、张燮、张溥、潘璁、及朴诸家所刊阮诗，大抵都出于《诗纪》，逯钦立《先秦汉魏晋南北朝诗》所收阮诗以《诗纪》为底本，陈伯君《阮籍集校注》的诗歌部分大体上维持《诗纪》的面貌，郭光《阮籍集校注》则是明确以张溥刊本为底本。因此，冯惟讷重编阮诗时究竟做了多少校改工作，便是值得探究的问题。

三　唐写本问题

阮阅《诗话总龟》前集卷十《雅什门上》引蔡居厚《诗史》，提及一种唐人写本阮诗：

> 京师曹氏，家藏阮步兵诗一卷，唐人所书，与世所传多异，有数十首集中所无。其一篇云：“放心怀寸阴，羲和将欲冥。挥袂抚长剑，仰观浮云行。云间有立鹄，抗首扬哀声。一飞冲青天，强世不再鸣。安与鹑鷃徒，翩翩戏中庭。”又云：“嘉木不成蹊，东园损桃李。秋风吹飞雀，零落从此始。繁华有憔悴，堂上生荆杞。驱马舍之去，去上西

山址。一身不自保，况复恋妻子。零霜被野草，岁暮亦云已。"诗语皆类此，非后人明矣。孔宗翰亦有本，与此多同。

蔡居厚是北宋后期人，唐写本的收藏者"京师曹氏"，吕本中《童蒙训》卷下说："京师曹氏诸贵族，卑幼不见尊长三日，必拜。"看来是修礼明文的显贵家族，另一位收藏者孔宗翰是圣裔，元祐年间在世，事迹散见于《宋史》。

蔡居厚没有交待他所经眼的唐写本阮诗包含多少首，只是声称"有数十首集中所无"，并且强调不是后人伪造。这一说法令人惊异，阮诗在流传过程中一直保持相对稳定的数量，这会是已经失传的"数十首"阮诗吗？从他举出的两首诗看，这一说法令人难以相信，这两首诗都在传世的《咏怀诗》中，后一首还收录在《文选》中。如果蔡居厚这段记载可信，那么我们只能推测，北宋通行的阮集与今传明刊诸本存在很大的差异，至于差异多大、经过何人重编，已经全然无从推测。

蔡居厚所举两首的先后顺序，如果是依从唐写本的话，可以作为上文讨论次序问题的一个旁证。这两首诗"放心怀寸阴"与"嘉木不成蹊"，在《诗纪》中分别是第二十一和第三首，在程荣刊本中分别是第二十四和第五首，在《六朝诗集》本中分别是第一和第十七首，从先后顺序上说，只有《六朝诗集》本与唐写本相同。

蔡居厚又说唐写本阮诗"与世所传多异"，他所抄录的两首，与今传阮诗相校，确实存在很多异文。我们通过这些异文的考辨，可以窥见阮诗流传中的一些问题。先看后一首。

唐写本"嘉木不成蹊，东园损桃李"二句，在诸种明刊阮集中，均作"嘉树下成蹊，东园桃与李"，《文选》卷二十三所载和

《艺文类聚》卷二十六所引，与本集相同。唐写本的异文一向不受关注，冯惟讷《诗纪》、陈伯君《阮籍集校注》都引录蔡居厚《诗史》的记载，但都没有考辨，逯钦立辑《先秦汉魏晋南北朝诗》，虽以《诗纪》为蓝本，却删落这条记载，大概是以为唐写本的异文无法成立，或者来源不甚可靠。其实我们只要稍作考辨，就会发现唐写本的异文有其合理之处。

通行的“嘉树下成蹊，东园桃与李”，如李善注所示，语出班固《汉书·李广传》：“谚曰：桃李不言，下自成蹊。”谚语的含义，可依颜师古的解释：“言桃李以其华实之故，非有所召呼，而人争归趣，来往不绝，其下自然成径。以喻人怀诚信之心，故能潜有所感也。”阮籍在这两句诗中，正面引用谚语并沿用其寓意。这两句诗与下文构成转折的关系，所谓始荣终悴，在全诗中的含义，则可遵从刘履《选诗补注》的解说：“此言魏室全盛之时，则贤才皆愿禄仕其朝，譬犹东园桃李，春玩其华，夏取其实，而往来者众，其下自成蹊也。”王闿运《八代诗选》进而指出：“‘嘉树下成蹊，东园桃与李’言己为曹爽所辟。”因此，这就是一首隐晦的政治诗，是为晋之代魏而作。

唐写本“嘉木不成蹊，东园损桃李”二句，从所用典故“桃李不言，下自成蹊”看，上句“不”字可能是“下”字的形讹，而下句的异文虽然与“东园桃与李”的含义迥异，却也文从字顺。依从唐写本的文字，阮籍对《汉书》所载谚语的引用就是从反面着手，意谓东园嘉木，采者来往不绝，其下形成蹊径，由此造成的后果则是损伤桃李。谚语的原意是褒扬，阮籍的引用则是表达忧思。这两句诗与下文的关系就不再是转折，而是顺承，是在上下二句间表达从荣到悴的变化。唐写本的异文，虽然包含更加曲折的用典，但同样言之成理，可以成立，甚至也不妨碍我们仍然将此诗解释成慨叹魏室零落的政治隐喻。

从诗义上说，通行阮诗的文字与唐写本的异文都可以成立，难以取舍，不过阮籍另一首诗中的相似用语却可以作为唐写本异文的旁证。《咏怀诗》第四十四首："荧荧桃李花，成蹊将夭伤。"同样语出《汉书》所载谚语，引用的方式同样是反面着笔，因此是相同的修辞用例。如果这种阮诗本校法可以成立的话，那么唐写本的异文就可以成立，通行本的文字有误。

再看前一首，唐写本与明刊诸本存在很大的差异，"放心"作"於心"，"羲和"作"羲阳"，"浮云行"作"浮云征"，"立鹄"作"玄鹤"，"抗首"作"抗志"，"强世"作"旷世"，"翩翩"作"连翩"。《六朝诗集》本在明刊诸本中比较独特，"立鹄"作"玄鹄"，"抗首"作"抗音"，相对而言，与唐写本的距离更近一点。

仅就此首而言，明刊诸本与唐写本的差异，并不是出于明人的校改。元末明初刘履《风雅翼》卷十《选诗补遗下》，收阮诗三首，此首在内，文字已与明刊诸本相同。刘履声称他补选的三首出自一种阮诗"板本"，可见元末明初时的阮集已是如此。

蔡居厚所见唐写本阮诗，与传存至今的诸种明刊本阮集存在很大的差异，与《文选》所收阮诗也存在很大的差异，可见阮诗在流传过程中出现很多变异，存在很多疑义。今传阮诗在多大程度上保存原本面貌，是一个需要重新考辨的问题。

唐写本显然是阮诗流传中一个重要的本子，可惜未能流传后世。冯惟讷《诗纪》卷一百五十五《辨证》转引蔡居厚的记载，没有交待出处，容易让人误会明代唐写本尚存。晚明张丑《清河书画舫》卷十上、清人卞永誉《式古堂书画汇考》卷八也引录蔡居厚的记载，同样没有交待出处，又改动其中若干文字，他们其实也没有见到唐写本的真迹。

阮籍诗在经历漫长岁月中的辗转传抄之后，文本出现伪阙、补缀、淆乱和窜益等问题，冯惟讷等人的修复，使文本变得相对稳定和可读，然而，流传过程中滋生的各种文本问题也多被抹去，流传过程本身变得茫昧不清，阮诗原本也就无从考索。关于阮籍诗的流传过程，在数量、次序和唐写本等问题的讨论之后，我们只能得出几点推测的结论：传存至今的阮诗，已非原本，数量、次序和文字上都存在疑义；《六朝诗集》本阮诗在明刊诸本中比较独特，可能在次序、文字等方面更多地保留古本的特征；《六朝诗集》本之外的明刊诸本，可能都经过后人的重编，重编的过程与《文选》等总集、类书存在密切的关系。

（曾刊载于《图书馆杂志》2012年第7期）

鲍照集版本考

与很多先唐诗人一样，刘宋人鲍照没有生前手定的文集传世，而是在其身后，由南齐人虞炎编次成集。虞炎序中说鲍照“身既遇难，篇章无遗，流迁人间者，往往见在”，又说“年代稍远，零落者多，今所存者，傥能半焉”。可知这些遗文并非出于鲍氏家藏，可能是僚友亲旧偶存的零章，或者爱赏知音传抄的篇什，也有可能得自朝廷档库（如经进的《河清颂》），或者乐署歌本（如其传诵颇广的乐府诗）。虞炎估计他的搜集，可能还不到鲍照作品的半数，他没有说明所编鲍集的卷数和篇数，不过《隋书・经籍志》著录“宋征虏记室参军鲍照集十卷”，又注“梁六卷”，这个梁代的六卷本大概就是虞炎所编。由梁至隋的卷数变化，说明其间可能有一个补遗增辑的过程。虞炎编集时，鲍照的作品已是零落残存的状态，文献的来源其实都称不上权威，这之后的增辑过程，文献的搜集想必会有更多的风险。因此，鲍集既是出于后人的掇拾而非作者的手定，我们就有必要警惕文献方面的不确定因素。虞炎所编鲍集，可能并没有完全统治鲍照作品在南朝时期的传衍局面，据《南史》卷五十五记载，萧梁人吉士瞻曾对客诵鲍照诗：“竖儒守一经，未足识行藏。”而这两句诗实际是江淹摹拟鲍诗的作品。

隋唐以降，在漫长的岁月里，鲍集的流传至少在数量上一直维持着比较稳定的形态。《旧唐书·经籍志》、《新唐书·艺文志》、晁公武《郡斋读书志》、陈振孙《直斋书录解题》，以及更晚的史志目录和私家书目，都著录为十卷。日本藤原佐世编于九世纪末的《日本国见在书目录》也著录为十卷，可见流传东洋的鲍集与中土所传并无差别。极少的例外，如《崇文总目》著录为一卷，这个悬殊的卷数表明，要么著录有误，要么只是某一选本。明人祁承㸁《澹生堂藏书目》著录一种八卷本，应该就是《六朝诗集》本，只收诗赋，删去两卷文，剩下八卷。而明末张燮刊六卷本、张溥刊三卷本，只是依照十卷本重新编排而已。相对于多数残佚不全的先唐别集而言，鲍集的稳定流传实属不易，逯钦立举出先唐旧集六家[①]，鲍集有幸成为其中一种。

宋以前鲍集的面貌，我们仅能藉由书目著录知其一二，而宋代以后更多的资料有助于我们了解宋本鲍集的特征。由相关的记载和文献，我们可以获知，鲍集在宋代至少有过两次刊刻，一在北宋元丰年间，二在南宋绍兴年间。

北宋晁说之(1059—1129)《扬州三绝句》其一："客散平山堂上后，孰如子骏在扬州。解传鲍照旧辞赋，输尽芜城千古愁。"自注曰："鲜于子骏守此州，刊鲍参军集。"[②]按《宋史》卷三四四鲜于侁(字子骏)传，载其元丰二年(1079)知扬州。鲜于侁刊行鲍集，应在此时。此为元丰刊本。

现存的毛晋影宋钞本，版心下记刊工姓名，凡五人：华再兴、曲斤、屈旻、刘广、刘中。今查王肇文《古籍宋元刊工姓名索引》(上海古籍出版社1990年)，屈旻参与刻板的有绍兴间刊本

① 逯钦立《先秦汉魏晋南北朝诗》卷首《凡例》，中华书局2006年，页3。
② (宋)晁说之《嵩山文集》卷八，《四部丛刊》续编影旧钞本。

《史记集解》、《后汉书》、《临川先生文集》，刘中参与刻板的有绍兴间刊本《后汉书》、《艺文类聚》、《宛陵先生集》。由此可推知，毛晋影宋钞本所据宋本，大致刊行于绍兴年间（1131—1162）。此为绍兴刊本。

两种宋刊本都已亡佚不存，我们难以确知二者的文字异同如何，有无传承关系。二者之外，或者还有其他刊本。刊刻之外，鲍集在宋代当然也会有传抄的形式，甚至传抄可能是更主要的形式，而这方面的情况则全然无从考索。宋人注杜诗所引鲍照诗，时有影宋钞本鲍集所无的异文，可见王洙、赵次公等注家所见鲍集不是绍兴刊本。影宋钞本鲍集所收《悲哉行》，郭茂倩《乐府诗集》卷六二作谢惠连诗，而《乐府诗集》所收鲍照《扶风歌》，不见于影宋钞本鲍集，由此可推断，要么郭茂倩所见鲍集不是绍兴刊本，要么他在绍兴刊本之外别有所据。《乐府诗集》所收鲍诗，注出若干异文，不见于影宋钞本鲍集，这也可以佐证郭茂倩别有所据。至于王、赵、郭等人所见鲍集是否元丰刊本，就不得而知了。又，陆游曾经眼一种鲍集，题作《鲍参军文集》，与绍兴刊本《鲍氏集》，集名不同，不知所出，也不知下落。[①] 明代鲍集诸刻，有几种题作《鲍参军集》，不知道有无血统的联系。

元丰刊本已经亡佚，而绍兴刊本虽然原本已佚，却以影宋钞本和校宋本的形式流传下来，当然，这种流传指的是文字的层面而非物质的层面。这些影宋钞本和校宋本大多出于明末清初，可见绍兴刊本此时尚存人间。钱谦益《绛云楼书目》著录一种宋板鲍照集，有可能就是绍兴刊本。钱曾校宋本所据

① （宋）陆游《渭南文集》卷三十《跋鲍参军文集》，《四部丛刊》影印明活字本。

宋刊本，可能是绛云楼藏本，详见下文所述。

绍兴刊本的特征，留存于影宋钞本中。集名《鲍氏集》。行格是半叶十行，行十六字，小字不等。板心下记刊工姓名。目录在每卷前，接连正文。目录空五格，题空四格。卷一连虞炎序后。文中多处注有"一作某"、"一本作某"，是当日刊行时曾以别本校过，所据校本可能是元丰刊本，也可能是其他本子。避讳情况，据张元济说："宋讳朗、殷、筐、亘、恒、贞、让、树等字阙笔。愍、世二字，尚袭唐讳。"[①]毛扆说："钦宗讳桓，故宋本书丸字，讳去一点，犯嫌名也，然字形狭长，仍作丸字形而缺一点，与九字不同。"[②]避讳只到钦宗为止，可为绍兴间刊行的推断作一佐证。尚袭唐讳，表明此绍兴刊本可能出于某一种唐写本。

宋本鲍集流传有绪，素来都被看成完整可信的先唐旧本，然而，鲍集中却有数首疑而未决的诗篇，至今难以考定归属。例如，《代门有车马客行》，凡十韵，《艺文类聚》卷四十一载此诗题作张华，仅有其中六韵；《悲哉行》，唐吴兢《乐府古题要解》、宋郭茂倩《乐府诗集》都作谢惠连诗；《咏萧史》，《艺文类聚》卷七十八作晋张华诗；《绍古辞七首》其一，《艺文类聚》卷八十六、《白帖》卷三十并引首四句，都作张华诗；《学刘公幹体五首》其四，《艺文类聚》卷八十二作张华诗，题作《荷诗》。这些互见于其他诗人名下的诗篇，在归属上支持鲍照的证据，通常只有其本集，所谓孤证不立，而在早期的类书和总集的收录

① 张元济《涵芬楼烬余书录》，载张人凤编《张元济古籍书目序跋汇编》，商务印书馆 2003 年，页 651。孙毓修《四部丛刊书录》也说："殷、朗、让、贞、筐、树、亘、恒皆为字不成，愍、世尚袭唐讳。"（民国十八年商务印书馆铅印本）

② 清人毛扆语见《四部丛刊》初编集部影印毛扆校宋本《鲍氏集》卷一《舞鹤赋》眉批。

中，署名多是更早的张华和谢惠连。因此，考虑到诸多不利的文献证据，鲍照本集的权威性确实有必要重新估量，在校勘疑诗和异文时，不宜盲目信从本集。这种态度，或许也应该推及其他先唐别集旧本。

金元时期，鲍集的刊行，文献可稽的仅见元至正末俞茂永新刻本《鲍参军集》，渊源所自、卷数若干，都不可考。[①] 另外，李治(1192—1279)《敬斋古今黈》引鲍照《代君子有所思行》，有一处文字异于今传各本，李治所见鲍集应该已经失传。[②]

明代中后期，汉魏六朝别集的整理与刊刻蔚成风潮，汉魏六朝诗文总集的编纂也层见迭出，其中自然包括鲍照。鲍集在这一时期中多次刊行，同时，鲍照诗文见收于各种总集。在诸多刊本中，最早的是正德五年(1510)维扬朱应登刊本。朱应登刊本出自吴中都穆家藏本，仍然维持十卷本的格局，版式也略近于绍兴刊本，只是每行十七字，与绍兴刊本每行十六字不同。后出的万历年间汪士贤刊《汉魏六朝诸名家集》本、程荣刊《汉魏丛书》本、崇祯十五年(1642)叶绍泰刊《增定汉魏六朝别解》本，文字和卷数都一脉相承，改变的只是版式。《六朝诗集》本中的鲍集，只收诗赋，删去二卷文，存八卷，从文字和编次上看，也是出于朱应登刊本。这些后出的刊本，大多收入汉魏六朝别集丛编中，刊行者致力于汇编，往往不事校理，因此在校勘方面通常不具有独立的价值。

---

① (明)陈谟(1305—1400)《海桑集》卷五《鲍参军集序》曰："总制俞公子懋，刻鲍参军集于懋斋。"又曰："今观俞公镇抚永新。"(《景印文渊阁四库全书》1232册，页583。)今按清萧玉春修、李炜纂《永新县志》卷十《职官志》载："俞茂字子懋，徽州人，元至正二十五年迁永新守御正千户。"(《中国地方志丛书》据清同治十三年刊本影印，成文出版社1975年，页44。)

② (元)李治《敬斋古今黈》卷九，刘德权点校，中华书局2006年，页117。

朱应登刊本一系的明代鲍集诸刻，在文字方面，有别于宋本，二者相校，颇见异同。《四部丛刊》影印的毛扆校宋本，是毛扆以朱应登刊本校绍兴刊本而形成的批校本，于此可见二者异同。试举一例。卷二《观漏赋》，宋本题下注“并序”二字，而朱应登刊本一系的诸本，包括《六朝诗集》本、程荣刊本、《四库全书》本，都误作“升丙”。这一共同的讹误，是朱应登刊本一系的特征之一。然而，宋本以小注形式呈现的异文，朱应登刊本一系也保留下来，可见二者之间存在确定的渊源关系。

在明代诸刻中，更为通行的是明末张燮《七十二家集》本中的鲍集，以及出于张燮本的张溥《汉魏六朝百三家集》本。张燮本六卷，编次是赋（卷一）、乐府（卷二）、诗（卷三、四）、文（卷五、六），几种文体的次序与宋本同，宋本的编次是赋（卷一、二）、乐府（卷三）、诗（卷四、五、六、七）、文（卷八、九、十），貌似只有卷数多寡的不同，实际上，文体分排的相同只是表面现象，张燮本的编次已有根本的变动，各文体之下作品的先后顺序已迥异于宋本。张燮本编次上的变动，并非出自张燮之手，诗的部分应该是出于冯惟讷《古诗纪》，赋与文的部分想必也有所出。至于冯惟讷是依从旧本，还是自我作古，不得而知。不仅编次上的变动显著，张燮本的文字与宋本的差异也很显著。无论从编次还是异文上说，我们都可以确定，朱应登刊本与宋本的距离更近，而张燮本与宋本的距离更远。我们难以确定的是，冯惟讷、张燮是另有旧本可依，还是以意校改。

张溥本出于张燮本，各文体之下作品的先后顺序，以及文字方面，都相承不变，改变的只是由六卷调整成二卷，编次是赋和文（卷一）、乐府和诗（卷二）。因此，张溥本没有独立的校勘价值，在校勘中只能作为张燮本的辅助本子。然而，张溥本问世后就成为最通行的鲍集刊本，在清代得到多次翻刻，如同治九年(1870)永康胡凤丹退补斋刊《六朝四家全集》本、光绪三年(1877)滇南唐友耕寿考堂刊本、光绪十八年(1892)善化章经济堂刊本等,宣统三年(1911)无锡丁福保刊本、现代通行的《鲍参军集注》也以张溥本为底本。

明代鲍集的刊行,又有冯允中维扬刻本,文献可稽而未见传本。据明盛仪记载:"版刻。《鲍明远诗集》、《杨铁崖集》、《晞发集》,并御史冯允中刻。"[①]据王澄《扬州刻书考》,《晞发集》六卷,半叶十行二十字,卷首有弘治十四年储巏序,卷末有冯允中跋;《铁崖文集》五卷,半叶十行二十字,卷首有冯允中弘治十四年序;又有冯允中刻《文心雕龙》十卷,半叶十行二十字,时在弘治十七年。[②] 由此或者可以推知,冯允中所刻鲍集,当刊行于弘治末期,版式为半叶十行二十字。此本与朱应登刊本同样刊行于维扬,年代也相近,不知二者之间是否有传承关系。

鲍集在清代的传衍,除通行的张燮本、张溥本及其翻刻本外,朱应登刊本因被收入《四库全书》而得以传承,印本之外,更值得重视的是诸种影宋抄本和校宋本。这些影抄本和校本,多出于著名藏家和学者之手,所据宋本基本上是绍兴刊本,当然也有递相传抄的情况,由此滋生若干异文。可考的若干种,缕述如下。

1. 毛晋汲古阁影宋抄本

版式已如前述。此本旧藏杨氏海源阁,散出后先归张允亮,后归陈澄中,现藏国家图书馆。卷端钤有"毛晋私印"、"毛扆之印"、"杨绍和藏书"等印。卷四第一叶、卷六第七叶、卷九第十二叶缺叶,由后人抄补。

---

① (明)盛仪辑《嘉靖惟扬志》卷十二《经籍志》,明嘉靖刻本。

② 王澄《扬州刻书考》,广陵书社 2003 年。

周叔弢批注《楹书隅录》,称此本:“白纸宽大精美,汲古原装,士礼原椟。”[①]但此本并无黄丕烈印章,是否士礼居旧藏,存有疑问。《士礼居藏书题跋记》著录一影宋抄本《鲍氏集》,跋称:“此影宋钞本《鲍氏集》与余所藏本同,内缺两半叶,倩涧蘋影写补入,适五砚楼主人见之,谓余有一本在,可无需此,遂以五砚楼藏宋钞《乾道临安志》三卷相易。”[②]顾广圻《思适斋书跋》跋黄丕烈藏本曰:“此钞本与读未见书斋所藏毛氏影宋本同,第二卷阙去两半叶,余从彼补写入。主人将以归绶阶,绶阶其宝之。”[③]缺叶与现传毛晋影宋抄本不同。黄、顾二跋称此本归袁廷梼(绶阶),现传本也无袁氏印章。黄跋中提及自己所藏另一鲍集,不明何本,顾跋则明确称黄所藏另一鲍集也是毛氏影宋本,这就意味着黄丕烈曾藏有两种毛氏影宋抄本。[④]

2. 毛扆校宋本

此本是毛扆以朱应登刊本校宋本而形成的本子,递经黄丕烈、席玉照、张金吾等收藏,现藏国家图书馆,有《四部丛刊》初编影印本。卷末毛扆跋曰:“丙辰七夕后三日借吴趋友人宋本比校一过。”毛扆据校的宋本,可能就是毛晋影宋抄本的祖本。

3. 周锡瓒校宋本

此本为清嘉庆十七年(1812)吴县周锡瓒(1736—1819)以

---

① 王绍曾、崔国光等整理订补《订补海源阁书目五种》,齐鲁书社 2002 年,页 1375。

② (清)黄丕烈《士礼居藏书题跋记》卷五,清光绪间潘祖荫刻本。

③ (清)顾广圻《思适斋书跋》卷四,黄明标点,上海古籍出版社 2007 年,页 82。

④ 《汲古阁珍藏秘本书目》(士礼居藏板)著录:“《鲍参军集》二本,宋板影抄,三两。”又,瞿镛《铁琴铜剑楼藏书目录》卷十九著录一种影钞宋本的《鲍氏集》十卷,有黄、顾二跋。

汪士贤刊本校影宋抄本而形成的本子，丰顺丁日昌持静斋旧藏，现藏台北"中央图书馆"。周锡瓒没有说明他所据校的影宋抄本的来源，大概也是出于或近于毛晋影抄本。

4. 陆心源皕宋楼旧藏影宋抄本

此本现藏日本静嘉堂文库。冈村繁称此本与朱应登刊本非常近似，而与毛扆校宋本有若干差异。换言之，陆心源旧藏影宋抄本，远于宋本而近于明本。这一结论令人生疑，记此俟考。①

5. 毕子肃校宋本

此本未见，或已佚。毕子肃，其人不详。《北京大学图书馆藏古籍善本书目》著录一汪士贤刊本，有李盛铎过录毕子肃校宋本并跋。

6. 钱曾校宋本

此本未见，或已佚。瞿氏铁琴铜剑楼旧藏一种过录本，现藏国家图书馆。《铁琴铜剑楼藏书目录》卷十九曰："明正德时朱应登刻本，有虞炎序及朱应登跋。钱遵王以宋本校过。卷末题云：'戊午十月三日从宋椠本校一过，中阙二叶，补录完。述古主人钱遵王。'此本盖叶石君传录者。卷首有朴学斋朱记。"戊午是康熙十七年(1678)，此前钱谦益绛云楼已于顺治七年(1650)冬毁于火灾，烬余书籍归于钱曾。钱曾据校的宋刊本，可能就是幸存的绛云楼藏本。

以上六种之外，文献可稽而失传的尚有数种：仁和卢文弨

---

① 冈村繁《关于〈六朝诗集〉及其所收〈鲍氏集〉》，载《冈村繁全集》第 3 卷《汉魏六朝的思想和文学》，陆晓光译，上海古籍出版社 2002 年。案：冈村繁不知毛扆校宋本的校改底本是朱应登刊本，只称是明刊本。

据校的影宋抄本[①]，有校记载于《群书拾补》；阳湖孙星衍平津馆藏影宋抄本[②]；湘潭袁芳瑛卧雪楼校宋本[③]。

鲍集传本，从版本和校勘两方面说，值得关注的已如上述。至于其他晚出的刊本和抄本，都出于上述诸本的某一种，基本上没有参校的价值。例如，南京图书馆藏昭文吴筠寿抄本，是明程荣刊本的覆抄本，程荣刊本俱在，吴筠寿抄本自不必参校。[④]

从地域的角度看，鲍集多行于南方，尤其是江南一带，鲍集旧本多出苏州藏家，如都穆、钱谦益、黄丕烈，刊刻多在扬州，如鲜于侁、冯允中、朱应登，而且苏州藏家所藏旧本和扬州一地所刊鲍集，通常是其他刊本和抄本的祖本。这或许并非偶然的现象。鲍集旧本多出苏州，还可用苏州藏书繁盛来解释，而刊刻多在扬州，原因则是鲍照与扬州的特殊联系。自从写下《芜城赋》后，鲍照就将自己的姓名铭刻在这座城市的文化版图上，鲍照的芜城已然成为扬州最知名的典故之一。也许还可进一步说，作为南朝诗人的鲍照，其作品主要流行于南方，这其间不妨包含南北文化不同论的因素。

（曾刊载于《图书馆杂志》2012 年第 5 期）

---

① (清)卢文弨《群书拾补》(《抱经堂丛书》本)卷十八《鲍照集》，卷首卢文弨曰："余向借得一影钞宋本，凡八卷，其字异者即度于明太仓张天如百三名家集本上。今即据此而以宋本校正之。"卢文绍称所据影钞宋本是八卷，想必有误，宋本都是十卷，并无例外。卢文弨校正所据，除影抄宋本外，尚及《初学记》、《太平御览》等类书。

② (清)孙星衍《平津馆鉴藏书籍记》卷三，清陈宗彝刊本。

③ 此本仅见邵懿辰撰、邵章续录《增订四库简明目录标注》(上海古籍出版社 2000 年)中王懿荣(1845—1900)的批语。批语曰："袁芳瑛校宋本。称鲍氏集。无总目。每幅二十行。行十六字。小字不等。"(页 638)其他书目都未见著录。

④ 吴筠寿抄本，二册，半叶九行二十字，版心下方有"春晖堂"三字。此本在校勘方面没有价值，但有朱笔眉批和圈点，可资赏读。

鲍照集疑诗说

先唐别集旧本，幸存者百不一二。严可均曰："蔡邕、阮籍、嵇康、陆云、陶潜、鲍照、江淹，已上七家集皆旧本，唯蔡邕集宋人重编。"（《全上古三代秦汉三国六朝文》卷首《附见存汉魏六朝文集板刻本目录》）逯钦立曰："先唐旧集传世者，仅嵇康、阮籍、陆云、陶渊明、鲍照、江淹六家。"（《先秦汉魏晋南北朝诗》卷首《凡例》）在严、逯二氏看来，鲍照集是幸存的先唐别集旧本之一。《四库全书总目》著录明朱应登刊本《鲍照集》，提要曰："殆因相传旧本而稍有窜乱欤。"说"相传旧本"的依据，是"文章皆有首尾，诗赋亦往往有自序自注，与六朝他集从类书采出者不同"。这可以成立。说"稍为窜乱"的依据，一是朱应登刊本偶引集曰某某，二是个别乐府诗没有归入乐府类中，不似先唐旧本体例。在宋本鲍集尚存的情况下，依据一已不攻自破，而依据二也只能勉强成立，因为先唐旧本也可能编辑失序。概言之，鲍照集既被认定为流传有绪的旧本，而非重辑本，且有宋本传世，因此在先唐别集中算是比较完整而可信的一种。

然而，鲍照集中仍有若干疑而未决的诗篇，互见于其他诗人名下。这些互见诗的存在，足以削弱鲍照集作为旧本的权威。细论如下。

《代门有车马客行》，凡十韵，载于鲍照本集与郭茂倩《乐府诗集》中。《艺文类聚》卷四十一亦载此诗，则题作张华，而仅有其中六韵。逯钦立《先秦汉魏晋南北朝诗》(以下简称逯辑本)，此诗互见于张、鲍名下。而于张华此诗下附案语曰："《乐府诗集》四十载鲍照《门有车马客行》一首。与此全同而又多出六句。(案：实多出八句。)文义较为完整。且鲍照本集亦载之。则此当是鲍诗逸篇。"逯钦立将此诗归诸鲍照名下的理由有二，一是文义较为完整，二是鲍照本集收录。理由一不能成立，因为《艺文类聚》节引是常例。理由二成立的前提是，宋本鲍照本集是先唐旧集，没有经过后人的窜乱和误编。逯钦立的处理，当然是遵循常规的做法，似乎不必苛求，但我们想要质疑的正是可能积非成是的常规。

《悲哉行》(羁人感淑节)，宋本鲍照集载此首，而《乐府诗集》卷六十二载此首则题作谢惠连，并引唐人吴兢《乐府古题要解》曰："陆机云'游客芳春林'，谢惠连云'羁人感淑节'，皆言客游感物忧思而作也。"可见唐人吴兢与宋人郭茂倩皆以此首归诸谢惠连。从文献证据看，支持鲍的仅有其本集，是为孤证，而支持谢的则有吴、郭二书，二比一，至少在数量上占优。这样说来，此诗的归属，完全取决于鲍照本集的权威性。逯钦立将此诗归诸鲍照，且曰："《乐府》当误。"没有给出任何理由，显而易见，他很信任鲍照本集的权威。清人陈祚明《采菽堂古诗选》曰："华实翔鸣，叠作开阖，故令语拙，见其朴而能老。此诗自应还鲍。"仅依风格来决定姓谢姓鲍，显然不可凭信。

如果联系前一例《代门有车马客行》来看，郭茂倩《乐府诗集》前首题鲍照，此首题谢惠连，可见他要么未见鲍集，转引他书，要么所用鲍集与今传宋本鲍集并不相同。若是前者，则《乐府诗集》的可信度应加折扣，若是后者，则今传宋本鲍集的权威性应重作估量。支持这一推论的另一例子，是《乐府诗集》所录鲍照《扶风歌》不见于今传宋本鲍集。

鲍照《代邽街行》，又题作《去邪行》，载其本集，凡十二句。谢惠连《都东西门行》，载《艺文类聚》卷四十一，凡八句。谢诗又见于《乐府诗集》卷三十七，而题作《却东西门行》。鲍、谢二首，看似完全不关连的两首诗，冯惟讷《诗纪》、逯辑本都分别收在二人名下而不置一词，显然也是没看出任何蹊跷来。黄节注鲍诗，注意到二首有若干相似的诗句，却下断语说："意此篇明远拟惠连也。"细按二首，并非拟作关系，而是本为一诗，却在流传中各截数句，分属二人。并观二诗，即可看出。

鲍照《代邽街行》	谢惠连《都东西门行》
伫立出门衢，遥望转蓬飞。	
蓬去旧根在，连翩逝不归。	
念我舍乡俗，亲好久乖违。	
慷慨怀长想，惆怅恋音徽。	慷慨发相思，惆怅恋音徽。
四节竞阑候，六龙引颓机。	
人生随事变，迁化焉可祈。	人生随时变，迁化焉可祈。
百年难必果，千虑易盈亏。	百年难必保，千虑盈怀之。

二首并观，同押一韵，其中六句几乎全同，若干异文，当出于传写中的讹误。至于诗题迥异，则是入乐所配曲名，与诗原不相关。如谓拟作，则无异于窃取，六朝人非明代人，决不如此，鲍明远非李攀龙，更不至于如此。

这样说来，分题鲍、谢的二首，实际上是两个同源的片断。但完璧归谁，就成为问题。与《悲哉行》的例子相似，支持鲍的仅有其本集，又是孤证，而支持谢的则有《艺文类聚》与《乐府诗集》，又是二比一的优势。鲍照本集的权威性，再次成为决定此诗归属的关键。

《乐府诗集》卷五十一载鲍照《箫史曲》，此诗亦见载于宋本《鲍氏集》，而题作《咏萧史》。鲍集诗分“乐府”与“诗”两类编排，而此诗入“诗”，显然编者不将其视为乐府诗。这一点与郭茂倩的看法迥异。此诗又见载于《艺文类聚》卷七十八，却题作晋张华《咏萧史诗》。这样，宋本鲍氏集处在一个特别的位置，在诗题上与《艺文类聚》相同，在作者归属上则与《乐府诗集》相同，而《艺文类聚》与《乐府诗集》在诗题与归属上都不相同。这种混乱的情况，今已难以厘清。《诗纪》曰：“此诗词格不类晋人，当以《乐府》为正。”不过是悬揣之词，不足凭信。郭茂倩将此诗题作《箫史曲》，应有所本，因为同题下还收入齐张融、陈江总各一首。而宋本《鲍氏集》如是先唐旧本，那时的编者难道分不清楚乐府与徒诗吗？《四库全书总目》是不相信这一点的，并由此说鲍集已“稍有窜乱”。果真如此，宋本《鲍氏集》的权威就应该受到质疑。

鲍照《赠故人马子乔六首》其三“松生陇坂上”，又见载《艺文类聚》卷六十八，而作张华诗，失题。支持张华的尽管只有一种类书，但支持鲍照的也只有其本集一种。《诗纪》、《汉魏六朝百三家集》、逯辑本都互见于张、鲍名下，显然也是无法判定归属。

鲍照《绍古辞七首》其一，诗凡十二句，《艺文类聚》卷八十六、《白帖》卷三十并引“橘生湘水侧”以下四句（首四句），皆作张华诗。鲍照《学刘公幹体五首》其四，《艺文类聚》卷八十二又作张华诗，题作《荷诗》。逯钦立对后一首的处理方式，是互见于张、鲍名下，而前一首则归诸鲍照，其中秉持的原则还是所谓的文义完整。

从上举诸例看，现传鲍集所收诗，在典籍记载中互见于他人名下的凡七首，其中二首为宋谢惠连，五首为晋张华，可以想见三家文集在流传中必有淆乱滋生。张华和谢惠连都是早于鲍照的诗人，这样说来，南朝齐虞炎编辑鲍集时，误入更早的张华、谢惠连诗的可能性，就高于张、谢二集误收鲍诗的可能性。这样推论，是假设宋本鲍集仍然维持齐时面目，并将鲍集误收他人诗归咎于最初撰集者虞炎。另一种可能是宋本鲍集已非虞炎撰集本的面目，而是经过后人的窜乱。无论何者，都有损于宋本鲍集的权威。

在上举七例中，除第二例外，《艺文类聚》所载六例都是不利于鲍照的文献证据。初唐欧阳询编纂《艺文类聚》时，张、谢、鲍三家本集俱在，他是有条件经眼的。类书收录，固然不免张冠李戴，但《艺文类聚》在六例中一致地将鲍诗误为他人诗，是不太可能的。因此，这几首诗的混乱情况应该不始于《艺文类聚》。《艺文类聚》的记载，作为一种不利于鲍照的文献证据，不应该依据今传宋本《鲍氏集》而轻易将其排除。

鲍集中这些疑而未决的互见诗，恐怕只能继续存疑待考。这里特地提出来一一细论，意在藉此重新估量今传宋本鲍集的权威性，并省思今人在编辑先唐别集时过于信赖本集的问题。所谓的先唐别集旧本，与宋明辑本相比，只是年代更早而已，但本质上也是一种辑本，并不具有源于作者手定的权威性。校勘作业中，这些幸存的别集旧本，理应获得更多的关注，但也不宜盲目信赖，从而轻视其他文献证据。

在处理鲍集互见诗时，冯惟讷、陈祚明仅凭风格就判断归属的方式，令人难以信服；而逯钦立虽然比较谨慎地坚持互见的收录方式，但他的倾向是很明显的，就是相信本集的权威性高于类书和总集。从以上各例可知，鲍集的权威不是绝对的，我们实际上无法排除后人在编辑中误收他人诗的可能。这里的后人，包括宋人、唐人，也包括最初编辑鲍集的南朝齐虞炎。

今传宋本鲍集，虽称旧本，未必足以代表鲍集的原貌，可能只是众多鲍集旧本中幸存的一种，因为郭茂倩看到的可能就是另外一种鲍集。以上各例中，支持鲍照的经常只有其本集，所谓孤证不立，我们至少应该对鲍集的权威性保持警醒的态度，而不是毫无保留的信任和盲从。这种态度，或许也应该推及其他先唐别集旧本。

（曾刊载于《古典文学知识》2010 年第 5 期）

鲍照《石帆铭》系年辨正

关于鲍照《石帆铭》的系年，钱振伦注曰："《荆州记》：'武陵舞阳县有石帆山，若数百幅帆。'《宋书·临川王道规传》：'临海王子顼为荆州，照为前军参军，掌书记之任。'此铭当在荆州时作。"钱仲联《鲍参军集注》附《鲍照年表》，依此确定此铭作于大明七年(463)。

丁福林《鲍照研究》则将此铭系年定于元嘉十三年(436)至十六年(439)之间，与钱仲联所系相差二十几年。他考查《宋书·州郡志》的记载，认为石帆山所在的武陵郡舞阳县，宋孝武帝孝建元年(454)前属荆州，孝建元年后改属郢州，鲍照在大明六年(462)以后充任荆州刺史刘子顼的参军时，武陵已非荆州的属郡，想必没有机会前往观山而作铭，而鲍照在元嘉十二年(435)释褐为刘义庆国臣，刘义庆时任荆州刺史，此时武陵尚属荆州，由此年至刘义庆改刺江州的元嘉十六年期间，鲍照有机会前往武陵。

二说系年不同，相同的是都认为石帆山位于荆州武陵郡舞阳县(舞阳一名无阳)。武陵郡舞阳县，大致在今湘西南的芷江、新晃、怀化等地。这一地理位置与铭中所写不合。此铭虽以石帆山为题，实际所写的是此山瞰临的大江，前四句"应风剖流，息石横波。下濛地轴，上猎星罗"，点明此山临水，下面的描写，如“吐湘引汉，歙蠡吞沱。西历岷冢，北泻淮河。眇森宏蔼，积广连深。沦天测际，亘海穷阴”，都非无名江河足以当之。武陵郡舞阳县的石帆山，显然并不具备瞰临大江的地理位置。

此铭所写的石帆山，实际上位于江苏仪征。清顾祖禹《读史方舆纪要》卷二十三《南直五》曰：“瓜步山，县西四十七里，与六合县接界处也。又有小帆山，在瓜步东，矗起大江中，一名石帆山。”这里的石帆山，位于长江边上，正与铭中所写相合。宋王象之《舆地碑记目》卷二《真州碑记》著录：“《石帆铭》，宋中书舍人鲍昭文。”在此碑刻中，鲍照的名字因避唐武后讳而写作“昭”，可见此碑立于中晚唐。这就证实鲍照所写的石帆山位于长江北岸的仪征。

既然鲍照写的石帆山位于仪征而非武陵，钱仲联与丁福林二说都有误，此铭的系年问题也就需要重新考定。石帆山与瓜步山相邻，《石帆铭》应该与《瓜步山楬文》约略同时所作。《瓜步山楬文》曰：“瓜步山者，亦江中眇小山也，徒以因迥为高，据绝作雄，而凌清瞰远，擅奇含秀，是亦居势使之然也。”石帆山所处的地理位置与瓜步山相近，都是山不在高，只因位于长江北岸，而能够“凌清瞰远，擅奇含秀”，这正与《石帆铭》的描写相合。据钱仲联的缜密考证，《瓜步山楬文》作于元嘉二十九年五月，丁福林认同钱仲联的考证。因此，鲍照《石帆铭》也应作于元嘉二十九年(452)。

（曾刊载于《中华文史论丛》2015 年第 2 期）

邺中集小考

关于曹丕《邺中集》的话题，几乎完全来自于谢灵运的一组诗《拟魏太子邺中集诗八首并序》。论者依其诗题，以为既是拟诗必有所拟的对象，进而推想谢灵运当日必有《邺中集》作为范本。然而，所谓曹丕编纂的《邺中集》，六朝典籍中未见提及，《隋书·经籍志》亦不见著录。晚唐皎然所撰《诗式》，虽有"邺中集"的条目，但他所凭据的可能就是谢灵运的组诗。因此，《邺中集》的存在，仍然只是一个疑问。

谢灵运这组诗收录于萧统《文选》，李善注引曹丕《与吴质书》曰："撰其遗文，都为一集。"可知，李善以为，建安二十三年曹丕致吴质书时，提出为已逝的陈、王、应、刘诸人编纂遗集，就是《邺中集》。不过，李善注仅引此文，不举其他书证，似乎他并未见过《邺中集》，对其情况的了解，也不比一千多年后的我们更加详细。以其渊博的学识和较近的时代，李善对《邺中集》一无所知，这是令人生疑的方面。再者，以建安七子的分量，作为他们作品总集的《邺中集》，不见录于《隋书·经籍志》，也不为唐初渊博的学者所知，这也是难以解释的方面。

黄节《谢康乐诗注》，据《初学记》引《魏文帝集》曰："为太子时，北园及东阁讲堂并赋诗，命王粲、刘桢、阮瑀、应玚等同作。"依此，《邺中集》是王、刘等人在侍宴中的同题共作。黄节引此书证,是作为李善注的补充,然而,据此书证,《邺中集》的收录范围就从七子作品总集缩小成为他们的侍宴诗集。严格地说,这条书证并不言及编集一事,未尝不可斥为附会之辞。

不管是李善还是黄节的说法,都绕不过一个障碍,即《邺中集》是否包括曹植作品的问题。谢灵运组诗其八是拟曹植诗,而李善、黄节所引书证,都不及曹植。对此矛盾,一些论者的解释是,曹氏兄弟相忌,故曹丕将曹植排除在外。这种解释引出另外一个问题,即谢灵运为何将集外的曹植纳入拟诗的范围。论者对此又解释其原因,在于谢灵运对曹植才能的仰慕与对其身世的同感。显然,这些解释都是不足凭信的悬揣。

关于所谓的《邺中集》,我们所能倚赖的文献,实际上只有谢灵运这组诗本身。这组诗由八首诗构成,每首之前各有一序,其中第一首即拟曹丕诗的序,又是组诗的总序,正如毛诗序的设计那样。在这组诗中,谢灵运拟代的身份有两重,一是以曹丕以下八人的口吻作诗,在这些诗中,谢灵运分别以八位诗人自居;二是以曹丕的口吻作八篇诗序,在这些诗序中,谢灵运代替曹丕充当编者的角色。由此,谢灵运所拟代的身份,既是诗人也是编者。第一重身份,是所有拟诗都具备的,在此可不必置论,而第二重身份对于一组拟诗而言却是令人费解的。

具体地说,如果确实存在《邺中集》而原无序言,那么,谢灵运所拟的诗序就不合"拟"义,而是他自己的向壁虚造;然而,如果确实存在《邺中集》而原有诗序,那么,谢灵运所拟的诗序就是画蛇添足,而非必要之举。在两种假设中,谢灵运既拟诗又拟诗序、既拟诗人又拟编者的做法,都无法得到圆满的解释。第一首的诗序,即组诗的总序,尤其能够说明问题。在这篇总序中,谢灵运以曹丕的口吻,陈述编纂七子遗集的缘起。既然连曹丕编纂七子作品的行为，都出于谢灵运的拟代，可见在谢灵运的认识中，原本并无曹丕编纂《邺中集》一书。谢灵运不仅揣度八位诗人的作品风格，还虚构了曹丕的编辑行为。

在所拟的诗中，谢灵运凭借的是他对八位诗人的习知，而在所拟的诗序中，谢灵运凭借的则是他对建安时期邺下诗坛的熟悉。正因为没有特定的模仿对象，谢灵运才可能自由地在组诗中加入曹植。第一首的诗序中"昆弟"一语，就是为了照应第八首的拟曹植诗。我们需要知道，这篇总序，由其行文用语看，是谢灵运从曹丕《与吴质书》等文章中撷取、改造而来的，而曹丕在所有文章中都不曾提及其昆弟曹植。由此可见，在总序中刻意提及曹植，又在拟诗中加入建安七子之外的曹植，都是出于谢灵运的虚构。这一点从侧面说明，并不存在一种作为谢灵运拟诗范本的《邺中集》。

《邺中集》究竟是确曾存在，还是根本子虚乌有，我们没有任何实证来加以确认。然而，以上的论述表明，认为《邺中集》确曾存在的诸种说法，都是很不牢靠的附会，而谢灵运组诗自身的结构，却支持《邺中集》根本子虚乌有的观点。

如果以上论证可以成立，谢灵运组诗的题目应该作新的理解，就是说，"邺中集"不是邺中诗人的文集，而是邺中诗人的宴集、雅集。事实上，撇开一切书证和猜测，诗题中的"集"字，既可理解成文集，也可理解成宴集、雅集，没有哪一种理解更加权威。由诗题而推想《邺中集》存在的观点，正是出于将诗题中"集"字读作"文集"的想当然的理解，李善如此，后来论者如黄节等也是如此。仅从诗歌文本自身而言，将邺中集理解成邺中文人的宴集，或许是更加妥贴的阅读。组诗的八首拟诗，都以邺下游宴、主从欢会为题材，谢灵运所做的正是虚拟这种宴集的场面，而不是模拟一种文集。

我的初步结论是，所谓曹丕编纂的《邺中集》并不曾存在，谢灵运《拟魏太子邺中集诗八首并序》是虚拟邺下诗人的宴集，而非模拟所谓的《邺中集》。

（曾刊载于《古典文学知识》2009 年第 5 期）

陶集札记

一　《酬丁柴桑》疑有脱文

《陶渊明集》(逯钦立校注,中华书局 2007 年)卷一收四言诗九首,卷六《读史述九章》、《尚长禽庆赞》、《扇上画赞》,实际上也是四言诗。不过,卷一所收四言诗都分章,从二章到九章都有,其中五首为四章,而卷六所收四言诗都不分章。卷六所收四言诗,在传存的陶集中,都不归入诗类,而是归入文类,应该是当成史赞、画赞之类的韵文。

陶渊明传存至今的二十首四言诗,似乎有一种不成文的习惯,或者说规则。我们来做一番简单的寻章数句,就可看出这种习惯。

卷一

《停云》,四章,每章八句。

《时运》,四章,每章八句。

《荣木》,四章,每章八句。

《赠长沙公》,四章,每章八句。

《酬丁柴桑》,二章,首章六句,次章八句。

《答庞参军》,六章,每章八句。

《劝农》，六章，每章八句。

《命子》，九章，每章八句。

《归鸟》，四章，每章八句。

卷六

《读史述九章》，九首，不分章，各八句。

《尚长禽庆赞》，不分章，八句。

《扇上画赞》，凡四十八句，依韵分六段，每段八句。

由以上各首的排列，可知陶渊明写作的四言诗应该具有每章八句的习惯。《酬丁柴桑》的首章六句，应该算是例外，或者说意外。《读史述九章》题中虽曰九章，其实是九首，因为每首各有小标题。《扇上画赞》的情况比较殊，需要稍加说明。先引诗如下：

扇上画赞

荷蓧丈人　长沮桀溺　於陵仲子　张长公　丙曼容　郑次都　薛孟尝　周阳珪

三五道邈，淳风日尽。九流参差，互相推陨。形逐物迁，心无常准，是以达人，有时而隐。/四体不勤，五谷不分，超超丈人，日夕在耘。遼遼沮溺，耦耕自欣，入鸟不骇，杂兽斯群。/至矣於陵，养气浩然，蔑彼结驷，甘此灌园。张生一仕，曾以事还。顾我不能，高谢人间。/岧岧丙公，望崖辄归，匪骄匪吝，前路威夷。郑叟不合，垂钓川湄，交酌林下，清言究微。/孟尝游学，天纲时疏，眷言哲友，振褐偕徂。美哉周子，称疾闲居，寄心清尚，悠然自娱。/翳翳衡门，洋洋泌流。曰琴曰书，顾盼有俦。饮河既足，自外皆休。缅怀千载，托契孤游。/

此首四十八句，八句一转韵，依韵分成六段。首段总陈，末段自述，中间四段，每段各写两人，分写题下所注八人。中间四段，每段又各分前后四句，四句写一人。如果要分章的话，此首应该是六章，每章八句。由此首可见，陶渊明的四言诗，大概确实是以八句为一个单位，不管是分章情况下的一章，还是不分章情况下的一韵，都不多不少包含八句。

如果将《扇上画赞》六段转化成六章，那么，陶渊明传存的四言诗，共有五十九章。在这五十九章中，仅有一章不合每章八句的习惯。这当然可以解释成一种例外，因为陶集是传世的先唐别集旧本，相对而言比较可靠。不过，考虑到年代久远，辗转传抄和翻刻，脱讹的情况也很常见，如果我们不惮臆测的话，或许可以推论，《酬丁柴桑》的首章六句，大概原本也是合乎陶渊明习惯的八句，而在流传过程中偶然脱去二句。这当然只能止于猜测而已。

二　《闲情赋》"嗟"字疑误

陶渊明《闲情赋》写到惶惑靡宁、魂魄九迁之后，接连提出十种亲近的愿望，每一种愿望都由四句组成，先提出愿望，再提出担忧，例如第一愿是："愿在衣而为领，承华首之余芳；悲罗襟之宵离，怨秋夜之未央。"十愿的句式都是如此，前二句以"愿"起，后二句以"悲"结。陶渊明不断重复这一句式，铺排诸种愿望，有助于展示丰富的想象力、强烈的愿望和不断的幻灭。这种修辞的意图显而易见，然而，第二种愿望中出现一处不太谐和的文字，破坏这一重复的句式：

> 愿在裳而为带，束窈窕之纤身；嗟温凉之异气，或脱故而服新。

在其他九种愿望中的"悲"字的位置上，第二种愿望却是

“嗟”字。诸种陶集传本都是如此，并无异文，诸家陶集校注本对此都不置一辞。

这是陶集的原文吗？如果是，那就是陶渊明有意为之，试图制造某种变化，避免单调。我想这种可能性很小。十愿中，九种句式完全相同，只有一种句式略变一字，这并不足以制造变化的效果，相反只会破坏重复的修辞力量。就赋文而言，重复正是陶渊明有意为之的构造。如果“嗟”字不是陶集原文，那就只能是流传中滋生的讹误。

“嗟”字的存在，是一个奇怪的现象，对于这篇赋本身而言，令人费解，对于陶集的阅读史而言，同样匪夷所思。古代诗家素来有替前贤修改文字的癖好，对于存在疑义的文字，他们通常觉得有权利或有责任替前贤修饰一番。然而，此处奇怪的“嗟”字流传至今，未见有人公然提出疑问，也未见有人悄然改正。我想，在陶集校本中，“嗟”字下至少应该加上一条校记。这是本校法理应享有的权利。

三　苏轼所见陶集

苏轼《题渊明饮酒诗后》曰：“‘采菊东篱下，悠然见南山。’因采菊而见山，境与意会，此句最有妙处。近岁俗本皆作‘望南山’，则此一篇神气都索然矣。”这里苏轼批判“近岁俗本”以意妄改，却没有交待他所见到的是哪一种善本陶集。

苏轼《书诸集改字》曰：“近世人轻以意改书，鄙浅之人，好恶多同，故从而和之者众，遂使古书日就讹舛，深可忿疾。孔子曰：‘吾犹及史之阙文也。’自余少时，见前辈皆不敢轻改书，故蜀本大字书皆善本。……陶潜诗：‘采菊东篱下，悠然见南山。’采菊之次，偶然见山，初不用意，而境与意会，故可喜也。今皆作‘望南山’。”从行文语气看，苏轼所见陶集善本大概就是“蜀本大字书”，当时年少的苏轼尚在蜀中。

蔡絛《西清诗话》：“渊明意趣真古，清淡之宗，诗家视渊明，犹孔门视伯夷也。其集屡经诸儒手校，然有《问来使》篇，世盖未见，独南唐与晁文元家二本有之。”这里提及的晁文元，即晁迥，澶州人，徙家四川彭门，与苏轼同在蜀中。苏轼所说的“蜀本”与晁迥家藏本可能存在某种联系。《问来使》诗，通常定为伪诗。苏写大字本陶集收录此诗，题下注曰：“南唐本有此一首。”如果苏写本确实出于苏轼手书，他也就见过南唐本陶集。这样的话，蔡絛所说的陶集中收录《问来使》诗的两种版本，苏轼可能都曾亲见。

苏轼《书渊明羲农去我久诗》曰：“余闻江州东林寺，有陶渊明诗集，方欲遣人求之，而李江州忽送一部遗予，字大纸厚，甚可喜也。”苏轼只说此庐山东林寺刊本“字大纸厚”，大概其文字也是苏轼所谓的“近岁俗本”。郭绍虞《陶集考辨》，由《游斜川诗》的异文推断，苏轼所据，不从东林寺本（《照隅室古典文学论集》上编）。

叶梦得《石林诗话》卷上曰：“余尝从赵德麟假《陶渊明集》本，盖子瞻所阅者，时有改定字。”这一批校本想必是苏轼随身携带的读本。苏轼贬谪后多自托于陶渊明，转迁各地时，写有大量和陶诗，这当然就必须随身携带某本陶集。苏轼《答程全父推官》曰：“随行有《陶渊明集》，陶写伊郁，正赖此耳。”那么，这是怎样的一种陶集呢？

苏轼批判以意轻改的俗本，自称见过保留旧本面貌的蜀本，然而，他所读的陶集却未必是善本。洪迈《容斋三笔》卷三《东坡和陶诗》曰：“陶渊明集《归园田居》六诗，其末‘种苗在东皋’一篇，乃江文通《杂体》三十篇之一，明言学陶征君田居……今陶集误编入，东坡据而和之。又‘东方有一士’诗十六句，复重载于《拟古》九篇中，坡后遂亦两和之，皆随意即成，不复细考耳。”可见苏轼所用陶集并非善本，既混入江淹《杂体三十首》中的拟陶一首，又有编排上存在重编的现象，而苏轼对此也没有细心考辨。

苏轼既写作大量的和陶诗，也经常书写陶诗赠人，保存下来的若干相关书跋，可以让我们窥见苏轼所见陶集的一斑。这些苏轼书写的陶诗，与传世陶集之间颇存异文，并且有一些仅见的异文。这里将仅见的异文录出待考。

《书渊明东方有一士诗后》，书《拟古九首》中“东方有一士”一首，其中“辛勤无此比”句，苏轼所书“辛勤”作“辛苦”。

《题渊明诗》曰：“陶靖节云：‘平畴返远风，良苗亦怀新。’”此二句出《癸卯岁始春怀古田舍二首》其二，传本陶集皆作“平畴交远风”。

《题渊明诗》（又一篇），书《饮酒二十首》其七，持校陶集，颇存异文。“泛此忘忧物”句，苏轼所书“忘”作“无”；“归鸟趋林鸣”句，苏轼所书“归”作“飞”；“啸傲东轩下”句，苏轼所书“轩”作“窗”。

《陶渊明诗》（元丰七年十月二日写），书《杂诗十首》其四，“子孙还相保”句，苏轼所书“还”作“远”。

《录陶渊明诗》，书《饮酒二十首》其九，“违己讵非迷”句，苏轼所书“讵”作“谁”。

《书渊明诗》，引《饮酒二十首》之序：“偶有佳酒，无夕不倾，顾影独尽，悠然复醉。”传世陶集“佳”作“名”，“悠然”作“忽焉”。

《书渊明诗》（又一篇），引《饮酒二十首》其二十，“但恨多谬误”句，苏轼所书“恨”作“恐”。

四 《游斜川》诗与序的复沓关系

在传存至今的先唐诗中，普遍的情形是诗题简短，少见长题，诗序不多见，并且通常是寥寥数语，交待人物或背景。陶渊明《游斜川一首并序》是一个特殊的例子，诗序（108 字）略长于诗（10 韵 100 字），并且诗与序之间存在复沓关系。文长不全录，这里仅列出诗与序对应的句子。

诗	序
开岁倏五十	辛丑正月五日
气和天惟澄	天气澄和
班坐依远流	临长流
弱湍驰文鲂	鲂鲤跃鳞于将夕
闲谷矫鸣鸥	水鸥乘和以翻飞
缅然睇曾丘。虽微九重秀，顾瞻无匹俦	若夫层城，傍无依接，独秀中皋
且极今朝乐，明日非所求	悲日月之遂往，悼吾年之不留

诗与序的内容互相重复，次序也大体一致。特别令人不解的是，这篇诗序不再只是交待人物和背景，不再只有辅助阅读的功能，而是与诗同样有写景的部分，并且诗与序的写景部分也是重复的。我们应该怎样理解这种现象？

南宋姜夔的词几乎篇篇有序，并且多长序，词与序重复的例子不少。这受到清人周济的批评："白石好为小序，序即是词，词仍是序，反覆再现，如同嚼蜡矣。词序序作词缘起，以此意词中未备也。今人论院本，尚知曲白相生，不许复沓，而独津津于白石词序，一何可笑。"（《介存斋论词杂著》）陶渊明《游斜川一首并序》，看起来与姜夔词相似，序即是诗，诗仍是序，反复再现。我们应该指责这种做法吗？

《游斜川》序曰："与二三邻曲，同游斜川。"又曰："欣对不足，共尔赋诗。"可知当日同游诸人都一起赋诗，此序是为集体创作所撰，而非专为己诗而作，只不过他人所作都已亡佚，仅存陶诗一首。这种情形，可以在此前和同时各找到一个相似的例子。王羲之等人在永和九年有兰亭之游，各有诗章，而王羲之作《兰亭集序》；与陶约略同时有庐山诸道人，游石门山，各有赋诗，诗存一首（7 韵），并存长序一篇，序末尾曰："情发于中，遂共咏之云尔。"（逯钦立辑《先秦汉魏晋南北朝诗》晋诗卷二十庐山诸道人《游石门诗并序》）《兰亭集序》和《游石门诗》之序，都包含相当篇幅的山水描写，而与此相映成趣的是，诗篇中的山水描写反而不多。

参证《兰亭集序》与《游石门诗并序》，可知陶渊明《游斜川一首并序》沿续的是当时的一种社交传统：良辰吉日，携友同游山水，并觞咏赋诗；胜游赏咏之后，照例要有结集，并由其中一人撰序纪事。在诗序中加入山水描写的片段，同样是当时的文体规范，山水描写更多地出现在文（包括赋）而非诗中。

与《兰亭集序》与《游石门诗并序》相比，《游斜川一首并序》实际上显示出文体发展上的细微变动，即在保持诗序中山水描写的同时，更加重视诗中的山水描写。在王羲之等人的《兰亭诗》中，谈理的篇幅仍然高于山水描写；在《游石门诗》中，山水只是谈理的陪衬，而在序中却有大段详尽的山水描写。《游斜川》的变动，是诗中的山水描写占据更多篇幅（4 韵），叙事（3 韵）和谈理（3 韵）减少篇幅。这一变动可以说是山水诗成立的先声。

五 《桃花源记》"如"字疑误

《桃花源记》写武陵渔人进入桃花源，观察到的景象包括："其中往来种作，男女衣着，悉如外人。"外人的衣着，当然是渔人熟悉的外部世界人们的衣着。桃源中人的衣着，与外部世界完全相同，考虑到桃源世界与世隔绝约六百年的事实，这显然难以解释得通。与记文相匹配的诗曰："俎豆犹古法，衣裳无新制。"与记文迥异，描述的正是与世隔绝的情况。唐人王维《桃源行》："居人未改秦衣服。"清楚地表明"衣裳无新制"的意思。这样说来，《桃花源记》"悉如外人"一句，想必是在流传中出现了讹误。

此处看似显而易见的问题，各家校注本，如逯钦立《陶渊明集》、杨勇《陶渊明集校笺》，大多不置一词，袁行霈《陶渊明集笺注》倒是给出注释说："意谓桃花源中往来耕种之情形以及男女之衣着，完全与桃花源以外之人相同。"却没注意到这样的解释并不合理。龚斌《陶渊明集校笺》注意到这一问题，并试图提出合理的解释："外人，谓方外或尘外之人。"然而，这样曲解"外人"一词，显然不能成立。《桃花源记》一文中，"外人"出现三次，"男女衣着，悉如外人"；"遂与外人间隔"；"此中人语云：不足为外人道也"，很显然指的都是桃花源以外的人。

王叔岷提出新的解释："据后诗'衣裳无新制'，则男女衣着与外人异，不得云'悉如外人'。王维《桃源行》'居人未改秦衣服'，亦其证。昔年岷曾谓'悉如外人'，疑当作'悉异外人'。（颇有从岷此说者。）然'其中往来种作，男女衣着，悉如外人'，文意一贯。'男女衣着，悉异外人'，固与诗相合。而往来种作，自与外人无异，是又当作'悉如外人'矣。因思'男女衣着，悉如外人'者，盖谓其中男女皆衣着，亦如外人皆衣着，非就衣制之新旧今古而言。如此解说，则与诗不抵触矣。”[1]说法新奇，却毫无依据，且不合常理。诗中明言“衣裳无新制”，是就衣制新旧今古而言，不是就衣着或裸裎而言，桃源中人又不是裸国裸民。

陶集虽是先唐旧本，流传有绪，并且经过宋代以来学者的校正，却还有一些不合文理或违背史实的文字。这些文字不能依据版本的异文作出是非的判定，不能遽定为讹误，却很有必要提出来详加讨论。曩读吴世昌《陶渊明文中讹字》一文，提到《祭程氏妹文》“维晋义熙三年五月甲辰”句，“五”字盖“十一”二字之讹；《与子俨疏》“家贫，每役柴水之劳”，疑应作“家贫多役。柴水之劳”。[2] 这是很有意思的发现。《酬丁柴桑》疑有脱文，《闲情赋》“嗟”字疑误，《桃花源记》“如”字疑误，也应该提出来讨论。

---

① 王叔岷《陶渊明诗笺证稿》，中华书局 2007 年，页 511—512。

② 吴世昌《吴世昌全集》第二卷《文史杂著》，河北教育出版社 2003 年，页 18—19。

高启集版本考

高启(1336—1374),字季迪,号青丘、槎轩,因参修《元史》,故后世习称高太史,长洲(今江苏苏州市)人。关于高启诗文集版本,今人张春山已有文探讨,然多有漏略错讹。[①] 本文意在对此作一全面考察,明其源流及存佚,并详细记录版本异同。所记各本,以南京图书馆藏本为主;少量笔者未见者,则依各家书目著录。

《姑苏杂咏》

据高启《凫藻集》卷三《姑苏杂咏序》,此集为高启洪武三年(1370)秋归自京师(南京)至洪武四年十二月之间,吟咏吴中风物所作之诗,曰:"因不忍弃去,萃次成帙,名《姑苏杂咏》,合古今诸体凡一百二十三篇云。"[②]则此集乃高启手自编定成帙。今所见各本《姑苏杂咏》皆为一百三十六首,不知为谁所增入。

---

① 张春山《高启诗文版本源流小考》,《运城师专学报》1986 年第 3 期。

② 徐澄宇、沈北宗校点《高青丘集》,上海古籍出版社 1985 年,页 907。下文简称点校本。

（一）洪武蔡伯庸刻本

此本笔者未见，据《北京图书馆古籍善本书目》著录："高季迪赋《姑苏杂咏》一卷，明高启撰。明洪武三十一年蔡伯庸刻本，唐翰题跋。一册。十三行二十字，黑口，四周双边。"[①]周傅《姑苏杂咏跋》曰："锡山蔡伯庸氏得其全集，谋锲诸梓，虑其传写之讹，属傅编次而校正之。"（明万历刊《姑苏杂咏合刻》卷末）则此本为周傅编次，而由蔡伯庸梓行。

邵懿辰撰、邵章续录《增订四库简明目录标注》："曾见明洪武刊本《姑苏杂咏》，十行二十字，凡诗一百二十三篇，前有启自序，分十类，每题有自注，大全集皆删去。"[②]版式不同，如其所说可信，则洪武年间除蔡伯庸刊本外另有一刊本。然不敢断言其有无，姑存疑。

丁丙撰《善本书室藏书志》卷三五著录永乐刊本《缶鸣集》，曰："此先生刻本之最先者也。"[③]实际上，高启诸集中最先刊刻的是洪武刊本《姑苏杂咏》。

（二）成化张习刻本

此本笔者未见，据《北京图书馆古籍善本书目》著录："《姑苏杂咏》一卷，明高启撰。明成化二十二年张习刻本。一册。十行二十字黑口四周双边。"又一本："《姑苏杂咏》一卷，明高启撰。殷堂补辑，明成化刻殷堂重修本。黄廷鉴、缪荃孙、邓邦述跋，吴昌绶题词，陈士廉题诗。一册。十行二十字，黑口，

---

① 北京图书馆编《北京图书馆古籍善本书目》，书目文献出版社，页2312。

② 邵懿辰撰、邵章续录《增订四库简明目录标注》卷十八，上海古籍出版社1979年，页818。

③ （清）丁丙《善本书室藏书志》卷三五，《清人书目题跋丛刊》本，中华书局1990年，页836—837。

四周双边。”[①]此本并非单行本，而是张习辑《明初四大家诗集》中《槎轩集》所附。亦见下文《明初四大家诗集》本《槎轩集》。

（三）万历《姑苏杂咏合刻》本

《姑苏杂咏合刻》四卷，明周希夔编，万历四十六年周氏刻本。山东大学图书馆、上海图书馆有藏本，南京图书馆存第四卷。《四库全书存目丛书》影印此本。卷首有钱允治万历戊午《姑苏杂咏合刻序》。

《姑苏杂咏合刻》四卷包括高启撰《姑苏杂咏》二卷与周南老撰《姑苏杂咏》二卷。此仅考察高启撰《姑苏杂咏》。此本半页八行十八字，白口，单鱼尾，左右双边。上书口题“姑苏杂咏”，版心鱼尾下题卷第及“渤海”字样。卷首有高启洪武四年《姑苏杂咏序》，此序又见其文集《凫藻集》。卷末有周傅洪武三十一年《姑苏杂咏跋》。

洪武、成化二本皆为一卷，此本析为上、下二卷，集中内容则无二致。

（四）康熙周之翰刻本

南京图书馆藏本，二卷，一册。封面题“高季迪先生姑苏杂咏/吴门周协一辑/濂溪书院藏板”，并钤有“濂溪书院”朱文篆体长方印。半页八行十八字，白口，单鱼尾，左右双阑，上书口题“姑苏杂咏”，版心鱼尾下题卷第及“渤海”字样。卷首有周之翰（字协一）康熙三十八年《姑苏杂咏序》。此本版式、卷数与周希夔编《姑苏杂咏合刻》本全同，应即从周氏刊本而来。

因《姑苏杂咏》乃高启自编成帙，又今所见各本所收诗及其编排皆同，可知以上所列各种刊本，虽不必有前后相沿重刻

---

① 北京图书馆编《北京图书馆古籍善本书目》，书目文献出版社，页 2313。

之关系，亦可断言其为同源。

《缶鸣集》十二卷

《缶鸣集》十二卷，通计收诗一千首整，已非高启生前自定原本。高启《缶鸣集序》曰："近客东江之渚，因间始出而汇次之，自戊戌(1358 年)至丁未(1367 年)，得七百三十二篇，题之曰《缶鸣集》。"[①]谢徽洪武三年十二月作《缶鸣集后序》曰："今年冬，予访之吴淞江上，季迪出其诗示予，盖取旧所集诸诗，益加删改，汇稡为一，总名曰《缶鸣集》。自古乐府、歌行而下，至五七言诸体，得诗九百余篇，皆其精选，富矣哉!"[②]又卷首周立跋曰"重编足一千首"云云，则永乐刊本所增入者，应为昔从《江馆》、《青丘》、《凤台》、《娄江吟稿》诸集所弃去者。

（一）永乐元年周立刻本

此为《缶鸣集》之最早刊本。南京图书馆藏本，丁丙跋，四册。半页十二行二十字，小黑口，单鱼尾，左右双阑。每卷第一行顶格起题"缶鸣集"及卷第，第二行低七格题"后学愚侄周立公礼校正重编"。第一册书皮钤有"八千卷楼珍藏善本"朱文楷体长方印，书中钤有"五砚楼"朱文篆文方印、"嘉惠堂所阅书"朱文篆文方印、"袁氏又恺"朱文篆文方印及"五砚楼袁氏所藏金石图书印"朱文篆文方印等。扉页丁丙跋文曰："是集乃先生存日手自订定之诗，目录下注卷一之十二卷。诗凡一千首，殆《明诗统》所称侍郎坐法死，所为诗凡千首，自荟萃为集，凡四册，号《缶鸣集》。《列朝诗集》所称诗凡二千余篇，

① 徐澄宇、沈北宗校点《高青丘集》，《凫藻集》卷三，上海古籍出版社 1985 年，页 906。

② 徐澄宇、沈北宗校点《高青丘集》附录，上海古籍出版社 1985 年，页 983。

自选得《缶鸣集》十二卷。殁后无子，其妻周氏藏其遗稿，授侄立，于永乐元年镂板。有洪武庚戌王祎、洪武二年胡翰序，洪武三年谢徽后序，周立跋。此本王、胡、谢三序钞补，周跋已佚。”①

（二）明介石堂刻本

南京图书馆藏本，二册。半页九行二十字，白口，单鱼尾，左右双阑。下书口题“介石堂”字样。每卷第一行顶格起题“缶鸣集”及卷第，第二、三行低十格分别题“古吴高启季迪著”、“同里拂云居士校”。卷首有吴宽《重刻缶鸣集序》及高启《缶鸣集自序》。

吴宽《重刻缶鸣集序》曰：“洪武史官高启季迪，有诗千篇号《缶鸣集》。其夫人兄子周立公礼，尝刻板于所居之甫里，正统末，毁于火。”又曰：“周暟仲英者，甫里人也。老而好文，谓《缶鸣》为里中故物，而公之手选也，慨然重刻。又以旧板缺公《自序》，更补之，汲汲走予请一言。”则此本为永乐元年周立本之重刻本。

（三）建宁芮麟刻本

明吴宽《重刻缶鸣集序》曰：“是集又闻尝刻于建宁郡斋，未见行世。”杨士奇曰：“右高季迪《缶鸣集》，建宁知府芮麟刻之郡斋，惜其谬误颇多，未尝校正。金华胡仲子尝为作序，又不知以冠篇首，盖出一时率尔之为。芮来京时以此册见遗，芮闻余言甚喜，将归成之，未行而遽卒，亦可惜也。”②此本笔者未见，亦未见各家书目著录，难究其详，似已亡佚。

---

① 案：此段文字又见丁丙撰《善本书室藏书志》卷三五集部“《缶鸣集》十二卷”条，《清人书目题跋丛刊》本，中华书局1996年，页836。

② （明）杨士奇《东里续集》卷十九，《景印文渊阁四库全书》1238册，页619。

（四）嘉靖刻本

此本笔者未见，仅据南京图书馆藏缩微胶卷介绍如下。

胶卷外盒标签题“国会图书馆摄制北平图书馆善本书胶片”，四册，一函。钤有“国立北平图书馆所藏”篆文方印。半页十一行二十字，白口，单鱼尾，左右双阑。各卷卷端所题不甚一致，卷一题“后学愚侄周立公礼校正重编”，卷二题“后学周立校正编次”，卷三、四、五、六、七题“后学周立校正重编”，卷九、十、十一、十二则无“周立”等字样，亦为永乐周立刊本之翻刻本。此本不知何人所刻，亦未见书目著录。

清姚际恒《好古堂书目》著录：“高启《缶鸣集》十二卷，元刻，六本。”[①]高启诗文词集于其生前皆未经刊刻。[②] 因此，这里所谓“元刻”应该不是元代所刻，似指原刻本而言。又，明焦竑《国史经籍志》卷五著录：“高启《缶鸣集》十八卷。”[③]现存《缶鸣集》皆为十二卷，各家书目亦皆作十二卷，焦竑著录十八卷本不知何出，疑误。

王彝序曰：“《高季迪诗集》凡若干卷，郯郡徐贲所编次，而稽岳王彝题其帙曰《高季迪诗集》而为之序焉。”[④]此本始末未详，亦无从考索。今人张春山《高启诗文版本源流小考》曰：“元至正丁未(1367)年，他将移居青丘后即十年离乱时期所写的《江馆集》、《娄江吟稿》共七百三十余首诗辑为《缶鸣集》。”又曰：

---

① (清)姚际恒《好古堂书目》，《稿抄本明清藏书目三种》本，北京图书馆出版社 2003 年，页 839。

② 李志光洪武八年(1376)《凫藻集本传》曰“初富商陈宝生欲为寿诸梓，启不许，乃止”云云。见点校本附录，页 994。

③ (明)焦竑《国史经籍志》卷五，冯惠民、李万健选编《明代书目题跋丛刊》本，书目文献出版社 1994 年，页 418。

④ 徐澄宇、沈北宗校点《高青丘集》附录，上海古籍出版社 1985 年，页 980。

“与此同时，吴中四杰之一即高启诗友徐贲也辑成高启的《缶鸣集》，并请高启的另一好友王彝为其书作序。于是高启的《缶鸣集》就有两种手抄本并行于世。”[①]此语即从王彝序而来。

《槎轩集》十卷

明娄东张泰成化十四年序曰：“先生之诗有《缶鸣集》、《姑苏杂咏》，行世已百年矣。又有《江馆》、《凤台》、《槎轩》三集，迨今未寿诸梓；吾友仪部员外郎张君企翱，自幼得之乡长老所。兹于公暇，每诵而爱之，谓非他为诗者可及。爰为校录，合古今体制，类成十卷，总名之曰《槎轩集》。量节俸资，图欲与前二集并传，授余为之序。”[②]可知此集汇聚《江馆》、《凤台》、《槎轩》三集，故多有《高太史大全集》未收诗。

（一）成化张习刻本

此本笔者未见，据《北京图书馆古籍善本书目》著录：“《槎轩集》十卷，明高启撰。《附录》一卷。明成化十三年张习刻本。二册。十一行二十一字，黑口，四周双边。”[③]张习辑明初吴中四杰诗为《明初四大家诗集》，其中即收高启《槎轩集》十卷，附《姑苏杂录》一卷。[④]

（二）清抄本

《中国古籍善本书目》著录：“《槎轩集》十卷，明高启撰。《附录》一卷。清抄本，清黄丕烈跋。”[⑤]似从张习刻本而来。

---

① 张春山《高启诗文版本源流小考》，《运城师专学报》1986年第3期，页43。

② 徐澄宇、沈北宗校点《高青丘集》附录，上海古籍出版社1985年，页987。

③ 北京图书馆编《北京图书馆古籍善本书目》，书目文献出版社，页2312。

④ 施廷镛编撰《中国丛书综录续编》，北京图书馆出版社2003年，页327。

⑤ 中国古籍善本书目编辑委员会编《中国古籍善本书目》，上海古籍出版社1996年，页539。

《"国家图书馆"善本书志初稿》著录一种旧钞本《槎轩集》十卷四册，且曰："全幅高 27.2 公分，宽 17.1 公分。每半叶九行，行十八字。……书前后有黄丕烈手钞补十七叶，书后并有其手跋二篇。"又著录一种旧钞本《槎轩集》十卷二册，曰："全幅高 27.5 公分，宽 18.6 公分。每半叶十二行，行二十六字。…… 卷首有成化十四年(1478)张泰序。序后附录，收'太子少师姚广孝读高季迪诗集'诗三首。朱墨笔圈点。"书中钤有"金星轺藏书记"朱文长方印，"文瑞楼"白文方印。[①]

此二种钞本皆为清黄丕烈旧藏，详见其所撰《荛圃藏书题识再续录》卷三著录。[②]

《高太史大全集》十八卷

明徐庸编。卷首刘昌序曰："……青丘先生高启文集一十八卷，旧一千若干篇，今二千若干篇，儒士徐庸字用理之所广也。"[③]吴宽《重刻缶鸣集序》曰："洪武史官高启季迪，有诗千篇号《缶鸣集》。其夫人之兄子周立公礼，尝刻板于所居之甫里，正统末，毁于火，郡人徐用理复取刻之，增多倍于旧，而《姑苏杂咏》在焉。按《缶鸣》公自为序云：'自戊戌至丁未之作得七百三十二篇。'及公归田后，又益以戊申至庚戌之作，盖得二百二十八篇，乃合十三年之诗而成此编。序又云：'自此而后著者，当别自为集。'盖明年辛亥作《杂咏》，甲寅，公死于法矣！今考《杂咏》统百二十三篇，而用理所增仅三年之诗也，几九百

---

① "国家图书馆"编印《"国家图书馆"善本书志初稿》集部(二)别集(金、元、明)，台北：天恩出版社 1999 年，页 143—144。

② (清)黄丕烈《荛圃藏书题识》再续录卷三，《清人书目题跋丛刊》本，中华书局 1993 年，页 379—380。

③ 徐澄宇、沈北宗校点《高青丘集》附录，上海古籍出版社 1985 年，页 984。

篇，一何多哉！尝观谢翰林元懿序，谓公初为四集，删改会粹，始成《缶鸣》，则今所增入，岂多昔所弃去者，犹存于世，错置其间欤？”[①]吴宽所言甚是。徐庸编《大全集》乃以《缶鸣集》为基础，补入《江馆》、《青丘》、《娄江吟稿》数帙中未被收入《缶鸣集》者，而《姑苏杂咏》则大体全集编入。

（一）景泰间刻本

徐庸刊行。南京图书馆藏本四册，一函。半页十行二十字，白口，四周单边。每卷第一行顶格起题“高太史大全集”及卷第，第二、三行低九格分别题“吴郡高启季迪著”、“南州徐庸用理编”。卷首有刘昌景泰元年《高太史大全集叙》及胡翰、王祎、谢徽三序。

《“国家图书馆”善本书志初稿》著录一种清康熙九年钞本，八册，且曰：“每半叶十行，行二十字。”又曰：“全书最末叶最末行墨笔题‘康熙九年清和月三日抄毕’，未署名。”[②]应即景泰本之覆抄本。

《北京图书馆古籍善本书目》著录：“《高太史大全集》十八卷，明高启撰。明景泰刻成化五年刘以效则重修本，吴慈培校并跋。八册。十一行二十字，黑口，四周双边。”[③]《中国古籍善本书目》卷二十六著录：“《高太史大全集》十八卷，明高启撰。明刘景韶校，明刻蓝印本。”[④]此二本笔者皆未见，大抵同源于景泰本。

① 徐澄宇、沈北宗校点《高青丘集》附录，上海古籍出版社 1985 年，页 986。

② “国家图书馆”编印《“国家图书馆”善本书志初稿》集部(二)别集(金、元、明)，台北：天恩出版社 1999 年，页 144。

③ 北京图书馆编《北京图书馆古籍善本书目》，书目文献出版社，页 2311。

④ 中国古籍善本书目编辑委员会编《中国古籍善本书目》卷二十六，上海古籍出版社 1996 年，页 540。

《四部丛刊》本即据徐庸刻本影印。

（二）《明初四家诗》本《重刻高太史大全集》十八卷

《明初四家诗》四十卷，明陈邦瞻辑，万历刊本。南京图书馆藏本十六册。书皮钤有“八千卷楼珍藏善本”朱文楷体长方印。扉页有丁丙跋文。卷首有陈邦瞻万历己酉《重锓明初四家诗序》、谢肇淛万历己酉《重刊四名家诗集序》及徐庸刊本原有各序，卷末有汪汝淳万历己酉《合刻国初四先生全集后序》。汪序数页上书口钤有“由庚堂后叙”朱文楷体长方印。半页十行二十字，白口，单鱼尾，四周单边。

其中一至六册为《高太史大全集》十八卷。每卷第一行顶格起题“重刻高太史大全集”及卷第，第二、三、四行低八格分别题“吴郡高启季迪著”、“高安陈邦瞻德远校”及“新都汪汝淳孟朴仝校”。此本为景泰本之重校本，然观其文字，并无二致。

（三）清长洲许氏竹素园刊本

南京图书馆藏本，四册。封面题“高季迪先生大全集”、“重订原本”、“竹素园藏板”，并钤有“古吴竹素园藏书”朱文篆文方印。半页十行二十字，白口，单鱼尾，左右双阑。卷首有竹素园主人序，曰：“乙亥春购得兹本，因而重加校雠，其间序次悉遵原板，间有阙文一二，亦姑仍之，而未敢遽改。”由其序可知此本乃徐庸刻本之重订。卷一首行钤有“臣蓥”朱文方印，卷十八末行题：“嘉庆四年八月二十一日承恩读”。则此本刊行于嘉庆四年以前某乙亥年。

（四）光绪木活字本

南京图书馆藏本，六册。卷首亦有竹素园主人序，应为竹素园本之翻刻本。此定其刊行年代为“光绪”，乃依南京图书馆之著录。封面现已失，刻行年代及刊刻者无考。版式为半页九行二十一字小黑口单鱼尾四周单边。

《凫藻集》五卷《扣舷集》一卷

《凫藻集》五卷为文集,《扣舷集》一卷为词集,高启甥侄周立所编。

(一) 正统九年郑颙、邵昕刻本

南京图书馆藏本,二册,清丁丙跋。卷首有周忱正统九年《高太史凫藻集序》及李志光《高太史传》。半页十行二十字,黑口,双鱼尾,四周双阑。《凫藻集》每卷第一行顶格起题“高太史凫藻集”及卷第,第二行低十一格题“后学周立编辑”。《扣舷集》记录格式同。丁丙跋曰:“当有郑颙一跋,缺。”

《四部丛刊》本即据此本影印,卷末有钱塘郑颙正统九年《书凫藻集后》,为南京图书馆藏本所无。

又,南京图书馆藏有清劳权抄本《扣舷集》(与杨基《眉庵词》合抄)。卷首有丁丙跋,曰“劳氏抄本”,并钤有“玉参差馆”、“八千卷楼”、“权”朱文篆体方印。集中诗篇及编排全同各家刻本,应亦从正统九年刻本而来。

另,阳海清编撰《中国丛书广录》著录清王棤编《艺苑丛钞》(稿本),其中收高启《扣舷集》一卷。[①]

《青邱高季迪先生诗集》十八卷补遗一卷《扣舷集》一卷《凫藻集》五卷

清桐乡金檀辑注。此本以景泰徐庸刊本为基础,补入《槎轩集》中为《大全集》所无者,并从方志、选本中辑出部分诗作,且合刊以正统九年郑颙、邵昕所刻《凫藻》、《扣舷》二集,为目

① 阳海清《中国丛书广录》,湖北人民出版社 1999 年,页 192。

前高启著述之最全者。[1] 金檀又辑录各家序跋、诗评，并图赞及金氏所作《高青邱年谱》，置于卷首。

（一）雍正六年刻本

金檀刊行。南大图书馆藏，六册，一函。半页十一行二十二字，白口，单鱼尾，左右双阑，注文为双行小字，行约三十三字。下书口题“文瑞楼”字样。卷首有陈璋、金檀二序。每卷第一行顶格起题“青邱高季迪先生诗集”及卷第，书皮题“高青邱诗集注”。

金檀序自署：“雍正六年岁在戊申孟秋月七夕前一日桐乡金檀序。”《凫藻集序》则署：“雍正六年岁在戊申季秋月重阳前三日桐乡金檀序。”又曰：“余既校订高青邱先生诗，为之注而序列之，凡一十八卷。嗣又得先生《凫藻集》文五卷，乃复订而为之序。”可知，金檀刊本于孟秋七月付梓行世时并不包括《凫藻集》，直至季秋九月方才合刊，故今日所见金檀刊本有两种，一种无《凫藻集》，一种有之。金檀刊《凫藻集》五卷亦有单行本，卷端题“青邱高季迪先生凫藻集”。

（二）墨华池馆重订本

南京图书馆藏本，八册。版式全同雍正六年刊本，惟每卷第三、四行低九格分别题“桐乡金檀星轺辑注/汪梦龄与之/（汪）安次迁重订”。题曰“重订”，然与金氏原刊本并无二致。

（三）民国三年东吴浦氏石印本

南京图书馆藏本，六册。牌记题“甲寅秋东吴浦氏依原本影印”。开本缩小，版式则全同。

《四部备要》本即据金檀雍正六年本排印。

---

[1] （明）赵琦美编《赵氏铁网珊瑚》卷十收有高启《春草堂记》一文，为各本所无。

日本刊本

(一)《高青邱诗集》初编三卷贰编五卷,八册

中岛规校刻,天保十年(1839)刊行。南京图书馆藏。

封面题曰:"高青邱诗集"、"清金檀星轺氏辑注/日本隝规景宽氏挍刻本"、"皇都书林/浪华书林/文政堂/宝玉堂/群玉堂合梓"、"天保十年已亥初夏发行"。半页十行二十二字,白口,单鱼尾,四周单边。

此本系金檀本之节本,且只选律诗与绝句。初编三卷为"绝句之部"(三册),贰编五卷为"律诗之部"(五册)。卷首有金檀原序及其所辑"诗评"、"本传",并有天保八年中岛规《刻高青邱诗集题辞》七古一首。

近藤元粹论此本之优劣曰:"中岛棕轩则能刻金注本,其功甚大,而仅刻其绝句、律诗二体耳,则未能无望蜀之憾,且颠倒其编次之前后,亦未免为失体。"[1]所评甚是。

(二)《高青邱诗醇》七卷,四册

斋藤谦选,嘉永三年(1850)江户刻本。南京图书馆藏。

半页十行二十字,白口,单鱼尾。每卷卷首第一行顶格题"高青邱诗醇"及卷第,第二、三、四行低八格分别题"伊势斋藤谦有终录"、"美浓梁纬公图/纪伊菊池保定士固阅"。卷首有《续诗醇序》,署曰:"天保丙申嘉年月铁研学人斋藤谦自识"、"嘉永已酉孟秋谦又识"。据该序所言,则此选意在接续《唐宋诗醇》。集中选诗通计六百六十二首。

近藤元粹论此本之优劣曰:"而选本板行者,有数种,就中

---

① (日)近藤元粹评订《辑注增补高青邱全集》卷首《例言》,日本明治三十四年(1901)青木嵩山堂排印本。

世最推斋藤拙堂、菊池溪琴等所选《高青邱诗醇》，为善本。虽然，全部二十卷，选为仅仅六七卷，不无遗漏，且如以乐府概为古诗，编入之古诗部中，则疏谬殊甚，故不足窥一斑以品其全豹也。”①选本自不应领“遗漏”之讥，编排“疏谬”则是。

据王宝平主编《中国馆藏和刻本汉籍书目》（杭州大学出版社 1995 年），明治三十五年（1902）大阪青木嵩山堂重刊此本，为铅印本。

（三）《辑注增补高青邱全集》二十卷首一卷，二十一册

近藤元粹评订，明治三十四年（1901）青木嵩山堂排印断句本。南京图书馆藏。

卷首有小野长愿明治乙未四月《金注高青邱诗集序》及近藤元粹明治二十八年五月《例言》。白口，单鱼尾，四周双阑，版心下方有“嵩山堂藏板”字样。版面分上下二栏，下栏即为金檀本，上栏则为近藤元粹所作眉批。下栏半页十二行二十四字，上栏每行七字。书皮题“辑注增补高青邱全集”，每卷卷首第一行顶格起题“青邱高季迪先生诗集”及卷第，第二、三行低七格分别题“清桐乡金檀星轺辑注”、“日本伊豫近藤元粹纯叔评订”。为区别于金檀本，书名不依卷端而依书皮。

南京图书馆藏本并非近藤元粹评订本之首版，之后亦有重印。《中国馆藏和刻本汉籍书目》著录一本为明治二十八年（1895）至三十年印行，另一本为明治四十二年至四十三年印行，亦皆为青木嵩山堂铅印本。

又，《中国馆藏和刻本汉籍书目》著录《高季迪先生大全集》，为日本天保八年（1837）江户万笈堂刻本，且曰：“据长泽

---

① （日）近藤元粹评订《辑注增补高青邱全集》卷首《例言》，日本明治三十四年（1901）青木嵩山堂排印本。

氏(此处指日本长泽规矩也《和刻本汉籍书目》及《补正》二书),原存卷十六至十八绝句部。"今藏于大连图书馆。此本笔者未见,未究其详。残存卷十六至十八为绝句,则其卷第编排应与徐庸刊本同,又其书名题《大全集》,则此本似从徐庸本而来。

另,南京图书馆藏有三色套印本《苏长公合作》,十二册,万历四十六年刻本,题批点人氏为李贽与高启。文献无征,未知正伪,俟考。

(曾刊载于蒋寅、张伯伟主编《中国诗学》第十辑,2005 年)

王祎集流传考

王祎（1322—1373）文集的版本情况，学界已有相关论著可以参考，如王娟（2012）的比较全面的考察，徐永明、赵素文（2013）对现存各本的叙录，黄仁生（2004）则专门描述日本所藏稀见的两种传本。[①] 这些论著大抵能够说清王祎集传世诸本的基本特征，然而尚有几点有待深入的考察：一是早期纂集和流传的情况未做钩稽，只关注现存的版本；二是传世诸本之间的源流和优劣未见明晰的考辨，只有比较表面的描述；三是王祎集本身的文本问题有必要揭示出来，以便学者合理使用。以下围绕着这三点，考察王祎集的形成与流传过程中的相关问题。正统本之前诸本皆已不传，正统本及以后各本皆传于世，以下考述，不一一说明存佚和馆藏。

一　正统本之前

王祎生前自定《华川集》，前后各十卷。前集有胡翰、胡行简二序，揣其行文语气，当成于元末南归之后。后集有宋

---

① 参王娟《王祎及其〈王忠文集〉研究》（北京师范大学 2012 年硕士学位论文）第三章《〈王忠文集〉版本流传考》，徐永明、赵素文《明人别集经眼叙录》（浙江古籍出版社 2013 年），黄仁生《日本现藏稀见元明文集考证与提要》（岳麓书社 2004 年）。

濂、苏伯衡二序,似当成于明初。苏序称:"文为《华川集》,前后各十卷,前集胡君翰既序以传,先生复俾伯衡序之于后。"合观王绅跋称《诗》五卷,此集似仅收录文章。又王绅《跋先公遗文》载:"蜀曰胡伯尚氏,志于古学者也,间见先公遗文,深加景慕,遂求誊本。而绅迫于公冗,爰命学子辈信手缮录若干篇归之,故无复注次。"缮录以应求读,可知当时并未刊行。

王袆生前又自定诗集若干卷。林弼《华川王先生诗序》称:"先生文集若干卷,宋太史景濂、胡先生仲申既序之矣,而嘱唐臣序其诗之集。"可见诗、文各自成编,与苏伯衡序所述相合。又王绅跋文列举王袆著述之目,提及《诗》五卷,或即王袆自定、林弼所序的诗集。

家藏《华川前后集》四十卷。见前引王绅《跋先公遗文》与《王氏凤林亭记》按语,以及俞恂《家传》。此本亦分前后集,而卷数倍于王袆自定本,或是后所增订。俞恂《家传》称:"先生著述甚多。早岁所作及《元朝名臣列传》皆失于乱离,中年以来存者十六七。"可知当时虽有家集,亡佚亦多。据前引王绅跋文,此本未曾刊行。

方孝孺删定《华川集》若干卷。方序称:"华川先生出使南夷之九年,其子绶、绅将传其文于世。天台方孝孺为择精醇尤可传者若干首,定为若干卷。"所编应是本于家藏四十卷本。时当洪武十四年云南平定前夕,王袆死事尚未传回。此本当时似曾刊行。俞恂《家传》载:"先生二子绶、绅率同门友天台方孝孺、金华俞恂相与□其文,举撷其尤精醇者若干篇,次为若干卷,镂板以广其传,以慰乎思者。"此本未见传世。

正统间刘杰刊行王袆集,有识语称:"予昔在乡校时,获睹金华太守同邑方公素易所集翰林待制子充王先生《华川集》刻本，凡若干卷，披阅终日，不能释手。”与方孝孺删定之时相近，又同在金华，或者方孝孺删定之本即由方素易刊行，亦未可知。而刘杰识语又称“方公纂集之素志”，似方素易即为纂集之人，则刘杰所见方素易刻本与方孝孺删定本并非一本。如此，则正统本之前，王袆集已两次刊行。

二 正统本

正统年间刘杰、刘同刻本《王忠文公文集》二十四卷，附录一卷。[①] 鄱阳刘杰时为义乌丞，奏表王袆忠义事，又与县令刘同刊行此集。卷首杨士奇正统七年(1422)序与胡翰、胡行简、宋濂、苏伯衡四篇旧序。卷二十四末有刘杰正统九年题识。卷末附录一卷，收王景彰《哀辞》等传记资料，沐春、张紞等祭文与若干挽诗。此本版式为半叶十三行二十六字，黑口，四周双阑。傅增湘称：“密行细字，犹有洪武时风范。”[②]

正统本为王袆集现存最早的刻本，明清时期诸刊本实皆出于此本。正统本的基本格局，包括书名、卷数、文类的设置、篇目的数量和次序，大体得到后出各本的沿承。正统本的文字面貌也在屡次重刻翻印中大体保持下来。因此，正统本作为祖本，实际上决定了王袆集传世各本的格局和面貌，有必要稍加检讨其文献形成及相关问题。

---

① 此本一直被著录为正统七年刊本，当是本于杨序所署时间。实际上，正统七年是杨士奇作序时间，书未必即刻成于此年，而刘杰识语所署正统甲子(九年)定为刊成时间，似较合适。王娟《王袆及其〈王忠文集〉研究》第三章《〈王忠文集〉版本流传考》既著录此本为正统七年刻本，又因刘杰识语所署时间，称：“此版本正统九年又重刻。”(北京师范大学2012年硕士学位论文，页60—61)则是理解有误。

② 傅增湘《藏园群书经眼录》卷十六，中华书局1983年，页1379—1380。

刘杰识语称："先生之孙叔丰出示遗稿六帙，复得四川宪佥王公迪所藏前集。予因备录而增广之，分为二十四卷，三十七类，以篇计之，总六百二十有奇。"据此可知，正统本的来源，一是王稌（字叔丰）提供的家藏本六册，卷数不明，不知是否家藏四十卷的全部；二是四川王迪收藏的《华川前集》，不知是家藏四十卷本中的前集，还是王祎自定二十卷本中的前集。这两方面是刘杰"备录"的来源，所谓"增广"则未交待，想必是出自其他文献的零散传录。至于方素易刻本，刘杰虽曾披阅，刊行之时却称"先生平素著作，惜其刊板多历年所，遗失莫存"，似不能作为正统本的文献来源。

王稌提供的"遗稿六帙"是其中最关键的文献来源。"遗稿六帙"是否家藏四十卷的全部，决定了正统本收录是否完整；"遗稿六帙"所载文本的可信程度，决定了正统本所载文本的可信程度。这两个问题现在都不能准确地考实，但从流传的实际情况看，正统本并不算很完整，也并不十分可信。

正统本收录不完整的表现，如《王祎集》（浙江古籍出版社2016年附录）《补遗》所示，今尚可辑得集外佚诗十三首、佚文十一篇，又有诗二首、文五篇虽已佚失而标题尚存。这些集外佚文包括传记中屡屡提及的《祈天永命疏》和《平江西颂》（存目），前者正是藉传记载录而得以保存，却未收入文集。其中多篇诗文因随书画卷轴流传而幸存于世，又多首诗藉同时人所编总集，如《玉山名胜集》、《雅颂正音》，而保存后世，可以想见当日随手弃去，未及录存的应不止这些。又有使云南时所作诗五首，由王绅录归，王稌提供家藏遗稿时，却未及一并录入。正统本刊行五十年后的成化十年（1474），曾孙王汶称："右五诗，待制府君使云南时所作者。其《寄贾宽》之诗乃在洪武癸丑腊月中，盖绝笔也。逾二十有三载，博士府君往寻遗殖，乃得此数诗，录而归之。汶念未遂编入文集行世，特系之遗文卷末，以传诸后云。”[①]所谓“遗文”，似是正统本的补遗，可惜已经亡佚，仅此五首录于宗谱而幸存至今。另外，正统本卷十八《续志林》序曰：“因窃其余论，续为十八篇。”而序后小字注：“今录八篇。”此类删定不知出于王袆、方孝孺或后来谁人之手，而删去篇章则一概无从寻觅。另外，崇祯间重编王袆集的魏呈润称：“公集中诸制，大较胜国时属缀为多，入明以来仅三之一。想初集先已行世，故尔盛传；后集尚闷箧中，大地风霾，辄遭散佚若此。”(崇祯本卷首魏呈润序)比较元末与明初所撰制诏诰疏等的数量，由此推测明初所撰已有散佚。合观刘杰识语中，王迪提供所藏前集，而不提及后集，魏呈润的推测大概有一定道理。

正统本收录不可信的表现，主要是集中所收若干篇章存在归属问题。卷四《分野论》，又见苏伯衡《苏平仲集》(《四部丛刊》影印明正统七年刊本)卷二。王、苏二集现存最古传本皆刊于正统间，仅从本集刊行年代，难以判定此篇的归属。而诸明文总集，如程敏政《明文衡》卷九、黄宗羲《明文海》卷八十四、薛熙《明文在》卷三十五，以及类书如唐顺之《荆川稗编》五十一，收录此篇，皆署苏伯衡。卷十六《义乌县去思碑》，又见胡助《纯白斋类稿》卷十九，略有异文而已。胡助集今传明正德刊本、清康熙刊本等。王袆集编于正统间，胡助集编于正德间，皆非作者手编原本，仅从版本年代，无从判定此篇的归属。苏伯衡、胡助皆为王袆同时人，篇目互见反映当时作品流传的淆乱。正统本又有篇目复出的问题，如卷四《送郑君序》与卷六《赠

---

① (清)王宅心等修《凤林王氏宗谱》卷十，《中华族谱集成》王氏谱卷第八册影印清宣统本。

郑士亨序》，略见异文，实为一篇，或是初稿与改稿的关系。

三　正统本之后

此后翻印、重刻诸本皆大体沿承正统本的基本格局和文字面貌，又各有所增辑、调整或删选。以下略述诸本的源流和变化。

（一）景泰重修本

此本为正统本的重修本。卷二十四末有三山陈得安景泰五年跋称："既而二公去任，守者不谨，镂板致有缺失多矣。大尹信丰张公鼎、判□将乐徐公先应继至，阅而知之，以谓君子不没人之善，是稿不可使其无传。乃访其旧本，令善书者缮写，出资命工刊补，庶斯集得完而公之文不泯。"

（二）嘉靖本

明嘉靖元年（1522）金华府同知张齐校刊本。此本为正统本的重刻。卷首当涂祝銮嘉靖元年序称，正统本板片已不存，传本亦少。卷二十四末叶有牌记："嘉靖改元十月四日/分守浙东道委官金/华府同知张齐校刊"。卷末有方鹏嘉靖三年跋。此本版式为半叶十行二十字，白口，左右双边，迥异于正统本。

（三）嘉靖刻万历补修本

明万历七年（1579）补修。此本于方鹏跋后添刻一句："万历七年己卯四月吉旦金华重修。"北京师范大学图书馆藏本为名家递藏，钤有"李氏之亭藏书"、"海丰吴重熹印"、"沈氏粹芬阁所得善本书"、"研易楼藏书印"等印。[①] 日本内阁文库藏本

① 《北京师范大学图书馆古籍善本书目》，北京图书馆出版社 2002 年，页 250。

则为明末闽中徐惟起红雨楼旧藏，有手书题识："万历二十六年戊戌，友人薛君和归自婺州见惠，东海生徐惟起志。"①

（四）万历本

明万历三十二年(1604)温陵张维枢刻本。卷首有张维枢《重刻王忠文公文集叙》。此本虽行格同嘉靖本，而篇目已有增删。凡增补《祈天永命疏》与《梅思礼授大都府副使制》二篇，删去诗七首、文六十二篇。② 此本又附载王袆子绅《继志斋文稿》二卷，孙稌《王瞶斋诗稿》一卷，曾孙汶《王齐山稿》一卷。文集附载父兄子孙作品，自有先例，而王袆集附见子孙作品则首创于此本。

此本于王袆集固然有流布之功，而任意删文，恐怕功不抵过。张序既不自道删文的缘由，又未明言删文的事实，更不免贻误后学。清人王廷曾重刊此集时，称嘉靖本为"袭本"，万历本为"窜本"，算是不诬之评。而此本所补二篇，《祈》一文载诸传记，确实应该补入本集；《梅》一文却并非王袆所撰，张氏不知何据而误收。后出诸本大抵依从此本而补入二篇，承讹踵谬，有必要稍作辨正。《梅》一文，载苏伯衡《苏平仲集》卷二(明正统刊本)、《明文衡》卷一、《明经世文编》卷六、《文章辨体汇选》卷十八、《明文在》卷二十一等，皆题苏伯衡作，作者归属并无疑义，万历本增补此篇，显然不可信从。

（五）崇祯本

明崇祯十二年(1639)闽漳魏呈润校刊《王忠文公集》四十六卷附录一卷。卷首魏呈润序，署"崇祯己卯中科日闽漳后学

① 黄仁生《日本现藏稀见元明文集考证与提要》，岳麓书社 2004 年，页 63。

② 所删篇目，详见徐永明、赵素文《明人别集经眼叙录》，浙江古籍出版社 2013 年，页 38。

魏呈润撰”。此本版式为半叶九行十八字，白口，左右双阑。与正统本、嘉靖本相比，行格较疏，字体亦改为平直的明体。传本稀少，仅见台北“国家图书馆”与日本内阁文库收藏。

与此前诸本相比，魏呈润序虽自称“力搜先代之遗”，卷数也由二十四卷增至四十六卷，实际上崇祯本篇目并无增益。自正统本以下各本，分类编次大体相承不变，而崇祯本的变化却就在于文体分类与篇目编次的重大调整。正统本略分赋、诗、文三类，崇祯本保持这一格局，每一部分则都有明显的调整。正统本卷一“赋”类，崇祯本由“杂著”类抽出《九诵》、《述骚》二篇，立“骚”目，合称“骚赋”。正统本卷一至三收各体诗，大抵先依句式长短分四言、五言、七言，五言与七言之下再各分古律，最后是绝句、歌、曲，次序稍显混乱。崇祯本卷二至六收各体诗，先操、辞、歌、曲，后四言，后五古、七古、五律、七律、七绝，是明代以降标准的诗集编排方式。其中的操和辞二类，正统本原在卷十四和十七，是作为文而非诗。正统本卷四以下收各体文，崇祯本卷七以下收各体文，次序的变化很大。揣其调整的大意，大概有三点：公文类如诏制诰疏表檄应置于前；韵文类如颂、赞、连珠、箴、铭等应合一处；传记类如碑、传、志铭、墓表、行状、诔、哀辞、祭文等应合一处。

以上是崇祯本文体分类的变化，而篇目编次也有明显的调整，每一文体之下的篇目次序与正统本多有不同。崇祯本调整篇目次序的意图虽未明言，却表现得非常明显，就是依据题材的分类。如正统本“序”类，崇祯本细分成“送行序”、“赠序”、“集序”、“诗序”四小类。其他文体的题材分类虽未设立类目，也隐含大致的区分，如“七言律诗”一体，依次是赠别、次韵和行旅，又如“记”，依次是游观、兴造、祠庙、楼阁书斋、堂室等，再如“题跋”类中析分出“书后”类。大体而言，崇祯本经过调整，编次更加规范，类别更加清晰。魏呈润序称“与王中丞而弘、张征君绍和共司参订”，所谓参订之功大概就在于分类编次的调整。

在王袆集的明清传本中，除崇祯本之外，都出于正统本的补修或重刻。从书的概念说，正统本及后出各本都是同一书的不同版本，而崇祯本经过重编，卷数和次序都已全然不同，书的形态已经迥异于正统本，完全有理由看成不同的一种书。

（六）康熙本

清康熙三十年（1691）会稽王廷曾刻本。凡二十五卷，卷二十五为附录，实亦二十四卷。版式同嘉靖本。

卷首王廷曾《订言四则》开列编辑凡例：一订从原本，二订删评语，三订增附录，四订合家集。王廷曾称：“鄱阳刘刻，原本也。历城张刻，袭本也。温陵张刻，窜本也。”袭本没有参校价值，可以略而不提。订言四则专就原本（正统本）和窜本（万历本）而言，原本需要恢复，窜本需要改正。所谓从原本，是补回万历本所删诗文，又照录万历本所补二篇。所谓删评语，是删去万历本所载数十条张维枢评语。所谓增附录，是在万历本附录的基础上续有增辑。所谓合家集，是沿用万历本附载子孙作品之例，改题集名，稍加编订。因此，康熙本实际上出于万历本。

（七）《四库全书》本

此本出于嘉靖本。文字略有异同，集中少数民族姓名，皆作改译。

清道光间泾县潘锡恩求是斋刊《乾坤正气集》本二十卷，出于《四库全书》本，而删去卷一至三的诗，以及已有单行本的卷十五《卮辞》和卷十六《丛录》。清同治间胡凤丹刊行《金华丛书》本，又本于《乾坤正气集》本。

（八）嘉庆本

清嘉庆十四年（1809）刻本，是康熙本的补修本。卷首石韫玉序、蒋舒惠跋。卷端署"鄱阳三台刘杰编/庐陵铜溪刘同校/温陵子环张维枢重选/会稽培庵王廷曾续编/十世孙用諏重辑/邵南东里蒋舒惠重订/十五世孙德言、载昆、致远续修"，汇集正统本以来主要刊本的卷端署名。

四　文章的评价

明清时期流传的王袆集如上所述，一脉相承，源流清晰。与同门、同里且同为《元史》总裁官的宋濂相比，王袆的文集可说是流传不广，版本类型单一，刊刻次数不多，名家校藏题识也较为罕见。文献流传实际上也反映出文章定评。在当日虽有朱元璋的相提并论，后世也有金华、乌伤并称的评论，然而，王世贞"国初之业，潜溪为冠，乌伤称辅"的评价[①]，似较能代表多数学者的观点。

王袆文虽久称明文名家，文集流传不绝于世，而对其不满之辞也时时可见。其中较为具体可指的评论，如何乔新称："盖公与宋公皆黄文献公晋卿之门人，齐驱艺苑，世无异论。然尝考之，宋公之文雄浑赡丽，自苏长公后，鲜能及之。公之文好模拟，甚者剽前人之成说，如《赠郭士中序》用马子才《子长游》，《萧然堂记》用曾南丰《记学舍》之类。非宋公自成一家言者比。"[②]何乔新所举二例之外，王袆集中尚可检出模拟多例。如卷四《兵论下》"夫归师勿遏"至"将白起而破赵括"诸事

① （明）王世贞《艺苑卮言》增补卷之四，《续修四库全书》1695册影印明万历十七年武林樵云书舍刻本。

② （明）何乔新《何文肃公文集》卷十八《跋大事记续编》，《明代论著丛刊》影印清康熙三十三年刻本。

例，出于宋人何去非《何博士备论》之《霍去病论》。又如卷十《处善堂记》，多处袭用宋人魏了翁《积善堂记》。又如卷十六《丛录》“医家之书”一篇，与宋濂《赠医师贾生序》大略相同。又如卷十六《丛录》“佛氏之学”一篇，与宋濂《释氏护教编后记》略同而文字互有多寡。明人朱时恩编《佛祖纲目》，卷首录宋濂记，而加按语曰：“王忠文公袆《丛录》中，载佛学一篇，与此文同。末一段云：‘佛之为道，本无二门……殆不得而悉数也。’忠文与文宪，同里同门，故其问学之相合如此。”宋濂文能自成一家，王袆文尚多模拟剽袭，因此王不如宋，何乔新之说可为定评。事实上，翻览历代文话可知，论者评述明初文章名家，必首举宋濂，次及方孝孺等，却未必都会提及王袆。

许中丽《光岳英华》考证

一　原本考略

明初许中丽编《光岳英华》，素来流传罕绝，明时仅见焦竑《国史经籍志》卷五著录："《光岳英华》十五卷，揭轨。"清初钱谦益《绛云楼书目》仅著录书名，不及编者和卷数。黄虞稷《千顷堂书目》卷三十一著录同焦氏，都误将校者揭轨当成编者。《四库全书总目》总集类存目著录"《残本光岳英华》十五卷"，书名下注明来源："浙江范懋柱家天一阁藏本。"书名既称"残本"，提要且曰："此书传本残阙，仅存七言律体一门。"[①]明确认为十五卷已非全帙。而民国间傅增湘指出："惟焦、黄二目题作揭轨撰，四库馆所见为天一阁钞本，以其只有七律一体，疑为缺佚，竟题作残本，于许中丽籍贯年代均未详悉。盖咸未得见原刻，而传钞者又失其序目，故词多惝恍也。"所谓"原刻"是傅增湘经眼并撰跋的明洪武刊本，亦是十五卷，傅增湘认定此本"卷帙完整"。[②] 明洪武刊本十五卷，究竟是"传本残阙"还是

---

① （清）永瑢等《四库全书总目》卷一九一集部总集类存目一，中华书局1965年，页1739。

② 傅增湘《藏园群书题记》卷第十八《明本光岳英华诗集跋》，上海古籍出版社1989年，页921。

“卷帙完整”，只从此书“仅存”或“只有”七律一体，实际上无法判定，问题在于《光岳英华》是不是一种专录七律的选本。

1931年，傅增湘为董康访得此明洪武刊本，并撰写题跋，1933年，经文求堂转寄给时在东洋的董康。与傅增湘的判断不同，董康检校钱谦益《列朝诗集》所录《光岳英华》，考订此本出于丛残，并非足本：

> 钱牧斋《列朝诗集》甲集前编卷十收《光岳英华》六人，为吴会七首、王翊一首、游庄二首、王中十五首、陈安三首、刘廉一首，今卷中并无一人，而目录第四叶至周启戛然而止，且揭序有歌行而卷中无之，是此本出之丛残可以断言。又甲集卷十八收《光岳英华》三体十二人，为甘瑾四十首、张率四首、揭轨十六首、周启二首、刘秩五首、元宣二首、危进二首、吴世忠三首、朱弘祖二首、余守约二首、聂同文二首、高伯恂一首，是编所选与《列朝诗集》同者，仅元宣五首、危进七首、张率十五首、揭轨二十一首、吴世忠六首、甘瑾十五首、周启八首七人，互相比核，溢出之诗及人颇多，且有古体诗。是牧斋所见之本乃足本也。①

关于《光岳英华》的原貌，董康考订的结论有三点：其一，今传明洪武刊本十五卷已是残本；其二，钱谦益所见尚是足本，《列朝诗集》所收，颇多诗与人不见于今传本；其三，原本既有律诗，也有古体诗。这些结论对于《光岳英华》原貌的恢复，无疑是重要的进展，然而仍有语焉未详和考察失误之处，需要稍作订补。

《列朝诗集》甲集前编第十一，所收诗皆取诸总集、别集，

---

① 董康《书舶庸谭》，朱慧整理，中华书局2013年，页190。案：“甲集前编卷十”，核之《列朝诗集》，应作“甲集前编卷十一”。

《目录》中明确注明文献来源，如“以上刘仔肩《皇明雅颂》三人”、“以上赖良《大雅集》三十有三人”、“以上顾瑛《草堂雅集》五人”、“以上许中丽《光岳英华》六人”。《列朝诗集》甲集第十八，《目录》亦注明文献来源，如“以上刘仔肩《皇明雅颂》一十九人”、“以上《光岳英华》三体诗一十二人”、“以上互见各选十人”。为便于讨论，列表如下：

	《列朝诗集》甲集前编第十一	**明洪武刊本《光岳英华》**
吴会	7首:五律2七律3七绝2	七律3首
王翊	1首:七律1	七律2首
游庄	2首:七律2	七律3首
王中	15首:五律11七律4	七律6首
陈安	3首:七律3	七律2首
刘廉	1首:五律1	七律2首
	《列朝诗集》甲集第十八	**明洪武刊本《光岳英华》**
甘瑾	38首:五律11七律27	七律15首
张率	4首:七律4	七律15首
揭轨	16首:五古6七古3七律7	七律21首
周启	2首:七律2	七律8首
刘秩	5首:七古1五律1七律3	
元宣	2首:七律2	七律5首
危进	3首:七律3	七律7首
吴世忠	3首:七律3	七律6首
朱弘祖	2首:七律2	
涂守约	2首:七律2	
聂同文	2首:五律2	
高伯恂	1首:七律1	

董康跋文中对《列朝诗集》溢出诗人的考察，甲集第十八所举是正确的，而甲集前编第十一所举则因失察而致误，吴会至刘廉六人实际上都见录于《光岳英华》，只是不在卷十一至十五的明诗部分，而是在元诗部分，吴会、王翊二人在卷九，游庄至刘廉四人在卷十。此六人的七律，《列朝诗集》与《光岳英华》所收互有多寡和异同，多寡已如表格所示，而异同需稍作说明：吴会 1 首相同，游庄 1 首相同，王中 2 首相同，其余都不相同。这意味着，今传《光岳英华》即就七律十五卷而言，也已非足本。

甲集第十八卷中，甘瑾的情况比较复杂，稍作说明。《列朝诗集》所收甘瑾诗，《目录》作 40 首，卷中实收 38 首，董康跋沿其误。其中七律 27 首，多于《光岳英华》传本所收，而《光岳英华》所收的 15 首中，又有 4 首为《列朝诗集》所未收。这意味着两种可能：《光岳英华》传本中的甘瑾诗已有脱佚；或者，《列朝诗集》所录甘瑾诗除《光岳英华》外，另有其他来源，但未说明。甘瑾是比较特殊的例子，张率至吴世忠六人，《列朝诗集》所收七律，数量都少于并且篇目都见于《光岳英华》传本所收。

对勘《列朝诗集》中明确注明出于《光岳英华》的诗人诗篇与现存《光岳英华》传本，可观察到如下结果：其一，《列朝诗集》所收 18 人中，5 人不见于《光岳英华》传本；其二，《列朝诗集》所收 109 首中，73 首不见于《光岳英华》传本；其三，这些不见于《光岳英华》传本的诗，既包括七律（33 首），也包括五律（28 首）、七绝（2 首），还包括五古（6 首）、七古（4 首）。

董康的考订及以上补充的分析，虽然只就明诗部分而言，未涉及《光岳英华》的唐诗、元诗两部分，但已足以证明明洪武刊本《光岳英华》确非足本，原本应是包含五七言古近体各体诗而非专录七律一体的综合选本，规模也应远不止十五卷。传世的明洪武刊、明递修十五卷本，每卷第一行，书名之下有

“七言律诗卷之某”一行小字。这大概也表明七律只是全书的其中一体而已。

传本卷首揭轨洪武十九年序称:“汝南许仲孚雅好吟咏,尝录二代之诗,取其合作者,分律诗、歌行若干首,刻之于梓。”已明确指出此选兼录“律诗”与“歌行”,四库提要据此而有“传本残阙”的判定,董康跋文也提到“揭序有歌行而卷中无之”,从而断言传本“出之丛残”。另外,揭序所谓“律诗”与“歌行”,据序文语境,似应理解成近体与古体。揭序先是批评杨士弘《唐音》(唐诗选)精而未备,宋褧《国朝风雅》(元诗选)备而未精,从而称赏许中丽所录精而不失之略,备而不失之杂,又以唐、元二代为主,似有继承而兼美之意,因此,选录体例应与杨、宋二选相近。宋选未见,姑且不论。杨选的体例,明人高棅评曰“颇能别体制之始终,审音律之正变”①,而揭序评许选“审其音节,辨其体制”,正与杨选相类。杨选收录五七言古近体,许选也应如此,不会只有律诗、歌行(七古),而不收绝句和五古。

略存疑义的是,《列朝诗集》甲集第十八《目录》中有“《光岳英华》三体诗”的提法,似乎意味着钱谦益所见传本,与周弼所编唐诗选本《三体诗》相似,分体编次,收录七绝、七律和五律三体。这与《列朝诗集》卷中实际所收,不相吻合,而《列朝诗集》所收又以三体诗居多,五古仅 6 首,七古仅 4 首。钱谦益所谓“三体诗”的含义,资料所限,尚难解释,只能存以待考。

另一种明诗总集,朱彝尊撰《明诗综》,成书于清康熙四十四年,后于《列朝诗集》五十三年,同样采录《光岳英华》所收明诗。《明诗采摭书目》即列入“许中丽《光岳英华》十五卷”。朱

① (明)高棅《唐诗品汇》卷首《总叙》,上海古籍出版社 1988 年影印明汪宗尼校订本,页 10。

彝尊也提到:"许中丽之《光岳英华》专收七律。"[1]其中明确指明采录《光岳英华》的诗与人,仅有高伯恂《寄梁绍辉》一首(七律),高伯恂不见于今传本《光岳英华》,而此首与《列朝诗集》所收《寄施以端》一首也不同。可知朱彝尊当日采摭所见,已是仅存七律一体的十五卷本,但又比今传明洪武刊本所收更加完整。

《光岳英华》的残阙情况,从整体上看比较清楚,涵括唐、元、明初三部分且分体编次的综合选本,流传至今仅存七律一体十五卷,其他各体均已脱佚;而残存的七律十五卷也可能并不完整,唐、元二部分没问题,明初部分可能存在残阙情况。董康跋称"目录第四叶至周启戛然而止",作为"此本出之丛残"的证据之一。目录第四叶末行止于卷十五,这意味着卷十五未必是末卷,可能原本并不止十五卷。《列朝诗集》溢出的七律 33 首,可能出于这佚失的数卷。

二 传本叙录

随着钱谦益绛云楼焚于庚寅(1650)之火,《光岳英华》足本已不存于世。现存传本,都只有七律一体,据《中国古籍善本书目》著录,仅有三种:1. 明洪武刊、明递修本十五卷,国家图书馆藏;2. 清抄本十三卷,国家图书馆藏;3. 清谭吉璁抄本十五卷(存九卷),南京图书馆藏。这两种清抄本,除去删去或脱佚的数卷外,其余部分所收诗与人的数量及其次序,都与刊本一致,想必是从刊本抄出。仅从文字校勘的角度说,两种清抄本的价值都不可过高估计。三种传本之外,略检海内外公藏书目,均未见著录他本,想必流传罕秘。

---

① (清)朱彝尊《曝书亭集》卷三十九《成周卜诗集序》,《四部丛刊》影印清康熙刊本。

（一）明洪武刊、明递修本

十五卷。国家图书馆藏。今据国家图书馆“中华古籍资源库”提供的在线阅读版本，并参考傅增湘《藏园群书题记》卷第十八《明本光岳英华诗集跋》与《藏园群书经眼录》卷十七《光岳英华诗集十五卷》、董康《书舶庸谭》卷五《光岳英华十五卷》、史宝安《枣花阁图书题跋记》（《国家图书馆藏古籍题跋丛刊》27册影印傅增湘藏抄本）等资料，略加描述此本特征与内容。

题名：有唐/大元/皇明　光岳英华七言律诗卷之几。

卷数：十五卷，卷首《目录》，卷十与十一之间有《补遗》。

装订：一函四册。

行款：半叶十一行，每行二十字，黑口，四周双边。

卷端：“汝南后学许中丽仲孚编辑”，“豫章揭轨孟同校正”。

卷首序：署名“洪武十九年岁次丙寅正月望日豫章揭轨序”；序后木记三：“山雨亭”、“揭新河印”、“揭孟同印”。

藏印：“明善堂览书画记”、“安乐堂藏书记”、“王懿荣”、“海上精舍藏本”、“福山王氏正孺藏书”、“显处视月”。

刻工：“临川李作恭刻”（序后末行）。[1]

字体：赵体，元版风格。

内容与编次：专选唐、元、明初七律；卷一至三题“有唐”，卷四至十题“大元”，卷十一至十五题“皇明”。

收藏谱系：……怡僖亲王弘晓（1722—1778）→王懿荣（1845—1900）→徐坊（1864—1916）→史宝安（约1886—1941）→董康（1867—1947）……

---

① 李国庆《明代刊工姓名索引》（上海古籍出版社1998年）未收此人。

（二）清抄本

十三卷。国家图书馆藏，《四库全书存目丛书》集 289 册据以影印，并题作“王士禛删定”。此本行款，半叶十行二十字，无栏格。卷首二序，《光岳英华旧序》，署名同明刊本；《光岳英华序》，署：“康熙二十二年癸亥暮春下瀚王士禛出于国学东厢”。王士禛序，本集失载，王绍曾、杜泽逊编《渔洋读书记》(1991)亦未见收录。

王士禛序称：“余乃删去唐诗三卷，别次为七卷，定为《元诗光岳英华集》，仍以明初诗五卷附之，通十二卷，藏之箧中云。”①明言删存为十二卷，与此抄本十三卷不合。据傅增湘《藏园群书经眼录》所记明洪武刊本各卷收录情况，原十五卷本之卷十之后有《补遗》部分，补录虞集等十四人，不计入卷数。王士禛删定时亦不计此卷，十五卷删去唐诗三卷，存元诗七卷、明初诗五卷，合十二卷，本无疑义。后人传抄王士禛删定本，误将《补遗》独立成卷，因有十三卷之数，实际上并无多寡的差别。

王士禛删落唐诗三卷的原因，如其序所述：“集所录既皆律诗，所取者又皆圆熟稳顺、不爽铢黍，下《唐诗鼓吹》远甚，而揭序称其胜杨仲弘氏《唐音》，非为笃论矣。”② 这与王士禛对于近体诗的偏见有关。在删订《十种唐诗选》后，王士禛曾乞序于朱彝尊，并解释不取元好问《唐诗鼓吹》与周弼《三体唐诗》的原因：“《鼓吹》、《三体》唯录格诗，气格卑下。”③专录七律而又等而下之的《光岳英华》(唐诗部分)，自然也在删落之列。而录存元、明两部分的原因，如其序所述，也只是出于“不为无补，未可尽废”的考虑。

---

①② （明）许中丽《光岳英华》卷首，《四库全书存目丛书》集 289 册，页 655。
③ （清）王士禛《居易录》卷十二，《景印文渊阁四库全书》869 册，页 451。

(三) 清谭吉璁抄本

十五卷,存八卷(卷八至十五),一册。清谭吉璁抄本,谭吉璁校并跋,清徐时栋跋。原件藏南京图书馆(书号 115023),1997 年摄制胶卷(KB1719),国图亦藏有胶卷。

卷首清徐时栋(1814—1873)手跋:

> 四库附存目有《残本光岳英华》十五卷,今则残之又残,存元七律三卷,补遗一卷,此卷四库不计。明七律五卷八之十五,亦不计补遗卷。一本,盖第一本已佚矣。抄写尚工致。后有嘉兴谭吉璁跋语,字与诗卷相似,当即出其手抄。又以朱笔校明诗,全以钱谦益《列朝诗集》相勘。合其识见如此,故其跋语亦未能通畅云。同治三年十二月二十七日城西草堂徐氏收藏,八年七月六日徐时栋记。

下钤“柳泉”印。卷端又钤“柳泉书画”、“徐印时栋”二印。

卷末清谭吉璁(1623—1679)手跋:

> 按牧斋先生《列朝诗集》云:“《光岳英华》三体诗一十二人,有若甘瑾、张率、揭轨、周启、刘秩、元宣、危进、吴世忠、朱弘祖、涂守约、聂同文、高伯恂其人。今集中细较之,不独三体不备,甚且失其名焉,惜已。元宣、危进又无爵里可考,何草率乃尔。甚矣著书之难也。失名者,今照《列朝集》补入,聂同文仅得五律二首,故不复录,存其小传云。已未陬月嘉兴谭吉璁漫笔于昌平客舍。

此本脱去卷一至三(唐诗)以及卷四至七(元诗),残存的八卷,在数量与编次上都与明洪武刊本相同,《补遗》部分不计卷数,也与刊本相同。谭吉璁在董康之前就已注意到《列朝诗集》的引录,提出传本的“三体不备”和脱佚诗人等残阙情况,并进而以《列朝诗集》勘订明诗五卷，逐家指出《列朝诗集》的收录情况，如卷十一魏观二首，谭吉璁有眉批曰："二诗《列朝诗》不载"，卷十二元宣《龙游翔寺》，有眉批曰："《列朝集》载此诗及《题饶》二诗而已，亦无爵里可考。"并于卷十五末叶据《列朝诗集》补入刘秩 3 首、朱弘祖 2 首、涂守约 2 首、高伯恂 1 首。另外，《光岳英华》诗人名下只注其字，没有小传，谭吉璁则依据《列朝诗集》，增补明诗诸家小传。

《光岳英华》自明初问世以来，一直不受关注，谭吉璁的校订不仅年代最早，与《列朝诗集》相勘而指明溢出和未收的具体篇目，也是至今最有参考价值的考证工作。徐时栋无端讥讽谭吉璁"识见如此"，实际上是不明白《列朝诗集》与《光岳英华》的关系。

三 文献价值

揭轨序称，许中丽编录唐、元二代之诗而成《光岳英华》，意在以有元直接盛唐，而明诗只是续采而附于后。傅增湘跋亦称此其选诗之大旨，而明诗只是续选增入。仅从选诗宗旨看，固然如此，然而如果着眼于此书流传至今的文献价值，明诗五卷则是最重要的部分。唐诗三卷所录都是习见的诗与人，并无辑佚的价值，选诗眼光则已受到王士禛的否定。元诗七卷，傅增湘跋曰："元诗七卷，凡取百家，其人颇有稀见者，或足补秀野《元选》之遗耳。"实际上，《光岳英华》已在顾嗣立《元诗选》的采录范围。[①] 而明诗五卷以当代人选当代诗，所收诗人又大抵没有专集传世，仅赖此选而幸存其名与诗，其文献价

---

① 罗鹭《〈元诗选〉与元诗文献研究》附录《〈元诗选〉采摭书目考》，巴蜀书社 2010 年，页 278。

值尚待细加研讨。

今存传本的明诗五卷，收魏观至周启凡 22 人 124 首，加上《列朝诗集》甲集第十八所录而溢出的 5 人、40 首，以及《明诗综》所录的佚诗 1 首，凡 27 人 165 首。这是目前所能考知的《光岳英华》所收明诗的总数。在这些诗人中，自有别集传世的只有 4 人：魏观《蒲山牧唱》、杨基《眉庵集》、吴伯宗《荣进集》、刘秩《听雪篷先生诗集》。其余都只能依赖选本传世，后世明诗总集如《列朝诗集》、《明诗综》、《明诗纪事》等，采录这些诗人诗篇，大抵都本于《光岳英华》。

明诗五卷又是当时人选当时诗，所收诗人都生活于元末明初，都是编者许中丽与校者揭轨的同时代人，其中有些诗人还与编者存在交游关系，如卷十三吴世忠《题许氏环翠亭》，卷十五周启《题许氏环翠亭》、《题许仲孚碧梧翠竹堂》，都是许中丽家亭阁的题诗。这样的文献来源，自然不是辗转贩引、取诸传闻可比，即使与失传的本集相比，也具有不可替代的价值。[1]

许中丽采录明初诗时，交游之间的寄赠题咏是重要渠道，与此相关的是，由于编者和校正者都是江西人氏，采录范围表现出明显的地域特征。传本卷端所题，称许中丽为汝南人，所指应是郡望，其他史料都称其为临川人，如同时人宋濂为许中丽家厅堂所撰铭文称："临川许仲孚笃志嗜古，以贞白名其堂，盖将矫夫侧媚污浊之弊，以治其身，是可谓善为学矣。其友芒文缜来征铭。"[2]宋濂的记载应该是可信的。至于晚清陈田《明诗纪事》甲签卷三十录许中丽诗一

① 许中丽家亭阁的题诗，还有元诗部分的释来复《题许氏环翠亭》、《题许仲孚梅桂轩》（卷九）、陈瑛《题许氏环翠亭》（卷十附《补遗》）。

② （明）宋濂《文宪集》卷十五《贞白堂铭》，《影印文渊阁四库全书》1224 册，页 11。

首,小传仍称为汝南人,当是依从传本卷端所题。[①] 传本卷端所题,又称揭轨为豫章人,而其他史料多指为临川人,如《江西通志》卷八十一,又如《列朝诗集》甲集第十八揭轨小传称:"临川人,文安公傒斯之后。"清初朱彝尊叙及《光岳英华》的编纂时,似乎有意提及许、揭二人同是临川人:"揭轨,临川人,字孟同,以明经授清河主簿,升知县,归教授生徒。时临川许中丽,字仲孚,录唐元二代诗,兼采时人所作,题曰《光岳英华集》。轨序之。"[②]

明诗五卷所录 27 人人,除方外释宗泐外,可以考知籍贯的诗人中,16 人为江西人氏:刘承直,章贡人。李宗颐,豫章人。朱梦炎,进贤人。危进,南城人。熊鼎,临川人。张率,广信人。揭轨,临川人。吴世忠,金溪人。甘瑾,临川人。吴伯宗,金溪人。饶偘,临川人。周启,广信人。刘秩,丰城人。朱弘祖,临川人。涂守约,宜黄人。聂同文,临川人。其中临川 6 人。

明确为江西以外的诗人仅有 7 人:魏观(湖北蒲圻)、吴云(义兴)、陶谊(天台)、张绅(济南)、杨基(苏州)、滕毅(丹徒)、乐韶(全椒)。其中滕毅曾任江西参政。

其他未知籍贯的有 3 人:元宣、黄琮、高伯恂。其中元宣(字伯常)虽不可确考,而卷中所收诗《题颜希古忠孝堂卷后》、

---

① 陈田所录许中丽《丙辰冬过中京书事》诗,实际上是郭翀作,载明王锡爵《增定国朝馆课经世宏辞》卷十三,题作《中京书事》。《山西通志》卷一百十三记载郭翀与吴伯宗唱和而作此诗,而郭翀是洪武四年(1370)辛亥科吴伯宗榜的榜眼,诗中"凤凰城阙紫霄间,历数丕承王气还"等句,也符合作者的身份。陈田所辑不知所本,应是误辑。

② (清)朱彝尊《曝书亭集》卷六十三《钱宰传》,《四部丛刊》影印清康熙刊本。

《题写韵轩》、《题饶孟持杏庭》，都与江西有关，颜希古曾任官江西，参元郭钰《静思集》中有《奉赠江西省郎中颜希古》，写韵轩旧在南昌紫极宫内，参刘辰翁《紫极宫写韵轩记》(《须溪集》卷四)、虞集《写韵轩记》(《道园学古录》卷三十八)，而饶孟持是临川人，参宋濂《饶氏杏庭记》(《文宪集》卷四)；另外，江西泰和人刘崧有赠诗《琼府与广东佥宪潘牧户部主事元伯常相见于琼台驿作此奉柬》(《槎翁诗集》卷四)。

《光岳英华》所含明诗五卷，出于临川人许中丽所辑，又经临川人揭轨所校，刻梓于临川，所收又以江西(尤其是临川)诗人居多，这虽然未必出于自觉的文学批评理念或地域流派意识，至少揭轨序未作相关论述，但显然不应否认此选的地域特征及其文献价值。晚明胡应麟着眼于地域之别，提出明初五家诗派各踞一方，其中之一即是“江右诗派昉于刘崧子高”。[①]钱谦益也提到明初各地诗派的情况：“国初诗派，西江则刘泰和，闽中则张古田。泰和以雅正标宗，古田以雄丽树帜。江西之派，中降而归东里。”[②]然而，有关明初江右诗派的文献和论述，大抵是以泰和刘崧为领袖、以南昌为中心的诗人群体，实际上并不全面，江右诗派还应包含其他群体，如《光岳英华》所隐含的临川诗派。

明初临川诗派的说法，出于朱彝尊《静志居诗话》：“明初临川诗派专学唐人者，揭孟同、甘彦初也，尚有张可立、甘克敬，惜其诗不多见。”[③]清雍正间官修《江西通志》卷八十一甘瑾小传，沿用此说。朱彝尊没有交待这一说法的依据，所谓临川

① (明)胡应麟《诗薮》续编卷一，上海古籍出版社1979年，页342。

② (清)钱谦益《列朝诗集小传》甲集《刘崧》，上海古籍出版社1983年，页89。

③ (清)朱彝尊《明诗综》卷十三甘瑾小传附诗话，中华书局2007年，页578。

诗派未必是自觉构建或文献可征的社团，但从《光岳英华》明诗五卷所录诗人看，抚州府治所在的临川 6 人，加上同属抚州府的金溪 2 人、宜黄 1 人，再加上编、校二人都是临川人，刊地亦在临川，这些事实应能说明，元末明初临川一地确实存在一个交游密切的诗人群体。

这一群体也有一定的诗学倾向，即学唐。这也是揭轨序中明示的宗旨。而朱彝尊拈出的代表甘瑾、揭轨，明人徐泰评论说："临川甘瑾工于律，矛戟森然，望之可畏。临川揭孟同、上饶张孟循、金陵夏允中、德兴程邦民格调相似。"[①]实际上，《光岳英华》所收明诗也大抵如此，如前引王士禛序所评："圆熟稳顺、不爽铢黍"。如果临川诗派可以成立的话，学唐和讲究格律两方面可以作为基本的两个特征。前者与江右诗派的整体倾向一致，后者则与偏重古体的刘崧等所谓江西十才子分道扬镳。[②]

《光岳英华》明诗五卷所录以江西诗人为主，无疑是明初江右诗派研究的必要文献。这里还需要提到另一种地域特征相近而所收诗人又存在重叠的选本——刘仔肩《雅颂正音》五卷。这部刊刻于更早的洪武三年(1370)的诗选，收录 62 人 260 首，其中江西 20 人 90 首，虽不占多数，但高于任何其他省份。[③] 这种特征也与选家鄱阳人氏刘仔肩的籍贯及相应的交游范围有关。两种选本并收的诗人包括：魏观、滕毅、刘承直、熊鼎、张绅、吴云、吴伯宗、释宗泐、李宗颐(克正)、陶谊，所收

---

① (明)徐泰《诗谈》,《丛书集成初编》本，中华书局 1991 年，页 3。

② 江右诗派的特征，参王学太《以地域分野的明初诗歌派别论》(《文学遗产》1989 年第 5 期，页 105)。

③ 马汉钦《明代诗歌总集与选集研究》，哈尔滨工程大学出版社 2009 年，页 15—16。

诗篇及其文字互有异同,可资相勘。

《光岳英华》不是流传广泛的选集,也不是备受关注的文献,然而稍作稽考,明清时期也不乏学者评论或选家采录。李东阳《怀麓堂诗话》指出:"闻江南人率钱刊板,附其家所得者以托名,初不论其好恶,虽选诗成集者亦然,若《光岳英华》、《湖海耆英》之类是已。"[①]虽然只是稍带提及的贬词,也算是最早的评论。黄仲昭《未轩文集》卷十一《马嵬三首集句》,句下自注出处,其中《光岳英华》5句。钱谦益经眼足本《光岳英华》并采入《列朝诗集》,则已如前述。朱彝尊《明诗综》、顾嗣立《元诗选》同样采录此选。王士禛则在批评之后,删存为十二卷本。此后似乎再无学者关注。诸家所评大抵多贬抑之词,如李东阳、王士禛,又如朱彝尊也指出:"明初诗家操选政者,赖良直卿、许中丽仲孚、刘仔肩汝弼、沈巽士偁、王偁孟扬,皆有所蔽。"[②]不过朱彝尊又指出许中丽《光岳英华》与刘仔肩《雅颂正音》等选本,"虽择焉不精,然草昧之初,干戈甫戢,风雅未坠于地,至今得存,不可谓非群贤扬扢之力也"[③]。这位编纂明诗总集、熟习明诗文献的学者和诗人,既从诗学角度批评《光岳英华》,又从文献价值上表示认可,可谓是持平之论。以上考察也足以证明《光岳英华》的文献价值。

---

① (明)李东阳著,李庆立校释《怀麓堂诗话校释》,人民文学出版社2009年,页221。

② (清)朱彝尊《明诗综》卷十九上偶桓小传附诗话,中华书局2007年,页925。

③ (清)朱彝尊《明诗综》卷十五上刘仔肩小传附诗话,中华书局2007年,页663。

明清咏史乐府诗集叙录

咏史乐府是咏史题材的乐府诗，从形式上说，沿承中唐以降的新乐府规范，诗型以七言、杂言歌行为主，命题方式通常以三两字拈示大意；从写作过程上说，依凭史书（主要是正史）的记载，属辞比事，断为韵语，有时穿插作者的议论；从体例上说，多有注释或评论，附于诗前或诗后；从传播方式上说，经常是单行小集，或者独立成卷。从元末明初杨维桢起，明清时期单行的咏史乐府诗集，仅著者经眼的就有三四十种。与宋以后乐府诗受到整体冷落的情形相应，咏史乐府也尚未得到足够的关注，本文希望能为咏史乐府的研究提供初步的文献基础。

1.《铁崖先生古乐府》十六卷

明杨维桢（1296—1370）撰，门人吴复编注。是集有明初刻本、成化五年刘效青照堂刻本及明末毛氏汲古阁刻本。另有明顾亮辑《杨铁崖咏史古乐府》一卷，明成化刻本；清楼卜瀍编注《铁崖乐府注》十卷、《咏史注》八卷、《逸编》八卷，清乾隆三十九年（1774）联桂堂刻本，《续修四库全书》第1325册据以影印；清王荣纮编《杨铁崖先生著咏史古乐府》四卷，清乾隆年间显忠堂刻本。

2.《拟古乐府》二卷

明李东阳（1477—1516）撰，明谢铎、潘辰评点，明何孟春音注。是集有诸多刻本：明正德十三年顾泌刻本，明李一鹏刻本，明嘉靖三十一年唐尧臣刻本，明释袾宏刻本，明魏椿刻本。

3.《可泉拟涯翁拟古乐府》二卷

明胡缵宗（1480—1560）撰，张光孝评，弟统宗注。缵宗，字孝思，一字世甫，巩昌之秦安人。明嘉靖三十六年（1557）汪瀚刻本，湖北省图书馆藏，《四库全书存目丛书》据以影印。《四库全书总目》曰："缵宗游李东阳之门，乃取东阳古乐府二卷，以次属和，立题属事率由东阳之旧，亦间有所厘正，凡一百八首。"卷首《拟拟古乐府序》（有缺文，失撰者姓名）、胡缵宗嘉靖三十二年《拟涯翁拟古乐府引》及胡统宗嘉靖三十六年跋。

拟拟古乐府序

嘉靖乙未，先生以御史大夫拊循齐鲁，尝以行部之暇作拟汉乐府四卷。比岁归田陇上，间取文正公之作，属而和之，立题指事率由文正之旧，时复有所厘正。其命意铸词必自己出，不相袭一语，其于叙彝伦、章名教，搜隐抉奇、抑邪崇正，一字一句，率致意焉。所以著得失、垂鉴戒者，备矣。使国史采而献焉，不有以观千古之政俗乎。

4.《嚏古集》四卷

明陶汝鼐（1602—1683）撰，子之典考注。一题《陶密庵先生乐府》。汝鼐，字仲调，号密庵，长沙宁乡人。是集有绿斐园校刻本，未见，今有康熙刻世彩堂汇印《荣木堂合集》本，中国科学院图书馆藏，《四库禁毁书丛刊》据以影印。卷一、二题"广西涯乐府曰瘖歌"，述汉至元史事；卷三、四题"广西涯乐府曰商歌"，述朱明史事。卷首有黄周星、胡景曾序，及汝鼐自叙，卷末又有汝鼐《商歌自叙》。观其自叙自称"明之逋人"，其辞沉痛迫切，不独西涯敷衍历代史事而已。

黄周星序

燮友嚏古之作，本因李西涯先生而起。余尝读西涯乐府而酷爱之，不独怀古论世，有功劝惩，而音节纵铮激越顿挫，此案间第一绝妙下酒物也。今燮友复引申而推广之，凡得一百二十余则，大抵非忠孝廉节之型，即奇侅灵秘之迹，大之可以干城名教，而小之可以博物洽闻。后世读其书、想见其人，则不淫不乱，将比风雅于春秋；志洁行廉，当推《离骚》于日月矣。燮友之以嚏古为名篇，盖取风人“愿言则嚏”之义。

胡景曾序

是乐府者，固经之遗也，尤《诗》之遗、《春秋》之遗，不独歌之遗也。李文正而后得之仅见，惟楚有材，西涯张于前，至是则大张矣。非密庵似西涯，而西涯似密庵也。

陶汝鼐自叙

约略正史中得十三，以外史一二有征者附焉。骤举示人，有如志怪，非关风义，亦无取材。乃爽然悟天地之间，册府之内，何所不有，而烦椎汲冢、凿郷嬛耶。

5.《定峰乐府》十卷

清沙张白撰，峨眉曹禾评。张白，原名一乡，号定峰，江阴人。此本系清康熙刻嘉庆印本，《四库全书存目丛书》据中国人民大学图书馆藏本影印。卷首附《诸公论乐府书》，有常熟钱陆灿、江阴王崇简、柏乡魏裔介、长洲汪琬、合肥龚鼎孳、太仓曹延懿等十七人评语，并有歙人鲍桂星嘉庆十一年跋。

曹延懿评

余读定峰乐府并读定峰史论，窃书其后曰：定峰乐府，定峰史论也，人莫作乐府读，当作史论读。定峰史论，定峰乐府也，人莫作史论读，当作乐府读。

鲍桂星跋

余读而惊曰：先生其邃于史学乎。约泉曰：然。因言先生有《读史大略》六十卷，平生精力略尽此书。余乃叹：实大者声闳，先生唯贯穿古今，乃能驰骤骚雅，宜其沉著痛快，吞曹刘而压元白也。

6.《咏史拟古乐府》二卷

清陈启畴撰。是集与所撰《麻田诗草》八卷合刊，清嘉庆二十四年(1819)凸亭书屋刻，北京大学图书馆、湖南图书馆藏。柯愈春《清代诗文集总目提要》著录此本。

7.《乐府咏史》一卷

清金昌世(1693—?)撰。所撰《八琼楼诗集》八卷，清乾隆十七年(1752)刻本，南京图书馆藏。卷八题"乐府体咏史"。由卷首金锳《旧刻乐府咏史序》以及目录中卷八"乐府咏史"下小字注曰"旧刻，今并列入"，可知此卷曾单刻行世。

金锳序

尝言作诗苦无题目，赠人恐涉谀词，咏物或伤艳体，惟怀古题差强人意。适见案头有杨铁崖、李西涯二公乐府，遂惊喜曰：得之矣。先生胡不于平日所读廿二史，撮其三字以命题，一吐胸中未发之奇乎。

8.《咏史乐府初集》不分卷、《二集》不分卷

清周在炽撰。在炽，字而昌，湖南宁乡人。《初集》一册，凡诗一百首，卷首有嘉定钱大昕乾隆二十八年(1763)序及周在炽自序。《二集》一册，凡诗一百二十余首，卷首有周在炽自序。清隆年间平山堂刻本，南京图书馆藏。半页八行十九字，白口，单鱼尾，左右双阑。版心上方有"平山堂"三字。卷端第

一行题“楚沩周在炽著”。

钱大昕序

咏史之诗始于魏晋间，若阮瑀、左思、张协、曹毗辈皆有之。以至陶渊明之咏荆轲、三良、二疏，颜延之之五君咏，谢瞻之张子房诗，亦其类也。揆其旨趣，大都目一人一事。有感触而后托之词章，虽云咏古，实即自写其胸臆耳。有明李西涯氏，咏史乐府百篇，音响节族近乎自然，虽未必可被之管弦，而深有当于兴观群怨之旨。迩来仿其体者渐众，而才有限，未克方驾先哲。宁乡周子而昌笃学洽闻，胸罗二十二史，若网在纲，于古今成败得失、忠良妄邪之事可喜可愕者，辄欲见之吟咏，以备法戒。今春公车北上，出所著咏古乐府百篇，自秦汉六朝至于唐，遗事略具，议论识见俱不屑从人步趋，而音节之妙，长短繁促，惟变所适，以之追配茶陵，殆有过之无不及也。而昌试礼部不第，归将续咏宋金元明史事，以裨前之所未备，且乞予一言序之。予尝病世之人束书不观，甚有自命为词人，而不知朝代先后诸史名目者，诚能讽咏此等诗，爱其词必且求其事，由是退而考之全史，得其美刺之故，则谓此诗为读史者之嚆矢可也。嘉定友人钱大昕书时乾隆癸未重五后二日。

案：钱大昕《潜研堂文集》未收此序，陈文和辑校《潜研堂文集补编》亦未收。

9.《历代咏史乐府》二十卷

清董元宪撰。元宪，字次山，号白乡，别署豫章散人，乐平人。是集与《白乡文集》四卷、《白乡诗集》十卷合刊，称《白乡诗文钞》，清道光己酉年(1849)序刊本。卷首有《乐府自叙》，隐然以继李东阳自居。吟咏史事自上古至明代，分代而述，以七言杂言歌行为多，间有四言。

10.《拟咏史小乐府》一卷

清史履晋撰。稿本。此集未见，仅据孙殿起《贩书偶记》著录。

11.《耕猎斋咏史乐府》二卷

清周怀绶（1782—?）撰，门人吕振骐辑注。怀绶，字寨杉，又字亦山，江苏常州人。一作山东济南人。是集单行，有北京大学图书馆藏清咸丰二年（1852）刻本，中国社会科学院文学研究所藏咸丰八年京师律古斋刻本；另一单行本有《补遗》一卷，清光绪七年（1881）重刻本，中国国家图书馆藏。是集又见于周怀绶所撰《耕道猎德斋诗文集》十卷中，题《咏史小乐府》，稿本，山东省图书馆藏，有光绪八年邵承照序，汤寿名、吴檀倚、许晋奎跋。柯愈春《清代诗文集总目提要》曰："《咏史乐府》乃效王士祯《咏史小乐府》体而作，共二百六十余首。"

今检南京图书馆藏律古斋刻本，二册，卷首海昌文泉弟乐清序、同里朱清黼序。卷末有潘镛、陆继辂、张铎、史福臻等十五人评语。

陆继辂评

唐人咏史诗以不著论断为高，然太涉序事，亦难制胜。作者以蕴蓄藏其论断，便觉谈言微中，尤难其字字浑成，可以传矣。

史福臻评

每事以二十字尽，节短韵长，不索奇意论断，而自见季野阳秋，此学人之诗，亦诗人之诗。

12.《春秋咏史乐府》一卷

清舒位(1765—1816)撰。位,字立人,号铁云,祖籍直隶大兴(今属北京市),生长于吴县(今江苏苏州)。所撰《瓶水斋诗集》十七卷、《别集》二卷,《别集》卷一即为《春秋咏史乐府》。清嘉庆刻本。卷首舒位自序。

舒位自序

撰春秋咏史长短句诗,强名之曰乐府,大旨以《左氏内传》为经,而以《国语》、《公》、《穀》为纬,并杂采诸他书之论春秋时事者,凡一百四十首。昔人之为咏史乐府也,惟杨抱遗、李畏吾为最著,近尤西堂则有《明史乐府》,顾皆详于后代而略于春秋。今兹所咏若补其阙,或褒焉或讥焉,或存而不论焉。

13.《春秋乐府》一卷

清袁学澜(1804—?)撰。学澜,字文绮,号适园,又号春巢,江苏元和人。是集为所撰《适园丛稿》十二卷之卷六,清同治十一年序香草堂刻本。卷首袁学澜《续咏春秋乐府一百首并序》。

袁学澜序

今春顾君弈斋相晤□溪,出铁云所著《春秋乐府》一卷见示,云吴江沈翠岭参军,欲以之刊入《昭代丛书》,而惜其咏至襄公十五年而止,于昭、定、哀三公阙如也,于春秋纪年为未全。久欲求人续成之,迄今无有应之者。今以属之吾子,其可乎?余自惟谫陋,何敢赓郢雪之唱。重以顾君见重,遂不揣无文,辄操笔成一百首,合诸舒作,得二百四十首,适符春秋所纪二百四十年之数。

14.《左传乐府》不分卷

清徐校撰。校，字范江，号石渠，太仓人。此本系清嘉庆二十五年(1820)刻本，残阙不全，南京图书馆藏。卷首杨叔温、王树穫、赵允怀、周康封题辞，及徐校《自述》。

徐校自述

去夏无聊，取《左氏传》之可命意标题者，比事属辞，间佐《史》、《鉴》，宣以前稍本《东莱博议》。长短节奏，随笔信心，率成百二十章。是正于子潇太史，太史惠以弁言，加之评论。会及门陈子颐曾自京师归，见而悦之，付梓问世，非敢希踪前哲也，聊备童蒙之考核云尔。嘉庆庚辰孟夏石渠徐校自述。

15.《拟汉乐府》八卷、《补遗》一卷、《附录》二卷

明胡缵宗撰。缵宗《可泉拟涯翁拟古乐府》已著录。此本是明嘉靖十八年(1539)刻本，《四库全书存目丛书》集62册据湖北省图书馆藏本影印。卷首有胡缵宗自序，杨祜、靳学颜、王崇庆、马汝骥四序，以及谷继宗题辞。附谷继宗辑《公卿格言》，皆当时名公大臣推誉之辞。又附《设为问对》，大抵是自我标榜之辞。又有朱睦㮮《拟汉乐府绪论》。卷末有杨仪、邹颐贤、杨祜、顾梦圭四序，及邹颐贤《拟汉乐府说》、蓝田《书拟汉乐府后》、冯惟健《书拟汉乐府后》、李人龙《叙拟汉乐府后》。

16.《前汉乐府》不分卷

清瞿应麒(1781—1813)撰。应麒，字麟洲，上海人。此本系清嘉庆十九年(1814)刻本，一册，南京图书馆藏。卷首有李林松、金门诏、李筠嘉、刘枢序。卷末有刘枢玉躔跋。

17.《悔余庵乐府》四卷

清何栻撰。是集同治乙丑年(1865)半亩园刻本，南京图

书馆藏。卷一咏史、咏物、纪事杂陈，卷二为《前汉书乐府》二百十九首，卷三、四为《后汉书乐府》三百一十一首。

18.《三国志乐府》不分卷

清宋慈襃撰。慈襃，字墨哀，号墨庵，浙江瑞安人。此本系民国九年(1920)刻本。卷首有钱塘吴士鉴民国六年序及宋慈襃民国五年《自述》。卷端又题"宋氏杂箸之一"。是集蜀十三首，魏二十二首，吴十五首，补遗十首，合六十首。

吴士鉴序

乐府之作，导源比兴，义在指陈时事，褒讥并腾，此古者谣谚之流也。宋元以降，咏史之作亦托名为乐府，自铁崖倡于前，西厓继于后，昭代作者若尤展成之《明史乐府》、洪稚存之《两晋南北史乐府》、《唐宋小乐府》、舒铁云之《春秋乐府》、汤若泰之《金源纪事诗》，类皆单行别出，独树一帜。其余诸家集中以乐府标题者篇什尤多，偻指难数，盖皆裒子元之通识，而摅为均语，以寄其尚论古人之旨也。瑞安宋君墨庵盛季邃学，抗心独往，承其乡贤瑟学、籀庼两先生之后，斐然有所造述。尝读陈承祚《三国志》，兼采裴西乡注，取其事迹之恢诡者，成乐府诗六十章，邮示士鉴。

宋慈襃自述

爰取《三国志》事迹之恢诡可喜者，仿古乐储格，人系一诗，得五十首，复于承祚原文外取裴注之事足之，稽叔夜、阮嗣宗亦与焉，得补遗十首。立言体裁，则直道不足，以诙谐出之；谲谏未申，旁引他事以证之，期不失诗人忠厚之旨已尔。丙辰仲冬时年二十有二，瑞安宋慈襃。

19.《三国志小乐府笺注》一卷

清熊宝泰(1742—1816)撰。宝泰，字善惟，一字芸眉，又字筠眉，号藕颐，安徽潜山人。有《藕颐类稿》二十卷、《外集》七卷。清嘉庆十一年(1806)熊氏性余堂刻本。《外集》卷五即为《三国志小乐府笺注》。柯愈春《清代诗文集总目提要》著录此本。

20.《拟两晋南北史乐府》二卷

清洪亮吉(1744—1832)撰。亮吉，字稚存，号北江，晚号更生，常州阳湖人。清光绪三年(1877)授经堂重锓，卷末有屠绅跋。

21.《附鲒轩外集唐宋小乐府》不分卷

洪亮吉撰。清光绪四年授经堂重刊本，卷末有管榦珍跋。

22.《唐史乐府》不分卷

清邵廷烈撰。廷烈字子显，号退闲外史，江苏镇洋人。是集与所撰《竹西吟草》合刊，清道光壬寅棣香斋刻本。集中诗皆为五言四句小乐府，无题，无注，凡一百首。

23.《五代新乐府》不分卷

清徐宝善撰，子志导注，程春海、潘四农、张鲁峰、王晓林、梅伯言评。宝善，字廉峰，歙人，与黄爵滋、龚自珍、张际亮诸人约略同时。是集与《壶园诗钞选》合刊，《续修四库全书》据复旦大学图书馆藏清道光刻本影印。卷首有徐宝善自序。

徐宝善自序

南昌彭文勤公注《五代史》，采辑淹博，长夏展诵，意有所感辄成乐府一章，都之得二十余篇，命子志导依事注之，以备遗忘。

24.《南宋乐府》不分卷

清章宝箴撰，赵葆燧注。宝箴字季英，号鼎芗(香)先生，自署会稽人。清光绪二年(1876)归安赵氏刻本。卷首有吴纕、马懋攸诸序与章宝宬诸人题词。又有清道光会稽章氏清稿本，北京大学图书馆藏。凡四十首。

25.《南宋百一乐府》不分卷

清周文禾撰。文禾字叔米，自称老米。此本系清光绪六年(1880)刻本。卷首沈穆孙、叶廷琯、张文虎、陈鸿诰诸人识语及周文禾自序。

周文禾自序

作南宋咏史长短句，强名之曰乐府，循杨抱遗、李昆吾两先生例也。南渡事迹记述纷如，兹所咏者以《宋史》为经，诸家笔记为纬，然特百中之一，因名之曰《南宋百一乐府》。或以偭诸尤西堂侍讲《明史乐府》、舒铁云孝廉《春秋乐府》，则禾与诸先生无能为役矣。所惜者康伯于同治癸亥冬归道山，不及见是卷而为余点勘也。龙在辛未夏五江左老米周文禾自题于沪渎之桃花最深处。

沈穆孙识语

明李西涯先生咏史乐府，或以好涉议论少之，此是丹非素之见也。诗自变雅以来，至于唐，以议论传者多矣，何独至于咏史而疑之。既曰咏史，则当纬以议论，不然得失何以考镜，是非何以别裁。作者古今体诗雄深雅健，力振唐风，非世之薄植浅根者所能方轨。即此卷论断持平、风格遒上，几如汉廷老吏、白傅遗音，以视西涯，当亦如骖之靳矣。玉蝉辞客沈穆孙识。

叶廷琯识语

君于音律之学，独具神解，尝谓余曰：汉乐府谱调之亡，实未亡也。以字核准七音，即以七音之尺上配之，安见古乐之不重见于今哉？特不可如毛西河氏之武断耳。

兹以大箸见视，既于古今体诗内选六十六首入拙录《苔岑诗录》，而此卷尤爱不忍释，别录全帙藏之。倘有精音律者以字准音，配以工尺，余决其必不贻讥折嗓。至其诗之善于运化本事，当不独叹西堂之专工也。十如老人叶廷琯跋。

张文虎识语

乐府之体，大都借体发挥，夺人酒杯，浇我块垒，非徒诛奸谀于已死、发潜德之幽光而已。杨铁崖著为专集，西涯、西堂继之。近世青浦汤君有金源乐府之刻，加充裕矣。叔米先生此稿因咸丰己未借试浙闱而作，有感于南宋已事，不平之鸣，包涵无限，以意逆志，在善读者。南汇啸山张文虎识。

26.《金源新乐府》八卷

清汤运泰撰，子显业、显榦注。运泰字虞樽，清浦人。此本系清嘉庆十八年(1813)绿签山房刻本。卷首有汤运泰自序、门人周郁滨跋。

汤运泰自序

甲子夏读托克托二史，旁及别史、杂史、百家传记，参校同异，有所得恒随意抒写，词不求工，事亦不专取正史，其中间有作辍，至戊辰得辽金纪事诗八百余首。今年春，门下士请梓益力，且各以赀助。余高其谊，因取《金源新乐府》若干首，命儿子先为详注，并令诸及门雠校。校既定，不四月而梓竣。

周郁滨跋

以滨所见，读《三国志》，读《十六国春秋》，读《唐书》，读《十国春秋》，读《宋史》、《辽史》诸作，多者四五百首，少亦不下三四十首，诗不名一体，独金源一朝仿尤太史西堂咏明史例，专以乐府纪事。

27.《拟明史乐府》一卷

清尤侗(1618—1704)撰，子珍注。侗，字同人，一字展成，号悔庵，又号艮斋，长洲人。此本系清康熙间刻本，与《哀弦集》一卷、《外国竹枝词》一卷合一册。半页十行二十一字，白口，单鱼尾，左右单边。分上下二栏，上栏小字注出于尤珍之手，下栏正文诗后附史实则尤侗自作。卷首有尤侗康熙二十年(1681)自序。

尤侗序

予承乏纂修《明史》，讨论之暇，间采其遗事可备鉴戒者，断为韵语，亦拟乐府百篇，虽未敢窃比西涯，庶几存咏史之一体。其中别白是非，挥定哀乐，不过寄吾意之所在，而声与调固所不恤，览者幸无讥焉。康熙辛酉良月朔日。

28.《续尤西堂拟明史乐府》不分卷

清张晋(1764—?)撰，同里杨履道注。晋，字隽三，山西阳城人。清嘉庆癸酉年(1813)宁武试院刻《山右丛书初编》本，《丛书集成续编》据以影印。卷首有湘潭周系英嘉庆壬申序及张晋自识，卷末有沪城刘汲嘉庆癸酉跋。据柯愈春《清人诗文集总目提要》，张晋另有《读后汉书作小乐府》三十八章，载于所撰《艳雪堂诗集》，未见。

张晋自识

尝读尤西堂先生《拟明史乐府》，爱其述事遣辞，才识兼到。嘉庆庚午夏日里居无事，因续作一百首，凡西堂已作者不更作，其中或意见不同，或情辞未尽，亦间有重复，非必与西堂争胜也。

29.《拟尤西堂明史乐府》一卷

清李于阳(1784—1826)撰，朱庭珍批点。于阳，字占亭，号即园，云南昆明人。清嘉庆二十三年(1818)刻本，光绪二十五年(1899)补修。柯愈春《清代诗文集总目提要》著录此本。

30.《新乐府》上下卷

清万斯同(1638—1702)撰。斯同，字季野，号石园，浙江鄞县人。清同治癸亥年(1863)赵氏又满楼刻本。半页十行二十一字，上下黑口，单鱼尾，左右双阑。扉页篆文题“赵氏又满楼椠本”，卷上末行题“癸亥孟秋昆山赵诒琛重校刻”。是集一名《石园新乐府》。卷首有万斯同自序及同里李邺嗣序，皆取明朝史事为题入诗，计六十余首。

万斯同序

昔之拟乐府者，率用汉魏古题，独唐白少傅取本朝事为题，而名之曰新乐府。盖新题体□，非汉魏遗制也。余读而爱之，因采明室轶事为题，而系之以诗，不过五七言长短句，非有音节可被之管弦也。今而直名为乐府，则与汉魏遗制不类，欲不名为乐府，又非余效法白傅之意，故循袭其旧，亦名之曰新乐府云。

李邺嗣序

余闲居，尝与万季野言，谓谢皋羽生于宋末，尚能追撰铙歌骑吹之曲，意在扬厉国威，其义可取，因亦补作铙歌十八曲，以窃附正雅，而文义肤薄，深愧古人。季野则独取三百年间朝事及士大夫品目，片言只语，可撮为题，俱系乐府一章，意存讽刺，以合于变风变雅之义。虽其词未即方驾工部，而以前视元白，后当杨李，则几过之矣。或谓以季野史学盖世之才，不使纂成一朝之史，而徒取单文俚句，造为韵语，以寄讽当世，似近于识小，殊为季野惜之。余独谓不然。诗以述世，其诗即其史也。诗亡而史作，义本相贯，但有简繁之分耳。季野即未及纂成一朝之史，而且以新乐府先之，是亦史之前驱也。先诗而后史，与祭先河而后海同，诗其源也，史同其委也。诵其诗者即可知季野之史学矣。同里杲堂李邺嗣。

31.《今乐府》二卷

清吴炎（？—1663）、潘柽章（1626—1663）撰。炎，字赤溟，原名锡珩，字显庚，号赤民，吴江人。柽章字圣木，号力田，吴江人。二人皆长于史学，得顾炎武、钱谦益等所藏史料，合撰《明史记》。未及成，庄廷龙《明史案》发，受牵连，于康熙二年（1663）罹难。今存北京大学图书馆藏清钞本，《四库禁毁书丛刊》据以影印。又有刻本，《丛书集成续编》第28册（史部）影印。卷一题“吴江吴炎赤溟著/同学潘柽章力田评”，卷二题“吴江潘柽章力田著/同学吴炎赤溟评”，是二人各撰一卷，并互为评注与序。集中诸诗体例暗合本纪、世家、列传，盖亦有韵之《史记》。二人所撰《明史记》遗稿被焚，《今乐府》略可存其一斑。卷首有吴炎《潘子今乐府序》、潘柽章《吴子今乐府序》。

吴炎序

明兴三百年间，而学士大夫上不能为太史公叙述论列，勒成一书，次不能为唐山夫人者流，被之声韵，鼓吹风雅。今予两人故在，且幸未老，不此之任，将以谁俟乎。因相与定为目，凡得纪十八、书十二、表十、世家四十、列传二百，为《明史记》，而又相与疏帙事，及赫赫耳目前，足感慨后人者。后各得数十事，潘子为题，予为解，予为题，潘子为解。损之又损，以至于百，为今乐府而铙歌骑吹雅颂不在焉。巳之冬成十三，午之春成十七，三阅月而余百章悉成，后三日潘子亦悉成。

潘柽章序

（吴子曰）今以子志盍相与为《明史记》，网罗天下放失旧闻，取材于长编，而折衷于荐绅先生及世之能言者，以成一代之书。余又闻而然之。……私念是书义例出入必欲质之当今，取信来世，故不得已而托之于诗，则《今乐府》所为作已。解题二卷，余创之而吴子成之，其诗则吴子倡之而余和之。

32.《明季新乐府》二卷

清胡介祉撰。介祉，字存仁，号循斋，又号茨村，山阴人。顺治丙戌科十四名进士，官至少宰。清怀宁何雯校刊本。扉页题“龙潭室丛书之二/已酉年二月出版”。卷首有何雯《重刻明季新乐府序》、王蓍序、朱书序及胡介祉自序。

何雯序

茨村为风人之余裔，去明未远，习于故事，尝取思陵及宏光十八年间轶闻，谱新乐府，自《信王至》，终《钟山树》，都六十篇。于明祚覆亡之由，历历如绘，茨村所谓有关治乱得失之故者也。今就其言讽绎之，固为唐人新乐府之遗。而因物赋形，浅易陈说，颇为易简而理得。盖茨村身际鼎革，眷今明室，不胜其麦秀、黍油之感，用情独挚，岂据梧而吟乎国风之什，多得之里巷歌谣。然则茨村之浅易陈说，其或者亦歌谣之意，而欲垂戒于方来乎。……余观明亡之惨为历世所仅见，读茨村乐府所纪轶事，又可以作明季稗史观，不仅工部称诗史而已。是编原名《咏史新乐府》，余为之易名曰《明季新乐府》，所以纪实。

朱书序

今得先生是篇，读之上下。少陵以诗为史，先生以史为诗，直可并席不让。

王蓍序

乐府六十篇，纪明末崇祯及宏光十八年间时事，为君为臣为民为事而作，足以传信，与香山新乐府之义旨合。

胡介祉自序

今圣世敦崇前代，南北陵寝保护有加，且特命儒臣开纂修明史之馆，次第将告成。某村野不文，其敢预论断之末，亦聊以存是非而抒己见耳。题曰《咏史新乐府》，体则依古，辞则创今。不敢以诗史自居，亦不敢以乐府相袭云。

33.《明纪事乐府》四卷

清龙文彬(1824—1896)撰。文彬，字撷菁，号筠圃，江西永新人。著有《明会要》八十卷。此本系清光绪乙酉年(1885)永怀堂刻本。卷首有胡友梅、敖册贤、王麟序及龙文彬自序，又有欧阳云、魏乃襄、敖册贤、汤肇熙、李维翰、李有棻、门人刘昺燮诸人题词。

胡友梅序

国朝尤展成有乐府百篇，脍炙海内矣。永新龙子筠圃继之，复以乐府纪明事，得三百余首，题与展成不相袭，即间有一二，亦别出机杼，并行不悖，而网罗宏富，补其所未备者十之八九，诚咏史之巨观也。盖龙子蚤岁笃嗜乙部，曾著史论数十首，自乙卯避乱后，研究明史，著《纲目三编质义》八卷，探讨所及，中有感喟，情不能秘，借韵语以宣其幽思，积而日多。比官铨曹，公余之暇，于正史外旁探杂史及传记百家诸家，凡百余种，成《明会要》八十卷，于二百七十年治乱兴衰之故，是非得失之林，洞若观火，因取乐府详加厘正，复有增益，可谓勤且博矣。是编取材之广、持论之严，以为史官之外乘、诗学之别派可也。

34.《江东乐府》一卷三十一首

南京图书馆藏抄本，年代不详。卷端题“赤山臣陈简编次”。是集纪述南明乙酉、丙戌二年史事。

35.《明十三陵小乐府》不分卷

民国凌启鸿撰。启鸿，字(或号)楫民，吴兴人。此本民国十三年(1924)初版，廿二年再版。是集为凌氏所撰《忆云楼译著丛书》之一。自明成祖长陵至明思宗思陵共十三陵，每陵一诗，前序后注。卷首有凌启鸿自序。

36.《宝天彝斋清史乐府》不分卷

清邵盂撰。盂，字养吾，生平不详。民国十七年(1928)南昌石印本，一册，南京图书馆藏。自《长白山》写爱新觉罗氏发祥开基，至《逊位诏》写宣统三年隆裕太后逊位，凡一百首。卷首有邵盂自叙、吴兴朱士元序。

邵盂自叙

满清作宾已十余稔，国史纂修未竟，资治之书阙如。武进许氏国英仿紫阳《纲目》编年体例，作《清鉴易知录》。一代之兴亡治乱，乃可得其大凡。不佞平生喜研史事，闲居无俚，爰依是录，旁采稗官野史及私家传记，取其事之可备鉴戒者，断为韵语，亦拟乐府百首，挥写己意，不拘声调，盖咏史之一体也。

37.《金陵癸甲新乐府》一卷附《金陵城外新乐府》一卷

清马寿龄撰。中国国家图书馆藏傅增湘钞本，北京大学图书馆藏另一钞本。《金陵癸甲新乐府》又附刊于《红羊佚闻》三卷末，题金陵无名氏遗稿，海虞徐枕亚校字。卷末有徐枕亚民国三年(1914)跋。是集专述洪秀全据南京事，诗如《失九江》、《保金陵》、《闭城守》、《破皇城》、《催进贡》、《当圣兵》等，皆诗人亲历之事，言辞痛切，叙事有法，有俾史家所不及者。

徐枕亚跋

右《金陵新乐府》五十章，作者不著姓氏。篇中于洪氏据金陵后之种种设施，记载至详且确。一字必严，秉董狐之直笔；四声欲绝，泻巫猿之哀音。痛哭流涕之词，感喟苍凉之调，与王氏之击筑余音，异曲而同工焉。读是篇者，如身入围城，诸王骄横之气，小民怨咨之声，靡不可于尺幅中得其真相，令人益恍然于洪氏之所以失败，真太平时代之诗史也。

38.《四家咏史乐府》十五卷

清宋泽元编刊。清光绪十二年(1886)忏华盦刻本，半页十行二十一字，白口，单鱼尾，左右双阑，版心下方题"忏花庵"三字。《丛书集成续编》第167册(别录史部)据以影印。四家为：杨维桢《铁崖咏史》八卷、《铁崖小乐府》一卷，以楼卜瀍注本为底本，增补校订以刘氏青照堂本；李东阳《西涯乐府》二卷；洪亮吉《两晋南北史乐府》二卷、《唐宋小乐府》二卷；尤侗《明史乐府》一卷。卷首有宋泽元序五篇，又有各集旧序若干篇。

宋泽元四家咏史乐府序

杨廉夫先生乃择取历代史书一人一事，以韵语歌咏之，李茶陵、洪北江后先继起，尤艮庵则专就明史而作，名曰乐府，实有韵之史论也。予尝取四家之什而考骘之：东维高古浑沦，才力纵肆，偶一放笔，辄若天上黄河滔滔汩汩，挟沙泥而俱下，又好为昌谷奇语，夭矫神幻，令人莫窥涯涘。曩有铁雅之称，当之奚愧。茶陵、北江二家气概渊雅，书卷纵横，而格律谨严，实相伯仲，如行九坂中，步步均求实践。李以逋峭胜，洪以遒健胜，高下正未易轩轾。西堂熟于胜国掌故，议论悉有根据，生平好以游戏行文，故诗中每有诙谐之笔，然风骨高张，词旨朴茂，其不矜才不使气之处，断非浅学所能几及。予因并刊行之，为论史家别辟蹊径，成一大观。集中各逞词锋，各申论断，既可诵辞章之声韵，复可证古义之是非，譬如日月照而代明，韶武奏而并美。

《铁崖小乐府》卷首宋泽元序

先生五绝简括古雅，在他人千百言不能尽者，先生辄以二十字了之，有比拟，有议论，有断制，所谓精金百炼，炉丹九转，不是过也。

《西涯乐府》卷首宋泽元序

取古来一人一事，反覆歌叹，或比事属词，或折中论断，审音按律，含英咀华，其间辩议之博大昌明，实有足以开悟人心，扶持世教者。

《两晋南北史乐府》卷首宋泽元序

咏史乐府自元明以来，于铁崖、西涯、西堂外，可与三子卓然并峙者，惟洪稚存先生当之无愧。先生著作等身，而所撰《两晋南北史乐府》及《唐宋小乐府》，悉皆濡古涵今，准情酌理，其论断之精卓，音节之雅驯，非兼擅三长者能之乎。

《明史乐府》卷首宋泽元序

入史局纂修《明史》，分撰志传三百篇，故尤熟于胜国掌故。尝采其有关治体、可新耳目者，仿茶陵咏史例，成《明史乐府》一百首。举明季二百七十年事迹琐屑，讽咏出之，立言要而不繁，持议正而不苛。大者如长江大河，浩瀚不穷，小者若繁音促节，袅袅如缕。间有衡量得失，发为论断之处，说颇引喻合义，风趣横生。施尚白称为奄有前贤，横视一代，诚笃论也。

[附记]关于宋以后乐府诗的研究，目前仅见王辉斌《唐后乐府诗史》(黄山书社 2010 年)，其中第七章《清代乐府诗》第一节《独具魅力的咏史乐府》，讨论了清代为数不多的几位诗人。拙稿的资料搜集与整理，完成于 2004 年撰写硕士论文《明代古乐府诗研究》期间，所用资料大抵是南京大学图书馆和南京图书馆所藏。

吴兢《乐府古题要解》杂考

一 《乐府古题要解》的佚文

郭茂倩《乐府诗集》引用吴兢《乐府古题要解》凡一百余处，通常省作《乐府解题》，多数明确交待出处，也有几处未作交待但可考知的。这些引文是校勘《乐府古题要解》的重要资料。明人陆东曾经据《乐府诗集》对明抄本《乐府古题要解》作过校勘，留下十五条校记，陆校本后归傅增湘，现藏国家图书馆。时贤孙尚勇对《乐府诗集》引用《乐府古题要解》的情况作过详细的考察，并指出《乐府诗集》的引文中有三条不见于今本《乐府古题要解》。[①] 陆东的校勘与孙尚勇的考察表明，《乐府古题要解》在流传过程已有脱佚。

宋人强幼安述《唐子西文录》："《乐府解题》，熟读大有诗材。余诗云：'时难将进酒，家远莫登楼。'用古乐府名作对也。"《乐府解题》即吴兢《乐府古题要解》。依此段语意，唐子西诗中的《将进酒》、《莫登楼》皆是乐府古题。今传《乐府古题要解》仅有《将进酒》，而未见《莫登楼》，应有脱佚。遗憾的是，

---

① 孙尚勇《乐府文学文献研究》，人民文学出版社 2007 年，页 340。

郭茂倩《乐府诗集》没有收入这一古题，当然也就没有引用《乐府古题要解》此处解题的文字。

《乐府古题要解》的佚文，除去孙尚勇所辑三条外，实际上还有部分文字保存在《乐府诗集》中，这些文字因为句读误断的原因，未能被辨认出来。例如，《乐府诗集》卷三十五相和歌辞十《塘上行》的引用：

> 《乐府解题》曰："前志云：晋乐奏魏武帝《蒲生篇》，而诸集录皆言其词文帝甄后所作，叹以谗诉见弃，犹幸得新好，不遗故恶焉。若晋陆机'江蓠生幽渚'，言妇人衰老失宠，行于塘上而为此歌，与古辞同意。"

今传各本《乐府古题要解》此条曰："右前志云：晋乐奏魏武帝'蒲生我池中'，而诸集录皆言其词魏文帝甄后所作，叹以谗诉见弃，犹幸得新好，不遗故恶焉。"并无"若晋陆机"以下文字。这部分文字，是郭茂倩自己的案语，还是吴兢的原文呢？从《乐府古题要解》的行文体例看，应该是后者。吴兢在解题中，通常以"若/又"等词语引出另一种情况的诗篇，或者指出后来文人拟作或改造的例子，这一体例从今本《乐府古题要解》中可以得到确认。

依照这一体例，我们发现，《乐府诗集》引用的《乐府古题要解》，有十多处比今本多出一两句或三数句。《乐府古题要解》在元代已经失传，当时有学者从《乐府诗集》中重辑《乐府古题要解》，并流传至今，这些多出的文字应该是重辑时因不明体例而失辑的佚文。现据中华书局 1979 年版《乐府诗集》辑补如下：

[补《薤露行》]曹植拟《薤露行》为《天地》。（第 397 页）

[补《猛虎行》]又有《双桐生空井》，亦出于此。（第463 页）

[补《苦寒行》]曹植拟《苦寒行》为《吁嗟》。(第499页)

[补《豫章行》]曹植拟《豫章》为《穷达》。(第502页)

[补《塘上行》]若晋陆机“江蓠生幽渚”,言妇人衰老失宠,行于塘上而为此歌,与古辞同意。

[补《善哉行》]曹植拟《善哉行》为“日苦短”。(第540页)

[补《泰山吟》]《泰山吟》,言人死精魄归于泰山,亦《薤露》《蒿里》之类也。(第605页)

[补《泰山梁甫行》]曹植改《泰山梁甫》为“八方”。(第608页)

[补《怨诗行》]若傅休奕《怨歌行》云:“昭昭朝时日,皎皎最明月。”盖伤十五入君门,一别终华发,不及偕老,犹望死而同穴也。(第610页)

[补《子夜歌》]又有《大子夜歌》《子夜警歌》《子夜变歌》,皆曲之变也。(第641页)

[补《采薇操》]《采薇操》亦曰《晨游高举》。(第833页)

[补《出自蓟北门行》]若鲍照云《羽檄起边亭》,备叙征战苦辛之意。(第891页)

[补《苦热行》]若鲍照云:“赤阪横西阻,火山赫南威。”言南方瘴疠之地,尽节征伐,而赏之太薄也。(第937页)

[补《轻薄篇》]何逊云“城东美少年”,张正见云“洛阳美少年”是也。(第963页)

[补《游猎篇》]梁刘孝威《游猎篇》云:“之罘讲射所,上林娱猎场。”备言游行射猎之事;亦谓之《行行游且猎篇》。(第970页)

[补《独寒吟》]晋陆机《独寒吟》云“雪夜远思君,寒窗独不寐”,但叙相思之意尔。(第1074页)

二 《乐府古题要解》的明抄本

唐人吴兢所撰《乐府古题要解》二卷，传存以明末毛晋校刊《津逮秘书》本为通行，后出诸本如张海鹏《学津讨原》本、丁福保《历代诗话续编》本等，皆从此出。学者习读、引用的，多是毛本一系。毛本系统之外，尚可知见两种明抄本，一是民初傅增湘跋本，今藏国家图书馆，据《中国古籍善本书目》著录，行款是十行二十字，白口，四周双边；二是清末陆心源皕宋楼藏本，今未见，据《皕宋楼藏书志》卷一百二十著录，与傅增湘跋本同出于明正德十年柳佥抄本。明抄本与毛刊本之间存在颇多异文，傅增湘曾以明抄本校毛刊本，成明明、孙尚勇亦撰文指出五方面的差异。[①] 这些异文显示出明抄本不容忽视的校勘价值。

在傅增湘跋本以及可能流失东瀛的皕宋楼藏本之外，传存的明抄本，今所见尚有无锡市图书馆藏本。此本二卷二册，半叶十行二十四字，无栏格，首叶第二行题："史臣吴兢撰。"卷端钤"诲谷"、"古里瞿氏记"、"无锡县县立图书馆藏"等印。书眉时有朱笔校字，当是对读毛刊本的校勘。卷末有一跋文曰："崇祯元岁戊辰，得此本于胶山安渔玉氏，因手钞之。半月而毕。孟冬初十日夜。冯舒巳苍记。"如果跋文可信，则此本为冯舒手抄本。然而，此本手迹，与另一种冯舒抄本《王建诗集》，似乎不是出自一手，诸家书目著录，包括瞿氏的《铁琴铜

---

① 详参国家图书馆藏傅增湘手校毛刊本、《藏园群书题记》卷二十《明钞乐府古题要解跋》，以及成明明、孙尚勇《吴兢〈乐府古题要解〉略考》(《文献》2004 年第 4 期)。成、孙认为，明抄本出自宋刊本，版本价值高于毛刊本。这一结论似嫌武断。

剑楼书目》也未见著录，是否可以确定为冯舒抄本，还须查证。[①] 或者可以谨慎地定为冯舒抄本的过录本。

锡图藏明抄本，未必是冯舒抄本，不过，这并不减损其校勘的价值。与毛刊本和傅跋明抄本相较，可以断言这一抄本与傅跋明抄本同出一源，同样出自柳佥抄本。[②] 因此，这一抄本同样具有校补毛刊本的价值。持校毛刊本与锡图藏明抄本，可知抄本有脱文讹误，也有优于毛刊本的异文，更有毛刊本脱佚的文字。今依毛刊本叶次，举其异文若干类如下：

（一）二本文字互异

毛刊本卷上叶一右："绣颈锦臆。"颈，抄本作胫。

毛刊本卷上叶一左："疑皆出于此。"疑，抄本作类。

毛刊本卷上叶二右："蒿里传。"传，抄本作行。

毛刊本卷下叶二左："朝歌行。"朝，抄本作鞠。

（二）抄本脱文而毛刊本不脱

毛刊本卷上叶一右至左："又云鱼戏莲叶东鱼戏莲叶西鱼戏莲叶南鱼戏莲叶北。"抄本作："又云鱼戏东西南北。"

毛刊本卷上叶一左："仙道洪濛不可识如王乔赤松皆空言。"凡十五字，抄本无，当系抄脱。

毛刊本卷上叶二左："所赋对酒。"抄本无此四字，而书眉朱笔校补曰："武帝下当有所赋对酒四字。"

---

① 台北"中央图书馆"编印《"国立中央图书馆"善本题跋真迹》，收冯舒抄本《王建诗集十卷》的书影。（页 2019—2021）此抄本为杨伯祥所书，冯舒校并跋。比较巧合的是，冯舒在《王建诗集》跋文中称："此本照大中手书本抄。"（页 2020）而明抄本《乐府古题要解》同样出自柳大中（佥）抄本。

② 据《藏园群书题记》卷二十《明钞乐府古题要解跋》，国家图书馆藏傅跋明抄本，前有陆东、梁梧二序，后有柳佥、陆东二跋。无锡市图书馆藏明抄本，已脱去这四篇序跋。

（三）抄本比毛刊本多出的文字

毛刊本卷上叶四右："后人哀而赋焉。"抄本作"后人哀之而作焉"，其下又多出"若魏文尧任舜禹当复何为亦题曰秋胡行曹植但歌魏德而不取本事与文帝同"，凡三十二字。

毛刊本卷上叶五右："塘上行。"抄本行字下多"一曰塘上辛苦行"一行小字。

毛刊本卷上叶十左，《君马黄》之后接《芳树》，而抄本于二题之间多出《将进酒》一题："将进酒　右古词将进酒、乘大白。大略以饮酒放歌为言。"

毛刊本卷上叶十一左："遂传以为乐曲。"抄本此句下多出"而汉古词亡"五字。

毛刊本卷下叶三左："亦有苦寒行。"抄本此句前多出"若鲍昭赤板横西徂言南方瘴厉之地尽节征伐而赏之太薄也"，凡二十五字。

毛刊本卷下叶四右："放歌行。"抄本多出题下小字注："一曰孤儿行。"

毛刊本卷下叶五左："新城长乐宫行。"抄本多出题下小字注："长一作安。"

毛刊本卷下叶八左："有天马夜降鸣于其室。"抄本作"有天马夜鸣降于其室"，且其下多出"以为追吏至"五字。

抄本卷末多出如下文字："以上杂出诸家文集，亦有非乐府所作者，以缀文之士递相拟袭，故详载焉。"

（四）二本文字顺序不同

毛刊本卷上叶五左至叶六右："子房保身全名。苏秦倾侧卖主。陈轸忠而有谋。楚怀不纳。吴起智小谋大。郭生古之雅人。燕昭臣之。"

抄本作："苏秦倾侧卖主。吴起智小谋大。子房保身全名。陈轸忠而有谋。而楚怀不纳。乐生古之雅人。燕昭臣之。”

由以上所举若干例，可知明抄本确实具有校补毛刊本的价值。这里择要录出明抄本的异文，一方面是为了具体地表现明抄本与毛刊本的差异，另一方面则是期待其他研究者比较现存两种明抄本（国图藏本与锡图藏本）可能具有的差异。

（曾刊载于《图书馆理论与实践》2012 年第 9 期）

［补记］《乐府古题要解》的异文

宋人程大昌《演繁露》卷十二曰：“吴兢《乐府要解》：胡角者，本以应胡笳之声，后渐用之。有双横吹，即胡乐也。兢所刊古《横吹曲》有名《梅花落》者。”“双横吹”，传本《乐府古题要解》，如《津逮秘书》本、《历代诗话续编》本，皆作“双角”。

《乐府古题要解》卷上《煌煌京洛行》“若宋鲍照‘凤楼二十重’”云云，诸传本皆如此，而鲍照集作“十二重”，《乐府诗集》卷三十九引《乐府古题要解》，亦作“十二重”，可知此处“二十重”可能是流传中的讹误。

乐府分类述评

前人有关乐府分类的研究，如梁启超《中国之美文及其历史》、萧涤非《汉魏六朝乐府文学史》、张永鑫《汉乐府研究》等，既在相关文献材料上发掘不足，又缺乏对乐府分类进行历史源流的考辨和梳理。因此，我们有必要在此基础上作进一步的研究。

先列举汉代以来有关乐府分类的重要观点，以选本为主，以史志、诗话等典籍的相关论述为辅。

东汉蔡邕《礼乐志》曰：

> 汉乐四品：一曰《大予乐》，典郊庙、上陵、殿诸食举之乐。……二曰《周颂雅乐》，典辟雍、飨射、六宗、社稷之乐。……三曰《黄门鼓吹》，天子所以宴乐群臣，《诗》所谓"坎坎鼓我，蹲蹲舞我"者也。其短箫铙歌，军乐也。①

这是现存文献中有关"汉乐四品"的最早记载。其后《隋

① 南朝梁刘昭注《后汉书》第五《礼仪志》中引，中华书局 1973 年，页 3131—3132。案：沈约《宋书》卷二十《乐志》二曰："蔡邕论叙汉乐曰：一曰郊庙神灵，二曰天子享宴，三曰大射辟雍，四曰短箫铙歌。"（中华书局 1974 年，页 565）与此名称不甚一致，顺序上也乙换了二、三两类，但实质没有改变。

书》卷十三《音乐志上》指明“汉乐四品”产生的具体年代为汉明帝时。又，根据《礼乐志》的文意，所谓“四品”实际只有三类，短箫铙歌实属《黄门鼓吹》，因其用于军中，有别于朝廷宴飨所用而特别拈出。

沿着与“汉乐四品”相同的思路，晋代的乐府增加为六大类。《晋书》卷二十二《乐志上》曰：

> 其有五方之乐者，则所谓“大乐九变，天神可得而礼”也。其有宗庙之乐者，则所谓“肃雍和鸣，先祖是德”者也。其有社稷之乐者，则所谓“琴瑟击鼓，以迓田祖”者也。其有辟雍之乐者，则所谓“移风易俗，莫善于乐”者也。其有黄门之乐者，则所谓“宴乐群臣，蹲蹲舞我”者也。其有短箫之乐者，则所谓“王师大捷，令军中凯歌”者也。①

不管是“汉乐四品”，还是晋代六类，其分类的基础都是国家的礼乐制作和实践，即郊庙祭祀和朝廷宴飨等不同场合决定了乐府的性质和类别。借用后世六艺流别的观念来审视，这个时期进入史家记录视野，从而得到分类的乐府，仅限于雅诗和颂诗，乐府风诗尚未受到明显的关注。

《隋书·经籍志》著录南朝陈僧智匠撰《古今乐录》十二卷，所选起汉讫陈。两宋时此书犹存，《乐府诗集》等尚见征引；至《文献通考》遂不著录，大概即亡于元代。清人有辑本，如马国翰《玉函山房辑佚书》、王谟《汉魏遗书钞》。前者漏略，不足为凭；后者较为完备，但大概也不抵原书十分之一。本文论述即以王谟辑本为准，以窥见其分类方式的一斑。

① 《晋书》卷二十二，中华书局 1974 年，页 676。

以郭茂倩《乐府诗集》所分十二类为基准，《古今乐录》至少涵盖了鼓吹、横吹、相和、清商、舞曲和琴曲六类。王谟辑本提及相和四引、相和十五曲、吟叹四曲、四弦，以及平调七曲、清调六曲、瑟调和楚调，相当于后来的相和歌辞；提及吴声歌十曲、西曲歌三十四曲和神弦歌十一曲，且有“清商西曲”一语，相当于后来的清商曲辞；提及鞞舞、巴渝舞、晋鼙舞歌五篇、铎舞、巾舞、拂舞等，相当于后来的舞曲歌辞；提及《思亲操》等琴操若干首，相当于后来的琴曲歌辞；又明言“横吹”、“鼓吹”等类名。由于文献残佚，我们无法确知《古今乐录》的分类在多大程度上接近于《乐府诗集》，但至少可以肯定二者是大辂椎轮的渊源关系。王谟辑本《序录》曰：“郭茂倩所编次《乐府诗集》一百卷，分十二门，包括传记辞曲，略无遗轶，大率据此书及吴兢《乐府解题》为多。”[①]从乐府分类的角度，这样说也是正确的。

又，《古今乐录》述及相和曲的文字，多数征引自刘宋时期的张永《元嘉正声技录》和王僧虔《大明三年宴乐技录》。张、王二家《技录》的分类方式已无从知晓，但想必也和《古今乐录》存在传承关系。从现存文字看，三家都偏重于曲调、乐器和歌辞三者及其相互匹配关系的记述，结合前文所引的相关内容，可以认为他们的分类方式是以音乐本身包括曲调和演奏乐器为出发点的。

唐代吴兢《乐府古题要解》分乐府为八类：相和歌，拂舞歌，白纻歌，铙歌，横吹曲，清商曲，杂题，琴曲。吴兢的分类显然继承了《古今乐录》，分类的原则也是音乐曲调本身。但从

---

① 王谟辑《汉魏遗书钞》本《古今乐录》卷首，《续修四库全书》第1199册，页693。

吴兢只是以事义解说乐府古题的解题方式看来，他仅仅是在表面上沿袭了《古今乐录》以音乐曲调为基础的分类框架，而不是基于当时音乐演奏实践的分类。值得注意的是，与前代的分类如“汉乐四品”相比，《乐府古题要解》突出了相和歌和清商曲，淘汰了郊庙歌辞。这或许也只是对《古今乐录》的继承，但因为《古今乐录》现仅存若干辑佚文字，只好将这种变化的功劳归诸吴兢。这种变化一方面表明乐府风诗相对于雅颂诗提高了地位，一方面表明以礼乐制作为基础的分类渐渐让位给以音乐曲调为基础的分类。

北宋元祐间人刘次庄编《乐府集》十卷、《乐府集序解》一卷，现已亡佚。后世典籍屡有征引，如阮阅《诗话总龟》、梅鼎祚《古乐苑衍录》等。日本增田清秀《乐府之历史的研究》[①]一书有辑本。晁公武《郡斋读书志》卷五下著录二书，叙曰：“右刘次庄所序也，古乐府之所起二十二，横吹曲二十四，日月云霞十九，时序十一，山水二十三，佛道十二，古人十七，童谣三，古妇人二十三，美女十六，酒六，音乐十一，游乐十三，离怨二十八，杂歌行五十七，都色四十六，宫殿楼台十六，征戍弋猎十七，夷狄六，虫鱼鸟兽三十三，草木花果二十五。”[②]

刘次庄以题材内容为乐府的分类标准，这在乐府分类史上实属首创。但这种做法完全脱离音乐的范畴，实际上将乐

① （日）增田清秀《乐府の历史的研究》，东京创文社 1975 年。案：增田清秀的辑佚似尚有遗漏，如洪兴祖《楚辞补注》所引数条。

② 许逸民、常振国编《中国历代书目丛刊》，现代出版社 1987 年，页 1067。案：《中兴馆阁书目》卷一经部乐类亦著录此二种书，且曰：“以类为十九门。”《直斋书录解题》卷十五同。但在晁公武的叙录中却有二十一部分，似有矛盾之处。笔者妄意揣测，其一“古乐府之所起”记述乐府缘起等相关情况，其二“横吹曲”为音乐门类，与后面的题材类别不同，因此这两部分不计入分类。

府等同于徒诗，这显然不会成为受欢迎的分类方式。因此，后世继承这种分类方式的并不多见，仅见宋代郑樵《通志·乐略》部分地采用。《明史》卷九十九《艺文志》四著录胡瀚《古乐府类编》四卷，今未见传本，应已佚，但由其书名可以揣测，可能沿用了这种分类方式。

宋代郑樵在《通志》卷四十九《乐略第一·乐府总序》中自述分类方式为：先分为正声、别声、遗声三大部分，遗声以不入乐自别于前二类，别声虽入乐而非正乐之用，故不同于正声；正声又分风雅之声和颂声二种；遗声又以义类相属分为二十五门。又有正声之余和别声之余，总五十三小类。后人往往批评郑樵的五十三类过于繁琐，这其实是未能领会其分类思想的表现。以余所见，郑樵的乐府分类有如下内涵：

其一，正声与别声共二十八小类，实际上继承了《古今乐录》、《乐府古题要解》以音乐曲调为基础的分类方式。正声又分风雅之声和颂声两部分，风雅之声包括短箫铙歌二十二曲、鞞舞歌五曲、相和歌三十曲、清商八十四曲等十五小类；颂声包括郊祀十九章等四小类。别声则包括汉三侯之诗一章、汉房中之乐十七章等七小类。另外又有正声之余(琴五十七曲)和别声之余(舞二十三曲)。

其二，遗声部分总四百十九曲，“不得其声，则以义类相属，分为二十五门”[1]。这却是对刘次庄《乐府集》的继承。《乐府集》分为十九门，郑樵的二十五门，除去“道路、人生、车马”三门外，都是从刘次庄的十九门或离析，或合并，或改名而得来的。列表如下，一目了然：

---

① (宋)郑樵《通志》卷四十九，中华书局 1983 年，页 625。

刘次庄	游乐		离怨		音乐		佛道	
郑　樵	游侠	行乐	别离	怨思	歌舞	丝竹	神仙	梵竺
刘次庄	虫鱼鸟兽		宫殿楼台	时序	日月云霞	古人	夷狄	山水
郑　樵	鱼龙	鸟兽	宫苑	时景	人物	番胡	山水	
刘次庄	古妇人	美女	征戍弋猎	酒	草木花果	杂歌行	童谣	都色
郑　樵	佳丽	征戍	觞酌	草木	杂体	古调	都邑	

其三，正声、别声、遗声的三分法仅是其表层，五十三小类只是其二级子目，其内在的分类法则是风、雅、颂三分。《乐府总序》提出乐府分为正声、别声、遗声三类，但整篇《乐略第一》的编排顺序却是：正声之风雅之声，遗声，正声之颂声和别声；并且将正声之颂声改称为祀飨正声，别声改称为祀飨别声。郑樵对此解释说："或曰：郊祀大事也，神事也，燕飨常事也，人事也，旧乐章莫不先郊祀而后燕飨，今所采乐府反以郊祀为后，何也？曰：积风而雅，积雅而颂，犹积小而大，积卑而高也。所积之序如此，史家编次失古意矣，安得不为之厘正乎？"[①]联系《乐府总序》所说的："古之达乐三，一曰风，二曰雅，三曰颂。"[②]我们可以看出，正声、别声、遗声三分法的背后隐然存在着更深层的风、雅、颂的分类方式。这一含蓄的分类迹向，在某种程度上开启了宋以后以六义流别的观念为基础，以风、雅、颂三类划分和解说乐府的潮流。

宋代郭茂倩编《乐府诗集》一百卷，分五代以前的乐府为十二类：郊庙歌辞、燕射歌辞、鼓吹曲辞、横吹曲辞、相和歌辞、清商曲辞、舞曲歌辞、琴曲歌辞、杂曲歌辞、近代曲辞、杂歌谣

① （宋）郑樵《通志》卷四十九，中华书局1983年，页633。

② （宋）郑樵《通志》卷四十九，中华书局1983年，页625。

辞、新乐府辞。这十二类的分法，虽不尽合理，但比较概括和圆融。略述其意义如下：

其一，既是对释智匠、吴兢以来以音乐曲调为基础的分类方式的总结，又包容了以礼乐制作为基础的“汉乐四品”，并且暗示了宋以后即将流行于世的风、雅、颂三分法。如前所述，《古今乐录》现存可知的六类，《乐府古题要解》的八类，全部包容于《乐府诗集》十二类中，相当于从《鼓吹曲辞》到《杂曲歌辞》的七类，从而构成《乐府诗集》的主体部分。《郊庙歌辞》和《燕射歌辞》两类则包容了“汉乐四品”中的太予乐和周颂雅乐，“四品”的黄门鼓吹和短箫铙歌则已入《鼓吹》和《横吹》两类。从分类的这两个来源看来，郭茂倩融合了以音乐曲调为基础和以礼乐制作为背景的两大分类方式。而《乐府诗集》十二类的先后排列形式，则隐然体现了颂、雅、风三分的观念。元末李孝光为至正元年太原郡学刊本《乐府诗集》作序曰：“太原郭茂倩所辑乐府诗百卷，上采尧舜时歌谣，下迄于唐，而置次起汉郊祀，茂倩欲因以为四诗之续耳。郊祀若颂，铙歌鼓吹若雅，琴曲杂诗若国风。”①

其二，既全面总结了汉魏六朝古乐府，又包容了唐人的乐府，特别是中唐以来的歌行体新乐府。《近代曲辞》、《新乐府辞》二类是郭茂倩新增的，前者录唐代李白、李贺等人的古题乐府，后人多以为不必专为唐人立此一类，而应该根据古题的性质分别散入以上各类；后者录张、王、元、白等人随事名篇的新题乐府，这是对脱离音乐牢宠、专重美刺比兴的新乐府的明确肯定，显示了郭茂倩审视乐府诗史的眼光颇为通达，既明其

① (元)李孝光《五峰集》卷一《乐府诗集序》，《景印文渊阁四库全书》1215册，页92。

正源，又知其流变。

其三，既维护乐府古辞的经典性，又兼顾了后世文人的拟作。《四库全书总目》卷一八七《乐府诗集提要》曰："每题以古词居前，拟作居后。使同一曲调，而诸格毕备，不相沿袭。可以药剽窃形似之失。"[①]郭茂倩兼收古辞与拟作的做法，虽然有时招来浩博而芜杂的批评，但却显示了他不以好恶定去取、尊重乐府诗发展事实的史家识见。

另外，《杂歌谣辞》辑录前代的歌讴谣谶，虽然很多出于后人伪托，但也保存了若干有价值的古歌谣谚。这一类勉强归入乐府的徒歌，后来在左克明和梅鼎祚那里得到过分的抬举，分别被改称为《古歌谣》和《古歌辞》，放在压卷的位置。相形之下，郭茂倩的做法是很有分寸的。

《乐府诗集》的集大成的成就和圆融稳妥的分类方式，使其成为宋以后乐府分类史上堪称经典的分类方式。元明清的各种乐府诗选本，绝大多数以《乐府诗集》的十二类为基础，进行局部增损或归纳合并，整体上都没有超出《乐府诗集》的牢笼。

元末左克明编《古乐府》十卷，选录古乐府诗，止于陈隋，分为八类：古歌谣、鼓吹曲、横吹曲、相和曲、清商曲、舞曲、琴曲、杂曲。与《乐府诗集》相比，《古乐府》增加"古歌谣"一类，且列于卷一，理由是"冠于古歌谣辞者，贵其发乎自然也"[②]；减去"郊庙"、"燕射"、"杂歌"三类；"近代曲"和"新乐府"两类，因为此集选录止于陈隋，自然不必虚列。左克明

---

① （清）永瑢等《四库全书总目》，中华书局1965年，页1696。

② （元）左克明编《古乐府》卷首《自序》，《景印文渊阁四库全书》1368册，页429。

在郭茂倩十二类的基础上所作的加法和减法，表明左氏更加看重乐府风诗。

明代吴讷《文章辨体序说》曰："南渡后，夹漈郑氏著《通志·乐略》，以为古之达礼有三，一曰燕，二曰享，三曰祀。所谓吉、凶、军、宾、嘉，皆主此三者。""今考五礼，以《郊庙歌辞》为先，《恺乐》、《燕飨歌辞》次之。盖以其切于世用，足为制作家之助。至若古今《琴操》与夫《相和》等曲，亦附于后，以俟好古君子之所考订焉。"[①]吴讷继郑樵之后再次强调乐府的礼乐本质，分为六类：郊庙歌辞（吉礼）、恺乐歌辞（军礼）、燕飨歌辞（宾礼、嘉礼）、琴曲歌辞、相和歌辞、清商曲辞。所重在与礼乐紧密相关的前三类，后三类只是附骥之尾。这实际上在某种程度上回归到了"汉乐四品"。

明代吴勉学编《唐乐府》十八卷，卷一"郊丘乐章"，卷二"宗庙乐章"、"社稷乐章"，卷三"祭祀乐章"，卷四以下不立类名，大抵是鼓吹、相和、清商诸曲的依次排列。总体而言，吴勉学的分类思想与吴讷相似。徐献忠编撰《乐府原》十五卷，本于《乐府诗集》，删存八类，类别名称容有异同。徐氏编撰此书的目的，是推原乐府古题的本事、本意，其分类方式无足称道，聊识于此。

明代梅鼎祚编《古乐苑》五十二卷，分类整体上沿袭了《乐府诗集》。列"古歌辞"于卷首，以及选诗止于南北朝而删去"近代曲辞"、"新乐府辞"两类，皆用左克明《古乐府》例。末二卷分别为"仙歌曲辞"、"鬼歌曲辞"，虽属创格，但不免荒谬不经。

明代徐师曾《文体明辨序说·乐府》曰："今采汉以下诸

---

① （明）吴讷《文章辨体序说》，于北山校点，人民文学出版社 1962 年，页 25。

辞，分为九品而列之：一曰祭祀，二曰五礼，三曰鼓吹，四曰乐舞，五曰琴曲，六曰相和，七曰清商，八曰杂曲，其题不袭古而声调近似者亦取附焉，名曰新曲，使作者有考焉。”[①]虽间有异名，但总不出《乐府诗集》的范围。

明代黄佐撰《六艺流别》二十卷（嘉靖四十一年欧大任刻本），六艺即《诗》、《书》、《礼》、乐、《春秋》、《易》，其中乐的部分就是古乐府。黄佐分古乐府的流别为：唱、调、曲、引、行、篇、乐章、琴歌、瑟歌、畅、操、舞篇。黄佐这种分类法实际上不是乐府诗的分类，而是诗体的辨析。如此拘执名目，恐怕徒增淆乱。

明代刘濂辑《九代乐章》二十三卷，卷首自序曰：“予选九代之诗，独以声音为主，取其所尝奏于朝廷者为雅，宗庙者为颂，文人学者之作通谓之风。”[②]卷一“风”类序曰：“予于九代风诗，必分里巷、儒林二种，有见于是耳。里巷者，辞简意真，复协律吕，读者可知其世；儒林者，会诠古典，成一家之言，故高者才可入之里巷，而次者入之儒林，又下者则韵言矣。”[③]刘濂的分类方式有如下意义：

其一，乐府为六义流别、《诗》之遗义的观念。虽然刘濂强调“独以声音为主”，但他所谓的“声音”显然不是指音乐曲调，而是“声音之道与政通”的声音。

其二，对乐府风诗的重视，并分别风诗为二种，隐含风诗不尽出于民间的思想。近人萧涤非分乐府为民间、文人二种，即渊源于此。

明末清初朱嘉徵编《乐府广序》三十卷，更以儒门手脚选

---

① （明）徐师曾《文体明辨序说》，罗根泽校点，人民文学出版社 1962 年，页 103。

② （明）刘濂辑《九代乐章》，《四库全书存目丛书》集部 300 册影印，页 739。

③ （明）刘濂辑《九代乐章》，《四库全书存目丛书》集部 300 册影印，页 740。

录乐府诗,刻意续经。卷首朱嘉徵《题辞》曰:"夫六义存则诗存,六义亡则诗亡,诗亡而乐亡。……余起汉魏六朝以迄唐代,为分相和、清商五调伎,以杂曲、新曲系之,当风始;燕射、鼓吹、横吹、舞曲,以散乐系之,当雅始;其郊祀、庙祀、五帝、明堂、配飨,更以历代封禅、雩蜡、逸颂系之,当颂始。而赋、比、兴之义,亦藉以不废焉。后之作者即踵事增华,篇体斯备,要之一文一质,总不越风人六义之遗。……仿卜《序》略标美刺,义加广焉。"①

朱嘉徵的分类思想与刘濂相似,即以乐府为六义之遗,从而以风、雅、颂(经)来归纳、合并《乐府诗集》的十二类。比刘濂变本加厉的是,朱嘉徵仿照《毛诗序》的体例,为每类乐府诗作序,且以赋、比、兴(纬)标明美刺的题旨,不免深文周纳,曲解诗意。

以乐府为《诗经》的后裔,从而以风、雅、颂三分乐府,是宋以后颇为流行的说法。如前揭元李孝先,明胡应麟《诗薮》内编卷一,清卢纮《四照堂乐府》卷首《自叙》、鲁九皋《诗学源流考》等。《九代乐章》和《乐府广序》是这种观念在选本上的体现。

冯班《钝吟杂录》分乐府为七类:"总而言之:制诗以协乐,一也;采诗以入乐,二也;古有此曲,倚其声为诗,三也;自制新曲,四也;拟古,五也;咏古题,六也;并杜陵之新题乐府,七也。古乐府无出此七者矣。"②前四类以曲辞关系为分类的基础,后三类以对古题的利用方式为分类的原则。后来王易以曲、辞、

① (清)朱嘉徵编《乐府广序》,《续修四库全书》1590册影印,页677—678。

② (清)冯班《钝吟杂录》,丁福保辑《清诗话》本,上海古籍出版社1978年新1版,页38。

题三者的关系为分类原则，将此七类进一步整合为四类，详见下文。

清代顾有孝纂录《乐府英华》十卷（清初许闲堂刻本），仅在郭茂倩十二类的基础上删去“杂歌谣辞”和“近代曲辞”两类。删去前者，以其近于伪托且不入乐；删去后者，是坚持汉魏六朝古乐府的范畴。

清代朱乾《乐府正义》十五卷（乾隆五十四年秬香堂刻本），在郭茂倩基础上删存为九类，所删三类为琴曲歌辞、近代曲辞和新乐府辞。其用意与顾有孝相似。

清代曾廷枚辑《乐府津逮》三卷（嘉庆间《芗屿裘书》本），卷首自叙曰：“是亦雅颂之变也。……若安世房中与鼓吹铙歌，以《古乐苑》、《古乐府钞》、《古诗源》三书并载之，故不录。”所选以相和、杂曲歌辞居多，且以文人所作为主。可见曾氏比较轻视乐府风诗。

近人王易撰《乐府通论》，在《乐府诗集》十二类的基础上进行删减调整和归纳合并。《辨体第三》曰：“更就郭氏所列十二体商之：自一至八，皆划然不可移。九——杂曲则或近相和，或同清商，或类横吹，可分别归并各体中。十——近代曲一体，多出隋唐诸部乐，其中虽或为吴声，西曲之遗，然按其时而谓之近代，无不可也。十一——杂歌谣一体，其中古歌及谣谚，皆诗谶之遗，不必厕于乐府；至其近于吴声，西曲及近代曲者，各以类从，宜无不可，则此体可删也。十二——新乐府一体，其中属杂题者，或同近代，可附入近代曲中；或师古意，可附入相和或横吹曲中；其新题乐府因事名篇者，则属之此体可也。如此区裁，则乐府可列为十体：一郊庙乐，二燕飨乐，三舞乐，四恺乐，五横吹曲，六相和曲，七清商曲，八琴曲，九近代曲，十新题乐府诗。”[①]

王易又有四类别之说，《述原第一》曰：“乐府辞之类别，前人论者不一。……今就其声，辞、题之新旧，析为四类：一、旧声旧辞，如汉郊庙、鼓吹、铙歌、相和诸曲，及吴声西曲诸本辞是也。二、旧声新辞，如魏晋鼓吹、相和诸曲，及隋唐清商部所奏诸曲是也。三、旧题新辞，如晋宋以下诗人拟古诸作是也。四、新题新辞，如唐代诗人随事命题诸作是也。”[②]王易这种以曲、辞、题三者关系为分类原则的思路颇为新颖，其审视乐府诗史的视野更为开阔，思想更为通达，兼顾本源与流变，确立文人拟作与新乐府的合法名分。

曹效曾编《古乐府选》十二卷，在郭茂倩十二类的基础上，合并《鼓吹》与《横吹》为《凯乐歌辞》，删去《杂歌谣》、《近代曲》与《新乐府》，增加《古歌谣辞》与《拟古乐府》。所增二类，前者是用左克明《古乐府》例，理由是“谣谚似不属于乐府，然皆发于自然，亦歌之流，风之亚也。今仍采入”[③]；后者则为曹效曾所创立。《乐府诗集》也收后世文人拟作，但其编排体例子是每题以古辞居前，拟作居后。《古乐府选》采取不同的编排方式，“自曹魏以降，模拟日繁，另取各体，汇为一编，附于末卷”[④]。

萧涤非著《汉魏六朝乐府文学史》，依照《九代乐章》之例，分民间乐府和文人乐府二种而加以变通。萧涤非采取这种分类的目的，在于突出民间乐府的价值，继承了乃师黄节《汉魏

---

① 王易《乐府通论》，神州国光社民国二十二年，页 45。案：之前已有国立中央大学美丰祥印书馆铅印本，校对不精，错讹字多。

② 王易《乐府通论》，神州国光社民国二十三年，页 14。

③④ 曹效曾编《古乐府选》卷首《自序》，民国二十四年铅印本，南京图书馆藏本。

乐府风笺》的旨意。但萧涤非显然未能准确地理解刘濂的分类法。刘濂先分乐府为风、雅、颂三类，又在乐府风诗之下划分“里巷”和“儒林”二目，雅诗和颂诗部分却不再作此二级分类。但萧涤非却说：“明刘濂《九代乐章》，分乐府为‘里巷’与‘儒林’两种。”①

陆侃如、冯沅君著《中国诗史》，在郭茂倩十二类的基础上，删去伪托的《琴曲歌辞》，与《杂曲歌辞》重复的《近代曲辞》，不入乐的《杂歌谣辞》和《新乐府辞》，仅存八类。又说：“汉乐府的八类，可依其性质合为三组。《郊庙歌》、《燕射歌》及《舞曲》为第一组，都是贵族特制的乐府。《鼓吹曲》与《横吹曲》为第二组，都是外国输入的乐府。《相和歌》、《清商曲》及《杂曲》为第三组，都是民间采来的乐府。”②以其来源作为归类的原则，虽然颇有新意，且无不可，但似乎并无深义，可能仅仅只是为了分章论述的方便。

综上所述，自汉以降，乐府的分类方式主要是以礼乐制作为背景，以音乐曲调为基础，以六义流别的观念为出发点等三种。以礼乐制作为背景的分类方式，主要存在于汉魏两晋；当乐府诗的重点由汉代朝廷礼乐活动所用歌辞，如唐山夫人、司马相如等人所作，转向三国时的文人吟咏，如曹操、丕、植父子等人所作，再转向六朝的民间歌谣，如吴歌、西曲等作品，以礼乐制作为基础的分类方式就渐渐隐退，让位给更加注重乐府本身音乐性质的分类方式。

无论从延续时间之长，还是影响范围之广来看，以音乐曲

---

① 萧涤非《汉魏六朝乐府文学史》，人民文学出版社 1998 年，页 13。案：《四库全书总目》卷一九二《九代乐章提要》已有此错误。

② 陆侃如、冯沅君著《中国诗史》，百花文艺出版社 1999 年，第 145 页。

调为基础的分类,无疑是乐府分类史上的主流方式。但这种分类方式前后又有变化。在南朝张永、王僧虔二家《技录》以及释智匠《古今乐录》那里,乐府的分类基础是当时的音乐演奏实践。到了唐代,和古乐府相对的演奏实践整体上已经让位给教坊等机构的燕乐表演,吴兢《乐府古题要解》仅仅是在抽象的形式上继承了以音乐曲调为基础的分类框架。郭茂倩《乐府诗集》作为这种分类方式的集大成,也是如此。宋以后各种乐府选本多数沿袭了郭茂倩的分类,就更只是剩下抽象的音乐观念。

以六义流别的观念为基础的分类,在郑樵那里只是建立在乐府继承《诗经》遗义的认识基础上的比拟,后来在朱嘉徵等人那里慢慢走向经学化。以乐府比附先秦的《诗经》,已经未必十分恰当;进一步以乐府比附汉人政教化的《诗经》,更不免牵强支离。

(曾刊载于《古籍整理研究学刊》2007年第3期)

重读王维《终南别业》

中岁颇好道，晚家南山陲。
兴来每独往，胜事空自知。
行到水穷处，坐看云起时。
偶然值林叟，谈笑无还期。

这首《终南别业》既是王维集里的名篇，也是唐诗中的经典，千百年间广为传诵。从王维生前即已成书的《国秀集》（芮挺章编），到清中期问世的《唐诗三百首》（孙洙编），再到现今的中学语文课本和高校文学作品选，都可以读到这首诗。这首文字省净、亦古亦律的五言八句诗，历代诗家给予的评语经常包含“清”的范畴，如王夫之《唐诗评选》讲“清靡”，谭宗《近体秋阳》讲“高清”，施补华《岘佣说诗》讲“清空”，似乎情志抒写已经很清楚。从来古注家大抵将这首诗解释成王维隐居终南山期间的登山临水、闲逸情怀与禅机理趣。这样的解说似乎不成问题，完全符合王维的禅宗信仰与隐逸诗人的身份，然而稍作推究，就会看出这样的解说实际上语焉不详，甚至有点似是而非。

据学者考订（如陈铁民《王维集校注》），这首诗作于唐开元二十九年（741）至天宝三载（744）之间。此时王维年逾不惑，仍在长安为官，又在终南山购得宋之问的蓝田山庄，着意经营，成为有名的辋川别业。这样的生活状态据说是亦官亦隐，半官半隐，这未必是非常准确的描述。所谓隐居终南山，不会是长期的山林隐逸，而是官员休沐的短期居住和游止。因此，这首诗所描写的内容，与其说是终南别业的隐居生活，不如说是由长安城前往终南别业的寻访过程。前者虽不能说全然不合，后者的理解却更加准确，也更能妥帖地解说诗中各句的含义以及此时王维的避世思想。事实上，《河岳英灵集》、《文苑英华》、《唐文粹》收此首，都题作《入山寄城中故人》，而《国秀集》所收则题作《初至山中》，诗题即显示城市与山林两个要素。

首联讲在终南山营造别业的原因。“中岁”一词，结合王维的传记看，是盛年丧偶、宦海浮沉后的不惑之年；“好道”一词，注家都说是信奉佛教，其实也不妨包含道教的隐逸思想。“晚”是晚近之意，如果解作晚年之意，既与此诗系年不合，又与首句不相贯串。“南山陲”是别业的地理位置，在终南山的东缘北麓，既有秀丽的自然山水，又离长安不远，靠近商山驿路，交通便利。王维的亦官亦隐，在江湖与魏阙之间，在山林与都城之间，自如往返，交通因素应该是极为重要的考虑。

颔联讲独自前往终南别业寻胜。“兴来”，表面是兴之所至，乘兴而为，言下之意却是逃离，暂时离开纷扰的京城。“独往”一词，起点是京城，方向是终南别业。从来注家对此都语焉不详，大概都是将别业当成起点，方向是山中更深处。这样理解，颔联讲的就是终南山中寻胜，与别业不太关涉，既不顾题，又与末句相违。“空”字，《国秀集》作“只”。此处异文说明唐人的理解，无论是“空”还是“只”，都是仅仅、只有之意，不必曲说为反语，也不应奢谈为妙不可言。

颈联讲前往终南别业的经行和所见。颔联虚写，颈联实写，前后相应。清人屈复《唐诗成法》曰："以'行到'应'独往'，以'坐看'应'自知'，以'水穷''云起'应'兴来''胜事'。"四句也可以是顺承而下的关系，因兴来而独往而自知胜事，又因行到水穷而坐看云起。颈联二句自古多为诗家叹赏，晚明陆时雍《唐诗镜》称为"神境"，清人查慎行评为"五六自然，有无穷景味"，近人俞陛云《诗境浅说》评曰："行至水穷，若已到尽头，而又看云起，见妙境之无穷。可悟处世事变之无穷，求学之义理亦无穷。此二句有一片化机之妙。"神境、景味、妙境、化机，都是点到为止，恰到好处的评论，不必坐实为禅理禅法，更不应发挥为穷断通达、烦恼菩提，沦为凿空的玄谈。

颈联二句，如宋人严羽《沧浪诗话》所评，是"盛唐诸人惟在兴趣，羚羊挂角，无迹可求。故其妙处，透彻玲珑，不可凑泊"，不是如实的刻画描摹。不过，结合辋川地理，未必不能约略推求其行迹。《蓝田县志》载："辋川在县正南，川口即峣山之口，去县八里。两山夹峙，川水从此北流入灞。其路则随山麓凿石为之，计五里许，甚险狭，即所谓匾路也。过此则豁然开朗，四顾山峦掩映，若无路然，此第一区也。"(《〔嘉庆〕大清一统志》卷二百二十七引)所行之水，或即流经川道的辋水。水穷云起，或即志书所谓"甚险狭"，"豁然开朗"。这样的行迹，让人联想到陶渊明《桃花源记》所写的，"缘溪行，忘路之远近"，"林尽水源，便得一山"，"复行数十步，豁然开朗"。《蓝田县志》的"豁然开朗"一语，即出自《桃花源记》。方志编纂时，纂修者心中与笔下的辋川地理，大概就如同桃花源一般。

这样的联想并不是捕风捉影的牵连比附，实际上，在王维笔下，辋川就是他的桃花源。王维早年作《桃源行》长篇，以韵语改述陶渊明的《桃花源记》。在营建辋川别业后，又有《蓝田山石门精舍》诗曰:“……探奇不觉远,因以缘源穷。遥爱云木秀,初疑路不同。安知清流转,偶与前山通。……道心及牧童,世事问樵客。……再寻畏迷误,明发更登历。笑谢桃源人,花红复来觌。”所写仍然不脱《桃花源记》的影响,末二句更明确将别业当作桃花源。其中“探奇”六句,流转偶通的境界,又近乎颈联所写的水穷云起,更重现“穷”与“云”两个关键字眼。

颈联下句“云起”,近于陶渊明《归去来兮辞》的“云无心以出岫”,含有归隐的意思。云的意象,在王维诗中多是这样的含义,如《送别》“君言不得意,归卧南山陲。但去莫复问,白云无尽时”,《酬比部杨员外暮宿琴台朝跻书阁率尔见赠之作》“羡君栖隐处,遥望白云端”,《归辋川作》“悠然远山暮,独向白云归”。在隐逸传统中理解王维诗中云的意象,想必是比较妥当的,不必因其禅宗信仰而曲解为禅意的象征。

由颈联二句推扩而言,王维笔下的水穷云起,固然是兴象玲珑的描写,但也不妨有实地的依据,这一点实际上事关如何理解盛唐诗的问题。清人翁方纲《重刻吴莲洋诗集序》称:“昔渔洋先生每谓开元、天宝诸作,全在兴象超诣,然如王右丞之作,则句句皆真实出之也。即王少伯《斋心》一诗,空洞极矣,而按之具有实地,如画家极空濛烟雨之致,而无一笔不可寻其根源。此诗之所以为诗也。”《终南别业》等盛唐诗,在王渔洋眼中是神韵清虚之作,在翁方纲眼中却是有实地和根源的切实之作。

末联讲寻访途中偶值林叟。“林叟”,即《蓝田山石门精舍》中的“樵客”。《蓝田山石门精舍》中的“樵客”、“牧童”,即《桃花源记》中的“黄发垂髫”。“无还期”,是有意不还而实还,正近乎《蓝田山石门精舍》中的“复来”与《桃花源记》中的辞去与复寻。颈联、末联四句所写，隐约是陶渊明笔下武陵渔人入桃花源的经历。

依此解说，《终南别业》所写，就是王维为官京城时，偶然乘兴独自前往终南别业的经行与所见之景、所值之人，是尘世中人寻访世外桃源的过程。与武陵渔人误入桃花源不同，王维是怀着期待，乘兴而往。陶渊明所写的桃花源与世隔绝，无从问津，与此不同，王维的桃花源交通便利，可以多次往返，更重要的是，出于王维自己的营建。这个变形的桃花源，显示出王维的处世哲学。王维《与魏居士书》称："长林丰草，岂与官署门阑有异乎?"又称："苟身心相离，理事俱如，则何往而不适?"身在魏阙之下而心存江海之上，依违于仕与隐之间，这就需要一处可以自由出入的桃花源。

记得清初孔尚任《桃花扇》中也有一处可以自由出入的桃花源。《桃花扇》谱写南明旧事，写锦衣卫堂官张瑶星目睹权奸当道，朝政日非，在南京城南修起三间松风阁，准备投闲归老，又请画师蓝瑛作《桃源图》。第三十出《归山》，张瑶星审毕复社侯方域等人，前往松风阁，有一句独白："且喜已到松风阁，这是俺的世外桃源。"张瑶星的松风阁，与王维的辋川别业，不妨互为映照，都是自己营建的桃花源。然而，张瑶星随即意识到："衙役走入花丛，犯人锁在松树，还成一个什么桃源哩。"最终逃往城东北的栖霞山中，成为白云观的道士，避世不出。可以自由来去的桃花源，在《桃花扇》中并不能存在。真正的桃花源，如张瑶星所唱曲子《解三酲》的末句所说，必须是"不问何朝"，即《桃花源记》所写的"不知有汉，无论魏晋"。相形之下，王维的辋川别业是否真能成为他自己的桃花源，就很可疑了。

重读贾岛《题李凝幽居》

闲居少邻并，草径入荒园。
鸟宿池边树，僧敲月下门。
过桥分野色，移石动云根。
暂去还来此，幽期不负言。

这是一首写幽居却很闹热的唐诗，中唐苦吟派的代表作，"推敲"一语的出处，更重要的是事关韩愈、贾岛在京城大街邂逅订交的文学轶事。韩、贾大街论诗的轶事，转载率不亚于元才子或温八叉的艳情故事，中唐刘禹锡《刘宾客嘉话录》首先记载，之后，五代何光远《鉴远录》、宋人《唐宋遗史》、黄朝英《缃素杂记》、计有功《唐诗纪事》、黄彻《䂬溪诗话》、元人辛文房《唐才子传》，纷纷传录，更往后，明清典籍犹见转载。

这又是一首简洁平实却聚讼不休的唐诗，五言四韵的短诗，严整的章法，素朴的用字，明确的主题，却包含至少六处争议：推字和敲字孰优孰劣，韩愈给出的建议靠谱吗？李凝的幽居是寺院吗？诗中的僧人是返回，还是来访？诗中的僧人是作者自己吗？僧人（作者）是访而未遇，还是访后留题？三四句和五六句相比，哪一联写得更好？另外，五六句究竟在写什么，诸多注家和论者至今仍未给出准确的说明。

这样一首寥寥数语的小诗，滋生如此纷繁的疑点，其间想必存在阅读的迷误。此诗竟如李商隐《锦瑟》一般，让人不禁感叹无人作郑笺。近读陈一琴先生《聚讼诗话词话》(上海三联书店 2012 年)，下编设有《“推敲”公案》的专题，收入唐代刘禹锡以降至于当代周振甫的二十家评论，并以孙绍振先生的“孙评”附于专题之后，似有千年聚讼、一朝论定的微意。这些歧见纷出的评论，大抵是各执一词，自说自话，或者悬揣字眼，或者侈谈意境，而“孙评”读后，更让人觉得这是一首需要认真重读的小诗。

诗题　题李凝幽居

唐宋以后，制题大抵谨严有法，题不苟作，诗与题应。当然也有陆游那样制题宽泛的诗人，而贾岛苦吟成癖，制题想必是极其讲究的。诗人制题谨严，批评家读诗也就不可将题目等闲看过。清人金圣叹深谙古诗读法，不无夸张地指出：“看诗气力全在看题，有气力看题人，便是有气力看诗人也。”(《唱经堂杜诗解》卷一)

此诗既题作《题李凝幽居》，就表明此诗所写的中心对象是“李凝幽居”，远离尘嚣的一处别业，友人李凝隐居于此；同时表明此诗所写的视角是“题”，而不是“访”、“宿”，是题咏而非访寻或寄宿一处别业。《题李凝幽居》的制题，意味着这是一首题写在友人别业粉壁上的题诗，作者的主要任务应该是表现幽居的主题，至于作者的来访、作者与主人的友谊，不妨提及，但不能喧宾夺主。

清末王闿运评论此诗曰：“寄禅，僧问：‘僧敲月下门，胜推字易知，何必推敲？’余云：‘实是推门，以声调不类，改用敲耳。敲则内有人，又寺门高大，不可敲。月下而敲门，是入民家矣。

敲字必不可用,韩未思也。'因请张正旸改一字,张改'关'字,余改'留'字。"(《湘绮楼说诗》卷四)

王闿运显然是只读诗不看题,将僧人推/敲门而入的地方理解成寺庙,将来访变成归宿,又诗胆膨胀,与友人妄为贾诗改字,关门与留门,实在莫名其妙。后来朱光潜先生将此诗理解成"孤僧步月东归",并认定推字优于敲字(《谈文学·咬文嚼字》);孙绍振先生辨析外来的和尚敲门与本寺的和尚推门,并认为后者更能体现首句的"闲居"。这两家的评论想必都是受了王闿运的误导,题中明白写着的李凝的幽居,竟然匪夷所思地看成寺庙。

首联一二句　闲居少邻并,草径入荒园。

首联,荒园闲居,直扣诗题的"幽居"二字。借用盛唐诗人王昌龄《诗格》的名目,这样的开篇叫直把入式。一句写邻居很少,显然迥异于陶渊明诗中的"人境"。二句写访客很少,也不同于陶诗中结庐人境造成的"车马喧"。李凝结庐所在,不是人境,想必是郊外山间。"草径"典出蒋诩三径,赵岐《三辅决录》记载:"蒋诩,字符卿,舍中三径,唯羊仲、求仲从之游,皆挫廉逃名不出。"路径是联系外部世界的通道,任由草丛芜没,是拒绝的姿态。此句用此旧典,暗示李凝是逃离名利场的隐士,与政治世界的士大夫不相往来。

颔联三四句　鸟宿池边树,僧敲月下门。

三四句是千古名句,很多人知道这两句,却没读过整首诗。这是批评家不免要指责的有句无篇,但凡苦吟诗人都有此不良倾向,耽迷局部的秀句而忽视整体的浑成。不过,贾岛虽是苦吟派的代表,三四句也过于著名,这首诗仍然结构严整，首尾一体。

三句承一句，既少邻居，却并不孤寂，因为有禽鸟相依。禽鸟是隐逸文化的意象。《列子》记载："海上之人有好沤（鸥）鸟者，每旦之海上，从沤鸟游，沤鸟之至者百住而不止。其父曰：吾闻沤鸟皆从汝游，汝取来，吾玩之。明日之海上，沤鸟舞而不下也。"后来诗人写摒绝人事的隐居，经常出现禽鸟的意象，如南唐李中《思九江旧居》："无机终日狎沙鸥，得意高吟景且幽。"鸟宿于此，与李凝隐居于此，是平行的结构，暗示此处幽居是宁静的归宿，没有人类的机心和猜忌，没有世事的纷扰和无奈。这样的结构，陶渊明诗中已有相似的例子："众鸟欣有托，吾亦爱吾庐。"（《读山海经》）

三句中的"池边"，提示李凝幽居的环境，宅前有一方池塘。傍水而居是很多隐士的选择，如中唐诗人刘长卿《过湖南羊处士别业》所写："秋草芜三径，寒塘独一家。"池塘不仅是风景，也不只是生活用水的需要，另外一层原因是池塘中的游鱼同样是隐逸的象征，如陶诗所写"羁鸟恋旧林，池鱼思故渊"（《归园田居》其一）。当然，此诗没有写及池鱼。

四句承二句，既少访客，却不是遗世独立，草径拒绝的是车马往来的世俗中人，并不排斥方外人士。与僧人的交往，正是士大夫淡漠世事、独善其身的表现。同类题材的诗篇，也经常写到僧人，如温庭筠《题陈处士幽居》："闲看镜湖画，秋得越僧书。"李中《留题胡参卿秀才幽居》："扣门时有栖禅客，洒酒多招采药翁。"在这类诗中，僧人只是一种隐逸的符号。反观此诗四句的"僧"，就不拘泥于作者本人，尽管贾岛确实当过僧人。

四句是"推敲"公案的起源，有关此诗的评论多数集矢于此句。实际上，在贾岛集的所有传本中，从明翻宋本到《全唐诗》本，从来都作“敲”字，“推”的异文仅见于前揭诸笔记、诗话。在诸种学术整理本中，如李嘉言《长江集新校》(上海古籍出版社 1983 年)、李建昆《贾岛诗集校注》(里仁书局 1992 年)、齐文榜《贾岛集校注》(人民文学出版社 2001 年)、黄鹏《贾岛诗集笺注》(巴蜀书社 2002 年)，此句绝无异文可校。再从笔记、诗话所载看，“推敲”本事即使属实，“推”字也是作者贾岛已经摒弃的初稿，“敲”字是定稿，尽管是在韩愈的修改或影响下做出的决定。因此，争论“推”、“敲”二字的优劣，并试图翻案，实是对贾岛的冒犯。书生技痒，商略文字，也无可厚非，然而，只要承认谈论的是贾岛诗，就需要尊重作者贾岛的最终用意。

古代诗家对此有三种态度：一种是承认贾岛、韩愈的判断，“敲”字优于“推”字，如南宋刘辰翁、清人贺贻孙；另一种是批判“推”、“敲”之类的苦吟无非无病呻吟，违背抒情的本质，如清初王夫之、清末钱振锽；再一种是认为二字都很平常，如明人许学夷、邢昉。而“推”字优于“敲”字的翻案，作为第四种态度，肇始于现代学者。朱光潜提出，韩愈的意见未必妥当，“推”字契合诗中冷寂的境界，比较调和，而“敲”字不免剥琢有声，凭添了搅扰。(《谈文学·咬文嚼字》)

朱光潜之后，“推敲”公案演变成“推”派和“敲”派隐然对垒的局面，相关赏析文字层出不穷，各有一番说辞。其中比较独特的是《唐诗鉴赏辞典》(上海辞书出版社 1983 年)的分析：

> 这两句诗，粗看有些费解，难道诗人连夜晚宿在池边的树上的鸟都能看到吗？其实，这正见出诗人构思之巧，用心之苦。正由于月光皎洁，万籁俱寂，因此老僧(或许是作者)一阵轻微的敲门之声，就惊动了宿鸟，或是引起鸟儿一阵不安的躁动，或是鸟从窝中飞出转了个圈，又栖

宿巢中了。作者抓住了这一瞬即逝的现象，来刻画环境之幽静，响中寓静，有出人意料之胜。倘用“推”字，当然没有这样的艺术效果了。

这样的分析也许过于曲折，也不免牵强，但论者的匠心和想像应该得到赞赏，联系上下句的分析也颇有启发的意义。而在孙绍振先生眼中，这段分析提出的只是“外行”的问题，并提出更加独特的分析。“孙评”指出，从颔联的局部看，“敲”字构成视听的交融，所以更好；而从全诗的整体看，“推”字更符合幽居的境界和心情。这样的分析，一举超越“推”派和“敲”派的雄心显而易见，只是仍然让读者无所适从。

颈联五六句　过桥分野色，移石动云根。

由于笔记、诗话所载本事的传播，颔联得到过多的关注，“推敲”成为诗人贾岛的标签，明清时期便有批评家替颈联打抱不平。晚明胡应麟指出：“晚唐有一首之中，世共传其一联，而其所不传反过之者。……如贾岛‘鸟宿池边树，僧敲月下门’，虽幽奇，气格故不如‘过桥分野色，移石动云根’也。”(《诗薮》内编卷四)颔联三四句，写宅前的禽鸟、池塘、树木，门前的月光和僧人，是静谧幽奇的近景。颈联五六句，写宅前可望见的野色、云根，是开阔浑茫的远景。清人黄叔灿评曰：“‘鸟宿’一联，意境幽寂，妙矣。‘过桥’二句，尤其旷远。”(《唐诗笺注》卷三)胡应麟是复古派批评家，讲格调，重气格，因此看重颈联。颔联一直是苦吟诗学的范例，清人何焯补充说：“五六亦百炼苦吟而得。”(《唐三体诗评》)纪昀进一步指出所炼的字眼：“‘分’字、‘动’字，着力炼出。”(《瀛奎律髓汇评》卷二三)

五句承三句，三句中池塘位于宅前，隔开幽居与山野，因有五句的“过桥”。三句写幽居与外界的隔断，五句写幽居与外界断而不绝。六句承四句，四句写幽居之门，门也是内外隔断的象征，因有六句写幽居与山间云根的联系。三四句着眼于幽居与外界的隔断，意象是“池”与“门”，五六句则着眼于幽居与外界的联系，方式是“分”和“动”。幽居与外界的巧妙关系，正是隐喻隐士与文明世界之间的联系，既远离尘嚣又保持沟通的渠道。

颈联两句虽然得到胡应麟等诗家的推崇，具体含义却并不明晰。孙绍振先生《〈题李凝幽居〉：推敲的局部美与整体美》（载氏著《月迷津渡》，上海教育出版社 2013 年）一文指出：“千年来，这两句的含义，还没有十分确切的解释。”依照此文的解释，“分野”是星象学的名词，五句意即桥那边是另一种分野；六句费解，可能是移云动石根之意。对于五句的解释，略知格律诗对偶要求的人，要表示无语；而对于六句的解释，承认汉诗语序灵活的人，只能感到无奈。

先说五句。“过桥”，是与幽居相对应的桥的另一边，“野色”就是野色，无关星象，扯不到特别的精彩，此句的字眼是纪昀点出的“分”。问题在于此句的“分”字存在歧义。黄鹏以为“分”字传达自然界的同异之妙，显出几何学的分形之美，并举出贾岛诗中“分”字的六处用例。（《贾岛诗集笺注》）他所理解的“分”字，是分开、分别的意思。其他注家，此字都未出注。从五六句着眼于内外联系的诗意看，黄鹏的注释有误，“分”字应该是分享、分到、分得的意思。何焯评论五六句“直是深山写幽趣，乃觉应接不暇”（《唐三体诗评》），就是这样理解，与李凝幽居一桥相隔的野色，在幽居中人眼中，扑面而来，令人应接不暇。黄鹏所举用例中，“众岫耸寒色，精庐向此分”二句，“分”字也是这样的含义。其他诗人也屡见这样的用法，如宋人韩维《奉同景仁九日宴相公新堂》诗:“移石远分嵩峤色,凿池切放瀵泉声。”“分”字含义的本质是人与自然的关系,隐居是远离文明而融入自然,因此,“分野色”的意思应该是分得野色,而不是与野色分开。古典园林中的借景手法,实际上也是一种“分野色”。杜甫诗“窗含西岭千秋雪”、王安石诗“两山排闼送青来”,在人与自然的关系上,也近于这里的“分野色”。

再说六句。诸家注本都避而不注此句,不知是不必解,还是不可解,但对孙绍振先生而言,这是一句费解的诗:“为什么为一个朋友的别墅题诗要写到移动石头上去?殊不可解。”孙绍振先生最终只能推测:“可能是移云动石根之意。说的是,云雾漶漫漂移,好像石头的根部都浮动起来似的。”(同上文)对此无端推测,且不置评,但关于“移石”的疑问确实很有意思。移石与别墅题诗的关系,可参前举韩维诗及以下诸首。

袁桷《瑾次韵复成为隐居计》:“移石近堂云乱拥,栽梅当径藓重铺。”

范德机《雨后坐郝大参亭子》:“移石旋成行药径,障泉思引钓鱼航。”

王建《原上新居十三首》其十一:“送经还野院,移石入幽林。”

张籍《送友人归山》:“出山成白首,重去结茅庐。移石修废井,扫龛盛旧书。”

刘攽《凤翔官宅园亭》:“移石改迂径,拂墙看旧书。”

张养浩《和子翚学士见寄韵》:“移石庭中观岱华,埋盆窗外幻陂塘。”

由这些例子可知,“移石”是别墅题诗中最常见的用语。石头本来就是常见的建筑材料,可以用来铺路,如范德机所写的行药径、刘攽所写的迂径、王建所写的幽林小径,也可以用来叠假山，如韩维、袁桷、张养浩所写，当然也可以用来修井，如张籍所写。

六句的“移石”当然也与幽居的建造有关，无论是具体的铺路、叠山或修井，还是泛指的房屋建造。幽居处于山间，云触石而生，所谓云根。“移石”而“动云根”，意谓幽居与深山的不可分离，此移而彼动，与五句相同，都指向幽居与外界的联系。

尾联七八句　暂去还来此，幽期不负言。

前三联是景语，尾联是情语；前三联写李凝幽居，尾联写题诗之人。这样的结构意味着，幽居景色是此首诗的中心，而题诗之人的感叹是陪衬，主宾关系分明，既符合一首题壁诗的规矩，也回应诗题的要求。与此首可能存在联系的张籍《题李山人幽居》，也是这样的结构。

尾联一方面是对主人邀请的回应，如今暂去，后日还来，决不违背约定的幽期；另一方面是对主人幽居深山的选择，表达自己的认同，并给出信誓旦旦的承诺。实际上，贾岛后来并未兑现他的承诺，主人或许也不指望他的承诺，重要的不是来日幽期能否实现，而是此时此刻对幽居的认同。至此，给一位隐士住所题诗的任务，终于圆满地完成。主人一定会感到满意，访客尽管要离去，回到充满名利诱惑的文明世界，但对幽居的生活方式表达了赞美和羡慕，对幽居的隐逸姿态表达了认同。

以上各联的分析表明，此诗首尾一体，前后相承，全首八句都依题展开，中间二联写景讲究远与近、幽寂与旷远的组合，章法上可称得上严整细密。然而，一些批评家似乎对此存在误解，如施蛰存指出：“这首诗每两联之间，都没有逻辑关系。第二联'僧敲月下门',暗示诗人初访幽居,可是尾联分明是诗人辞别之言。再说,全诗第二联写幽居夜景,第三联又好像是叙述诗人已走上归程,以致这首诗的主题和时间性都不明确。"(《唐诗百话》)这样的批评显然是将此诗理解成一次拜访过程的完整记录:到达,敲门,辞别,返程。实际上,此诗虽然包含拜访事件的展开,但并不强调历时的过程,而是依照"幽居"主题而展开描写,颔联不妨读成到访时的所见所为,颈联却不能读成返程所见的风景,这样自然也不会有明确的时间性。换言之,此诗的结构虽然不排斥时间性,但更主要的是空间性,是围绕幽居展开的风景描写。

贾岛《题李凝幽居》只是一首简洁平实的小诗,原非晦涩难懂,而竟成聚讼不休的公案,民国以来尤其歧义纷纭,莫衷一是。其中最大的问题莫过于奢谈玄虚的审美境界,硬凑新奇的美学原则。古典诗歌的读法素来不尚玄虚,也不求新奇,不必越世高谈中国古典诗学的建构,或者凭空侈论中国学派的文本解读学。古典诗歌的读法,孟子所讲的知人论世、以意逆志当然是基本原则,此外还有两点:一是在文学传统中读诗,诗中所有语汇、典故、意象,都应讨索出处,考订来源,由此确定其含义;二是在文本整体结构中读诗,题与诗的对应关系,各句之间的承应关系,都需细加梳理,由此确定诗意的脉络和各句的含义。古人注诗,注重词章胎息因袭的考订,并有分段分解、顺文解义的解诗方式,实际上也就是在文学传统和文本整体结构中读诗。遵循这样的读法,一首诗的释事析义,通常不会产生无法收拾的含混。

姜夔《念奴娇》(闹红一舸)考论

念奴娇

姜夔

予客武陵,湖北宪治在焉。古城野水,乔木参天,予与二三友日荡舟其间,薄荷花而饮,意象幽闲,不类人境。秋水且涸,荷叶出地寻丈。因列坐其下,上不见日,清风徐来,绿云自动,间于疏处窥见游人画船,亦一乐也。朅来吴兴,数得相羊荷花中。又夜泛西湖,光景奇绝,故以此句写之。

闹红一舸,记来时、尝与鸳鸯为侣。三十六陂人未到,水佩风裳无数。翠叶吹凉,玉容销酒,更洒菰蒲雨。嫣然摇动,冷香飞上诗句。　　日暮青盖亭亭,情人不见,争忍凌波去。只恐舞衣寒易落,愁入西风南浦。高柳垂阴,老鱼吹浪,留我花间住。田田多少,几回沙际归路。

姜夔咏荷名篇《念奴娇》,词序中“西湖”一语,注家都认为指的是杭州西湖,依此理解,这首咏荷名篇的词序,先后提及武陵、吴兴、杭州三地的荷花。姜夔词及其序的关系,素来受到关注。至于此词,吴无闻提出:“从词序中,我们可以看到作者的构思，他把武陵、吴兴、杭州西湖三地的荷花结合起来，用概括手法写，构成一个富有诗意的境界。”①

这种观点得到其他注家的认同。韩经太、王维若评注《姜夔词》，说此词的绝妙之处有三，“其一，以少总多，乃造新境。小序中白石提及赏荷难忘经历者三地，一是武陵，二是吴兴，三是杭州。夏承焘先生《姜白石词编年笺校》将本词附于吴兴之后，大约此词是白石居吴兴时所填。但细读词句，其所咏之地又绝非吴兴一处。白石慧眼，妙笔连珠，将各处美景汇结一端，咏荷风姿，得其神理”②。

陈书良评析此词妙处，也有三点，“其一，抽绎各景佳色，镕铸荷花形象。小序中白石提及赏荷难忘者有三地，即武陵、吴兴、杭州，夏承焘《姜白石词编年笺校》将此词‘附系吴兴词后’。但细读此词，其所咏之地又绝非吴兴一处，白石所咏乃荷花之神韵，故可以妙笔，将各处美景汇结一端。写到荷扁舟摇至藕花深处，飒飒雨后，冷香飘溢，物我两忘，已难辨何处是武陵，何处是吴兴了”③。

诸位注家一致认为，此词并非某时某地的即景抒情之作，而是概括、汇结、抽绎三地情景的作品。这种观点背后存在一个共同的认识，即姜夔的词与序形成对应的结构关系。清人周济提出：“白石好为小序，序即是词，词仍是序，反覆再现，如同嚼蜡矣。词序序作词缘起，以此意词中未备也。今人论院本，尚知曲白相生，不许复沓，而独津津于白石词序，一何可笑。”④后

① 夏承焘校、吴无闻注释《姜白石词校注》，广东人民出版社 1983 年，页 60。

② 韩经太、王维若评注《姜夔词》，人民文学出版社 2005 年，页 66—67。

③ 陈书良《姜白石词笺注》，中华书局 2009 年，页 84。

④ （清）周济《介存斋论词杂著》，顾学颉校点，人民文学出版社 1998 年，页 9。

人未必认同周济的褒贬,然而姜夔词与序的复沓关系,殆成定论。

诸位注家的共识并非没有疑义。首先,词序中先后提及三地荷花,为何详叙武陵,而吴兴、(杭州)西湖各以二句带过;其次,细读词与序所写,并无对应或复沓的语汇和意象,所谓概括、抽绎、汇结,从何说起;再次,古典诗词的抒情传统,似乎从未有概括、抽绎、汇结三地情景而为一的写作惯例,此词难道是孤篇横绝,可有其他词作可相参证?

我的异议仍从词序中"西湖"一语说起。西湖本是湖泊通名,与东湖、南湖一样,只不过表示方位而已。清人陆以湉说:"天下西湖三十又六,惟杭州最著。"①清人王晫《西湖考》说:"天下之以西湖名者不一,不可不知也。"杭州西湖闻名遐迩,因此形成独占,在一般人眼中,西湖即是杭州西湖。实际上,湖州自有西湖,《西湖考》又说:"即如浙属湖州、衢州、严州、宁波、温州皆有之。长兴县有西湖,在县西南五里,一名吴越湖,相传吴王筑吴城,犨土于此,遂成湖,溉田至三千顷,此西湖之在湖州者也。"②湖州的西湖是否形成于春秋时期,难以考究,但至迟南朝已形成,唐代已有此名,《旧唐书》记载:"(于頔)出为湖州刺史,因行县至长城方山,其下有水曰西湖,南朝疏凿,溉田三千顷,久堙废,頔命设堤塘以复之。"③

从词序的行文看,"朅来吴兴,数得相羊荷花中,又夜泛西湖,光景奇绝"四句,当是指吴兴的西湖。词序从武陵写到吴兴,用"朅来"一语承转,如果又写到杭州,也需要相应的承转

① (清)陆以湉《冷庐杂识》卷六,中华书局 1984 年,页 327。
② 《浙江通志》卷二百六十七引,《景印文渊阁四库全书》526 册,页 280。
③ 《旧唐书》卷一百五十六《于頔传》,中华书局 1975 年,页 4129。

的语辞，而“又夜泛西湖”句，从语气上看，并不能体现出地点的迁移。因此，词序中的“西湖”不是杭州的西湖，此词所写与杭州无涉，而是在湖州所作。

此词作于湖州的旁证，是姜夔的另一首同样咏荷的词。作于淳熙十四年丁未夏的《惜红衣》，词序曰：“吴兴号水晶宫，荷花盛丽。”明言专为湖州荷花而作，词中所写与《念奴娇》颇有相似之外。前者有“三十六陂秋色”，后者有“三十六陂未到”；前者有“鱼浪吹香”，后者有“老鱼吹浪”；前者有“不共美人游历”，后者有“情人不见，争忍凌波去”；前者有“城南”，后者有“南浦”；前者有“渚边沙外”，后者有“沙际归路”。持校二词，可知同为湖州荷花而作。黄昇《花庵词选》所选姜夔词、毛晋《宋六十名家词》本《白石词》，此二词的调名下，都删去词序，但题“吴兴荷花”四字。这四字的词题显然是黄昇、毛晋依据词序的拟造，表明黄昇、毛晋也认为《念奴娇》专为湖州荷花而作。

关于此词的写作时间和地点，陈思《白石道人年谱》系于淳熙十六年己酉，并说：“白石于丁未、己酉之间数往来临安、吴兴，故《惜红衣》叙云：‘丁未之夏，予游千岩，数往来红香中。’叙《念奴娇》云：‘揭来吴兴，数得相羊荷花中。’两叙互证，参以游踪，《念奴娇》一阕为本年夏到临安游西湖之作。”①夏承焘引陈思语，并说：“兹姑依其说，附系吴兴词后。”②刘乃昌也认为：“淳熙十五、六年，姜夔来往于杭州、湖州，这首词是他泛舟杭州西湖观赏荷花而作。”③然而，即使姜夔在淳熙十四至十

① 陈思《白石道人年谱》，《辽海丛书》本。

② 夏承焘《姜白石词编年笺校》，上海古籍出版社 1981 年，页 30。

③ 刘乃昌《姜夔诗词选注》，上海古籍出版社 1983 年，页 76。

六年间数往来杭州、湖州的说法可以成立,此词也难以确定具体为哪一年所作。

清乾隆间湖州人姜虬绿撰《白石道人诗词谱》,在淳熙十五年说:"客临安,还寓湖州。"夏承焘《姜白石系年》说:"姜谱此条无考证。"并推测姜虬绿的依据大概是这首《念奴娇》。[①]陈思的"往来临安、吴兴"的说法,实际上与姜谱是一样的依据。上文既证此词作于湖州,与杭州无涉,那么,姜虬绿与陈思推定的姜夔行踪也就未必可信,此词的作年也应当重新考定。词序先详叙武陵赏荷,再接以"朅来吴兴"语,可知此词大概是姜夔初至湖州所作,与《惜红衣》同作于淳熙十四年夏,因此二词所写多有相通之语。

此词与《惜红衣》之间颇多相似之外,可知是专为湖州荷花而作,并非概括、汇结、抽绎各地景色。词序中详叙的武陵赏荷事,词中并未再次写到,词中所写的是词序末尾寥寥数语提及的湖州赏荷。可以说,序写的是此前武陵赏荷,词写的是如今湖州赏荷,序与词之间并非复沓的关系,而是形成一种不同时空的对照。

姜夔集中,与《念奴娇》的词、序关系相似的,还有一首《清波引》(冷云迷浦)。此篇词序曰:"予久客古沔,沧浪之烟雨,鹦鹉之草树,头陀、黄鹤之伟观,郎官、大别之幽处,无一日不在心目间。胜友二三,极意吟赏。朅来湘浦,岁晚凄然,步绕园梅,摛笔以赋。"词序中同样以较多笔墨写古沔的几处胜景,而又同样仅以"朅来"四句引出词所写的湘浦。稍有不同的是,词虽以湘浦之梅为主要内容,却有"望江国"、"沧浪烟雨"等语指涉词序中的古沔之景。从整体上

① 陈书良《姜白石词校注》附,中华书局2009年,页229—230。

说,《清波引》的结构,仍然是序写此前的古沔胜景,词写如今的湘浦岁晚之景,词与序同样形成一种不同时空的对照。在周济提出的复沓关系之外,这种对照的结构方式,可以说是姜夔词的另一种特点。

谢肇淛《江妃传》小笺

一 《江妃传》与滑稽文的传统

晚明福州文人谢肇淛的《江妃传》，被当成一篇传奇小说，收入薛洪勣、王汝梅主编《稀见珍本明清传奇小说集》（吉林文史出版社 2007 年）。王汝梅所撰解题称：“以《梅妃传》为蓝本，以《赵飞燕外传》为参照，虚构了唐玄宗侍妃江绿玉入宫、受宠爱，被杨贵妃、梅妃嫉妒，烈日下暴晒、炮烙、摧残致死的故事。”[①]又有李春燕撰文称，《江妃传》是一篇史传体小说，“是继《梅妃传》后演绎唐明皇后妃故事的重要文本，江妃是作者在李杨情缘和梅妃故事的基础上，捏合江妃二女神话，塑造出的一个全新形象”[②]。这两种说法都属误读，《江妃传》实际上是一篇为荔枝作传的滑稽文，并不是历史人物的传记。

为物作传的滑稽文，大概始于唐人韩愈为毛笔作传的《毛颖传》。这篇不同寻常的文章，柳宗元称当时人“大笑以为怪”（《读韩愈所著毛颖传后题》），明王慎中评曰：“以文滑稽。”（茅坤

① 王汝梅《〈稀见珍本明清传奇小说集〉解题》，《明清小说研究》2008 年第 3 期。

② 李春燕《试论〈江妃传〉与江妃形象的生成——唐明皇故事的一个重要个案》，《明清小说研究》2012 年第 2 期。

《唐宋八大家文钞》卷八引)清储欣评曰:“以史为戏。”(《唐宋十大家全集录》昌黎先生全集录卷四)沈德潜评曰:“游戏文字。”(《唐宋八大家古文读本》卷五)这类文章在苏轼手中发扬光大。东坡集中有写砚台的《万石君罗文传》,写干贝的《江瑶柱传》,写柑桔的《黄甘陆吉传》,写茶叶的《叶嘉传》等。韩、苏这几篇滑稽文,都收录在晚明邹迪光编《文府滑稽》卷八中。谢肇淛《江妃传》正属于为风物作传的滑稽文的传统。

晚明时期,荔枝作为特别的地方风物,在闽中(主要是福州)形成一股书写的潮流。以品尝荔枝为主题的雅集和结社,如徐兴公、谢肇淛等邀集的餐荔会(又名红云社),招聚大批在地文人和宦游文人,由此出现大量吟咏荔枝的诗词,更由此引出徐兴公、曹蕃、宋珏、邓庆寀等编成的几种荔枝谱。这些荔枝谱收载有关荔枝的各种文献资料与历代文人的诗词,传播荔枝为果品第一与闽地荔枝优于蜀粤的话语。在荔枝书写的潮流中,谢肇淛也表现出足够的热情,其《小草斋诗集》中有数十首荔枝诗,其笔记《五杂组》卷十一也有十三条有关荔枝的记述。《江妃传》就是在晚明闽中文人群体的荔枝书写的背景下产生的一种文本。《江妃传》既见载于谢肇淛《小草斋文集》卷十一,又收录于邓庆寀《荔枝谱》卷三等农史文献。当时闽中文人为荔枝作传的滑稽文,谢肇淛《江妃传》之外,又有王褒《洪离传》、黄履康《十八娘传》,与徐熥《绛囊生传》、《十八娘外传》,也都收录于邓庆寀《荔枝谱》中。《江妃传》与这些文本,共享晚明闽中文人圈层有关荔枝的话语和文献。

《江妃传》拟物作人,荔枝化身唐玄宗的妃子,与杨贵妃、江梅妃争胜,以史传的形式,作滑稽的文章,处处贴合,语语双关。杨妃食荔与专宠的史实只是为这篇传记提供粗略的框架,文中诸多细节描写,大多本于荔枝的种植、习性、形貌及其相关文献记载。如果脱离荔枝文献的参证，就只能读到叙述的表层，读不出其中蕴藏的深意和巧思，最终导致不知所云的误读。因此，这里引证各种荔枝文献，包括晚明文人的荔枝诗词，稍作笺释，阐明旨意。

二 《江妃传》笺释

江妃传

（明）谢肇淛

案：笺释所用底本，是江中柱点校《小草斋集》文集卷十一（福建人民出版社 2009 年）。

江妃者，唐玄宗皇帝侍妃也，小名绿玉。

宋蔡襄《荔枝谱》第三："福州种殖最多……品目至众，唯江家绿为州之第一。"

明徐𤊹《浪淘沙》（咏荔枝八首）其一："异品即今谁第一，犹说江家。"

明徐兴公《荔枝咏四十首》其一《江家绿》："火云映出玻璃绿，旧说闽中第一家。"

谢肇淛《闻兴公园荔为山鼠所食慰之》："佳人薄命多，宁独江家女。"

案：江妃之姓之名，皆取自福州荔枝第一的江家绿。又因其江姓，附会为江梅妃之妹。

其先世家于南越，汉武帝时有侧生女随尉佗入贡。

晋葛洪《西京杂记》卷三："尉佗献高祖鲛鱼、荔枝，高祖报以浦桃锦四匹。"

宋蔡襄《荔枝谱》第一："汉初，南粤王尉佗以之备方物，于是始通中国。”

晋左思《蜀都赋》：“旁挺龙目，侧生荔枝。”

明邓庆寀《荔枝谱》卷一：“《蜀都赋》云：‘旁挺龙目，侧生荔枝。’侧生对旁挺而言，非荔枝即名侧生也。”又：“荔子本正出，为果中之王，牡丹为花中之王，奈何以侧生辱之。文人因袭借用，似以侧生为荔子别名。余欲为荔加九锡，故特订其讹。”

案：后世以“侧生”为荔枝之代称，本于左思赋，如杜甫《解闷》其十二：“侧生野岸及江蒲，不熟丹宫满玉壶。”邓庆寀订讹有理，用意则在于推誉荔枝。

帝见其美，爱幸之，为筑离宫。居岁余，无子，宠衰。

汉佚名《三辅黄图》卷三：“汉武帝元鼎六年，破南越，起扶荔宫。宫以荔枝得名。自交趾移植百株于庭，无一生者。连年犹移植不息。后数岁，偶一株稍茂，终无华实。帝亦珍惜之。一旦萎死，守吏坐诛者数十人，遂不复莳矣。”

案：离宫、无子、宠衰，本《三辅黄图》之扶荔宫、无华实、不复莳。

闻陈夫人以相如赋复幸，亦奉金钟千求相如作赋。赋上，不见省，卒幽死长门中。

汉司马相如《上林赋》：“荅遝离支，罗乎后宫。”

案：司马相如《上林赋》提及荔枝，此传因仿拟司马相如为陈夫人作《长门赋》，而造作江妃求赋之事。

然家世产好女子不乏。和帝时，诏岁贡采女以备掖庭，后用唐羌言罢之。

谢承《后汉书》卷七:“唐羌字伯游,辟公府,补临武长。县接交州,旧献龙眼、荔支及生鲜,献之,驿马昼夜传送之,至有遭虎狼毒害,顿仆死亡不绝。道经临武,羌乃上书谏曰:‘臣闻上不以滋味为德,下不以贡膳为功。故天子食太牢为尊,不以果实为珍。伏见交址七郡献生龙眼等,鸟惊风发。南州土地,恶虫猛兽不绝于路,至于触犯死亡之害。死者不可复生,来者犹可救也。此二物升殿,未必延年益寿。’帝从之。”(《八家后汉书辑注》本)

蔡襄《荔枝谱》第一:“东京,交趾七郡贡生荔枝,十里一置,五里一堠,昼夜奔腾,有毒虫猛兽之害。临武长唐羌上书言状,和帝诏太官省之。”

妃以开元中生,母方妊时,梦繁星累累从天下,已取吞之,觉而命筮,得离之颐,曰:“衔珠黄鹄,生刍一束。去其国,三岁不复。是女也而艳,必大吾宗。”

谢肇淛《初秋二日集蒋子才斋中啖荔枝分得宿名十韵》:“繁星累累倒玉盘,参差绿叶红琅玕。”

邓庆宷《荔枝谱》卷三载徐兴公《荔卦》:“离利贞亨。自求口实。”

案:“利贞亨”是离卦的卦辞,“自求口实”是颐卦的卦辞。徐兴公之荔卦,即谢肇淛所谓“得离之颐”。衔珠句,本汉人焦赣《易林·谦之泰》:“白鹤衔珠,夜宝反明。怀我德音,身受光劳。”生刍句,出《诗经·小雅·白驹》:“生刍一束,其人如玉。”珠玉与繁星,皆写荔枝形貌。

果以季夏之望生妃。

张九龄《荔枝赋》序："南海郡出荔枝焉。每至季夏，其实乃熟。"

案：蔡、徐二《谱》载录江家绿，皆不言成熟月份。从徐《谱》义例看，早如火山，熟于四五月，晚如胜画、鹊卵、鸡引子，熟于七月，皆明言月份，则其余品类不言月份，包括江家绿，当熟于六月。又邓庆寀《荔枝谱》卷二引《泉州志》："六月熟者，早红、桂林、金钟、白蜜、状元红之类，皆佳品也。"江家绿为福州品第一，当是熟于六月的佳品，即《传》文所谓季夏。

及长，有殊色，肌理腻白如玉，无少疵瘤，体有异香，好制红缯为襦，蹙縠若粟，裼以碧衫，丰肤内映，益增其妍。

明钟惺《荔枝咏序》："闽中荔枝，其香味容服，所谓绝世佳人也。"

徐兴公《荔枝咏四十首》其二十一《大小江绿》："风卷香尘满路飞，绛绡新裼绿罗衣。天生丽质谁堪并，婉娈江滨大小妃。"

案：将荔枝比作佳人的描写，是荔枝诗词中常见的体物方式。徐兴公诗"裼罗衣"，略同传中"裼罗衫"，"江滨大小妃"即《传》中江氏二妃（梅妃与江妃），又前引徐氏《荔卦》与《传》中筮曰相关，可知当时徐、谢舅甥二人于此《传》当有所交流。

然常自匿翠幄中，市里罕见其面也。

元王祯《农书》卷三十："树形团圆如帷盖，叶如冬青。"

徐兴公《荔枝谱》卷二《二之培》："古树历数百年者，

枝柯诘屈，根干盘旋，其阴可蔽数亩。”

邓庆寀《荔枝谱》卷三引曹学佺《石仓园荔枝阁记》：“坐露台，如在绿幄中，荔子熟时，朱实离离，可掇而食，不烦假手于攀摘矣。”

案：荔枝树枝叶婆娑，遮天蔽日，形如帷幄，故曹《记》称“绿幄”，谢《传》称“翠幄”。又白居易《长恨歌》：“杨家有女初长成，养在深闺人未识。”《传》中“罕见”云云，或本此。

时天下承平日久，上怠于政务，日事游宴。贵妃杨氏宠冠椒房，而妃有姊采蘋先入宫，得侍帝，从容言其女弟鲜姣，欲以倾贵妃。

案：由荔枝品类江家绿，而江妃小名绿玉，而江采蘋之妹，颇见其巧其构思。江采蘋荐引其妹江妃以倾杨妃之说，又暗用汉代赵飞燕、合德之事。

帝闻心动，而先时左丞相张九龄又盛称妃之美不容口，遂遣中使乘传遽召妃。促者络绎于道。以天宝五载六月下旬，得幸于华清宫中。

唐张九龄《荔枝赋》序：“百果之中，无一可比。余往在西掖尝称之，诸公莫之知，而固未之信。”

杜牧《过华清宫》：“长安回望绣成堆，山顶千门次第开。一骑红尘妃子笑，无人知是荔枝来。”

宋阮阅《诗话总龟》卷四十八：“杜牧《华清宫》一诗，尤脍炙人口。据《唐记》，明皇帝以十月幸骊山，至春即还宫，是未尝六月在骊山也。荔枝盛暑方熟，词意虽美，而失事实。”

案：阮阅所论或可信从，然而华清宫已成诗家故实。《传》中“得幸华清宫”，即史书所载李、杨于华清宫中品尝南方驰递的荔枝。

霞绡初卸，玉肪莹发，妖冶融液，香闻远近。

蔡襄《荔枝谱》第二：“其树晚熟，其实广上而圆下，大可径寸有五分。香气清远，色泽鲜紫，壳薄而平，瓤厚而莹，膜如桃花红，核如丁香母。剥之凝如水精，食之消如绛雪。”

明曹蕃《荔枝谱》：“累累丹实，槎头挂星，晴光掩映，照耀林薮，吾爱其色。绛囊乍剖，玭珠初荐，琼浆玉液，绝胜醍醐，吾爱其味。湿带露华，寒凝绛雪，薰风暗度，疑对檀郎，吾爱其香。”

既而丁香轻含，火齐徐吐，流腴浃藉，簪舄遗落，不自收举。

王仁裕《开元天宝遗事》：“明皇命方士以药傅荔枝根，得核小。宫人呼为丁香子。”

蔡襄《荔枝谱》载录圆丁香、大丁香、小丁香等品类。

明杨慎《汉杂事秘辛》：“私处坟起，为展两股，阴沟渥丹，火齐欲吐。此守礼谨严处女也。”

案：丁香原为荔枝品类，此处既以摹写江妃体态，则指丁香舌。火齐原为一种球状的矿石。司马相如《子虚赋》：“其石则赤玉玫瑰。”《文选》李善注引晋灼注：“玫瑰，火齐珠也。”《传》文“火齐徐吐”，本《汉杂事秘辛》“火齐欲吐”，应是将火齐解作花卉的玫瑰。此数句写床笫之事，语近淫亵。

帝大悦。翼日，制曰：“朕味道渴贤，采华茹实，博罗筐筥之媛，以佐蘋藻之馨，盖有年矣。才人江氏德惟迈种，姿擅凝脂。国色天香，沁吴宫之芬水；冰心雪质，夺汉掌之金茎。政当破瓜之年，益重摽梅之感。今遣大将军高力士持节册封淑妃，位贵妃次。於戏！玉食万方，予岂有爱于喉舌。小星三五，尔益自固其衾裯，食哉以时，无废朕命。”

汉毛亨《毛诗注疏》卷一：“苹蘩蕴藻之菜，筐筥锜釜之器，潢污行潦之水，可荐于鬼神，可羞于王公。”

梁任昉《述异记》卷上：“吴故宫亦有香水溪，俗云西施浴处，人呼为脂粉塘。”

汉班固《西都赋》：“抗仙掌以承露，擢双立之金茎。”

《诗经・召南・小星》：“嘒彼小星，三五在东。”“肃肃宵征，抱衾与裯。”

案：此段制词全出虚构，表面是写才人江妃，又处处贴合荔枝，语语关乎饮食。

自是宠遇日隆，每食未尝不侍侧。然妃小有智数，时时以甘言自媚于贵妃，浸入肺腑，得其欢心。贵妃不嫉也。

唐李肇《唐国史补》卷上：“杨贵妃生于蜀，好食荔枝。南海所生尤胜蜀者，故每岁飞驰以进。”

案：“甘言自媚”、“浸入肺腑”，皆就杨妃食荔而言。

一日，上与贵妃交膝坐沈香亭，拥妃于侧，裸戏久之，谓贵妃曰：“此郭舍人所谓‘唼唼女唇甘如饴’者耶？”时安禄山在傍曰：“臣以为滑腻浑如塞上酥耳。”上与贵妃大笑。

曾慥《类说》卷四十六《骊山记》：“一日，妃浴出，对镜匀面，裙腰上微露一乳。帝扪弄曰：‘软温新剥鸡头肉。’禄山对曰：‘润滑初来塞上酥。’妃大笑曰：‘信是胡奴只识酥。’”

旧题汉武帝等《柏梁台联句》郭舍人句:“啮妃女唇甘如饴。”

案:“塞上酥”云云,在野史小说中,原是写杨妃,此《传》则移以写江妃。

时方盛暑,上有消渴疾,道士罗公远以术致江陵柑百颗,西凉州进蒲萄数百斛。上谓左右曰:“争如我江家并蒂琼浆风味乎?”然妃终逼于贵妃,不自安,常以颜色非故求自疏远,每岁仅一再见上。

蔡襄《荔枝谱》第四:“葛洪云:‘蠲渴补髓。’”

徐兴公《荔枝谱》卷二:“嚼之消如绛雪,甘若醍醐,沁心入脾,蠲渴补髓。”

案:史书未见唐玄宗有消渴疾的记载。谢肇淛相信荔枝有益于消渴病症之说,其《徐兴公招集九仙观避暑啖荔枝赋得回文》云:“消渴病知应漱玉,娇枝荔颗万丛丹。”《陈伯孺饷满林香荔枝同赋柏梁体得蒸字》云:“病肺消渴同茂陵,故人相遗玉壶冰。”

蔡襄《荔枝谱》:“双髻小荔枝:每朵数十,皆并蒂双头,因以目之。”

谢肇淛《徐兴公见惠双髻荔枝同赋》:“一干斜分两颗匀,却疑连璧是前身。绿云镜里双鬟小,红粉丛中并蒂春。”

案:《传》中“江家并蒂”,或本于双髻荔枝的品类,指江氏二妃。

白居易《白氏长庆集》卷二十八:“若离本枝,一日而色变,二日而香变,三日而味变,四五日外,色香味尽去矣。”

案:《传》文“颜色非故”本此。又“每岁仅一再见上”,指当时岁贡之事。

上嬖益渥,并赐采蘋号梅妃,宠与贵妃埒。三人各自矜其色。宫人或微问帝,帝曰:“江家妃,神仙中人也。杨、梅尚不堪作奴耳。”

明宋珏《荔枝谱·术蔡第三》引梁萧惠开云:“南方之珍,惟荔枝矣。其味绝美,杨梅、卢橘,自可投诸藩溷。”

邓庆寀《荔枝谱》卷一:“古人有以卢橘比荔子,又有以荔子比杨梅。”

邓庆寀《荔枝谱》卷二引《太平御览》:“魏文帝诏群臣曰:南方有龙眼、荔枝,宁比西国蒲萄、石蜜乎?今以荔枝赐将吏,啖之,则知其味薄矣。”

邓庆寀《荔枝谱》卷二引周宣《荔阴说》:“昔尝读蒙泉翁论著曰:‘荔枝流品,仅可与北之蒲萄比,南人不以为然,盖护短也。’”

曹蕃《荔枝谱》:“即永嘉之柑,洞庭之杨梅,宣州之栗,燕地之蘋婆果,似俱为荔枝压倒,哙等曾不敢与为伍。”

案:荔枝文献中多见与葡萄、柑橘和杨梅的比较,闽中文士以荔枝为果品第一,或不免乡曲之见。谢肇淛《小草斋诗集》中亦多抑此扬彼之诗,如《食火山荔枝次王龟龄韵》:“玉肌红襦两寂寞,卢橘杨梅空擅奇。”《再次前韵》:“吴中杨梅色如土,仙种应须出县圃。”《传》文借唐玄宗之口,推誉荔枝的流品,又以江妃与杨、梅二妃之争胜,贴合荔枝与杨梅的比较,正是滑稽文的构思巧妙之处。

贵妃、采蘋闻之大怒，以事掊摭妃，暴烈日中，又加炮烙，曰："使老妪黧面。"闻者伤之。

王祯《农书》卷三十："晒荔法：采下即用竹篱朗晒，经数日，色变核干，用火焙之，以核十分干硬为度。收藏用竹笼，箬叶裹之，可以致远。成朵晒干者，名为荔锦。取其肉，生以蜜熬作煎，嚼之如糖霜然，名为荔煎。"

徐兴公《荔枝谱》卷二《四之晒》："占风日晴霁时摘下，于烈日中朗晒至干，以核实为准，风味殊胜于焙。"

徐兴公《荔枝谱》卷二《七之浆》："荔肉仍以白蜜缓火熬熟，净磁器收之，最忌近铁。"

案：生荔枝不易保鲜，故有煎晒之法。《传》中"暴烈日中"、"炮烙"之语谓此。

后左拾遗杜甫、紫微舍人杜牧、忠州刺史白居易，皆有诗吊妃。

杜甫《解闷》其九："先帝贵妃今寂寞，荔枝还复入长安。炎方每续朱樱献，玉座应悲白露团。"其十："忆过泸戎摘荔枝，青峰隐映石逶迤。京中旧见无颜色，红颗酸甜只自知。"其十一、十二亦咏荔枝。

杜牧《过华清宫》诗，已见上。

白居易有《题郡中荔枝诗十八韵兼寄万州杨八使君》、《重寄荔枝与杨使君欲种植故有落句戏之》、《种荔枝》、《荔枝楼对酒》诸诗。

妃既死，窜其族于闽广间，然子孙犹美丽，称江家种，以比昭君村云。

徐兴公《荔枝谱》卷一："大抵闽中之产，可弟视南粤，仆视泸戎。"

徐兴公《荔枝谱》卷一《福州品》:“江家绿,皮绿刺红,大如鸡子,味极清美。蔡《谱》所记之树,已绝其种,永庆里犹有传者。”

徐𤊹《十八娘外传》:“妾开元皇帝侍儿,以江采蘋之荐,得幸于上。今归此中,以与郎君有夙缘,故相屈耳。”

案:徐𤊹、谢肇淛既为舅甥,又为同门,过从甚密,当日二人都为荔枝作传,而稍有不同。徐以为唐时岁贡的荔枝品类是十八娘,谢则以为是江家绿。

外史曰:谚有之:“美男破唇,美女破舌。”江氏起卉服,见天子,恩宠倾苑籞,盛矣,而卒以色衰来残桃之谮,况其他乎!然贵妃投缳马嵬,梅氏碎骨兵燹,血污游魂,迹秽青史,而妃之香名犹脍炙人口,本支蕃衍,亦天道哉。余懼世之人不察,猥云色举,与杨、梅二氏同类而共笑之也。

案:外史,旧时文士作杂史小说,常以此自称。谢肇淛《小草斋文集》卷十一《樊隐君传》、《邓汝高传》,文末皆有“谢外史曰”一段。

《逸周书·武称》:“美男破老,美女破舌。”

《尚书·禹贡》:“岛夷卉服。”孔安国传:“南海岛夷,草服葛越。”

案:李肇《国史补》、乐史《杨太真外传》皆载杨妃所食荔枝出于南海,故此传称“江氏起卉服”。

宋乐史《杨太真外传》:“十五载六月,潼关失守,上幸巴蜀,贵妃从。至马嵬……力士遂缢于佛堂前之梨树下。才绝,而南方进荔枝至。……上持荔枝于马上谓张野狐曰:‘此去剑门,鸟啼花落,水绿山青,无非助朕悲悼妃子之由也。’”

邓庆宷《荔枝谱》卷二引赵世显《芝园随笔》:“荔枝珍果,杨妃绝色,一时相值,宜唐帝醉心。太真厄于禄山,宋树刳于黄巢,均之不幸。第太真身死而名终辱,宋树暂而品犹奇。妃也千载而下,视宋树不有余愧者乎。”

《渔洋山人精华录》与诗题的改定

一

顷读许逸民先生《徐陵集校笺》，其中两处诗题的校改，颇有商量的余地。《奉和简文帝山斋》一首，诸本悉同，并无异辞，而据许先生考证，此诗最晚当作于太清二年，斯时萧纲尚在东宫，因此题中“简文帝”三字乃后人妄加。许先生的校理方式是删去“简文帝”三字。《和简文帝赛汉高庙诗》一首，《艺文类聚》卷七九所引诗题如此，明抄本、张燮本、张溥本等版本的徐陵集，题作《和简文帝赛高帝庙》，唯有屠隆评点本徐陵集题作《和赛汉高帝庙》，题中无“简文帝”三字。许先生的校理依从屠本，凭据是诗中有“何殊后庙里，子建作华篇”二句，以曹植比萧纲，可知此时萧纲尚在东宫，题中“简文帝”乃后人妄加。[①] 前一首，校改并无任何版本的依据，后一首，校改的依据也仅仅是作为孤证的屠本，两处校改都是陈垣校法四例中的理校，而理由都是考证得出的诗篇写作时间与诗题不合。

这是一种现代的校勘方式，内含的理念是文本的所有要

---

① 二诗的校改，见许逸民《徐陵集校笺》卷二，中华书局 2008 年，页 105—106、108—109。

素都应与写作的当时保持一致，而古人的观念似乎并非如此。古书行文中有一种“以后称前例”[①]，可以用来解释此处徐陵诗题与作年不合的现象。徐陵奉和当日，萧纲尚在东宫，诗题中当然不会有“简文帝”三字，这一点可以成立，然而徐陵后来自编文集，或他人撰录徐陵集时，可能已在萧纲身后，这时就有了“简文帝”的谥号。诗题依从的是编辑时的情况，而非写作时的情况，这就是“以后称前例”。古书中这样的文例不胜枚举，不仅诗文如此，戏曲中也很常见。明人凌濛初谈到这样的现象：“院本皆供应内用，故当场须称曩时庙号以为别考，剧戏中无不如此者，盖其体也。近有讥其称庙号于即位之日，其言似是，然实学究家见耳。若《高祖还乡》剧白云‘什么改姓更名唤做汉高祖’，《子陵还诏》剧云‘谁识你那中兴汉光武’，学究家不更骇倒乎？夏虫岂可与语冰。”[②]徐陵诗与其题的不相吻合，看似年代悖谬，却是古人的常情，不必学究地校改。

徐陵的例子，文献阙如，所有论说只能凭藉推理和旁证，下面要讨论的王士禛改定诗题，则是一个文献可征的例子，由此可以看出古代诗人在制作诗题方面的特殊观念，有关诗题的校勘原则也就成为一个需要讨论的问题。

二

王士禛（1634—1711），山东新城人，平生作诗颇丰，随时刊行，早年有多种单刻小集传世，如《丙申诗》、《过江集》、《入吴集》、《秦淮杂诗》、《白门集》等，清康熙八年、十年相继汇编

---

① 参杨树达《古书疑义举例续补》卷一《以后称前例》，《古书疑义举例五种》，中华书局2006年，页200—202。

② 张燕瑾校注《西厢记》第一本第一折注释〔6〕引，人民文字出版社1995年，页11。

成《渔洋山人诗集》二十二卷和《续集》十六卷，后又有《蚕尾集》、《南海集》、《雍益集》诸集刊行。王士禛晚年在其门人盛符升、曹禾的协助下，仿照黄庭坚《山谷精华录》的先例，编定《渔洋山人精华录》。这本自选集，从之前刊行各集中博收约取，荟萃精华，共1694首，意在传诸后世。

王士禛的单刻小集，流传不广，索读不易，这里姑置不论。[①] 持校《渔洋山人精华录》与《渔洋山人诗集》以下诸集，可以看出诗篇正文的改动并不多见，而诗题则有较多的改动。这里择取其中较有意味的增补、删简和改易的例子，分类列出，以见其前后改动的大体情况。《渔洋山人诗集》各集统称A本，《渔洋山人精华录》称B本。为便检核，标出B本(上海古籍出版社1999年)的卷次和页码。

一、增补的例子

补出姓。A本《再别容斋说岩讱庵三子》

B本《再别李容斋陈说岩叶讱庵三子》(卷六。页1064)

补出字。A本《邓简讨招饮梅园》

B本《邓玉书检讨招饮梅园》(卷二。页301)

补出号。A本《寄彭十》

B本《寄彭十羡门》(卷一。页149)

补谥号。A本《卞公墓下作》

B本《卞忠贞公墓下作》(卷三。页412)

---

① 黄裳《清代版刻一隅》记王士禛《秦淮杂诗》等单刻小集三种，且曰："自《带经堂集》出，而此种单行小册俱废。然持校原集，往往有异处，序跋题词亦多删落。"(齐鲁书社1992年，页30)关于王士禛早年单刻小集的情况，可参黄裳《来燕榭读书记》卷五《渔洋小集》(辽宁教育出版社2001年，下册，页36—37)、袁世硕《王渔洋早年诗集刻本》(《中国典籍与文化》2002年第1期)。

补人物。A 本《与诸公集光孝寺》

B 本《与陈元孝屈翁山诸公集光孝寺》(卷十一。页 1685)

补官职。A 本《题朱竹垞雪景写真四首》

B 本《题朱竹垞检讨雪景小照四首》(卷十二。页 1836)

诗题增补集中于人物方面,增补的要素,涉及人物的姓氏、字号、谥号、官职等,补出姓氏的例子尤多①,诗题如果原无确指的人物,则补出人物。比较增补前后的诗题,可知各例中的增补都具有一个共同的功能,即确指相关的人物。且看增补前的诗题,诗题提及的人物,可能只出字号而不加姓氏,只出官职而不加字号,或只出行辈而不加字号等,对于王士禛的师友和当时的读者而言,也许一望而知,不须明确交待,然而,时过境迁,对于异代读者而言,就需要丰富的知识,或借助相关注释,才能熟悉相关的人物,假使文献缺失,可能就不得其详。因此,似乎可以说,《渔洋山人精华录》的增补诗题,带着传诸后世的自觉意识。

二、删简的例子

删去人物。A 本《年来钱牧斋吴梅村周栎园诸先生邹订士陈伯玑方尔止王亦世董文友荣洞门诸同人相继徂谢栈道感怀怆然有赋》

B 本《年来钱牧斋吴梅村周栎园诸先生邹讦士陈伯玑方尔止董文友诸同人相继徂谢

---

① 补出姓氏的例子很常见,但也有个别的反例,如 A 本《谢施愚山寄敬亭茶著书墨四首》,而 B 本删去施姓,作《谢愚山寄敬亭茶著书墨四首》(卷六。页 1019)。

栈道感怀怆然有赋》(卷五。页799)

删去时间。A本《六月十二日喜雨晨起为钱宫声题周静香长桥烟雨图》

B本《晨起为钱宫声题长桥烟雨图》(卷四。页604)

删去关系。A本《送山史从兄归华山》

B本《送山史归华山》(卷八。页1294)

A本《题门人查夏重芦塘放鸭图四首》

B本《题查夏重芦塘放鸭图三首》(卷十二。页1809)

删去名字。A本《送冰修归海昌兼寄朱人远二首》

B本《送冰修归海昌兼寄朱生二首》(卷八。页1327)

删去官职。A本《德州答郑山公通政留别之作》

B本《德州答山公留别之作》(卷十。页1584)

删去籍贯。A本《别麻城万大屏秀水杨胜林》

B本《别万大屏杨胜林》(卷一。页111)

删去行辈。A本《送耿十三承哲赴高州推官二首》

B本《送耿承哲赴高州推官二首》(卷四。页554)

删简诗题的要素,不限于人物,也涉及时间及其他。个中心理,难以知晓,也大多难以情测。与增补的情况相比,删简可能是出于某些隐晦的顾虑,也可能只是出于删繁就简的考虑。在删简的情况中,删去寄赠对象与自家关系的例子尤其常见,其中频频删去的是诗题中"门人"二字。《渔洋山人精华录》中,绝无"门人"、"从兄"等A本常见的词语,基本保留下来的是"家兄"、"先兄"、"诸兄"等,"同年"只出现一次。删去诗题中透露师友关系的词语，可以说是王士禛编选《精华录》时有意为之的做法，这种做法定然出于某种顾虑，以王士禛当日名望来揣测的话，或许是为了杜绝身后门生故吏的攀缘吧。

三、改易的例子

名改作字。A本《再送吴雯归中条二首》

B本《送吴天章归中条二首》(卷四。页625)

字改作名。A本《三水月夜别陈闵孝程燕思》

B本《三水月夜别陈宗德程衎祖》(卷十一。页1711)

字改作号。A本《雨中怀彭骏孙因示讱庵》

B本《雨中怀彭羡门因示叶讱庵》(卷四。页707)

官职异称。A本《陆放翁心太平庵砚歌为毕刺史赋》

B本《陆放翁心太平庵砚歌为毕通州赋》(卷三。页392)

其他情况。A本《秋暮与家兄礼吉子侧小饮有怀》

B本《秋暮与家兄礼吉叔子小饮有怀》(卷一。页68)

A本《由光福里入太湖口往圣恩寺》

B本《自光福里入太湖口往圣恩寺》(卷二。页202)

A本《魏忠贤葬衣冠墓宏丽甚慨然有作》

B本《碧云寺魏阉葬衣冠墓》(卷四。页679)

由删选引起组诗篇数的变化，都会在诗题中显示出来，这不算入诗题改易的例子。名、字、号三者之间的替换，不知出于怎样的考虑，其中的趋向是，字改成名的例子最多，字改成号的例子也不少见，而名改成字的例子很少，名改成号、号改成字的例子未见，换言之，A 本各集中，诗题常取人物的字，而在 B 本中，字经常被改作名或号。人物的字可以更改，比如王士禛三兄士祜，字子侧，一字叔子，在 A 本各集中都作子侧，而在 B 本中都改作叔子。B 本晚出，可据以推知王士祜两种字先后取用的顺序。又有一些字词的改动，显然并非随意的替换，但又看不出意图为何，如 A 本各集中的介词“由”，在 B 本中一律改成“自”，替换得整齐划一，无论是语义还是语法都没有差别。

《渔洋山人精华录》，据林佶序，出于王士禛门人盛符升、曹禾的编选，而非王士禛手定。在《王贻上与林吉人手札》重被发现后，论者多数认为，《精华录》实际出于王士禛自定，而托名于门下士。诗题修改的大量例子，可以佐证这一结论。

三

《渔洋山人精华录》，出自王士禛晚年的手自编定，这是一次编辑的行为，此时的王士禛既是作者，更是编者。编选过程中的修改，尤其是诗题的改定，实际上应该算作编辑的作为，而非创作的延续。当日的创作与后来的编选，是需要分开考察的两个过程，考虑到王士禛对诗题的广泛修改，我们应该把诗题放在编选过程中讨论。因此，在作品系年中，诗题不再是完全可靠的资料，而在校勘作业中，即使能够确定写作时间，也不能据以校改看似可疑的诗题。那么，校勘中如何处理诗题的改动问题呢？

西方校勘学中有所谓的作者最终意图（author's final intention），古代中国也有作者晚年定论之说，依此观念，校者应该遵照作者最后自定文集的样子，作者改定的所有文字都应作为校本的正文。在王士禛的例子中，校者应该取《渔洋山人精华录》的改定文字。这在古代中国是比较普遍的做法。令人讶异的是，古代学者一方面具有根深蒂固的历史意识，另一方面又不甚重视作者或文本的变化过程，通常看重的是最终的面貌。

另一种观念则是作品的一切要素都应与写作之时保持一致。例如在徐陵诗的校勘上，许逸民先生经过考证推定诗篇的写作时间，而诗题中“简文帝”三字显然与此时间不相吻合。许先生自信地认定，这三字出于后人妄加，并采取删除的校改方式。这在晚近的古籍校勘实践中，是比较普遍的做法，似乎没有人对此表示质疑。这样的校改方式，强调写作当时的真实状态，并不将作者的修改考虑在内，与之相伴随的是现代的文学史书写。①

两种校勘原则各有其成立的理由，也都有各自的偏颇之处。取晚年改定的文字，则违离写作当时的状态，取初稿的文字，则忽视后来的修订，共同的缺陷是不能反映源于作者手笔的文本变化。这种两难的局面，实际上反映出古典校勘学的一个局限。古典校勘学追求一个文字唯一正确的定本，在处理同样出于作者手笔的不同异文时，缺乏合适的原则。校勘学的任务是校正讹误、取舍异文，这是一般的认识，其实校勘

---

① 我想这是比较现代的校勘理念，但没有找到相关的理论总结，这里权且引证唐弢在编写中国现代文学史时的约法三章之一：“必须用原始材料。特别强调看当时的期刊，要把历史面貌写清楚。……我强调尽量看期刊还有一个原因，期刊上发表的是最初的文章，代表作家当时的思想，符合文学史的要求。”（《中国现代文学史的编写问题》，《唐弢文集》第 9 卷，社会科学文献出版社 1995 年，页 372）

学还有另外一个重要的任务，就是呈现文本变化的历程。在古代的文集编纂中，偶有两存的做法，编校者手头既有作者的初稿，也有晚年的定本，难以去取，有时就会采取两存的办法。这种偶然为之的办法，却是值得发扬光大的校勘方法。王士禛改定诗题的例子，就需要两存而非取舍。

禁体诗杂说

北宋皇祐二年(1050),欧阳修在颍州任上与客作《雪》诗,约定禁用一些常见的语汇和意象,如玉、月、梅、练、絮等。欧阳修并且把这件事情记载在诗序中。若干年后,苏轼效仿欧阳修的禁令,先后写下两首雪诗:《江上值雪》与《聚星堂雪》。前一首作于嘉祐四年(1059)出蜀途中,是与其弟苏辙的次韵之作。后一首与欧诗同样作于颍州,同样是雪中约客赋诗,而时在元祐六年(1091)。在三个带“祐”字的年头,欧、苏相继写下的三首雪诗,成为一段不断被讲述和追慕的风流佳话,并规定了禁体诗的范畴。

无论后人如何试图为禁体诗寻找更早的起源[①],欧阳修和苏轼都是与这种作诗名目联系最为密切的诗人,他们在各种形式的叙述中,是禁体诗的鼻祖和代表,被仰慕和效仿。欧、苏当时写下的是雪诗,而这也成为禁体诗中近乎不成文的题材规定。我们可以找到一些以海棠、牡丹等为题材的禁体诗,

---

① 清人何焯《义门读书记》卷四十评曾巩《元丰类稿》曰:“有《闲居新雪八韵》,禁体之祖也。”浦起龙《读杜心解》卷一评杜甫《火》诗曰:“韩、孟联句,欧、苏禁体诸诗皆出于此。”《唐宋诗醇》卷三十七引《六一诗话》载许洞会诗僧分题作诗与欧阳修颍州约客作雪诗二诗,并说:“禁体物语非是欧阳创之也。特以颍州宾主一时之盛,遂成佳话耳。”

但更为常见的情形是，后世的诗人们在雪天里追思欧、苏的风流往事，并由此同赋雪诗，通常还要追次欧、苏的韵脚。追慕和效仿欧、苏的言语，频繁出现在后人的仿作中。禁体诗，在很大程度上，是一个以雪为主要题材的咏物诗的传统，并且是一种以欧、苏为中心的叙述和记忆。

禁体诗的性质，在古代诗人眼中，与酒令相近。苏轼已在《聚星堂雪》序中说："故辄举前令，各赋一篇。"是用"令"来描述欧阳修颍州作雪诗时的约定。元人马臻则清楚地指出禁体诗与酒令类似，是一种诗令："不教禁体犯毫纤，诗令还同酒令严。"(《霞外诗集》卷十《和蜀僧明上人咏雪诗韵二首》其一)禁体有时也被视为"律"，如南宋张镃《连日雪未能多曾无逸见惠二首遵欧苏律禁体物语及用故事走笔次韵》(《南湖集》卷四)、杨万里《雪用欧阳公白战律仍禁用映雪访戴等故事赋三首示同社》(《诚斋集》卷二)。

举例来说，苏轼《江上值雪》的全题，是《江上值雪效欧阳体限不以盐玉鹤鹭絮蝶飞舞之类为比仍不使皓白洁素等字》，诗题表明作诗时禁用的比喻和语汇。如盐、絮二字，自从《世说新语》记载谢朗"撒盐空中差可拟"、谢道韫"未若柳絮因风起"的轶事，比雪为盐和絮的作品就很常见，也很陈旧，因此被禁用。而皓、白、洁、素等描述雪的颜色，仅为日常用语，毫无巧思，因此也被禁用。禁体物语的范围，包括常见的语汇和意象，如欧、苏雪诗所限定的，也可能包括习知的典故，如前引张镃、杨万里二题，又如宋人艾性《雪吟效禁体并去一切熟事》(《剩语》卷上)，明人童轩《次韵翰林周尧佐先生咏雪禁体》则具体说明禁用的典故，诗序曰："禁素白粉玉、梅梨盐絮及羔酒烹茶、梁园灞桥，凡雪中故事。"(《清风亭稿》卷六)

由欧、苏雪诗以及后来诗人的拟作可知，禁体诗不是泛泛的禁体物语，不是体物手法的反面。禁体诗的含义，是禁止使用某些陈旧的体物语，而不是完全禁止体物手法的使用。① 从欧、苏雪诗的序言，以及后来许多禁体诗的标题或序言，我们知道，雪诗要么是良辰雪景时约客同赋或联句，要么是诗筒往来的唱和次韵，通常不会是独自遣怀的写作。由此可知，禁体诗的用意在于出新爱奇，同时带有朋好之间的竞争意味。②

禁体诗又被称为白战体，这种叫法源于苏轼《聚星堂雪》诗的末句："当时号令君听取，白战不许持寸铁。""白战"的叫法，字面上就带着竞争的意味，把主客同赋比喻成同场竞技。白战也就是手搏，因此不许持寸铁。这是表面的含义，但笔者以为，苏轼所说的"寸铁"可以与黄庭坚所说的"点铁成金"联系起来理解。"点铁成金"的意思，是在诗中点化陈言，成为自家的妙语，而"不许持寸铁"是说，不许沿用古人的陈言，尤其是那些陈辞烂调。③ 禁体诗的写作，虽然带有酒令一般的游戏意味，虽然不免有些极端和矜夸，但其精神却在于务去陈言、追求新奇。

禁体诗是否可以露出题字，存在不同的意见。欧、苏三首雪诗都出现"雪"字，显然他们不禁题字。然而，清乾隆皇帝却

---

① 在这一点上，程千帆先生、张宏生先生合撰《火与雪：从体物到禁体物——论白战体及杜、韩对它的先导作用》一文（载《被开拓的诗世界》，上海古籍出版社 1990 年），似乎有所误解。

② 例如，明人黄佐《翰林记》卷十五记载："成化丙申十二月十日，祷雪致斋于翰林之东署。侍读倪岳、侍讲程敏政、修撰陆钱、编修陆简同宿。是夜雪大作，遂用欧公禁体故事，相与阄韵联句以志喜。钩奇竞胜，达旦弗能休。前辈风致可想见也。"

③ 苏轼《雪后书北台壁》为避陈言而用险韵，受到王夫之的批评："何苦尖叉寻恶韵，且随盐絮作陈言。"在王夫之的理解中，欧、苏禁体雪诗禁用撒盐、柳絮的古典，是为了避免陈言。

批评苏轼说:“苏辞遭遇多枝叶,倒绷禁题先犯雪。”[1]从后人的禁体雪诗看,露出题字的更为常见,乾隆的观点也许只是少数派的意见。不过,他将“禁体”与“禁题”联系在一起,使我们有必要考虑二者的异同。

元人刘壎《禁题绝句序》说:“有律诗而后有绝句,绝句至宋而后尚禁体,其法以不露题字为工,以能融题意为妙。盖举子业之余习也。世之以文会友者,或用此以验才思工拙,谓之义试诗。”(《水云村稿》卷五)在他的提法中,“禁体”与“禁题”是一回事,并且与绝句和举子业联系起来,却绝口不提欧、苏。我们找不到更多的材料来进一步了解刘壎所说的“禁题绝句”,可以大略肯定的是,他所说的“禁题”,与我们上文讨论的禁体诗不是一回事。除刘壎和乾隆之外,“禁题”的提法就很难再遇到了,然而,刘壎所说的禁题绝句,仍然只能阙疑待考。

禁体首先并且主要出现在诗歌中,后来也旁及其他文体,如词与赋。元末明初人杨基既有《金陵对雪用苏长公聚星堂禁体韵》诗,也有《水调歌头·咏雪禁体》,词序曰:“尝爱欧阳及苏公禁体雪诗,而自古雪词无禁体者。十月晦,余归龙江,风雪连日,因赋《水调歌头》一曲,仍不用盐、梅、玉、洁、皓、白、飞、舞等字。”(《眉庵集》卷十二)杨基似乎就是禁体词的始作俑者,不过没看到接踵效尤者。禁体赋的肇始,则似乎是明人童冀的《雪赋》,他在自序中说:“雪斋寂寥,偶思醉翁汝南故事,辄用禁体物语作赋一篇。”(《尚䌹斋集》卷二)同样也后继乏人。

禁体诗,说来并不是一种普遍的写作技法,更像是文人聚会时的娱乐方式,是一种以文会友的风尚。如果不是欧、苏的

---

[1] 《御制诗初集》卷三十六,又见《石渠宝笈》卷十九载乾隆于《快雪时晴帖》所书雪诗。

影响，禁体诗可能不会在各种叙述话语中出现，也不会引出众多的效颦者。夷考其实，禁体诗只是一种既无害也无益的文学趣味，令批评家们感兴趣的通常只是欧、苏的佳话，而非禁体诗本身，诗人们也只是偶尔追慕一下欧、苏的风流，并不把禁体物语严肃地当成日常作诗的手法。

最后，在禁体诗小史上，应该提上一笔的是清乾隆皇帝，他作诗素来以量取胜，禁体诗也是如此。在内府收藏的王羲之《快雪时晴帖》上，乾隆书写了三首次韵苏轼《聚星堂雪》的禁体雪诗。在山海关内的澄海楼上，乾隆与侍臣先后四次仿欧、苏禁体，作联句雪诗，时间分别是乾隆八年、十九年、四十三年、四十八年。然而，他没有接踵欧、苏而成就另一段风流。

（曾刊载于《中国典籍与文化》2009 年第 1 期）

囊云小考

云的本义是山川之气，与风、雪、雨、露等同为自然物象，而在文化传统中逐渐染上拟人和象征的色彩。无根、无心的白云，来去自由，悠游无碍，成为山林隐逸、仙踪无迹的意象。白云由此与道教联系起来。明初朱权《天皇至道太清玉册》称："道家出游，寻真问道，谓之云游。"世称游方道士为云水道人，道士所居为云房，道士书箱为云笈，而道教全真道派的祖庭之一是北京的白云观。

白云附着的神仙道化色彩，引起道教徒们的喜爱和追求。天上的白云，对于古代中国人来说，当然是可望而不可即；而山岭上的白云，可望也可即，但对于城市居民来说，大概只能亲往登山观赏，然后兴尽而返，不带走一片云彩，能够终朝相伴的只有白云深处的山里人家。对于那些不愿山居而又狂热的道教徒而言，如何将原本存在于一定海拔、温度和气压下的白云带回地面，是需要考虑的技术问题。

更羸之妻的锁云囊

元陶宗仪《说郛》卷八十引阙名《谢氏诗源》记载："更羸之妻能作锁云囊，佩之陟高山有云处，不必开囊而自然有云气入其中，归至家启视，皆有云气白如绵，自囊而出。囊大如蚕茧，而可以开合。更羸善射，每言能仰射入云中。其妻不信，因以一囊系箭头，令射之，及坠，验之，果有白云在内，因名箭曰锁云。”《佩文韵府》卷二十二之十引旧题元伊世珍撰《琅嬛记》，也有此段记载。更羸是战国时人，在《战国策》卷十七的记载中，更羸曾对魏王说他可以引弓虚发而下鸟，这就是成语“惊弓之鸟”的出处。

更羸虽是战国时人，但锁云囊未必出现于战国。《谢氏诗源》，来源不明，最早见于《说郛》的引录；《琅嬛记》，晚明钱希言《戏瑕》认为是明人桑怿所伪托。二书的成书年代大概不会早于宋元时期。不过，锁云囊传说的出现应该不迟于初唐，因为卢照邻《卢升之集》卷七《益州至真观主黎君碑》提到“玉笈云囊之术，龙缄凤蕴之图”。这里所谓云囊之术，应该就是更羸之妻的锁云囊。

在《谢氏诗源》记载的仙话中，锁云囊是具有仙术性质的法器，可以在高山上囊云，并且不必开囊而能神奇地自动吸纳云气，又能从山上携带到地面的家中，从囊中放出的白云仍然保持“白如绵”的特征。这段记载没有提供技术方面的细节，只提到囊的大小如蚕茧，上山时佩带于身，又可以开合，说的还是仙术的性质。在这段记载的后半部分，锁云囊还可以随着更羸的箭进入天空的云中，囊云而回。

陶弘景聚云褒内

隋阳玠《八代谈薮》记载南朝陶弘景隐居茅山的一则轶事：“齐高祖问之曰：‘山中何所有？’弘景赋诗以答之，词曰：‘山中何所有，岭上多白云。只可自怡悦，不堪持寄君。’高祖赏之。”（《太平广记》卷三百二引）这首五言四句的小诗后来收入陶弘景集，题作《诏问山中何所有赋诗以答》。诏问的帝王，其他典籍或作齐高帝萧道成，或作齐武帝萧赜，或作梁武帝萧衍，据王京州《陶弘景集校注》附录《考辨第七》，应是齐明帝萧鸾，姑从之。

在这首既自谦又自傲的小诗中，陶弘景声称，山中白云只能让山中隐士独自享受，不能拿来寄给居住京城皇宫的帝王。公然拒绝分享的理由，想必只能是当时白云确实无法“持寄”的一般常识。小诗中的“不堪”，不只是价值上的不般配，更是技术上的不可能。在陶弘景所处的齐梁时期，将山中白云从南京东郊的句容茅山上，运送至南京城内的皇宫，是未经尝试同时也被普遍认为不可行的事情。陶弘景和齐明帝想必都没有长距离运送白云的经验或见闻。

然而，陶弘景虽然无法与异地的帝王分享白云，却能与来访的朋友同赏。清初钱谦益《列朝诗集》乾集之下收录明初朱权《囊云诗》，并作注称：“昔陶弘景行山中，聚云褒内，遇客趣放之为赠。”可见陶弘景爱云，不仅自赏，而且赠客。囊云的工具是褒，即宽大的衣襟，比较简易和便捷；赠予的对象是逮谁是谁，未经事先筹划；赠云的地点是山中，应该是短时间、短距离的行为，可能是即囊即放的随兴而至的做法。假设齐明帝御驾亲登茅山，陶弘景想必不会拒绝以岭上白云相赠，不过，以当时的条件，齐明帝离开时仍然只能挥一挥衣袖，不带走一片云彩。

苏轼攓云

据清人王文诰《苏文忠公诗编注集成》卷三，北宋嘉祐七年(1062)三月，时任凤翔签判的苏轼，先是待在郊外，因与知府宋选登真兴寺阁祷雨而入城，又因与宋选往太白山迎湫水而出城，而在出城入山道中写下一首《攓云篇》。在完整的诗题中，苏轼简要叙述攓云（取云）的过程："余自城中还，道中云气自山中来，如群马奔突，以手掇，开笼收其中，归家，云盈笼，开而放之，作《攓云篇》。"诗篇则形象地描绘攓云过程中云气的变化："物役会有时，星言从高驾。道逢南山云，欻吸如电过。竟谁使令之，衮衮从空下。龙移相排拶，凤舞或颓亚。散为东郊雾，冻作枯树稼。或飞入吾车，逼仄入肘胯。抟取置笥中，提携反茅舍。开缄乃放之，掣去仍变化。云兮汝归山，无使达官怕。"

在苏轼的自述中，攓云的动作是"手掇"、"抟取"，即掇拾和抟聚；所攓之云，是大雨临近时山中涌出的云气，在奔突滚荡中迎面而来、进入车内的云气；攓云的工具是随身携带的笼和笥，都是竹器，可能内衬棉布，作为衣箱和书箱，有一定的密封性能；攓云之后是携归山中茅舍，开笼放云，云气仍然保持变化的状态。苏轼的攓云，想来应是一时起意、乘兴而为，携带的距离比较短，并且始终没有离开山中的环境，因此，云气所处的气压、温度等因素都没有发生明显变化。苏轼诗的末尾还特意强调，从竹器中放出的云气仍然保持原有的活动能力，并幽默地希望云气能够自行归山。

苏轼攓云成为后世仰慕的风雅之举。清乾隆皇帝《御制诗集》二集卷二十有《攓云亭》诗。晚清徐灏著有《攓云阁词》一卷（宣统辛亥南京刊本）。清康熙间王渔洋还以亲身经历证明苏轼攓云的真实性，其《分甘余话》卷二自述："坡公作《攓云篇》。余昔行秦栈中，见道左石罅间烟气如缕，顷刻弥漫山谷，已而雨大至，行人衣袖中皆云也，始信囊云非妄。"后来查慎行还作诗提及此事，其《三笑堂书阮亭先生题壁后》诗曰："谢灵运屐去已久，苏子瞻诗留不多。两袖攓云独惆怅，一灯照壁犹吟哦。"（《敬业堂诗集》卷十五）

宋徽宗油绢囊云

南宋晚期周密《齐东野语》卷七“赠云贡云”条，提到云是否可以持赠的问题。在这条记载中，周密先引陶弘景的五言四句小诗，得出“云固非可持赠之物”的说法，又引苏轼《攓云篇》，而得出“然则云真可以持赠”的判断，最后记载北宋徽宗宣和间贡云的事件：“宣和中艮岳初成，令近山多造油绢囊，以水湿之，晓张于绝巇危峦之间，既而云尽入，遂括囊以献，名曰贡云。每车驾所临，则尽纵之，须臾滃然充塞，如在千岩万壑间。然则不特可以持赠，又可以贡矣。并资一笑。”

囊云的地方是汴京附近的山峰；放云的的场所是汴京宫城内的皇家园林艮岳，用意在于营造云烟缭绕的人间仙山，满足教主道君皇帝的高情逸致；囊云的工具是用水打湿的油绢囊；囊云的办法是清晨云气蒸腾时，在绝巇危峦之间，张开油绢囊，让云气飘入囊中，然后扎紧囊口，运送入京。

囊云之举，最重要的是工具。油绢囊所用布料油绢，是一种经过涂层加工的织物，即在质地细密的绢布上涂浸桐油。油绢具有比较良好的密封性能，可以防雨防水，称为油衣，因呈琥珀之色，又称琥珀衫。《资治通鉴》(齐和帝中兴元年)记载：“稷召尚书右仆射王亮等，列坐殿前西钟下，令百僚署栈，以黄油裹东昏首。”元人胡三省注：“黄绢施油，可以御雨，谓之黄油。”《隋书》记载：“炀帝渡江遇雨，左右进油衣。”可见，徽宗时的油绢囊云，已经考虑到囊云需要良好的密封性能。另外，记载中提及用水打湿油绢囊的做法，目的是尽量避免囊中云气的水分散失，保持云气的原有形态。然而，周密的记载没有提及囊云的具体山峰，只说是“近山”，无法得知比较明确的距离和耗时；也没有提及囊云的季节，季节关乎山中和城里的温差和压差，从而关乎囊中云气的保存问题。

朱权庐山囊云

钱谦益《列朝诗集》乾集之下收录明初朱权《囊云诗》曰："蒸入琴书润，粘来几榻寒。小斋非岭上，弘景坐相看。"诗后有钱谦益的注释："臞仙每月令人往庐山之颠，囊云以归，结小屋曰云斋，障以帘幕，每日放云一囊，四壁氤氲袅动，如在岩洞。"又引陶弘景聚云褒内事，已见前引。

宁献王朱权是朱元璋十七子，成祖时分封南昌，托志冲举，自号臞仙，深自韬晦，沉潜道术，注重修养摄生，有道教著述多种，尚传《太清玉册》、《神隐》、《原始秘书》、《肘后经》等。关于出处进退，朱权自称："果道之不行，便当抱一张无弦之琴，佩一把倚天长剑，骑一角黄牛，拽一辆破车，载其妻子，向青山深处，白云堆里以为巢穴。"(《神隐》卷上，《藏外道书》第18册)关于隐逸方式，朱权自称神隐："放生于黄屋之中，而心在于白云之外，身列彤庭之上，而志不忘乎紫霞之想。泛然如游云，飕然如长风，荡乎其无涯，扩乎其无迹，洋洋焉，愔愔焉，混混沦沦，而与道为一。若是者，身虽不能避地，而心能自洁，谓之神隐。"(同上)

在朱权的神隐中，黄屋和白云、彤庭和紫霞必须二者兼备。为达成这种两难的目标，朱权派人到庐山之颠囊云，送到藩王府所在地南昌，并建造专门用来放云的小屋，称为云斋。囊云的距离是从庐山至南昌，直线距离至少一百公里；囊云的频率是每月一次；放云的频率是每日一囊，这样的话，每次囊云的数量大概是三十袋左右；每月囊云一次而每日放云一囊，说明囊归城中的云可以保存一月，但保存措施不详；放云的场所是用帘幕围起来的小屋，用帘幕增强小屋的密封性，目的是保证放云的效果；囊云的季节不明，从"每月"云云的说法看，应该是四季不辍、冬夏皆可；囊云的工具也不清楚，可能对宋徽宗的油绢囊有所借鉴，但诗中只提及陶弘景而非宋徽宗。

关于放云的效果，苏轼的茅舍最为简易："开缄乃放之，掣去仍变化。"宋徽宗的艮岳最为奢华："每车驾所临，则尽纵之，须臾滃然充塞，如在千岩万壑间。"每次放云的数量应该很多。朱权每次只放一囊，效果比较有限："四壁氤氲袅动，如在岩洞。"这当然反映出一般士大夫、皇帝和藩王在权力和财力上的差异。不过，朱权诗还提及云气对屋内物件的影响："蒸入琴书润，粘来几榻寒。"在离开囊后，云气逐渐消散，留下水分，在湿润琴书的同时，消耗一定热量，使几榻的温度下降。这种润和寒的体验，唐人陈希烈《赋得云生栋梁间》诗已经写过："偏使衣裘润，能令枕簟凉。"如果不计成本的话，放云不失为一种夏日消暑的良方。

山中囊云并持赠城邑，是风雅之举，也是奢华之事，需要大量的人力物力，不是庶民可为，一般的文人士大夫即使有心，也无力办成。宋徽宗之后，多数人还是不知道囊云的可行性。元人虞集有《题李溉之学士白云半间》诗，首四句曰："山中多白云，何由到城邑。招之恐不来，欲揽邃无迹。"仍然停留在陶弘景的认识水准，身居城邑而企羡山中享受白云的友人。明初宁献王朱权之后，囊云仍然是罕闻僻见之事。前引《分甘余话》中，清人王渔洋因亲历山云入袖而相信苏轼诗所写，并颇有发现之意地宣称："始信囊云非妄。"他所知道的囊云轶事只有苏轼，而不及宋徽宗和朱权，可见对云气的长距离运输和长时间保存，仍然一无所知。

囊云的技术问题

大气中悬浮着各种容易吸附水汽的微小尘粒,气象学上称为凝结核,当地面水汽随着上升气流升入空中时,温度逐渐降低,在凝结核的作用下凝结成小水滴或凝华成小冰晶,无数小水滴、小冰晶聚集在一起便形成云。可见,云的形成和保存需要三个要素:一是足够的水汽,二是足够的凝结核,三是足够的冷却。

山中囊云而归的实质,是将这种空气团组不加破坏地带回地面,根本要求是不改变其成分。密封良好的油绢囊,可以保持其中的凝结核和水汽的数量,剩下的就是冷却的问题。宋徽宗时油绢囊用水湿润,在运输过程中,外表面水分的蒸发会带走一定热量,从而保持囊的冷却。至于朱权囊云可以保存一月,大概是在运抵藩王府后,还需要另外的冷却措施。

从外部环境说,冬季比夏季更适合囊云。我们可以用理想气体定律 PV=nRT 说明这一问题。P 表示压强,V 表示气体体积,n 表示物质的量,R 表示气体常数,T 表示绝对温度。这一方程主要用于判断 P、V、T 三个变量的相互影响。囊中之云,体积不变,那么温度越高,压强越大,分子热运动越剧烈,就越容易跑气。对于油绢囊这样简单的密封措施而言,大概最麻烦的问题就是如何保持低温。

从气象学的角度说,云和雾没有本质的区别,一般情况下,云底距离地面有一定高度,如果云底接触地面,便成为雾,而从视觉上说,云有一定的形状,雾则没有。因此,在地面放云时,无论宋徽宗还是朱权,他们所欣赏的云实际上已经是雾。另外,囊云的来源很重要,北宋末汴京附近山岭上的云、明初庐山之颠的云，应该都是纯净无染的白云，而如果不幸是污染地区囊来的云，放云时就只能成为雾霾。

（曾刊载于《中国道教》2013 年第 3 期）

黄虞稷作品辑考

一 引言

黄虞稷(1629—1691),字俞邰,一字楮园,晋江人,寓居南京,清初著名藏书家,以《千顷堂书目》垂名于世。黄虞稷著述,除传世的《千顷堂书目》外,尚有多种。据《碑传集》卷四十五陈寿祺《黄虞稷传》、朱升元等纂《(乾隆)晋江县志》卷十二《人物志》(《中国方志丛书》影印清乾隆三十年刻本)、周学曾等纂《(道光)晋江县志》卷七十《典籍志》(清道光间抄本)记载,黄虞稷撰有《建初集》、《史传纪年》、《蝉窠集》、《我贵轩集》、《朝爽阁集》、《楷园杂志》。[①] 这些著作都已不幸失传,并且罕见书目著录。《蝉窠集》应即《钦定日下旧闻考》诸书所引《蝉(蟫)窠别志》,大抵是笔记一类著作。《建初集》应是黄虞稷所辑选本,《(康熙)杏花村志》卷六曰:"吴彦,味长,高田人。所著有《竹庄诗》。温陵黄虞稷选入《建初集》中。"[②]陈维崧《方田伯诗

① 黄虞稷字俞邰,一字楮园,清人李集《鹤征前录》、叶昌炽《藏书纪事诗》,以及今人李庆《黄虞稷家世及生平考略》(《史林》2002年第1期),并无异辞。然而,《(乾隆)晋江县志》卷十二、《(道光)晋江县志》卷七十、陈寿祺《黄虞稷传》皆载黄虞稷有《楷园杂志》一书,并未提及"一字楮园"。"楮园"与"楷园",何者为是,尚待考定。

② (清)郎遂《(康熙)杏花村志》卷六,清康熙二十四年刻本。

序》曰："方氏兄弟三人，长即田伯，其诗已刻之俞部选中。"[①]所指或亦是《建初集》。

黄虞稷以千顷堂藏书闻名，实则兼擅文学，时与文人高士往来唱和。《我贵轩集》、《朝爽阁集》，卷数不可考，或是其诗文集，然而，至今仅有寥寥不多的诗文词见载于《同人集》、《高言集》、《国朝金陵诗征》、《清文汇》等典籍中。黄虞稷作为藏书大家，片言只语，弥足珍贵，散见各处的作品得到学者的关注和辑录。20世纪50年代，闽县陈世镕编纂《福州西湖宛在堂诗龛征录》，辑录黄虞稷诗11题14首(其中1题仅存断句1)。宾莹《黄虞稷研究》(福建师范大学2005年硕士学位论文)附录《黄虞稷诗文辑佚》，辑录黄虞稷诗7题8首，文2篇。毛文鳌《黄虞稷年谱稿略》(华东师范大学2007年硕士学位论文)附录(二)，辑录黄虞稷计10题24首，文4篇。《清文汇》辑录黄虞稷文6篇。《全清词》(顺康卷)辑录黄虞稷词8首。诸家所辑互有多寡，文献来源各有不同，有时失注出处，或者出处不明确，或者辗转引用，辑录文字也时见失真。本文仅就目前所见资料，重新辑考，一方面对诸家已辑作品，列出篇目，增注不同的文献来源及其版本，藉以显示流传的情况，以资考订，并附诸家姓氏于后以彰其辑录之功；另一方面对诸家未见的作品，全文辑录于下，以便观览。

二　诸家已辑作品篇目

诸家所辑黄虞稷作品，凡诗33首(含残篇1、断句1)，文10篇，词8首。

《吴远期游白下栎园先生大会词人高士数十年未有之胜

① (清)陈维崧《陈迦陵文集》卷一，《四部丛刊》影印清刻本。

事也长歌纪之》（七古） 周亮工《读画录》卷四。朱绪曾《国朝金陵诗征》卷四十二。 宾莹。毛文鳌。

《赠冒巢民》（七古） 冒襄《同人集》卷六。 毛文鳌。 案：原无诗题。

《陇头水》（七古） 田茂遇、董俞合纂《十五国风高言集》卷四。 陈世镕。

《过苻离集》（七古） 陈世镕（未注出处）。

《赠黄宗羲五首》（五律） 黄宗羲《南雷诗历》卷四《次族侄俞邰太史见赠韵》附（《粤雅堂丛书》本）。 毛文鳌。 案：毛文鳌所辑，出处注为《南雷文定》卷八，误。另，原无诗题。

《次林茂之先生八十自纪韵》（七律） 陈维崧《箧衍集》卷十。陈以刚等辑《国朝诗品》卷十。田茂遇、董俞合纂《十五国风高言集》卷四。徐祚永《闽游诗话》卷上。沈德潜《清诗别裁集》卷七。杨钟羲《雪桥诗话》卷一。 钱仲联《清诗纪事》。陈世镕。宾莹。毛文鳌。

《柬长林沈思鸿十洲昆弟》（七律） 朱绪曾《国朝金陵诗征》卷四十二。 宾莹。毛文鳌。

《张鹿床邀同汤荆岘太史及周雪客泛舟秦淮次韵》（七律） 陈世镕（未注出处）。

《清凉台》（七律） 田茂遇、董俞合纂《十五国风高言集》卷四。 陈世镕。

《题钱孝修山中煮药图》（七律四首。存一句） 杨钟羲《雪桥诗话》卷二。 陈世镕。

《赠毛奇龄诗》（七律。存前四句。） 毛奇龄《西河全集》。郑方坤《全闽诗话》卷九引《西河诗注》。 毛文鳌（据《全闽诗话》辑录，并拟诗题）。

《读影梅庵忆语香艳婉恻伐毛洗髓晕缬如觏古有怨湘中歌长恨者殆庶几焉爇炉炙手翻阅时畏其竟倚案得诗数章用呈辟疆先生为宛君悼》十一首（七绝） 冒襄《同人集》卷六《影梅庵

悼亡题咏》。查为仁《莲坡诗话》。钱仲联《清诗纪事》。 陈世镕。宾莹。毛文鳌。

《赠王石谷》(七绝) 王士禛《感旧集》卷十六。徐世昌《晚晴簃诗汇》卷四十六。 陈世镕。宾莹。毛文鳌。

《秦淮竹枝词》(七绝三首) 邓汉仪《诗观》初集卷九。田茂遇、董俞合纂《十五国风高言集》卷四。 陈世镕。

《题马士英画》(七绝) 周亮工《读画录》。计发《鱼计轩诗话》。张维屏《听松庐诗话》。张维屏《国朝诗人征略》卷三。郑方坤《全闽诗话》卷九。《黄妳余话》卷六。 钱仲联《清诗纪事》。陈世镕。宾莹。毛文鳌。

《过河间怀北齐李元忠》(七绝) 陈世镕(未注出处)。

《赵北口》(七绝) 朱绪曾《国朝金陵诗征》卷四十二。 宾莹。毛文鳌。

《授经图义例序》 朱睦㮮《授经图义例》卷首。 宾莹。毛文鳌。

《周亮工行状》 周亮工《赖古堂集》附录。陈作霖《国朝金陵文抄》卷一。 宾莹。毛文鳌。

《闽小记序》 周亮工《闽小记》卷首。《清文汇》甲集卷十九。《清文海》第十六册。毛文鳌。

《齐云游记序》 《清文汇》甲集卷十九。 《清文海》第十六册。

《长安羁旅行序》 《清文汇》甲集卷十九。 《清文海》第十六册。

《观庄宪使从军滇云诗序》 《清文汇》甲集卷十九。陈作霖《国朝金陵文抄》卷一。 《清文海》第十六册。

《书思子亭图记后》 《清文汇》甲集卷十九。 《清文海》第十六册。

《兵备宝水郑公传》 《清文汇》甲集卷十九。

《书影序》 周亮工《书影》卷首。 毛文鳌。

《赖古堂印谱序》 《赖古堂印谱》卷四(清康熙六年钤印本)。郁重今《历代印谱序跋汇编》(西泠印社 2008 年)。

《澡兰香·船灯》 《瑶华集》卷十四。《全清词》(顺康卷)第9册。

《水龙吟·白莲》 《词汇三编》。《全清词》(顺康卷)第9册。

《贺新郎》六首 《秋水轩唱和词》。《全清词》(顺康卷)第9册。

三 新辑作品

金长真太守兴复平山堂落成燕集纪事

胜迹垂今古,风流见后先。名邦恢杰构,盛事嗣前贤。歌吹喧闾井,鱼盐富市廛。冈因昆轴倚,岫借蒋陵悬。陈迹归芜没,新题焕刻镌。翚飞夸日丽,鳌奠诧云连。景物增新概,江山入旧妍。真成美轮奂,无复慨桑渊。庆历承平永,欧公出守专。兹堂经作始,平楚揽收全。每命观风驾,时斟近寺泉。五弦调渌水,百妓艳红莲。杨柳风中槛,龙蛇醉后椽。人间金马客,上界玉堂仙。代谢悲岩谷,登临感逝川。云烟一瞬改,乌兔两丸旋。不见文章伯,空余梵呗筵。佳游成寂寞,凭吊起延缘。复古思徒切,乘时势孰便。几伤颓坏久,幸睹昔观还。汝水恩波阔,维扬雨露涓。来苏赓岂弟,敷政善承宣。阁为凝香静,帷因问答搴。簿书虽旁午,逸兴转蹁跹。退食行郊甸,娱宾盛豆笾。双旌虹旖旎,五马锦连乾。庾鲍还联座,应刘实比肩。升高能作赋,即席善题笺。地映芙蕖晓,霞澄绮縠鲜。当杯歌宛转,挥翰字蜿蜒。驯鹿方来驾,啼莺已报迁。外台分节钺,驿置恤危颠。作牧三藩重,题屏特简甄。远沾河润沃,近接惠心阗。吐握宏延揽,过存度陌阡。式庐勤道左,拥篲失车前。敢执衡门固,空纡长者軿。春风乍披拂,碧藓愈婵娟。翘首瞻云汉，卑躬力研田。嗜书疑有癖，得句喜应颠。迂拙曾何取，勃溲亦见怜。岳宗群望止，沧海众归湍。江左夷吾日，襄阳叔子年。请看三月化，更补六朝篇。 《平山堂图志》卷五（《中国方志丛书》本，台北：成文出版社 1983 年）。

壬子仲冬赋得近体四章奉为南陔先生八十侑觞并求教正温陵后学黄虞稷具草

冰霜天地正穷阴，岩谷松筠操愈深。几日三阳成泰画，独留一老见天心。力耕但愿歌华黍，石隐难忘溉釜鬵。大耋犹然筋力壮，钟山梅好且须寻。

早岁寸名满帝京，公车业就尚诸生。贤书正喜金声重，国事俄惊玉步更。自以文章高俊及，不将钩党附公卿。修修鸿羽原天外，岂独区区易代情。

莫将禾黍叹周原，鲁殿灵光一叟尊。马粪乌衣非故里，篮舆白夹自桃源。孤怀独辟喻麋径，四海人钦通德门。生是太平无事日，至今犹感定陵恩。

洁身终始为慈亲，堂署南陔结隐真。黄绮冥冥仍汉代，白华粲粲是全人。坐来木榻双趺隐，抛去征衫廿载尘。鲁殿遗经多在腹，期颐还许待蒲轮。 清王概、王蓍《诗画合册》后黄虞稷题诗（《历代名画大观题跋书法》，上海书店 1997 年）。

读李舒章遗诗

叹息才名四海知，那教临老嫁燕支。乌头不白生还后，墓草犹青死去时。凝碧烟深空怅望，河梁日落更愁思。飞扬信尔平生志，不愿诗名异代垂。 田茂遇、董俞合纂《十五国风高言集》卷四（《四库全书存目丛书补编》41 册影印清康熙九年刻本）。

问寝图

佳儿佳妇叩帘端，白发孀亲寝正安。手试羹汤好斟酌，老人偏爱嗜吴酸。 清葛嗣浵纂《爱日吟庐书画续录》卷四《清樊圻问寝图轴》(民国三年刻本)。案:诗后钤“虞稷”印一、“黄虞稷印”白文方印。葛氏案语称:“会公作山水,能状人所不能状者,造其极处直令人方印,迷离恍惚身入其中。细审之,即俞邰所题韵语中之情况也。俞邰佳著惟《千顷堂书目》名闻海内,此外如《我富轩》、《朝爽阁》等集,均未得一见,则仅就一绝而论,已觉矜贵,矧此画之得此一题,其声价为何如哉。惟以缠绵肫挚之笔,流传及于鲜民,观是图,读是诗,空仰庭闱,不禁悲感交集。

题黄经画

长松落落来高士,瀑布遥遥下远岑。想见吾宗黄叔度,高寒命笔此时心。　周亮工《读画录》卷三《黄济叔》(《续修四库全书》1065册影印清康熙十二年周氏烟云过眼堂刻本)。冯金伯《国朝画识》卷四(清道光刻本)。案:周亮工曰:“(黄经)与予后先返江南,顾予白下,始放笔为予作数小幅,苍古澹远,全仿黄、吴。未几予赴青齐,济叔乃死。于友人酒间,展阅此册,为之怆然。黄俞邰题云……”据此代拟诗题。

秦淮竹枝词(二首)

夫子门墙落照红,阑干新涨碧波中。忽吹草气牛羊过,刍牧归来坐晚风。

窈窕文窗映绿丛,珠帘一面倚东风。儿家夫婿谁能识,佐史新茶宪府中。　田茂遇、董俞合纂《十五国风高言集》卷四(同上)。案:《高言集》收四首,二首与《诗观》重,此不录。

句

虹霓群情望,尘埃万目瞪。　朱彝尊《曝书亭集》卷十四《苦热联句》(清康熙四十七年刻本)。案:查慎行《敬业堂诗集》卷十(清康熙五十八年刻本)亦收此联句,题作《集槐树斜街苦热联句》,题下自注:“此首已刻《曝书亭集》,今附见。”查集中,“虹霓”二句下注“龚翔麟”,而朱集中徐善“最怕冲灰洞,何须堰戾陵”二句,查集注“黄虞稷”。何者为是,俟考。

藜杖寻诗荒径外，松风坐客小楼头。　张维屏《国朝诗人征略》卷三（《续修四库全书》1712册影印清道光十年刻本）。

最是夜深凄绝处，薄寒吹动茜红衫。　同上。

明河咏罢添愁思。　毛奇龄《西河全集》之《七言律诗》四《答赠黄虞稷江南踵韵》（二首）希轲注引（清嘉庆元年印本）。郑方坤《全闽诗话》卷九引西河诗注。案：黄虞稷赠毛奇龄七律二首，毛文鳌已据《全闽诗话》录一首，而遗此残句。又案：由毛奇龄次韵诗题及诗中"台城"、"景阳"、"龙江"、"牛首"等词可知，黄虞稷时在南京，赠毛奇龄诗题中应含"江南"一词。

旧钞本长安志二十卷附图说三卷跋

杜常《华清宫诗》："行尽江南数十程，晓风残月入华清。朝元阁上西风急，都入长杨作雨声。""晓风"字重下句"西风"字，或改作"晓乘"字，亦未佳。杨升庵云："见宋敏求《长安志》，乃是星字。"敏求又云："长杨非宫名，朝元阁去长杨五百里，此乃风入长杨，树叶似雨声也。"前说今本乃无之，后说则李好文《志图》中语，而升庵以为敏求，盖误。升庵好博，而不详审，往往如是，此所以来后人"正杨"之讥也。是本旧为陶尔成所藏，今归于朝爽阁中。尔成嗜书，而所藏多丛杂。此书虽有刻本，而流传甚少，且次道为此书号称博洽。尔成诸书，当以此为第一，殊可宝也。庚寅菊月之廿三日温陵黄虞稷记。　瞿良士辑《铁琴铜剑楼藏书题跋集录》卷二（上海古籍出版社2005年）。

旧钞本皇朝大事记九卷中兴大事记四卷跋

中字时可，晋江人，淳祐七年廷对第六人，教授肇庆府，除国史实录院检阅。上疏言当去小人之根，革赃吏之弊。迁国子监丞兼崇政殿说书。言人能正心则事不足为，人君能正心则事不足治。理宗嘉纳之，以予给归，召为秘书郎。丁大全忌之，出知汀州，寻复旧官，主管成都玉局观，卒。是书予得之戊子春，迄今丁巳已三十年。乡后学黄虞稷题。　张金吾《爱日精庐藏书志》卷二十（冯惠民整理，中华书局2012年）。

东里文集跋（存目）

案：《中国古籍善本书目》集部卷二十六著录杨士奇《东里文集》二十五卷《诗集》三卷《续编》六十二卷《别集》五卷附录四卷，明嘉靖二十八年黄如桂刻本，有黄虞稷跋，国家图书馆藏。俟访。

与陈孙縠

数年来坎壈困抑，忧谗畏讥，有累纸不能为为知己告者，兼以两遭刖足，贫病颠连，几无人趣。秋风萧瑟，出愁入愁，年已过壮。顾视此身，茫无着落，中夜思之，竟夕辗侧。遐想先生磨墨盾鼻，拂笺毡面，飒飒作书，意气飞举，人生得此，亦足以豪。下视夫席舍面墙作苍蝇声者，真如神龙土蚓之不可齐量语也。　周亮工《赖古堂尺牍新钞二选藏弆集》卷十五（《四库禁毁书丛刊》影印清康熙赖古堂刻本）。

与冯讷生论读书

宋之议论说事，无过三苏，简质平淡，欧、曾所擅。此犹世所称耳。他若后山之洁古，放翁之苍郁，同甫之创辟，止斋之典实，及元道园、曼硕、石田、巴西，皆严而有法，未可废也。论诗者不及宋元，然宋多入情，元多雅调，学者取裁于汉唐，取资于二代。其法也，为文阃奥于六经史汉八家，而以诸子为园亭别业，亦何不可。食五谷者，将屏置海物邪？知不然矣。　周亮工《赖古堂尺牍新钞二选藏弆集》卷十五（同上）。

复曾大父书

群公慰唁之章，舟中读之，惟尊作为第一。晨夕吟讽，血泪已枯云。　李集辑、李富孙等续辑《鹤征录》卷三（《四库未收书辑刊》贰辑23册影印清嘉庆十五年漾葭老屋刻本）。案：《鹤征录》卷三《未试丁忧十四人·黄虞稷》载:“岁戊午,应荐入京,闻母丧,还白下,同人赠诗送地。曾大父诗云……先生抵白下,复曾大父书云……”

评汤贺文六则

(《荐贤辩》) 认得贤字真切,则荐字自然认得真切。世人冒滥,正为不识贤字耳。辩折上侃侃如利刀斩的,毫不粘带,想见先生壁立万仞风概也。 汤来贺《内省斋文集》卷五(《四库全书存目丛书》集199册影印清康熙间书林五车楼刻本)。

(《邓左之先生文集序》) 从世道立论,便将左之先生文品不抬自高。此争上截法也。文笔亦极淡朴,正不必与秾丽争长。 汤来贺《内省斋文集》卷二十(同上)。

(《文允言集序》) 从两世交情叙入,便非应酬文字,怀贤叹逝,大有深情。 汤来贺《内省斋文集》卷二十(同上)。

(《刘子翼诗序》) 本是应酬诗,却说得如许郑重,便增却许多身份,地步极高。 汤来贺《内省斋文集》卷二十一(同上)。

(《送许直臣序》) 借功过格写出一时浇薄之风,可慨可悌,末幅以勉励为诱掖,古道照颜色矣。 汤来贺《内省斋文集》卷二十二(同上)。

(《送督学邵公序》) 以教思保民立二论起,后面段段照应,丝毫不走,格律森严,有法度文字。 汤来贺《内省斋文集》卷二十二(同上)。

评王源文一则

(《绥寇纪略书后三》) 三篇论三公,各有所见,皆一代兴亡所关,而文字亦是三样章法,如左氏之叙城濮、鄢陵、鞌、邲诸战,各立局阵,竞异争奇,绝无一笔雷同。 王源《居业堂文集》卷二十(《续修四库全书》1418册影印清道光十一年读雪山房刻本)。案:《丛书集成初编》本卷末有忻州赵培元光绪十一年跋称:“篇后旧载各家评语,其泛论文体、无关故实者,概削而不录。”此则亦删落不存。

评魏禧文一则

(《重修金精山碑记》)　叙议杂出，如岩峦起伏，云烟出没，用意处最为高浑也。　魏禧《魏叔子文集外篇》卷十六(《续修四库全书》1409册影印清易堂刻宁都三魏全集本)。

评庄子盗跖篇一则

柳下之和盖不得已，其已犹法深之为竺耶。法深者，王敦之弟也。谢宣隔篱，故是下策。　方以智《药地炮庄》卷八引(《续修四库全书》957册影印清康熙间此藏轩刻本)。

评方以智文一则

漆园滴髓，不觉狼籍矣。手笔挥洒到此，方是废心践形。　方以智《药地炮庄》总论下《向子期与郭子玄书》(同上)。

《谭窠别志》残文

原知证、知谔本杨吴徐温子温养子，知诰即帝位称唐，封知证为江王，知谔为饶王。知诰卒，子景立，改元保大。二年二月，闽始乱。王延曦、延政连兵相攻。景因其乱，遣查文徽、臧循发兵攻建州，擒王延政。福州为李仁达所据，因以仁达为节度使。景欲罢兵，而查文徽、陈觉等请乘胜取仁达，景以觉为宣谕使，召仁达朝金陵，不受命，觉因发汀、建、信、抚州兵，攻仁达。时魏岑安抚漳、泉，亦率兵会之。景又以王崇文为招讨使，王建封为副使，益兵会讨冯延鲁，魏岑陈觉皆为监军。仁达数款于吴越，吴越兵救至，觉等争攻进退不相应，延鲁先战，大败而走，诸军皆溃。其后福州诈言吴越戍兵杀仁达，遣人请建州节度使查文徽。文徽与建州刺史陈诲下舟闽江趋应之。文徽留诲屯江口，自进屯西门。髟兵发，文徽被擒。诲与越人战，胜之。考景前后遣将攻闽者，具载于史，未尝有知证、知谔领兵之事，则所云屯兵金鳌峰下者，妄也。且知谔之死在知诰升元三年五月，于时景未即位，犹未加兵于闽。惟知证之卒在景保大五年三月，正当王延政之次年，而陈觉等之败亦在是月，又与明年化去之言戾。至云兄弟相继，则尤妄之妄矣。二百年来淫祀矫诬，无有能正之者。倪岳、周洪谟等亦但言其篡臣逆子，不宜载祀典，未能举史传事实始末以证流传之讹，宜当时之不能尽革也。《蟫窠别志》。 《钦定日下旧闻考》卷四十四(《景印文渊阁四库全书》497 册)。案：此处所引未及撰人姓氏，而《钦定续文献通考》卷七十九《群祀考》(《景印文渊阁四库全书》本)引此段后半，则称“黄虞稷《蟫窠别志》”。另清林枫《榕城考古略》卷下(官桂铨、官大梁标点，《福州史料丛书》，1998)亦引此段后半而不及撰人姓氏。又案：“蟫窠”似应作“蝉窠”。《碑传集》、《晋江县志》诸书所载黄虞稷传，都称有《蝉窠集》。方以智《药地炮庄》总论下《向子期与郭子玄书》所引亦称“蝉窠曰”云云。

以上所辑黄虞稷作品包括：诗 10 首，联句 1，断句 4，文 6 篇(含片段 1、存目 1)，以及文评 10 则，《蝉窠别志》残文 1 则。

此外尚有若干篇名可考：

《金陵怀古诗》 冯云骧《约斋文集》卷二《黄俞邰金陵怀古诗序》：“金陵六朝故地，歌舞消为烟蓁，人物变为尘草。黄子抚时追往，悲慨流连，以论史之文，韵以诗人之什，哀而不伤，怨而不怒，闻者善怀，言者无罪，固非仅驰思于春华雕虫之辞章，而能通达于古今兴废治乱之所由然矣。”(清顺治刻本)

《五君咏》 董俞《南�渔舍诗草》之《次韵酬黄俞邰》：“五君新咏在，惨淡见良工。”自注：“俞邰有《五君咏》，为牧斋、梅村诸公。”(清康熙刻本)

《和东坡先生除夕》 方文《嵞山集》续集《和东坡先生除夕三首》自序：“同和者安福康小范、莆田林青仲、晋江黄俞邰、江宁倪闇公，是为己亥元日作。”(清康熙二十八年刻本)

四 黄虞稷的文学

陈世镕以来诸家所辑以及此次新辑所得的黄虞稷作品，

尚不足百篇，显然不足以据此评估其文学成就，然而，这些涉及各种文体和题材的作品，藉由各种文献类型而幸存至今，想必能够在一定程度上反映这位著名藏书家的另一侧面。这些作品显示，黄虞稷不仅精于经史，而且擅长诗文词各体文学的创作；不仅在旧籍收藏和流通方面与学者往来，还拥有广泛的文学交游；不仅致力于藏书和修史，在文学批评方面（文章学和选本）也颇有建树。

实际上，黄虞稷在清初颇有文名。陈寿祺《黄虞稷传》引徐元文奏言："虞稷问学渊博，健文笔"，又称"王士禛、毛奇龄、吴雯咸称其诗"（钱仪吉《碑传集》卷四十五，清光绪十九年江苏书局刻本）。《鹤征录》卷三评价说："先生博雅能文，尤深经学。"《（乾隆）晋江县志》卷十二记载："黄虞稷字俞邰，七岁能诗，有神童之称。稍长，工帖括，才思飙发，原本经术。"与黄虞稷同以诸生入馆修史的姜宸英，评其七律"极精工"[①]。毛奇龄《西河集》卷一百七十七《答赠黄虞稷江南踵韵》其一曰："秋尽论诗逢沈约。"田茂遇、董俞合纂《高言集》，选黄诗8首，田茂遇评曰："昔之人，如阮、如陶，皆有超世迈俗之志，故其言苍深玄旷，虽群家灿列，见之自敛衽而退。俞邰诗于俯仰今昔间，大有登临慷慨、不可一世之概。其庶几相遇阮、陶之间乎。"[②]这些评论大抵能勾勒出黄虞稷作为文学家的侧面。

（曾刊载于《新世纪图书馆》2015年第7期）

① 杨钟羲《雪桥诗话》卷二载，姜西溟《题钱孝修山中煮药图》自注曰："前有亡友黄俞邰七律四首，极精工。"（北京古籍出版社1989年，页77。）

② （清）田茂遇、董俞《十五国风高言集》卷四，《四库全书存目丛书补编》41册影印清康熙九年刻本，页285。

《唐四家诗》黄二梧批点本札记

《唐四家诗》八卷，清汪立名辑，康熙三十四年(1695)刊本，半叶十行十九字，黑口，单鱼尾，左右双边。卷首有尤侗序、汪立名康熙三十四年序。所选四家诗，依次为王维诗、孟浩然诗、韦应物诗、柳宗元诗，各为二卷。四人诗前各冠以小传。复旦大学图书馆藏本(索书号:387846)，六册，各卷卷端第一行多有黄笔手书:“甘泉黄二梧手校。”此黄二梧批点本，已见《中国古籍善本书目》著录。

黄二梧，正史无传，《光绪增修甘泉县志》、《民国甘泉续志》亦未及其人，仅见清李放纂辑《皇清书史》卷十七记载:“黄承锡，字二梧，扬州太学生，能书，发愿写九经。《青惠堂集》。”(《辽海丛书》本)李放记载所依据的《青惠堂集》，即安徽全椒人金望欣所撰《清惠堂集》十卷，道光二十年(1840)广陵黄锡庆刊刻，详参袁行云《清人诗集叙录》。

黄二梧的生平，《清惠堂集》提及“扬州太学生”，可能是金望欣记述时的身份，不及后来的情况。据《蔗根集》卷六，仪征张安保(字石樵)有《黄二梧司马承锡雨夜招饮口占奉赠》诗(三首)，诗题提及的官职是司马，大概黄二梧曾担任府同知一类的职务。

黄二梧的作品，尚存诗五十六题、六十三首，由黄锡麟(字冶原)裒选，辑入《蔗根集》卷十五，道光十六年清美堂刊行。卷端题:“甘泉黄承锡曼甫。”曼甫，应是黄二梧的又一字。柯愈春《清人诗文集总目提要》著录《曼甫诗钞》一卷，即是《蔗根集》卷十五所收黄二梧诗，集名是柯氏所拟。

金望欣所记黄二梧“发愿写九经”事，又见《蔗根集》卷九甘泉吴庆恩(字盖山)《赠黄曼甫》诗，题下注曰:“时仿唐人写十三经。”诗曰:“我友今山谷，结习惟吟哦。早岁精八法，安置平不颇。稽古有实功，经外嗜无他。松烟漫淘汰，湘管频挼搓。暑雨与祁寒，汗挥兼冻呵。晨夕不少辍，膏晷轮如梭。计功积岁月，黾勉无蹉跎。五十六万字，字字皆擘窠。”作为书家的黄二梧，耗费岁月，精心摹写唐开成石经，五十六万擘窠大字的写本，应算是书史盛事。遗憾的是，写本无存，黄二梧枉抛心力，只在典籍中留下雪泥鸿爪般的寥寥几笔记载。

《唐四家诗》黄二梧批点本，卷中批语，出以黄、朱、蓝、绿四色笔，字迹端正不苟，娟秀可爱。作为书家的黄二梧，书史上不甚知名，也没有书法作品传世，此批点本大概是目前仅见的黄二梧的书迹。详阅这些批语，其中既有黄二梧自家品评的批校，也有他从别本过录的歙人汪洪度的批语。

黄二梧批点此选，用心可谓勤勉，每卷末尾皆以各色笔注明批点的时日，稍作排比，即可见出黄二梧批点此书的全过程。

道光辛卯五月二十日，黄笔校王右丞诗集卷上。

道光壬辰五月二十一日，黄笔、蓝笔校王右丞诗集卷下。

道光壬辰五月二十三日，朱笔校毕王右丞诗集卷上。

道光壬辰五月二十四日，蓝笔再校王右丞诗集卷上。

道光壬辰五月二十八日，黄笔校韦苏州诗集卷上。

道光壬辰五月二十一日至二十九日，朱笔过录《唐贤三昧集》汪洪度批点于王右丞诗集卷下。

道光壬辰六月二日，黄笔评韦苏州诗集卷下。

道光壬辰六月三日，朱笔校韦苏州诗集卷下。

道光壬辰六月五日，黄笔校孟襄阳诗集卷上。

道光壬辰六月五日，朱笔过录《唐贤三昧集》汪洪度批点于孟襄阳诗集卷上。

道光壬辰六月六日，绿笔过录《唐贤三昧集》汪洪度批点于孟襄阳诗集卷上。

道光壬辰六月六日，黄笔校孟襄阳诗集卷下。

道光壬辰六月七日，朱、绿笔过录《唐贤三昧集》汪洪度批点于孟襄阳诗集卷下。

道光壬辰六月七日，绿笔校录柳河东诗集卷上。

道光壬辰六月七日，黄笔校柳河东诗集卷下。

这些批语，典型地体现出古代中国一位普通读书人校读书籍的过程。黄二梧校读《唐四家诗》，始于道光十一年（辛卯）五月二十日，只初校其中的王维诗，随即中断。时隔一年后，道光十二年（壬辰）五月二十一日，再次开始校读，此番校读止于六月七日，前后持续半月余。在批校笔墨的用色上，通常是黄笔初校，蓝笔再校，朱笔用于三校或过录汪批，绿笔只用于过录。相对而言，前面的王维诗部分，黄、蓝、朱笔三校，批语也多，而最后的柳宗元诗部分，卷上只有少量批校和过录的汪批，卷下则几无批点。这样虎头蛇尾的校读，是很多古籍批点本中经常可以见到的现象。

书中各卷，属于黄二梧过录汪洪度批点的部分，包括王右丞诗集中的朱笔批点，孟襄阳诗集中的朱、绿二色批点，以及柳宗元诗集中的绿笔批点。汪洪度批点清康熙刻本《唐贤三昧集》，现藏于国家图书馆，又有□素邨过录汪批本，现藏于上海图书馆。黄二梧自己的意见，主要体现在黄笔批点和少量的蓝笔批点中。这里择录黄二梧批语数则，以见一斑。

第一册《王右丞诗集》卷上《赠张五弟諲三首》其一蓝笔眉批：

清川八句，正写心尚何远。兴字，宋板作与。妙，是心远人情境。虎心善原注，人无害虎之心，亦不害人也。

第一册《王右丞诗集》卷上《老将行》蓝笔眉批：

贺兰山在今宁夏，唐之翔方郡。特以郭子仪为节庆使。　三河，原本作山河。　看其用八虚字，激昂凄楚。（案：八虚字是试拂、聊持、愿得、耻令。）　结得斩截，如截奔马。善使事，雄浑老劲。燕弓五字，疑作天弓射燕将。　吴，三昧作吾君。

第一册《王右丞诗集》卷上《桃源行》黄笔眉批：

此即长庆体先声。调不亮，气不浑，色不苍，遂衍后人平弱俗派。　一路平铺直叙，并无顿挫渟蓄之致。世人争效此种，无怪日趋日下。

第二册《王右丞诗集》卷下《终南别业》蓝笔眉批：

第二联写情兴，包蓄无尽。此点出景色，亦如之。当知其承接相当，不折不窒。作法妙绝，转结更放。上，景与情相忘。此，我与人相忘。不事绘饰，直直写出，有悠然自得意。

第二册《王右丞诗集》卷下《过香积寺》蓝笔眉批：

不知二字，微妙，模写幽深处。　一副幽深本色语。

一句不杂，洁净入微，无声无色。（古木句）浅易深远。（泉声二句）即景衬贴出荒意。

第四册《韦苏州诗集》卷首《韦苏州传》后黄笔批语：

苏州诗，按传分年，便有次第。此本不免前后凌杂，暇日当为捡校料理之。苏州各体皆入格，以五古为最，七古次之。二梧记。

第四册《韦苏州诗集》卷上《春宵燕万年吉少府中孚南馆》黄笔眉批：

昔人谓韦刺史学陶，吾谓此公乃取六朝之菁华，而遗其糟粕。后世有具别识者，必以予为知言。

第六册《柳河东诗集》卷首《柳河东传》后黄笔批语：

王诗如达摩面壁，孟诗如迦叶开箏，韦诗如菩萨低眉，柳诗如金刚努目。乃所愿学则在苏州。壬辰六月六日，二梧偶评。

第六册《柳河东诗集》卷上“五言古诗”四字下绿笔批语：

绿圈照渔洋五古选摘。王选五古，录韦柳而不及王孟。姜宸英序云：于唐仅得五人，曰陈子昂、张九龄、韦应物、柳宗元，取其力足以存古诗于唐诗中，此则以其类合之，明其变而不失于古云。壬辰六月初七日，二梧附记。

《后山先生诗集》沈曾植校本札记

《后山先生诗集》二十四卷，宋陈师道撰，清光绪十一年(1885)陶福祥校刊本。上海图书馆藏本，六册，经沈曾植手校、叶景葵题跋①。卷中钤印有“沈”、“寐叟”、“乙盦读”、“卷盦六十六以后所收书”等。沈曾植的校语，多数出以蓝笔，卷十二、十六亦出以朱笔，卷二十三则出以墨笔。叶景葵的题跋通常书写在藏本的扉页或卷末，但这篇作于民国三十年正月廿一日的跋文比较特殊，以另外的笺纸书写，夹于藏本中。②

叶景葵在题跋中对于沈曾植的校语已有介绍，评价大抵允当，但有些描述不甚准确。叶跋曰：“此书经乙盦先生详校，所据有明本，有何校，有蒋校，所惜者无跋文叙述来历。”事实上，沈曾植据以校勘此本的主要是所谓的“宋本”，而“明本”、“何校”、“蒋校”只是偶尔用到，具体地说，卷十二提及“明本”、“何校”，卷十七、二十三提及“蒋校”、“蒋校旧钞本”。沈曾植未撰写跋文，交待据校各本的来历，叶景葵为此感到遗憾。其实，对今传后山集略作考察，就可知道沈曾植所用的都是哪些

① 叶景葵跋，已收入顾廷龙编《卷盦书跋》，上海古籍出版社 2006 年，页127—128。

② 笺纸左侧印有如下文字：“甲寅之秋大兴王氏剑香阁为清秘阁制青玉版十三行笺。”

校本。其中，“宋本”应该是宋刻《后山居士文集》二十卷，今有清翁方纲跋本，藏于国家图书馆。[①]“蒋校”指的是清初蒋杲的校本，校于明弘治十二年(1499)马暾刻本《后山先生集》三十卷。“何校”指的是马暾刻本的何焯校本，今传有清唐仁寿、顾广圻和佚名的三种过录本。“明本”可能是马暾刻本，或明弘治十年袁宏刻本。

叶跋又曰：“惟诗集无校，当另有读本。”所述有误。此本二十四卷中，没有出现任何校语的是卷十八至二十一的“谈丛”部分，卷二十二的“理究”部分，以及卷二十四的“长短句”部分，收入诗作的诸卷是有校语的。叶景葵大概未及细阅而有此误。

沈曾植的校勘，确如叶跋中所云：“中间有乙盦校误甚多，盖曾细心紬绎，功候深矣。”不仅据宋本、何校等是正文字、列出异文、补入脱文，而且在校语中细致地描述所用宋本的面貌。例如卷一叶十左，《送魏衍移沛》诗中“冒”字，沈曾植改作“習”字，并出校记曰：“此字版微损，上半后人描作羽，下半日清晰未损。”又如指出：“宋本卷六缺第廿二叶。”“宋本卷六叶廿五。字体略粗拙。从此诗并题开始。廿四叶以前瘦劲。至此诗题终。盖有配叶也。观其行款相同。不知何以有参差。配者两叶。廿五廿六。”由沈曾植细心校改的大量文字，也可看出，陶福祥刊本实在是很不可靠的版本。

---

① 翁方纲跋宋刻本的行格是九行十五字，而沈曾植校语中写道：“宋本半叶九行行十五字。”(卷一叶一右的眉批)

《中州集》徐鸿熙录吴祖修批本札记

复旦大学图书馆藏毛氏汲古阁刊《中州集》十卷，首一卷，附《中州乐府》一卷，二十册，半叶八行十九字，白口，左右双边，版心下方题“汲古阁”三字。然此本并非汲古阁初印本。扉页题“萃古斋藏板”，且钤长方朱印：“虎邱太子马头萃古斋书坊发兑印”，可知汲古阁所镌《中州集》板片后归于苏州书商钱听默的萃古斋，而重新刷印发行，用纸较为粗劣，与汲古阁印本不同。

此本卷端钤有“徐鸿熙读”朱方印章。《复旦大学图书馆善本书目》与《中国古籍善本书目》均著录为“清徐鸿熙批点”。其实不然，此本乃是徐鸿熙过录吴祖修批点。吴祖修原本批点用蓝、墨二色笔，而此本徐鸿熙的过录则用朱、墨二色笔。吴祖修批校并跋的汲古阁刊本《中州集》十册，曾经海宁唐仁寿藏，今藏苏州图书馆。徐鸿熙过录的此本，卷首有吴祖修跋及评点凡例，卷末有吴祖修、徐鸿熙二跋。徐鸿熙跋明确地说明他的过录情况。

吴祖修批点主要包括眉批和圈点两类。眉批多为元遗山所撰小传而发，如卷一“宇文太学虚中”小传，吴祖修眉批曰：“小传只叙事，不置褒讥，诗亦琅琅，无一语及之，此遗山立言之微旨也。”眉批的数量不多，吴祖修主要致力于圈点，以此标示句法，并用“新警”、“刻画”、“闲雅”、“妥适”等词语，旁批于诗句右侧。如徐鸿熙跋所言，吴祖修论诗之法未备，而警句尽能拈出。然旁批仅用“新警”数词，未免刻板贫乏。批点范围仅限于诗的部分，《中州乐府》一卷无批点。

吴祖修卷首跋及评点凡例，与徐鸿熙卷末跋，皆有关评点一事，并可窥见古书点读之法，故抄录如下，以飨读者。

> 《中州集》留三月，评点始竟。小传中摘句及集中诗，用蓝笔圈出，皆其琢句之极工者。学诗先学句法，句法工，讲章法，全首始稳称。今人先不学句法，诗那得佳也。其诗题上打黑圈者，覆看时觉得寻味无穷，故复标出，与蓝圈了无分别。小传中有关系语，及奇人奇事，皆黑笔圈出，用长益人意思，亦可悟作古文从大处起议论之意。如足下辈有所见，可别以朱笔标其上，不必以吾一日之长，苟为雷同也。祖修白。
>
> 评《中州集》凡例。
>
> 章法疏古　○
>
> 句法新警华赡刻画　○○○
>
> 句法妥适闲雅　、、、
>
> 主意结构照应　旁注
>
> 宋以后诗习语　、

> 吴祖修，字柳塘，吴江人。归愚尚书《别裁集》曾选其诗。此集评本虽仅分新警、刻画等数门，于论诗之法或未尽备，而其中警句则尽能拈出，顾已珊网无遗矣。原本藏唐镜香兄仁寿处。乙卯夏五，过镜香讽字室剧谈，见此假归，依样录出。惜字画拙劣，不如原本之精洁，为可愧耳。

五月望后三日，徐鸿熙迈未甫识于宝兰精舍，时梅雨不来，炎歊已甚，丹黄竟日，绝妙一消暑法也。

（曾刊载于《中国典籍与文化》2009年第2期）

稿本《词家玉律》札记

《词家玉律》十六卷，清王一元撰。一元字逸其，无锡人，康熙年间登进士第，历官灵台县知县等。著述颇丰，此书外尚有《岁寒咏物词》一卷（清康熙四十一年芙蓉舫刻本）、《辽左见闻录》不分卷（清抄本）等。此本为无锡市图书馆藏王一元手稿本，未见刊行或抄副。锡图藏此稿本（书号：102829），十二册，半页八行，行二十字，无栏格。凡十六卷，小令五卷，中调四卷，长调七卷。卷首有王一元康熙四十二年（1703）《自序》、《漫言》。卷末附《补遗》、《误编》、《一调各体》。第一册扉页有民国间蟫隐庐主人罗振常手跋，跋尾钤朱方印："振常印信"。第十二册卷末钤朱方印："蟫隐庐所得善本"。全书目次分处第一、四、七、十册卷首。

《词家玉律》是清代诸家词谱之一，其编撰基于清人万树《词律》。王一元对明张綖《诗余图谱》、程明善《啸余谱》深致不满，而对康熙年间甫问世的《词律》大加推崇。王一元就在《词律》的基础上，略加厘订增删，撰成《词家玉律》一书。相对于《词律》而言，《词家玉律》所作的改变和修订有如下几点：万树认为，明人词未能协律，故黜而不收，其意在尊古辍新，而王一元认为若干明词音节磊落、风韵悠扬，不可一概屏去，故收之入谱；王一元认为，《词律》所载柳枝词、竹枝词等，名为词而实则诗，故竟行削去；《词律》各调，旧谱所载有将换头数字误入前阕者，万树尚仍其旧，王一元竟行改正；万树摒弃毛先舒《填词名解》的小令、中调、长调三分法，王一元仍用以分卷。另外，王一元对《词律》中注出可平可仄的地方，深加称赏，并取诸家词对勘，略加通融。约略评之，《词家玉律》与《词律》的关系是，整体上因袭而细节上修订，称不上青出之作，但也可资参阅。

就词学史的角度而言，王一元在《词家玉律》中对《词律》所作的评陟，或许更值得注意。万树《词律》，正如杜文澜所批评的，"考订偶疏，见闻未广，脱漏错误诚所不免"（清光绪二年刊本《词律》卷首杜文澜《词律续说》）。因此，嘉庆、道光间高邮王敬之、吴县戈载拟作增订，同治间德清徐诚庵有《词律拾遗》八卷刊行，杜文澜作《词律校勘记》二册。而在诸家增订校勘之前，王一元在康熙年间就已开始这项工作。他在卷首《漫言》中指出，《词律》超越前此诸谱的许多方面，同时也对其缺陷作出一定的补订。王一元的工作虽然实绩不大，却是最早试图补订《词律》的一家。然而，王一元草撰此书，未及修订和缮写，也未能刊刻行世，甚至也没有抄写副本而广加流布，由此湮没无闻，孤本仅存，惟见《中国古籍善本书目》著录，而未见论词学者提及。

此书卷首《自序》及《漫言》十八则，略论词史，商订词谱，可为词学资料。罗振常跋语，叙录其人其书，可为藏家资料。今并录出，以便观览。

第一册扉页罗振常手书题识：

> 稿本《词家玉律》，梁溪王一元纂。前有康熙癸未自序及漫言。计小令五卷、中调四卷、长调七卷，都十六卷。

补遗及一调各体附焉。一元字逸其，康熙中进士，官灵台县知县。著述极多。其事迹见《小岘山人集》及《无锡县志》。此书厘正《词律》，精审周详，实红友之功臣。后有误编一目，皆字数误算，未及更正者，盖犹是手写未定之稿。留心梁溪文献者可不宝诸。丙辰十月二十二日，上虞罗振常观于海上之蟫隐庐，并识于端。

卷首王一元康熙四十二年自序：

余不解音律而雅好填词，刻羽引商，惟谱是赖。顾《啸余》、《图谱》、《选声》诸书，舛错相仍，余心识其非而莫能正也。迨万子红友《词律》一书起而驳正之，缕析条分，了若指掌，金荃一道，几于力砥狂澜。然其间亦有矫枉太过者，且序次前后未尽画一，披阅为难。思得数月余闲，重为厘订，而拘于括帖，迫于饥驱，忽忽未果。今春捷南宫，需次京邸，应酬少暇，始取唐宋诸词而参酌焉。会阴雨累月，剥啄久断。湿翠入帘，独坐小楼，灯光荧荧，漏三下不休，惟闻檐声树声，若与余相赠答者。雨霁而书适成。自念生平无他嗜好，《花间》、《兰畹》，所乐存焉。减字偷声之癖，久贻讥于士林。顾鄙陋如余，谬以词名上达两宫，翘首红云，为之感泣，既自愧且自励也。继今以后，惟有手此一编，与周秦辛苏诸君子尚友千古，以咏歌太平，其敢学俗吏之投笔焚砚，以自弃于圣世哉。是编也，仍名《词家玉律》者何，亦以折衷于万子之成书，不敢忘所自来也。康熙癸未孟秋朔日，梁溪王一元题于燕山寄寄园之玴青阁。

卷首王一元《漫言》：

一、词始于唐而盛于宋，南渡以前诸名家无论矣，其余若梅溪、梦窗诸君子，皆词中龙象。白石旷世奇才，惜享年不永，著作无多，若天假之年，真堪独步千古。玉田在宋亡后，其风流蕴藉，真足上掩古人，不但与南北宋诸家分道扬镳已也。

一、论词先分雅俗。词虽工，一涉俗字，便不得与于风雅之林。如市井中善谈者，非不娓娓可听，毕竟鄙秽逼人。又如俗手画山水人物，纵使尽态极妍，究不脱画匠气习。仆于《乐章集》往往不能终阕，正难以关河冷落、晓风残月一二致语为柳七解秽也。

一、词与曲体制不同，曲中语便不可入词。至以俳体填词，风斯下矣。金谷间亦有之，涪翁则比比皆是，殊令人不可耐。此世俗所云打枣儿歌耳，何足云词。山谷老人千古隽才，不知奚所好而为之，仆所不解。

一、元人中如张可久者，其《小山小令》一编，香艳工丽，几驾仙鬼而上，然皆曲中语耳，非词也。

一、有明三百年来，填词者不下数十家，而词学益废，想亦气运使然。彼元美、用修尚非词家正派，余则自郐无讥矣。

一、本朝词家推迦陵第一，其香艳处不减唐宋小令，而豪放雄健，直可兼美辛苏。且能于长谣小调中另辟一番境界，尤为得未曾有。余读其词，成《沁园春》一阕，有"重辟词家混沌天"之句，非过誉也。

一、诸家词谱，《南湖》虽未必尽当，然亦无多。《啸余》随意乱注，实为误人之始。《词学全书》则恪遵《啸余》，而浸淫更甚，误人更多。至于《选声》则简而陋，益不足观矣。故余于诸家中独宗《词律》。

一、词有同调异名者，图谱诸书或逸旧而标新名，乱人耳目。或彼此复收，互相混淆。《词律》考订详明，归于专一，真觉眉目清朗。至所收《揉碎花笺》诸调，益穿凿可笑，《词律》标而黜之，排击不遗余力，尤为快心。

一、每调中声音平仄，原有可通融者，自《啸余》倡之于前，《图谱》、《选声》继之于后，随意填注，讹以传讹，且句法长短亦有从而改易者，本调面目几于尽掩。《词律》力为廓清，庶几拨云见天矣。

一、词中句法最易混淆者，莫如五字七字。《词律》一一详指，缕析条分，遵此填词，体裁庶无舛错。

一、平仄二音不可混乱，人皆知之，至于上去入三音，填词家大约通用。《词律》于各调中多为拈出，吟咏数过，更觉神采跃然，作者苦心一一传出，几于僧繇点睛矣。红友真金荃功臣哉。余遵其论，于或上或去处，用小绿圈识之。

一、《词律》一书考订精详，其注可平可仄处，宁严毋宽，具有深意。余取诸家词对勘，略加通融，未审得其平否。

一、《词律》所载皆唐宋人调名，元人亦间有收者，若明人自度之腔，则一概屏去，恐其未必协律也。然如《鹊踏花翻》之音节磊落，《误佳期》、《落灯风》、《踏沙美人》之风韵悠扬，那得尽行屏黜。余故收之入谱，何敢尽是古而非今。

一、《词律》所载，有名为词而实则诗者。如《柳枝》、《竹枝》、《小秦王》、《采莲子》等，皆系七绝。《纥那曲》、《罗唝曲》、《塞姑》、《回波词》等，皆系五绝六绝。平仄既无定格，则凡字数相同者，彼此调名皆可通用，何以称之为调。余故竟行削去。

一、词有讹错可疑无从考证者，真风雅中恨事。或仍《词律》之旧而存其名，然亦竟有删去者。饩羊之惜，其能免乎。

一、《词律》虽以字数多寡为后先，然以数相从，不无参错。余用《词谱》例，止以字计，颇易披阅。间有遗失错误者，另列补编、误编二目。以草草手录，检点不及故也。另缮时当为改正。

一、《啸余》、《图谱》诸书，强分第一体、第二体诸名，《词律》驳之甚善，余仍之。

一、《词律》各调有因旧词所载，将换头数字误入前段者。考订既明，原非臆断，红友尚仍其旧，余则竟行改正矣。

一、集中所列俳体诸词，令人欲呕，本欲各觅一词易之，而仓卒不暇。少有余闲，当令去俗存雅。若竟无他词者，则姑存之，然后再为缮写。总之，此集迫于时日，限于见闻，不甚惬意，存为他日之副本可耳。

江左词人漫识

（曾刊载于《图书馆理论与实践》2010年第1期）

《尘几录——陶渊明与手抄本文化研究》读后

在中国的古典文学研究界，程千帆先生提出的把批评建立在考据的基础上的思想，得到许多学者的认同。然而，实践这一理念谈何容易。我自己经常遇到的烦恼，是批评与考据的各自为政，无法达到文献学与文艺学的完美结合。在最近的阅读中，我欣喜地看到哈佛大学田晓菲教授的大作《尘几录——陶渊明与手抄本文化研究》(中文版，中华书局 2007 年)，我以为此书是将诗歌研究与校勘学结合起来的一个范例，更新了我们研究古典文学的思路。

《尘几录》的基本思路，是在认识中古时代手抄本文化的流动性的基础上，勾勒出手抄本文化中陶渊明被逐渐构筑与塑造的轨迹，反思陶渊明形象的生成历史及其背后的意识形态基础。田教授认为，陶渊明的平淡，在很大程度上是宋人通过控制陶集异文而创造出来的。在此之前，陶渊明受到宋人尊崇的观点，在钱锺书先生的论证后，已成为学者的共识。田教授进而指出，宋人是有意识地依照自己时代的观念，将陶渊明塑造成为文化偶像，塑造的手段则是编辑陶集。

全书由引言、六章、结语和三个附录组成。在《引言》中，田教授强调手抄本的不稳定性，原本的不复可得与重建的不可能，以及读者对文本的主动参与。第一章《得失之间》，围绕陶诗“得”的概念展开，揭示宋人依靠选择“正确”的异文来控制陶诗文本的面貌。第二章《“先生不知何许人也”》，显示陶渊明传记中塑造的诗人形象一方面基于陶渊明本人在诗文中的自叙，一方面深受六朝隐逸话语的影响。第三章《失去的田园：归陶》，通过对陶的田园诗里的异文进行探讨，揭示一个与传统形象有别的另一个陶渊明。第四章《饮食，死亡，与叙事》和第五章《成器》，在饮食、死亡、成器等意象和主题下，细读一系列陶诗，揭示一个对自身和宇宙都具有自觉和复杂的体悟的诗人形象，有别于传统认为的素朴真淳的形象。第六章《实/石证》，追溯有关陶渊明的醉石传说，以此象征陶诗文本的流动性以及后人对陶的塑造。在《结语》中，田教授希望唤起学者对手抄本文化研究的重视。

此书由校勘入手，讨论异文的去取，关注的却是一个诗歌史的命题，可谓是异文的诗学。这样独特的思路，再加上优美的行文和细致的文本解读，让此书读来耳目一新，胜义纷陈。对于陈旧的中国学界，这类深受西学濡染的著作，且不论观点是否成立、论述是否扎实，都无疑具有良好的借鉴意义和引人深思的魅力。

《尘几录》是一部有趣的学术著作，其中两个主要论点都是颇有兴味的话题，一是中古时代手抄本文化的流动性，二是宋人通过校勘陶集而重新塑造陶渊明。这两个话题值得我们进一步的思考和讨论。

关于中古时代的手抄本，田教授引用西人约翰·达格奈斯(John Dagenais)《手抄本文化的阅读伦理》等论著的观点，强调手抄本文化的不稳定性、缺乏中心和权威。对此我有如下的疑问：手抄本文化的流动性是否被过高估计？手抄本文化是否缺乏某种权力的结构而存在绝对的民主？读者的校改和异文的选择是否没有限定?

在手抄本时代,一种文本的不同抄本之间并不具有相同的地位,在保存和流传中,一些抄本获得优势而幸存,另一些则湮没无存。六朝时期,宫廷藏书显然比民间私家藏书更具保存和流传的优势,而那些因随意的抄写和阅读而产生的抄本,想必是任其散落亡佚。陶集的早期手抄本,如萧统编本、阳休之编本等,都是经过历代宫廷的收藏而著录于《隋志》、《唐志》等官方史志目录的手抄本。在宋以后私家藏书兴盛以后,被保存下来的手抄本,除了宫廷之外,主要来自知名学者和收藏家。民间那些仅仅为了阅读而抄写的文本,不被刻意的收藏,也就在使用中很快消失。由此可知,在文化结构中处于权力中心的宫廷和学者,同样处于手抄本文化的中心,他们统治着手抄本文化的形态,防止手抄本文化可能导向的民主与无序。简言之,手抄本文化同样具有权力的中心。

手抄本的一个特点,是每一次抄写都可能滋生若干异文。田教授由此认为,比起印刷文本,手抄本会大大增加异文的总数,而这些难以把握的异文也会增加手抄本文化的流动性。然而,手抄本虽易滋生异文,却不易保存异文。因为被保存下来的手抄本只是曾经有过的手抄本中的极少部分,相应地,被保存下来的异文也只是曾经滋生的异文中的极少部分。简言之,手抄本中的多数异文是旋生旋灭的。考虑到流传后世的手抄本主要是宫廷和学者的藏书,这些保存下来的异文可以说是经过他们的控制的结果,不是所有异文都有资格和机会被保存下来。

田教授还指出,手抄本文化中读者与文本的关系不同于印本时代,读者可以主动参与手抄本的创造,作者不再占据稳定、权威的中心地位,文本是变动不居的。我觉得,这种说法可能夸大了读者对于文本的权限，同时也夸大了抄本与印本的差异。古代读者在阅读中，随手校改文字，是很常见的行为，对于抄本和印本都是如此。不过，校改文字并不是随心所欲的，也不一定获得他人认可。校改的文字通常是明显的讹误或者缺字，出于审美标准的改字，并不常见。诗话、笔记中记载一些出于诗学考虑的校改例子，恰好说明这种校改只是特别的现象。在出现异文时，古人的校勘可能缺乏版本的依据，却也不是完全的主观选择，而是现代学者总结的“理校”。理校当然是有理可依的校正，这里的理可能是语言规律、历史知识等。

在无古本可依而又面临异文的选择时，不管如何去此取彼，都只能是主观的校勘。然而，这种主观的校勘并不是任意的。这里涉及中国古代的校勘理念。校勘就如治病去疾，既是为了恢复病前的状态，也是为了达到健康的状态。校勘既是为了重建未受污染的原本，也是为了形成清洁的善本。在古人的观念中，原本就是善本，原本虽不可复得，通过校勘形成一个善本，也就是重建了原本。而所谓善本，是存在一个大体一致的标准的，如讹脱衍倒的文字应该被清除，违背常识的说法应该被纠正，庸俗陈腐的修辞应该被从名家文本中剔掉。因此，古人校正文字，是有法可依、有例可循的。在古代一些校勘学著作中，讹误的类型被归纳出来，成为有规律的误例，帮助后来者从事校勘工作。

关于宋代的陶集校勘，田教授认为，宋人的编辑措施常常显得过于主观，宋人从自己的审美眼光出发，极口称陶渊明“平淡”，而陶的诗文风格也似乎确实符合宋人所谓的“平淡”，但是在很大程度上，这份“平淡”正是宋人通过控制陶集异文而创造出来的。我以为，这里的论述既贬低了宋人的校勘思想，同时也夸大了校勘的力量。

宋代的校勘中当然也有浅人妄改、庸人臆改的例子，但也有周必大“实事是正、多闻阙疑”等谨严的校勘思想。即以陶集而言，宋庠、曾集等学者的编辑本都是裒辑众本、排除讹误、保存异文的精心校勘的结果。过于主观的校改是在所难免的，但不能因此否定整体上的编辑成就。

从异文的角度说，我们很难认定宋人有意通过控制异文来塑造陶渊明。南北朝隋唐时期流传下来的陶集抄本，如蔡居厚所说：“渊明集世本既多，校之不胜其异，有一字而数十字不同者。”但这些不同的文字并不都是异文，其中可以通过校勘排除的文字就只是讹误，剩下的才是异文。宋庠等人的编辑排除了许多不同的文字，应该被视为合理的校勘工作，而不是有意的控制异文。事实上，现存的宋代陶集版本中，曾集本、苏写本、汲古阁本等都保存了许多异文，并且各本之间对于异文的选择时有出入，这说明宋人并无意于通过异文的选择来塑造某一种陶渊明的形象。如果宋人真的有意控制异文，今日的我们大概也无法通过异文的解读来发现另一个陶渊明。

检视宋本陶集中的异文，我们应该承认，这些异文多数是传抄过程中的无心讹误，可以揣知致误的缘由，而不是有意校改的结果；多数异文之间的区别意义不大，并不对诗意带来根本的差异。田教授利用其中一些异文，重新解读陶诗，为我们展示出别样的陶渊明形象。这些解读的例子无疑是精彩的，但想必能够支持这种解读的异文并不算多，而且其中一些解读似乎有过度阐释的倾向。

在陶渊明的接受史上，塑造陶渊明形象的主要力量，未必就是某种有意识的校勘，我宁愿相信是选本。选本作为一种批评方式，通常得到广泛的阅读而具有比本集更大的影响。从萧统《文选》开始，进入选本的陶诗，多与归隐田园的主题有关。正如鲁迅《〈题未定〉草（六）》所说，选本所显示的，往往并非作者的特色，倒是选者的眼光，选本所显示的陶渊明多是飘逸的，而在全集中，有时也摩登，也有金刚怒目式的一面。多数读者接触的陶诗，大概都来自选本，陶渊明在后人心目中的形象，也就在很大程度上被这些选本规定下来。

关于宋人对陶诗的校勘，田教授还指出一种阐释的怪圈，即用心目中的陶渊明形象为基础来选择异文，然后再反过来用选定的异文证实心目中的陶渊明形象。这种阐释的怪圈自然是存在的，但我们并不能因此抹杀一切校勘的努力，从怀疑走向虚无主义。阐释的循环，可能导致消极的结果，也可能是趋于完善的辩证过程，关键在于校勘者的识见。

以上围绕两个话题的粗陋讨论，只是由阅读而引起的思考和疑惑，目的不在于驳难或否定，因此只提出问题而不举出论据。无论书中的观点能否成立，《尘几录》都是一部引人深思并且可资取法的著作，而这本身就是一种价值。对于其他中古诗人的研究，此书无疑具有良好的典范意义，并且提醒我们注意手抄本文化中诗歌文本的流动性，以及由此带来的诸多省思。

不过，中古诗歌文本的流传并不都与陶集一样，而需区别两种情况。陶集从南北朝以降，一直流传有绪，因此，保存至今的异文来自于早期的手抄本时代。然而流传有绪的先唐别集不过数种而已，更多的是一度亡佚而经后人重辑成书。这些辑本主要采自唐宋类书、总集等。在这种情况下，手抄本时代的异文，在这些文本被收入唐宋类书、总集时，已经被消灭过一回，而现存的异文多数不过是重辑成书以后在流传中再次滋生的，是再生性质的异文。由这些再生的异文出发，我们永远也无法看到中古诗歌文本在早期流传过程中的面貌，更别提利用异文重新解读了。

在阅读《尘几录》之前不久，我从 *Shakespeare and the Editorial Tradition*（Routledge, 1999）一书中得知，Margreta de Grazia 在 *Shakespeare Verbatim*（Oxford, 1991）一书中指出，我们今日所知的莎士比亚是十八世纪后期的建构，主要取决于 Edmond Malone(1741—1812)的编辑。我不知道《尘几录》是否借鉴过莎学研究成果，但二书显然有着异曲同工的思路。我由此想到，我们中国文学研究者，一方面固然要取法海外汉学研究的方法，另一方面也要关注西方的文学研究状况，不仅要学习西方的文学理论，也要借鉴西方的文学史研究成果。

（曾刊载于《读书》2009 年第 8 期，题作《异文的诗学》）

《鲍照集校注》读后

《鲍照集校注》
丁福林、丛玲玲校注
中华书局 2012 年 4 月第 1 版第 1 次印刷

古籍整理中，后来居上的著作通常都以详赡的资料、博辨的考证取胜，这几年的先唐别集整理同样体现这种趋势，刘运好《陆士衡文集校注》(2007)、《陆士龙文集校注》(2010)、许逸民《徐陵集校笺》(2008)，无不采取集校集注集评的方式，显示集大成的面目。这一方面体现出学者治学的勤勉，另一方面也受益于数字时代更易获得的文献资料。在这一趋势中，丁福林、丛玲玲《鲍照集校注》(以下简称《校注》)，是最近问世且值得关注的一种。

丁先生研究鲍照集三十余年，先后发表多篇论文，并撰成《鲍照年谱》(2002)和《鲍照研究》(2009)二书，如今这部《校注》可谓是酝酿已久、汲古功深的著作。关于鲍照生平的考证、作品的系年和解读，丁先生在多年研读中得出的观点和结论，都融入《校注》每一篇作品的解题和笺注中。这些观点和结论未必都没有异议(如《石帆铭》的系年问题)，但这部考证详赡的《校注》，无疑足以代表目前鲍照集的考证水平。此前的鲍照集整理本，钱仲联《鲍参军集注》(以下简称《集注》)，近35万字，而《校注》约82万字，激增的篇幅正是后来者居上在数量上的表现。由博返约是另一种学术追求，而详赡博辨也是古籍整理的一种境界。

数年前，当我开始研读钱仲联《集注》时，就觉得应该有另一种新的鲍照集整理本，《集注》尽管先后经过钱振伦、黄节、钱仲联的注释和校勘，却仍然留下不少缺陷，如选择的底本是张溥刊本的传抄本，出现一些传抄的讹误。在梳理鲍照集的流传谱系后，我更加确信另一种整理本问世的必要性。然而，我并不认为《集注》应该被取而代之，而是认为，鲍照集应该有两种或更多的整理本，基于底本选择、校勘原则的差异而形成的不同的整理本。同样是流传有绪的先唐别集旧本，陶渊明集已有逯钦立、杨勇、龚斌、袁行霈等多种整理本，鲍照集也有理由拥有多种各有千秋的整理本。现在对读钱仲联《集注》与丁福林《校注》，我想这是讨论鲍照集校勘问题的一个合适的案例，并希望由此思考先唐别集校勘的相关问题。

古籍整理的工作程序，简言之，先是选择合适的底本，然后是搜集诸本的异文，最后是异文的考辨。以下就从这三方面考查《校注》的校勘问题，并进而讨论鲍照集的校勘原则。

一　底本的选择问题

选择底本的原则，通常说是择善而从，即选择传世诸本中的善本作为工作底本，善本的条件是旧本、精校、足本。《集注》的底本，出于晚明张溥《汉魏六朝百三家集》本，在鲍集诸本中，晚出，通行，完整，明显的讹误较少。《校注》的底本，是《四部丛刊》影印毛扆校宋本，据校的宋本是南宋绍兴年间的刊本，在现存鲍集诸本中，年代最早，并且是流传有绪的旧本，然而脱文讹字颇多。在清人顾广圻之后，很多校勘学家大概都会警惕地考虑到，张溥本的文字妥当，未必不是后人理校的结果，毛扆校宋本的文字脱讹，也许是未经通人臆改而留存的原貌。这样的考虑以后，通常就是支持毛扆校宋本用作底本的选择。

《校注》选择毛扆校宋本，大概也是出此考虑，然而却完全不能守住顾广圻慎改死校的原则。《校注》卷首《凡例》声称："此次校勘，凡底本可改可不改者，一律不改；底本文字存在明显讹误者，则审慎加以改正，并在校勘记中予以说明。"这大概只是门面话，在校勘实践中基本流于空谈，书中据张溥本校改底本而不作考辨的例子，比比皆是。此举四例。

卷一《游思赋》"凉烟兮冒虹"，校记曰："虹，原作江，今据张溥本、《初学记》卷三改。"底本的凉烟冒江，冒字训覆义，句意通顺，此改作冒虹，不知当作何解释。

卷三《代淮南王》，宋本作二首，《玉台新咏》、《乐府诗集》并同，而《校注》但据张溥本、《艺文类聚》、《四库全书》本，合为一首。两种异文的文献依据，论其权威程度，大概不相伯仲，《校注》依张溥本等径改底本，可见其对待底本的态度并不如《凡例》中声称的那样审慎。

卷九《侍郎报满辞阁疏》"身弱涓氅"，校记曰："氅，原作麾，今据张溥本改。"卢文弨《群书拾补》卷十八《鲍照集》，从宋本作涓麾，下注："氅。案涓麾，喻微细，犹涓尘。"这是《校注》据张溥本勇改底本而不作说明的例子。

卷十《河清颂》"金芝九茎，木禾六秀，铜池发，膏亩腴"，校记曰："秀，《宋书·宗室传》、卢校作刃。""腴字原脱，今据张溥本补。"底本显然有脱文需要校补，然而底本有误并不证明张溥本无误。《校注》错误地引证《宋书》与《群书拾补》，并轻从张溥本的文字。中华书局点校本《宋书》卷五十一《宗室传》作“金芝九茎，木禾六刃，秀铜池，发膏亩。”卢文弨《群书拾补》，“六”字下有刃字，并注曰：“脱。案刃与仞同，从《宋书》旧本补。”从文献年代和文义看，《宋书》的文字应该更接近原本，张溥本可能是因宋本脱“刃”字而妄补“腴”字。丁福林先生是《宋书》研究专家，有《宋书校议》(上海古籍出版社 2002 年第 2 版)，不知为何有此疏失。

从《校注》的诸多校勘实例看，作为底本的毛扆校宋本，并未受到应有的尊重，在出现两可的异文时，校者经常依从张溥本，校改底本，并且不作任何考辨说明。校者在此表现出对张溥本的信任与对宋本的疑虑，经过这样校改后的鲍集文本，实际上接近以张溥本作底本的《集注》。这样的话，《校注》选择毛扆校宋本作为底本的意义，究竟何在?

二　异文的范围问题

与书籍流通有限的古代相比，现代学术中校勘学的进步，表现在学者有条件汇聚一书的诸多版本，校列各本异文，然后作出考订。诗文集的校勘也是如此，而先唐别集的校勘通常既能遍考诸本，又能搜讨总集、类书中保存的相关文献。异文的范围、来源和数量，因此成为衡量校勘水准的主要指标之一。

钱仲联《集注》，底本是张溥本，校订异文的范围主要是毛扆校宋本和《文选》、《初学记》等总集、类书，在鲍集诸本中只用到毛扆校宋本，对总集、类书的使用也很有限。与《集注》相比，《校注》涉及的异文，范围有所扩大，底本是毛扆校宋本，参校的是张溥本和各种总集、类书，增加卢文弨据宋本校订而写成的校记(见《群书拾补》卷十八《鲍照集》)，但对总集、类书和卢校的使用也并不算彻底。

《校注》没有涉及的校勘文献，主要有两类，一是鲍照本集中除毛扆校宋本、张溥本外的其他版本，二是鲍照本集、总集、类书之外的典籍，如诗话、笔记、诗注等。这里稍作说明。

鲍照集的流传谱系，主要由三个系统构成，一是以南宋绍兴刊本为祖本的系统，现存的有毛扆校宋本、毛晋汲古阁影宋抄本（现藏国家图书馆）、周锡瓒校宋本（现藏台北“中央图书馆”）、皕宋楼旧藏影宋抄本（现藏日本静嘉堂文库）；二是以明正德五年朱应登刊本为祖本的系统，祖本今传，晚明汪士贤、程荣、叶绍泰诸家所刻丛编本，以及《六朝诗集》本，都出于此本；三是明末张燮《七十二家集》本，诗歌部分与《古诗纪》同源，通行的张溥本即出于此本。这些来源各异的鲍集传本，都应该纳入校勘工作的范围。这是第一类。

在本集、总集、类书之外，宋人的文集、诗话、笔记和诗歌注本也有参校的价值。此举六例。

卷一《芜城赋》“矗似长云”，《后村诗话》续集卷二引此句，“矗”作“叠”。

卷三《代白纻曲二首》。宋谈钥《吴兴志》卷二十：“鲍照《白纻曲》下注：‘因湖州纻布作。’”可见谈钥所见鲍集此诗原有此注，而今传诸本皆脱去。

卷八《冬至》，宋胡寅《斐然集》卷四《和彦达至日木冰》“河冰还读鲍照诗”句，自注：“鲍照《至日木冰诗》曰：‘长河结阑干，层冰如玉岸。’”所引二句出此首，可见胡寅所见鲍集，此首题作《至日木冰诗》。

卷八《拟行路难十八首》其七“但见松柏园，荆棘郁蹲蹲”，卢文弨删去园字，并注曰：“园，衍。”未举证，大概别有所据。宋蔡梦弼《杜工部草堂诗笺》卷十九《杜鹃行》注：“然甫此篇盖亦原于鲍照《行路难》有曰……”全引此首，亦无“园”字，正好为卢校提供证据。

卷八《拟行路难十八首》其十六“白发零落不胜冠”，鲍集诸本无异文，而《杜工部草堂诗笺》卷九《春望》“白头搔欲尽，浑欲不胜簪”注引此句，冠作簪，宋王洙《分门集注杜工部诗》卷二引杜修可注，亦引作簪。

卷十《飞白书势铭》。宋黄伯思《东观余论》卷上《论飞白法》：“鲍照：‘飞白用豪笔，乃能成字，或轻或重也。’盖或轻若丝发，或重如云山，浓淡相错乃成字。若不用豪笔书之，则不能若此。”所引鲍照三句，不见于今本，应是佚文。

在先唐别集的流传过程中，宋代是一个转折时期，手抄时代向印刷时代的转变，极大地改变鲍集在宋代以后的流传。宋代以后，鲍集的面貌基本上受制于主要的几种印本，很多异文被淘洗、摒除，最终消失，而在宋代，鲍集的流传还有更多的可能，各种各样的异文部分地保存在各种典籍中。因此，宋代的文集、诗话、笔记和诗歌注本，对于鲍集以及其他先唐别集的校勘，都是可资考订而尚未受到重视的文献。这是第二类。

三　异文的考定问题

在确定底本、搜集异文后，就是如何考定异文的问题。在陈垣《校勘学释例》的校法四例中，对校、他校与本校都只是找出异文的方法，只有理校是最终考定异文的方法。理校法依靠的是校者对作品文理、文意、文脉的把握，朱熹《昌黎先生集考异》是运用这种方法的典范之作。然而，先唐别集的异文，在漫长时期的流传过程中，明显的讹误大多已被淘汰，怪异的文字也许已被润饰，留存下来的异文，在文理上通常难以考定是非。因此，在先唐别集的校勘作业中，底本的选择对不同异文的命运具有极大的影响，这是已经普遍存在的现象；异文的来源应该成为考定异文的一种要素，这却是尚未得到普遍关注的问题。以下对这两方面稍作讨论。

首先是底本的问题。底本对考定异文的影响，是普遍存在的潜规则。校者在制定校勘凡例时，通常声称，如果不能证实底本文字有误，就不作改动，只将其他文献的异文写入校记。这实际上是承认，在某一处文字存在异文而又无法判断是非时，底本的文字获得默认的优势地位，出现在整理本的正文，而其他异文只能屈居校记。这实际上是校勘学的出身论，因为底本是善本，所以底本的文字是原文的可能性，高于其他版本的文字。不过，《校注》显然并不理会这种潜规则，在《校注》中，底本的文字经常被张溥本取代，而且无需给出理由。

其次是异文来源的问题。异文来源于何种文献，包括年代、数量及其在版本谱系中的位置，都与异文的品质有关。这实际上是校勘学的血统论，在统计学的意义上，保证异文的权威程度。在《校注》的校勘工作中，异文的来源是尚未受到重视的要素。此举二例。

卷一《舞鹤赋》"忽星离而云罢"，校记曰："罢，原作罗，今据张溥本、《文选》改。"未作考辨，实际上《文选》已有异文，李善注："星离，分散也；云罢，俱止也。"张铣注："星离云罗，谓鹤散立貌。"可见《文选》李善注本作"罢"，而六臣注本作"罗"，唐时已有异文。在异文的来源上，"罢"源于李善注《文选》与张溥本，"罗"源于六臣注《文选》与宋本鲍集，从文献的年代与数量上讲，"罗"优于"罢"。

卷五《浔阳还都道中》，《校注》的解题说："此篇《文选》卷二七题作《还都道中作》，《艺文类聚》卷二七题作《还都道中》，张溥本题作《上浔阳还都道中》，《古诗纪》卷六一作《上浔阳还都道中作》。”又引钱仲联《集注》判定诗题中“上”字误衍的校勘，结论是：“钱说是，今从宋本所题。”最终的结论大概是正确的，而对诗题各种异文的考证，则未能注意异文的来源问题。张溥本和《古诗纪》的共同特征，是诗题中都包含“上”字，仅从文献年代看，二者都是晚明的文献，权威程度自然不如宋本鲍集、《文选》、《艺文类聚》等早期文献。然而，诗题中包含“上”字的异文，实际上可以找到更早的出处，《文选》李善注：“集曰《上浔阳还都道中作》。”可见初唐时李善所见鲍集，已有此“上”字，正误且不论，在文献权威上显然高于晚出的文献。

概括地说，《校注》的成绩主要在于详赡的解题和注释，而校勘工作并不完善。下面谈谈我自己关于鲍集校勘原则的思考，或者说，很不成熟的设想。

鲍集作为一种先唐别集旧本，一直流传有绪，保持着稳定的形态和数量，而漫长岁月中的多次辗转抄写和刊刻，也衍生出相当多的异文。传世的鲍集谱系有三个分支，一是南宋绍兴刊本的系统，二是明中期朱应登刊本的系统，三是明末张燮刊本的系统。一系与二系比较接近，是近亲的关系，三系则存在更大的差异，是前二者的远亲。一系有影宋写本传世，相比后二者，辈分更高，权威更大，但这种权威只是相对的。在倚赖旧本的校勘方法中，一系显然具有最高的权威，除非讹误显著，否则不宜改动，但从版本谱系的角度说，一系的权威不应独大。一系固然是仅次于宋本，或者说不亚于宋本，然而二系也确定具有某一宋本的血统，三系虽然不能确定源于旧本，但也不无可能。传世鲍集的三系，何者最接近鲍照原稿，或者退一步说，何者最接近虞炎所编鲍集，实际上是无法证实的问题。因此，倚赖旧本的校勘方法，不能恢复或构建出鲍集原本。

鲍集的异文，出于作者修改所致的可能，应该是微乎其微，基本上是流传中滋生的讹误。这些讹误的文字，与大多数先唐诗文的误字一样，都是文义可通、难以证据确凿地加以剔除的文字。不能剔除的讹误，就是校者必须慎重对待的异文。从理论上说，异文中必定有一种是正字，其他的则是误字，但实际情况则是校者无力或无由辨别正误，结果只能是存其异同，留待他人。有一种折衷各本、依循文理的校勘方法，勇于去取异文，扬之则入正文，抑之则入校记。这样校改出的文本，通常晓畅可读，是否恢复了原本，则不得而知。校者的学识和经验，或者还有运气，决定折衷法的成色。渊博的学者也不能让所有人信服他的选择，除非他让作者还魂附体。用思考校勘的折衷法，很难恢复或构建出鲍集原本，或者说，很难让人相信他的校本就是鲍集原本。

旧籍校勘，无非二端，一是择定底本，二是去取异文。底本难以择定，异文难以考定，校本从何谈起？鲍集的校勘似乎已经陷入这样的困境。然而，出于务实的考虑，我们仍然需要一个可资阅读和研究的校本，仍然不可避免地要选择底本和考量异文。鲍集原本既然不可复原，我们的目标或许可以降低一点，即复原谱系中每一分支的祖本。我们不能确知，这些祖本与原本之间究竟存在多大距离，不过，这些祖本却是所有传本中最接近原本的本子，这是可以确认的。校本的目标降低至此，显得有点悲观和消极，然而，却是排除妄想后的务实态度。

校者大概都会坦然地宣称，校本的目标是恢复作者的原稿，即使不敢断言自己已然达到，至少也不怀疑其可行性。在先唐别集的范围内，我想以陶集为例，说明这种校勘目标的虚妄。陶集校本众多，有代表性的如杨勇《陶渊明集校笺》

(1971)、逯钦立《陶渊明集》(1979)、龚斌《陶渊明集校笺》(1996初版,2011修订版)、袁行霈《陶渊明集笺注》(2003)。四种校本都是择定某一本子作底本,然后校存其他本子的异文。杨勇校本基本上是以宋曾集本为底本,逯钦立校本是以元李公焕本为底本,龚斌校本是以清陶澍本为底本,袁行霈校本是以汲古阁旧藏南宋刻本为底本,在底本的选择上都各有其理由。陶集的异文大多是义可两通,难以去取,因此,这些现代的校本在大多数情况下都是依从底本,其他对校本的异文写入校记。那么,究竟哪一种校本是陶集原本?这恐怕是校者也没有自信回答的问题。实际上,这些校本都只是某一传世旧本的校本,而不是陶集原本的校本。陶集如此,同样是先唐别集旧本的鲍集也是如此,至于其他先唐别集,多出于宋以后学者重辑,原本面貌如何,更是无从谈起。

确定这样的目标后,我们整理鲍集校本,可以有三种选择,也就是三种底本的选择:毛晋影宋抄本、朱应登刊本和张燮刊本。底本择定后,就进入对校和修正的阶段,这对于三者都是相同的过程。试以第一种为例。毛晋影宋抄本,虽然是绍兴刊本的影写,但不能排除误抄的可能,特别是其中缺叶而由后人抄补的部分,因此需要依靠同系的其他本子,如毛扆校宋本等。这样校正出来的本子,可以与绍兴刊本同等看待。接着是与其他两个分支的诸种传本对校,校出的异文写入校记,正文通常不作改动,只有当校者能够确定底本文字明显有误时,才能校改底本。这样校正出来的本子,就是第一分支的祖本的校本。后二者的作业也是如此。

依此校勘原则,钱振伦、黄节、钱仲联先后致力而完成的《鲍参军集注》,是第三分支的祖本的校本。这个校本有其缺陷,如底本取张溥本而非张燮本,依类书、总集或其他本子轻改底本文字，无视朱应登刊本一系诸传本。但是这些缺陷都是可以弥补的，因此，仅从校勘的角度讲，这个校本也仍有其存在的价值。丁福林、丛玲玲的《校注》，原本应该成为第一分支的祖本的校本，因为大量据张溥本改动底本，而成为一种混杂的校本。朱应登刊本一系尚未受到足够的关注，这一系的祖本的校本也尚未出现。陶集校本众多，互有短长，不妨并存，鲍集以及其他先唐别集，也不妨有多家校本行世。既然唯一的原本已经不可复得，读者就不必独尊某家，而应比观诸家，择善而从。

（曾刊载于安徽大学《古籍研究》第 60 卷，2013 年）

《徐陵集校笺》校补

新近出版的许逸民先生大作《徐陵集校笺》(中华书局 2008 年 8 月第 1 版),是徐陵集整理工作的新突破,也是六朝文学文献工作的新成果。此书收入徐陵赋、诗、文凡一百三十首,每首作品通常都有详尽的题解、校记、笺注和集说,而篇幅达一百二十万字,足见其用力勤勉和资料繁复。此书的凡例有两个方面值得关注,一是弃掷明人辑本,重新由唐宋类书、总集中钞撮成编,并一一注明出处,二是放弃统一底本的编辑方式,各篇分别择善而从,各有其底本与校本,篇末列出若干种主要文献来源。这两方面其实是互相关联的,然而,完满地同时践行这两面的原则,却首推此书。此前陈伯君的《阮籍集校注》,已经采取重辑的方式,但没能罗列各种文献来源,当然,阮籍集的流传状况也迥异于此;而逯钦立《先秦汉魏晋南北朝诗》中的徐陵诗,虽然罗列众多文献来源,却择定屠隆本徐陵集作为统一的底本。至于其他先唐别集的整理本,都是以宋代旧集或明人辑本为底本,而参校本集他本和总集、类书所收作品。这样,许逸民先生基本上搁置了版本源流在异文校订中的功能,取而代之的是文献来源的年代以及文法和史实的正确。对于不绝如缕的先唐文献,这般校订异文,其结果不会有实证主义的说服力,但也算是比较可行并值得认同的方式,至少比选择明代辑本为底本的编辑方式更加合理。

在徐陵集的整理工作上，许逸民先生完全是另起炉灶，空无依傍，既在校勘上不袭用诸种明代辑本，也在注释上推开清人吴兆宜的《徐孝穆集笺注》。从实绩上看，许逸民先生的做法是合乎事体的，并且也是卓有成效的。然而，仅从徐陵诗的校勘上说，许逸民先生实在需要关注逯钦立的工作。这样说的理由是，许逸民先生对徐陵诗的校理，并不总是很完备，在这些例子中，逯钦立对徐陵诗的校订因此仍具有参阅的价值。当然，逯钦立的校勘也存在若干失误，如凭空而来的异文。下面我将依页次列出《徐陵集校笺》所收诗中需要补校的例子（考虑到若干异文字形相近，部分文字保留繁体）。

页二五。《洛阳道二首》其一“華轩翼葆吹”。

華，逯钦立校曰：“《文苑》作葉。”所校属实。《校笺》应补校此处异文。

页四四。《骢马驱》“召募擊休屠”。

擊，逯本校曰：“本集作繫。”所校属实。《校笺》应补校此处异文。

页五三。《中妇织流黄》“蜘蛛夜半织”。

半字误。此首以《乐府诗集》为底本，然《乐府诗集》作伴，不作半。张溥本《徐仆射集》、逯本并同。

页六三。《出自蓟北门行》“长冰塹不流”。

塹，逯本校曰：“一作壍。”不知所据。

页七三。《杂曲》“隔扇当窗似秋月”。

隔字误。此首以《文苑英华》为底本。然《文苑英华》作歌，不作隔。《乐府诗集》卷七七、张溥本、逯本并同。

同上页。同上首“旁边得宠谁相妒”。

相，《乐府诗集》作应，注云一作相。逯本注出此处异文。

《校笺》应补校此处异文。

页一〇六。《奉和山斋》“水影照歌床”。

水，张溥本、逯本并作冰。《校笺》应补校此处异文。

页一二三。《咏春》“何殊九芝蓋”。

蓋，逯本校曰：“本集作盡。”所校属实。《校笺》应补校此处异文。

页一三一。《咏雪》“三農喜盈尺”。

農，逯本作晨，校曰：“本集作農。”《艺文类聚》、《文苑英华》、屠隆本、张溥本皆作農。逯本作晨，不知所据，或本之《诗纪》。

页一三五。《咏织妇》“振躡开交缕”。

躡字误排。此首底本为《艺文类聚》，作躡。屠隆本作鑷。《校笺》校记曰：“‘鑷’，《艺文类聚》作‘躡’，今据屠本改。按，徐陵《中妇织流黄》：‘数鑷经无乱，新浆纬易牵。’”可见许逸民先生订正为鑷字，而此处误排为躡字。

页一三七。《咏甘》“素荣芬且郁”。

荣，逯校曰：“《类聚》作蕠。”所校属实。《校笺》应补校此处异文。

页一四〇《为羊兖州家人答饷镜》“亭亭似圓月”。

圓字误。此首底本为《玉台新咏》。《校笺》校记曰：“‘圓’，明钞本、张燮本、张溥本、吴本作‘團’。”然《玉台新咏》亦作“團”，与诸本同。是此处并无异文可校。

同上页。同上首“镜久自逾明，人久自逾歇”。

上逾字，《玉台新咏》及诸本皆作踰。下逾字，逯本、张溥本并作愈。

页一四六。《秋日别庾正员》“朔气陵疏木”。

陵，《艺文类聚》、张溥本、逯本皆作凌。

同上页。同上首“夜夜上河桥”。

上，逯本校曰：“本集作止。”所校属实。《校笺》应补校此处异文。

页一四八。《征虏亭送新安王应令》“地動班轮响”。

動字误。《校笺》列此首出处有《文苑英华》、《艺文类聚》、屠隆本，然三本皆作湅，不作動。逯本同。

页一五三。《同江詹事登宫城南楼》“元良居上德”。

居，逯本作属，并校曰：“本集作居。《初学记》字缺。”逯本作属，不知所据，或本之《诗纪》。

同上页。同上首“汉幄朝無怠”。

無，逯本校曰：“《初学记》作旡。”

同上页。同上首“照烂等琨瑜”。

照，《初学记》、屠隆本、逯本皆作炤。

（曾刊载于中华书局《书品》2009年第2辑）

《先唐别集叙录》读后

胡旭《先唐别集叙录》

中国社会科学出版社 2011 年 3 月第 1 版

清人王鸣盛在《十七史商榷》中开门见山地指出:“目录之学,学中第一紧要事,必从此问途,方能得其门而入。”对于文学研究而言,目录学同样是治学的要津。研究一代文学,首先应该问途于相应的集部目录。研究唐代文学,已有万曼《唐集叙录》,研究宋代文学,已有祝尚书《宋人别集叙录》和《宋人总集叙录》,而研究先唐文学,如今也有胡旭先生新近出版的《先唐别集叙录》。

此书的考述对象,是唐前别集(诗集、文集和诗文合集),包括先唐旧本和后人辑本,总计一千零二十四家,分成三十九卷,近八十万字。每一家别集,备引历代书志的著录,考述传本的裒集、刊行、流传、收藏等方面的具体情况和历史沿革,并时加案语,对相关著录加以说明。对于先唐诗文研究者而言,此书无疑是一部资料翔实、收录齐全的工具书,研究任何一位先唐作家,翻阅此书,此家集子的流传过程和研究情况,都完整可靠地呈现出来。此书显然具备一部研究目录应该有的指南功能。

目录学在基本的指南功能之外，还有更高的追求，那就是清人章学诚所说的辨章学术、考镜源流。目录学应该具有学术史的眼光，揭示某一专门之学的源流。由这一角度说，此书尚有待进境。作为一部先唐别集的目录，此书似乎应该更多地致力于各家别集的版本谱系的梳理，判断各种传本在谱系中的位置。例如，鲍照集十卷，从南齐编成以后，一直保持比较稳定的形态和数量，在漫长岁月中的多次辗转抄写和刊刻后，衍生出若干异文，鲍集传本可依此分成三个分支：一是南宋绍兴刊本的系统，二是明中期朱应登刊本的系统，三是明末张燮刊本的系统。现在通行的钱仲联《鲍参军集注》，底本出于第三分支，而参校其他分支的传本。先唐别集的考述，应该以先唐别集的整理为目标，或者说，应该为整理奠定基础，这就要求此书在考述中具体指出某一传本的校勘价值，某一校本的得失。

此书考述先唐别集，范围很广，资料繁多，自然不免偶有疏失。这里聊举三处：关于阮籍集的叙录中，此书提及南宋陈振孙《直斋书录解题》著录的十卷本，而陈振孙实际上还著录一种专收诗歌的四卷本，此书遗漏不录。这个四卷本的意义，是说明阮籍诗一直存在一个单行的系统。关于鲍照集的叙录中，此书列出存世诸本有毛扆刻《鲍氏集》，实际上这是毛扆手校的明刻本，并非毛扆刊刻的本子，此书又说："清代有钞本《鲍氏集》十卷若干种。"却没有说明这些清钞本的属性，也没有具体列出这些钞本，实际上这些钞本都是颇有校勘价值的影宋钞本，如毛晋汲古阁影宋钞本、陆心源皕宋楼旧藏影宋钞本。关于谢灵运集的叙录，此书提及《三谢诗》本《宋谢灵运集》二卷，实际上是不分卷，又提及顾绍柏《谢灵运集校注》，收文九十七篇（含存目四），诗四十二首，实际上是文四十二篇，诗一百零六首(含存目四首)。这些当然都只是小小疏误,是无损于美玉价值的瑕斑。

(曾刊载于中华书局《书品》2012 年第 4 辑)

《敬斋古今黈》札记

(元)李治《敬斋古今黈》
刘德权点校
中华书局 2006 年

一

书名含义,《四库全书》本卷首《提要》曰:"其以黈名者,案《汉书·东方朔传》'黈纩充耳,所以塞聪',师古注:'谓示不外听。'治盖专精覃思,穿穴今古,以成是书,故有取于不外听之义。"清周中孚《郑堂读书记》卷五十六著录此书,亦曰:"其命名本不甚可解,疑为塞聪专思之义。"所解有误。黈有塞聪的意思,也有增益的意思。《六臣注文选》卷十八马融《长笛赋》:"六器者,犹以二皇圣哲黈益。"张铣注曰:"黈,犹增益也。"李治书名,应取增益的意思,书中条辨古今载籍疑义,不无增益之处,书名应是此义。书中辨驳之文,屡以"黈曰"领起,尤为明证。

又,书名,元苏天爵《元名臣事略》卷十三《内翰李文正公》、明王圻《续文献通考》卷一八一《经籍考》、清黄虞稷《千顷堂书目》卷十二、清邵远平《元史类编》卷二十一、清魏源《元史新编》卷三十二俱误作“古今难”。清钱大昕《元史艺文志》卷三《杂家类》著录《敬斋古今黈》，注曰：“黈一作难。”四库提要已考辨为“传写致讹”。今观书中多处“黈曰”云云，更可确信，李治撰为此书，是为古人拾遗补阙，而非与古人为难。五代邱光庭撰《兼明书》，议论每以“明曰”领起，李治书名《古今黈》而议论以“黈曰”领起，例同邱光庭。

二

《敬斋古今黈》有两个流传系统：一是四库馆臣从《永乐大典》中辑出的八卷本，刊入《四库全书》和《武英殿聚珍版丛书》；二是来自明万历二十八年武林书室蒋德盛刊本的旧抄十一卷本。这两个本子都不全，可以互补有无。八卷本出于重辑，已非原貌，十一卷本虽是旧抄，但编次混乱。综观全书，可知《敬斋古今黈》是一部读书札记，撰写的体例是先列所读书名，次列相关引文，最后是自己的议论。两个系统的传本都有不少脱讹颠倒，如卷六：“师古曰。最亦凡也。此说不通。……”(页七九)依体例，“师古曰”上应有相应的书名和史文，今无，当是脱佚。今按《汉书》卷五十五，颜师古此注对应的史文是“最大将军青”。又如卷七：“琴赋。间辽故音痺。弦张故徽鸣。所谓痺者。犹今之敊声也。东坡志林。黈曰……”(页九七)引文中“东坡志林”书名四字，依此书体例，应在此条之首。

三

卷四：“严武巴岭答杜二见忆云。可但步兵偏爱酒。也知光禄最能诗。步兵谓颜延年。非阮籍也。沈约宋书曰。颜延年领步兵。好酒疏诞。不能斟酌当时。刘湛言于彭城王。出为永嘉太守。光禄则谢庄希逸也。仕至光禄大夫。”(页五一)在历代杜诗注中,严武诗中“步兵”所指,没有异辞,就是阮籍,世称阮步兵,而“光禄”所指有所变更。宋代杜诗注家,自王洙以降,如黄鹤、蔡梦弼、郭知达,都说是谢庄,宋以后注家,如明单复、清张溍及朝鲜李植,也都沿袭此说。清初朱鹤龄注“光禄”,改引《宋书》颜延年传。之后杨伦、仇兆鳌都继承朱鹤龄的说法。颜延年和谢庄都曾任光禄大夫,也都能诗,严武诗中所指为谁,实难断言。宋人李壁注王安石诗“北来光禄擅诗名”句,称:“光禄谓谢庄、颜延年,皆为光禄。”(《王荆公诗注》卷五十《赠尚书工部侍郎郑公挽词》)明人王稚登有曰:“敝亲朱光禄东游,敬附一函上左右。此光禄能诗如颜谢。”(《谋野集》卷三《寄蔡明州》)清人孙枝蔚有诗曰:“颜谢皆光禄,诗名尔并传。”(《溉堂集》续集卷五《赠周星公光禄》二首其一)可见颜光禄与谢光禄难以轩轾和辨别。李治所读杜诗注本,大概也是王洙的说法,步兵指阮,光禄指谢,对于后者,李治没有异议,却称步兵应指颜延年,但是颜步兵的叫法实在绝无仅有。简言之,李治在难以确指的“光禄”上没有异议,却在已有专属的“步兵”上提出新说。

四

卷七:“近世刘迎无党题归去来图云。余子风流空魏晋。上人谈笑自羲皇。刘所谓上人者。果何等语耶。又以羲皇对魏晋。则亦疏矣。编纂时有如此者。便可削去。”(页八六)李治所谓编纂,当指元好问所编《中州集》。《敬斋古今黈》中数及金人诗语,皆出《中州集》。刘迎此诗载《中州集》卷三。《敬斋古今黈》卷七引宋九嘉三恨之说,载《中州集》卷六,一字不差。卷四引李晏《白云亭》诗,载《中州集》卷二。卷九引赵秉文词，载《中州集》卷末所附《中州乐府》。李治与元好问交游颇深，当时并称元、李，不知何以舍面谏而事暗讽。

五

李治博极群书，其时旧籍尚多，因而《敬斋古今黈》所引诸书文字，时有独出的异文，虽是单文孤证，或许也有资于校勘。聊举数例如下。

卷七："琴赋。间辽故音痺。弦张故徽鸣。所谓痺者。犹今之敊声也。东坡志林。黈曰。嵇康赋琴。自说琴德。必不得说琴病。若谓音痺为敊撒。则正是说琴病耳。嵇旨必不其然。窃意间辽为徽外。音痺为声缓。其或近之。"（页九七）所引《琴赋》二句，在嵇康集诸本中，"弦张"皆作"弦长"。明刻十二卷本《东坡先生志林》卷五所引，亦作"弦长"。"弦张"不知出于何本。

卷九："（鲍明远）又代君子有所思云。蚁壤满山河。……"（页一一七）钱仲联《鲍参军集注》所校，鲍集诸本满皆作漏，漏字唯见李治所引。

卷九："宋齐邱化书。德化中。说聪明曰。天下之主。道德出于人。理国之主。仁义出于人。亡国之主。聪明出于人。善本出于人。皆作出于一人。止较一字。意思徒异。今俗本皆脱此字。"（页一二五）按宋刊六卷本及今人点校本，皆无一字。

卷十一、十二："东坡赤壁赋。此造物者之无尽藏也。而吾与子之所共食。一本作共乐。当以食为正。"（页一四八）按孔凡礼点校《苏轼诗集》，本集或他书所引，或作食，或作适，未见作乐字。

逸文二："近世周户部题鲁直墨迹云。诗律如提十万兵。

东坡直欲避时名。须知笔墨浑闲事。犹与先生抵死争。周深于文者。此诗亦以世俗之口。量前人之心也。闲读周集。因为此说。以喻世之不知山谷者。”(页一八一)今周集已佚,此诗载《中州集》卷四,诗律作诗健。

六

卷八:“萧氏公论。载魏书郭祚谓李彪曰。尔与宋弁心交。岂能饶尔。而独怨我乎。此则今人所云饶你饶人之所出也。饶、优也。李子曰。饶者、相宽假之意。今世俚语谓假宽前人。则为与些田地。此甚有理。”(页一一二)此段末三句,文义不甚通顺,似有讹文。施国祁《元遗山诗集笺注》卷二《萧斋》注引此段,末三句作“今世俚语谓宽假他人。则谓与些田地。此亦有理”。施国祁曾经眼《敬斋古今黈》旧抄本,其《礼耕堂丛说》有详细记述,他的引文或者比较可靠。

李治所谓“萧氏公论”,是指金人萧贡的《公论》。萧贡,字真卿,咸阳人,大定二十二年进士,撰述有《注史记》百卷和《公论》二十卷,皆已佚。施国祁注中又称:“《公论》一书已佚。止见于此。故录。”其实,《敬斋古今黈》所引《公论》,不止这一条。卷八:“近世渭上翁萧真卿。辨者。以为荑者芽生纤嫩可爱。手指纤柔。亦如荑之初生可爱。非取荑之硊折而不柔也。应说为非。”(页一一〇)卷四:“周颉叹重桓彝云。茂伦嵚崎历落。可笑人也。渭上老人以为古人语倒。治以为不然。”(页五一)卷六:“渭上翁公论史记子政说云。邯郸姬自匿有身。至大期时生子政。期音基。大期者。周岁十二月也。太史公传特著此者。所以证诸侯之史之妄。世传之非。”(页七二)

七

书中时见讹误，或是点校者之疏失，或是沿承所用底本《藕香零拾》本之误。略举数例如下。

卷一："小说中载宫人诗云。朝来自觉承恩最。笑倩傍人认绣球。一本云。承恩醉殊害义理。"（页一三）按断句有误。应作"一本云承恩醉。殊害义理"。

卷四："老杜寄高适岑参诗云。高岑殊缓步。沈鲍得同行。休明、文远。"（页五〇）小字注诗中"沈鲍"二字，有误，应作"休文、明远"。

卷七："性命之事。宜子言之罕也。然其子仁利。亦复罕言者。何哉。"（页一〇〇）点校所据底本《藕香零拾》本作"然其于仁利"，文义遂可通。此处当是误排。

卷八："又经籍道息。用不复以闻。颖达解前叟籍云。籍者古书之大名。由文而有籍。谓之文籍。因史所书。谓之史籍。可以为常。谓之典籍。"（页一〇二）"前叟"不可解。孔安国《尚书序》中，"经籍"之前，依次出现"文籍"、"史籍"、"典籍"三词。孔颖达依次疏解。此处"前叟"，或是"前三"之误。

（曾刊载于中华书局《书品》2011 年第 1 辑）

《历代文苑传笺证》读后

《历代文苑传笺证》(六册)
周祖譔主编,胡旭副主编
凤凰出版社 2012 年 10 月

一

在中国文学批评和文学史研究中,读其书,知其人,是从古相传而仍然重要的学术传统。作家的传记资料,作为文学史料的一种,始终受到学者的关注和利用。正史所包含的传记,作为标准而权威的传记类型,更是在文学研究中得到频繁的援引。然而,正史的传记通常只是作为引证的文献,虽然可能存在谬误或疏略的记载而需要加以补订,却还没有得到全面的考辨和整理,还没有成为研究的对象本身。对于过于倚赖正史权威而不够审慎的引用,传讹致误的现象就不免时有发生。这就足以证明《历代文苑传笺证》(以下简称《笺证》)问世的意义。

《笺证》的范围是二十四史中的《文苑传》、《文学传》和《文艺传》,除去不设文学家传记的《元史》、未成定本的《清史稿》,

依次编成先唐、《旧唐书》、《新唐书》、《宋史》和《明史》五部分。由著述体例而言，正史的专科研究，如地理志、食货志、经籍志等，都有不少著作，而《笺证》是文苑传的首次整理，并且是综合、全面、细致的集成性研究。由研究对象而言，文学家传记文献的笺证工作，此前比较完善而且可供借鉴的成果，可以傅璇琮主编《唐才子传校笺》(1987)为代表，而《笺证》是体例大体一致而文献范围更广的著作，涉及《后汉书》、《晋书》至《明史》凡十四种史书。

从笺证体例看，《笺证》也是与《唐才子传校笺》一脉相承。《唐才子传校笺》卷首《前言》称："本书笺证部分的内容，大致包括：一、探索材料出处，二、纠正史实错误，三、补考原书未备的重要事迹。"(第1册，页3)《笺证》卷末《后记》称："我们主要做了如下几方面的事：一是追溯史源。我们对史书的材料来源，格外关注，尽量找到其原始出处，核实、补充相关内容。二是鉴别史料。我们对相关材料尽量罗列，互为参证，纠谬正误，间出己意。三是裨补阙漏。由于种种原因，相关文士事迹记载过于简略，我们尽量发掘相关典籍，予以补正。"(第6册，页755)表述不尽一致，而实质则是大体相同。

尽管笺证体例一脉相承，《笺证》在处理引证史料的具体方式上，有别于《唐才子传校笺》。关于这一问题，我要先提到李德辉先生《评周绍良〈唐才子传笺证〉》一文(载《文汇读书周报》2011年6月24日)。李先生在这篇书评中，比较中华书局2010年出版的周绍良撰《唐才子传笺证》与1987年出版的傅璇琮主编《唐才子传校笺》，认为前者与后者相比"学术质量相去甚远"，并指出前者存在的三个问题，其一是体例不伦，具体表现是："广引资料，罗列原文，其中全文照录新旧《唐书》的传记多达五百多篇，此外还广引他书，范围遍及时人序文、题记、祭文、墓志、送别、酬答诗文，占去大量篇幅。”“无论从文献笺证还是资料汇编的角度看，此书都于体不合，不伦不类。”李先生还指出：“笺证的另一重要任务是正误补阙，即遇到原文记述有疏失，则予指正；遇到原文记载材料有缺失，则适当摘引作为补充，一般并不大量引录原文。”李先生对《唐才子传笺证》的批判能否成立，这里姑且不谈，而书评中有关笺证体例的说法，是我不能苟同的。

《唐才子传校笺》在补订相关史料时，采取的是李先生推崇的方式，卷首《前言》讲到笺证体例时称：“凡正史有传的，或私家撰述的碑传墓志较为详悉的，则择要摘引，不全录原作，以免冗长。”摘引而不全录的用意，是避免篇幅冗长，并不说明笺证的体例只能如此。《唐才子传笺证》采取的方式有所不同，卷首《凡例》：“笺证所引典籍，原文照录者，加引号。原文太长者，节录主要内容，不加引号。”卷末《后记》：“相关材料尽量罗列，互为参证。”一般做法是原文照录，节录的方式仅用于太长的原文。这应该就是李先生书评中所说的体例不伦，然而，笺证的体例究竟能否大量引录原文，是需要辨明的问题。

笺证之学，是古籍注释学的一种方式，偏重于释事而与文字训诂相对应。笺，原是训释字义，笺注一词是训诂学的范畴，不过，笺的含义后来偏向于引事释义，如毛诗郑笺，注重以史事解释诗篇，在小序、毛传的基础上，指明诗篇的世代和作者的情况，因此孔颖达《毛诗正义》指出：“郑子诸经皆谓之注，此言笺者……记识其事，故称为笺。”笺、证二字组合起来，就明确了含义，即援引相关史料，作为参证、旁证和补证。笺证之学，也就涉及史料学的范畴。

偏重史料和释事的笺证之学，可以追溯到《春秋左氏传》，班固《汉书·艺文志》指出：“丘明恐弟子各安其意，以失其真，故论本事而作传,明夫子不以空言说经也。”再往下的几种古注,如裴松之《三国志注》、郦道元《水经注》、刘孝标《世说新语注》,都是大量引证史料原文的笺证体例。又如南朝佛经译本,以一本为母,其余译本为子,合为一书,“令寻之者瞻上视下,读彼案此”,“参考校异,极数能变”(支愍度《合维摩诘经序》),陈寅恪称之为合本子注,这实际上是用于译事的笺证之学。再如引书繁富的李善《文选注》,博引文证,类例多样,如“举先以明后”、“引后以明前”、“转以相明”、“转以相证”,这也是引录原文的笺证体例。

这样说来,古籍笺证大量引录原文,并非不伦不类的体例,而是从古有之。今人著述中,除周绍良《唐才子传笺证》之外,引录原文的做法也不并鲜见,如崔文印《靖康稗史笺证》卷首《笺证凡例》:“本笺证主要引正史及时人或后人有关著作,以与本书之记载相印证。引书皆录原文,如有删节,必用删节号标出。”摘引撮述还是全录原文,是各适其宜的繁简问题,前者文省,后者便于史料的参证和检核,也便于读者的覆考,对于古注而言,后者还可能有辑佚的价值。在这一点上,虽然采取的方式不同,《唐才子传笺证》与《唐才子传校笺》二书并不能一概而论地强分优劣。

二

这部362万字的《笺证》,由周祖譔先生主编,胡旭等七位青年学者耗时六年完成,诸位编者的辛勤努力,使这部煌煌大作具备很高的史料价值,并达到较高的整体水准。

仅从引据的史料数量说,《笺证》征引书籍多达2092种(计入各卷重复征引),其中《先唐文苑传笺证》卷末《参考文献》列出261种,《旧唐书文苑传笺证》列出275种,《新唐书文苑传笺证》列出266种,《宋史文苑传笺证》列出319种,《明史文苑传笺证》(上、下)列出971种。这些征引繁富的史料,既包括经史、笔记、方志、类书、文集、释道等古籍,也包括近现代学者的考据论著、年谱和注本。史料利用的深广度,来自于诸位编者的辛勤考索之功,既是笺证工作的基础,也是笺证水准的体现。

《笺证》所做的工作,如卷末《后记》自述,主要包含三方面的内容:一是追溯史源,二是鉴别史料,三是裨补阙漏。《笺证》一书所具有的史料价值,也可以从这三方面加以检视。

首先是追溯史源方面。《笺证》广泛稽考早于正史的各类传记资料,例如《先唐文苑传笺证》充分利用《汉魏南北朝墓志汇编》等已整理问世的出土文献,又如《旧唐书文苑传笺证》以下各部分,深入考索诸家文集中收录的行状、墓志铭、神道碑等传记资料。这些传记文献大抵都是官修史书所采摭的史料来源,一方面证明正史记载的可靠性,另一方面通常提供更详细的生平资料。

大体而言,先唐、《旧唐书》和《新唐书》的史源考证,需要处理零星散见、通常不成片段的资料,难在史料的钩稽和整合;《宋史》和《明史》则需要处理大量的篇章完整的传记资料,难在史料的甄别和剪裁。各举一例。《先唐文苑传笺证》卷三《张翰》,引证《三国志》裴注所引《袁子》、《世说新语》刘孝标注所引《文士传》、《文选》李善注所引《七志》等,都是早于《晋书》张翰本传的史料,但没有首尾完整的早期传记。与此形成鲜明对比,《明史文苑传笺证》卷二《李梦阳》,笺证第一条开列崔铣《江西按察司副使空同李君墓志铭》、徐缙《明江西按察司副使空同李公墓表》、袁袠《李空同先生传》、李开先《李崆峒传》等传记文献凡三十五种。

其次是鉴别史料方面。《笺证》一方面对引证史料的异说时常加以考订辨正的按语，另一方面又充分吸收近现代学者的考证成果，详审地论列正史记载的讹误，并且有时也提出自己的不同意见。这两方面的笺证工作，都可以《明史文苑传笺证》卷一《高启》为例。关于《明史》本传所记高启赋诗获罪一事，笺证先引钱谦益《列朝诗集》和朱彝尊《静志居诗话》的不同说法，又作按语考订，梳理明初史事与高启行事，得出赋诗获罪并不属实的结论，稍留遗憾的是，引证清人金檀《高季迪先生年谱》的辨正，而不知金檀的辨正实本于汪端《明三十家诗选》。关于高启自号“青丘”及《青丘子歌》作年，笺证援引金檀《年谱》、陈建华《高启诗文系年补证》、房锐《高启〈青丘子歌〉作于何年》、贾继用《高启生平杂考》等不同观点，在检视、平议诸家异说后，依从贾说，定于元末至正十八年。

大体而言，先唐诸史、《旧唐书》和《新唐书》在鉴别史料、订正讹误方面，可以采纳的近现代学者的考证成果比较丰富，特别是唐人传记方面，傅璇琮主编《唐才子传校笺》等著作，得到《笺证》的频繁引述；而《宋史》和《明史》两部分，可供吸收的考证成果相对较少，很多传主尚未得到学者的关注，《笺证》经常是对传主生平资料的首次梳理，虽然考订工作不易深入，也算是成绩斐然。

最后是裨补阙漏方面。自《三国志》裴松之注、《世说新语》刘孝标注等旧注以降，补充史料成为笺注之学的一种体例。《笺证》同样沿用这一体例，在裨补阙漏方面用力甚勤。这些工作又可分成两种，一种是依据更加详细的传记资料，补充记载简略的正史，另一种是依据传主文集，考订史籍未载的传主行事，并据以补充史传记载。后一种裨补阙漏尤见功力。

例如,《旧唐书文苑传笺证》卷一《卢照邻》,卢照邻的生年,新、旧《唐书》本传皆未及,《笺证》据其《病梨树赋序》及相关史料,推知其生年在贞观七年或八年;卢照邻入邓王府的时间,新、旧《唐书》本传均不载,《笺证》据《朝野佥载》等史料,推知时间大概是高宗永徽四年前后;《笺证》又指出:"照邻出邓王府之后,拜新都尉之前,尚有三事可考。"以下据其《山庄休沐》诗及《释疾文》,考知卢照邻在龙朔元年曾任职秘书省,据其《穷鱼赋序》、《狱中学骚体》、《赠李荣道士》三篇,考知卢照邻曾因事下狱,又据其《奉使益州至长安发钟阳驿》诗,考知卢照邻约于龙朔二、三年曾奉使益州。

以上从追溯史源、鉴别史料、裨补阙漏三方面的检视,表明《笺证》在史料考订方面所下的深厚功夫,以及所取得的相应成绩。从整体上说,《笺证》追求的是史料的充分挖掘和翔实考订,对于笺证之学而言,这样的学术追求是合理的,也是值得肯定的。不过,由于《笺证》中各史情况不一,史料使用的详尽程度,似乎需要稍作权衡和区别,不应该一概而论。大体而言,先唐诸史的笺证,可供考订的史料相对而言不算多,应该充分挖掘和采摭;两《唐书》的笺证,史料比较丰富而不至于繁杂,需要稍作筛选和剪裁;而《明史》的笺证通常需要面对繁富芜杂的史料,尤其是著名文人,既有大量的传记文献,又有作品丰富的文集,如何去粗取精、考真辨伪和删繁就简就成为烦难的工作。

关于笺证的详尽程度的问题,《笺证》虽然没有提出自觉的区别处理的原则,但实际上已经表现出有所不同的笺证体例,特别是《明史》部分,已经比较明显地让人感受到巨量史料的压力。例如,文学传记中经常提及传主文集,即使没有,笺证时补充传主文集的流传和版本情况,也是合理的做法,《先唐文苑传笺证》即是如此,并且考订比较翔实。然而,《明史文苑传笺证》很难完全遵循这一体例,一方面是部分传记的笺证未及传主著述,如明初吴中四杰的张羽和徐贲等,另一方面是在传主文集流传比较复杂时,笺证只能提供比较简略的书志著录和传本的情况,如吴中四杰的高启和杨基。这种问题当然不能归咎于编者,而是各史的具体情况不同所导致的,同时也与明代文集流传研究的进展稍慢有关。

《明史文苑传笺证》所面临的史料问题,阅读所及,还可以举出一些琐碎的例子,写在这里,就当是一点拾遗补阙的工作。

卷一《杨基》,笺证未及王鏊《姑苏志》卷五十二《杨基传》,此传的记载有一些值得参照的异同。同卷《张习》、《徐贲》,《姑苏志》所收传记也稍详于此,而笺证不及。

卷一《王行》,传中提到北郭十友,朱彝尊《曝书亭集》卷六十三《徐贲传》可以参证,而笺证不及。

卷一《宋克》,笺证引焦竑《国朝献征录》卷一一五所收高启《南宫生宋克传》,此文载高启《凫藻集》卷四,题作《南宫生传》。从史源学的角度说,笺证的材料应该取高启本集。这大概是过度依赖传记资料索引等工具书的结果吧。

卷二《陈亮》,传中称:"作《陈抟传》以见志。"笺证引录《国朝献征录》、《东越文苑》、《名山藏》等史料,但没能指出传中所谓《陈抟传》实际上是《读陈抟传》诗,而此诗现存于明人袁表、马荧《闽中十子诗》卷六,是一首五言古诗。

另外,卷一《高启》传末:"明初,吴下多诗人,(高)启与杨基、张羽、徐贲称四杰,以配唐王、杨、卢、骆云。"笺证引《旧唐书》杨炯传和《新唐书》王勃传,以注初唐四杰并称一事,而未引李东阳、王世懋、胡应麟、张习诸家记载,以笺释明初吴中四杰并称一事。这已经不只是征引史料的问题，而是违离了笺证体例，变成旧典的注释。当然，这种问题在《笺证》一书中只有罕见的例子，这里只是顺带提及。

(2013年厦门大学中文系《历代文苑传笺证》研讨会，提交并宣读)

《稀见明人诗话十六种》读后

《稀见明人诗话十六种》
陈广宏、侯荣川编校
上海古籍出版社 2014 年 12 月第 1 版

一 背景

在明朝覆灭后的数百年来，明诗和明代诗学始终受到普遍的贬抑和冷落，究其原因有二，一是清初以降学者的反思和批判，二是民国以后学界流行的文学进化论。后者不仅关乎明诗，也关乎宋以后各朝诗歌的遭遇，依闻一多、鲁迅等民国学者的判断，几乎是要将宋以后诗歌从诗史上抹去。前者则是明诗的特殊遭遇。如蒋寅先生总结，清初学者批判明代诗学具有三大流弊：摹拟作风、门户之见和应酬习气。[①] 第一点尤其影响深远，已然成为普通读者和多数学者对于明诗的刻板印象，摹拟甚至剽窃的明诗既然毫无新意，陈腐不堪，如何引起后人研究的兴趣。蒋寅先生又提出："清初对明代诗学的反思和批判，乃是清代诗学确立不可缺少的一环，或者说是清

① 蒋寅《清初诗坛对明代诗学的反思》，《文学遗产》2006 年第 2 期。

代诗学确立的反面。”[①]而现代学者看到的明诗，经常只是清人眼中的明诗，夹杂着各种偏见和歧误。由此，除晚明公安派有幸被追认为新文学的起源外，明诗的多数作家作品大抵处于长期的被冷落和否定的状态中。

新世纪以来，学界的研究进展极大地改变了明诗的冷落状态，明诗研究在各个领域、各种方向上都得到深广的拓展。[②]这种由冷趋热的改变应在相当程度上归功于明诗文献整理的推进，包括《列朝诗集》等明诗总集的标校出版、主要明人别集的整理出版、明集的存世普查与书目编纂，以及明代诗学文献的搜集和整理。诗学文献的搜集和整理对于改变明诗的遭遇尤具重要的意义。现代学者长期以来习于援引清人的评论，信从清人的判断，不能充分尊重明人自己的立场和思路，更缺乏同情的理解。有关明代诗学文献的搜集和整理，研读和体察，能够帮助学者回到明诗发生的语境，夷考事件的始末和缘由，平议人物的是非和得失，诠解观点的内涵和外延，这无疑有助于纠正清人的偏见，消除清代造成的歧误，或者说，越过清代的迷障，回到明代的现场。

明代诗学文献的搜集和整理，一向不如其他朝代。在专门的诗话丛编中，仅见何文焕《历代诗话》收录四种、丁福保《历代诗话续编》收录九种。在综合的丛书中，《丛书集成初编》收录十一种，其他大型丛书如《四库全书存目丛书》等，所收若干种则只是影印行世而已，并未校点整理。吴文治《明诗话全编》(1997)、周维德《全明诗话》(2005)先后出版，同为规模

---

① 蒋寅《清初诗坛对明代诗学的反思》,《文学遗产》2006 年第 2 期。

② 周明初《走出冷落的明清诗文研究——近十年来明清诗文研究述评》,《文学遗产》2011 年第 6 期。

宏大的明人诗话纂集和校点，极大地推进了明代诗学文献的搜集和整理。这在一定程度上改变了明代诗话文献整理的落后局面。然而，限于当时的资料获取和检索的条件，这两种诗话汇编都并不能十分完善，在收录数量、版本选择和点校质量等方面都留下增订和改进的空间。

陈广宏先生主持的《全明诗话新编》课题，受惠于当代便利的资料条件，基于当代学术的新视野与明诗研究的新要求，试图推进明代诗学文献的搜集和整理工作。相关问题如明人诗话的传世数量、诗话文献的界定、版本的调查和选择、校点的原则、作者生平的考订等，陈先生及其课题组成员都已形成成熟的思考，搜集和整理工作也在持续推进中。[①]《稀见明人诗话十六种》(以下简称《诗话》)即是这项工作的阶段性成果。

二　解题

古代诗人如杜甫等，制题多严谨不苟，题与诗相应相生，批评家如金圣叹、仇兆鳌等每每依题解诗，借题说诗，诗家称之为还题法。《稀见明人诗话十六种》的书名同样严谨不苟，名符其书。这里不妨借用诗歌批评的还题法，评述此书的内容和编者的宗旨。

(一) 稀见

书名所谓“稀见”，如卷首凡例所述：“本编为明人诗话稀见罕传者之集萃，皆目前未有影印或整理出版者，其中多属孤本，不少藏于海外，具较高版本价值与诗学研究价值。”所录十六种，《兰庄诗话》一卷、《清江诗法》三卷、《诸仙诗话》一卷、

---

① 陈广宏、侯荣川《关于明诗话整理的若干问题》，《复旦学报》2013 年第 1 期。

《骊山诗话》四卷、《白石山堂诗话》等为明抄或旧抄，多为罕秘的孤本；《汝南诗话》一卷、《石阳山人蠡海》二卷等明刊亦属仅见的传本。以庋藏而言，明刊《茗碗谈》一卷等四种得之台湾“中央图书馆”，万历刊《翰林诗法》十卷得之日本内阁文库，万历刊《古今诗话纂》六卷得之美国普林斯顿大学东方图书馆。《赵仁甫诗谈》二卷等三种未见单行，则由诸家本集中别裁而出。陈霆《渚山堂诗话》三卷原本已佚，乃由陈霆《水南稿》与杨春先《诗话随抄》中重辑而成。这稀见的十六种诗话都属首次整理问世。其中闵文振《兰庄诗话》一名虽已见诸《明诗话全编》与《全明诗话》，而《诗话》所录为国图藏明抄本，凡四十七则，又据《古诗纪》辑得佚文五则，吴、周二编所录则同属《说郛》本。

虽说当今资料搜寻条件便利，稀见旧籍的获得也殊非易易。例如《诗话》所收《弹雅》一种，用山东大学图书馆藏明天启二年刻十六卷，而故宫博物院图书馆藏天启三年刻十八卷，多出《诗铨篇》二卷，则“惜求览未得”(卷前提要)。其间缘由不尽在于图书存藏的距离，更在于图书流通和使用的观念。如《诗话》所收《古今诗话》一种，用的是远在大洋彼岸的藏本，而非同属华东地区的安徽省博物馆的藏本。这也表明，将这些稀见诗话纂集、点校而传布于世，实是嘉惠学林之举。

（二）明人

书名所谓“明人”，指的是诸诗话作者的朝代归属，这本来无须赘言，不过其中《清江诗法》一种在著作与编刊之间，似乎略存疑义。

熊逵《清江诗法》三卷，原曾刊行，今存旧钞本。卷首有熊逵嘉靖四十一年序。此书收录元人清江范椁《木天禁语》、《诗学禁脔》、《说诗要指》三种，各为一卷。据熊序，前两种本于杨成刊《诗法》本，后一种出于友人杨翚手钞，为范椁门人集录

《说文要旨》之仅存的卷三《说诗》。熊序自称："此三种，世共珍之，不啻拱璧，独恨近世乏其传。子羽授予，予乃合而寿之梓，题曰《清江诗法》，盖先生为梓里前哲，逵愿执鞭焉。"可知熊逵所做的仅是出版的工作，既无撰作，也无纂集。而书名取义近乎"范梈诗法著作三种"，与其说是书名，不如看成丛书的名称。因此，《清江诗法》似不应归为明人诗话。

吴默《翰林诗法》十卷、李本纬《古今诗话纂》六卷两种稍有不同，虽亦无新撰，但有纂集、裁择之功。这就涉及著述归属的界限问题。此三种的文字内容都采录自前代著作，《清江诗法》所录三种并未改变原书的基本形态，只是汇而刊之，因此不能构成一种新的著作；而《翰林诗法》虽取自前代诗话而有所选择和删汰，《古今诗话纂》则取自文集、笔记和类书，纂集而成新的一种著作。著述归属的界限并不在于文字内容，而在于书籍编纂的体例。

明人汇编或纂集前代论诗之语的书籍传世颇多，或仅系汇刊，或有所纂集，朝代归属问题似乎应该具体而论。孙小力《明代诗学书目汇考》(《中国诗学》第九辑)著录此类著述甚多，如佚名编《新编名贤诗法》三卷、杨成编《诗话》(十子诗话)十卷和《诗法》(群公诗法)五卷、黄省曾编《名家诗法》八卷、朱绂编《名家诗法汇编》十卷、胡文焕编《诗法统宗》等，也包括此三种。著录时一概视为明代诗学书目，似乎稍欠分晓。

(三) 诗话

书名所谓"诗话"，指的是所收书籍的文献类型。"诗话"概念的界定也就关乎所收书籍的范围。如《诗话》前言所述，此书所收各种诗话，"从体制来看，亦基本涵括了记事评诗、解说格法、阐发理论等几种主要的诗话类型"。可见是采取了广义的概念。

关于“诗话”的概念，郭绍虞先生提出广狭二义，应分别使用。[①] 这是颇为通达的主张，学界对此也已有共识。不过，关于“诗话”界定的原旨主义亦时见学者提倡，要求回到诗话创立之初欧阳修的原初意图，强调诗话的采故实、资闲谈的文体特征。与此相反，陈广宏先生的做法是包含通变观念的实用主义，关注变化后的事实和终点，而不是拘守原初的起点。《诗话》前言称：“无论是通过逐步上溯诗话之源以扩大概念外延，抑或在学术的诉求下重新部勒类别、界划范畴，明诗话所体现的功能，已涵盖诗歌批评实践和诗学建构的众多方面，其自身的叙述策略及结撰形式亦有变异，显示出相当复杂的形态与格局。”这实际上也是自《历代诗话》至《清诗话续编》，诗话丛编的编纂原则和惯例。

如果说“近代以来，学者往往将诗话的概念实际拓展至目录学‘诗文评’类目的论诗部分”[②]，拓展的概念过于违离“诗话”一词的字面含义，窃以为，不妨重新诠释“诗话”的内涵。“诗话”的字面含义原为“有关诗的谈话”（Poetry Talks 或 Causeries on Poetry），可置换为“有关诗的话语”（Poetry Discourse）。记事评诗、解说格法、阐发理论等所有类型的诗话，都是一种诗学话语。由此则诗话研究可援引话语研究的理论，在特定历史语境中研讨诗话的具体言语方式，在不同话语之间探寻诗话所处的位置和所具的意义。

（四）十六种

书名所谓“十六种”，表明编纂体例是以书立目。这也是

---

① 郭绍虞《诗话丛话》，载氏著《照隅室杂著》，上海古籍出版社 1986 年，页 231。

② 陈广宏、侯荣川《关于明诗话整理的若干问题》，《复旦学报》2013 年第 1 期。

《全明诗话新编》课题的编纂体例。关于这一点，陈广宏先生曾比较吴文治《明诗话全编》与周维德《全明诗话》的差异，周编是以书立目，只收独立成书的诗话著作，吴编则是以人立目，在收录独立成书的诗话著作外，又采录别集、笔记、类书、史籍等文献所载论诗资料，并提出："这两种体例皆可在前代诗话编纂中找到依据，然依我们一孔之见，在目前的基础与条件下，似应以先集中精力汇集、整理独立成书的明人诗话著作为急务。"①

吴、周两种体例的根本差异实际上并不在于文献辑录的范围广狭，而在于是否坚持古籍整理中书籍的概念。书籍的形成和存在并不仅依存于文字内容，更依赖于体例、次序等外在形式与序跋、题署等副文本要素。只收独立成书的著作，意味着尽量保留一种书籍的原样及其相应的产生背景和阅读感受。相反，不同来源的资料聚焦在一人名下的编纂，已经超出古籍整理的范畴，至少是在编纂新古籍；并且隐含极为功利的观念，把诗话全然视为可供学者渔猎的资料汇编。

《诗话》"十六种"自然是坚持每一种诗话作为一种书籍的概念，并大体保留其原本的形态。不过，这十六种的底本并非都是单行本。黄甲《独鉴录》一卷原为明刊《凤岩山房文草》二十六卷的辛字二卷。赵统《骊山诗话》四卷原为明钞《赵骊山先生类稿》(残本存三十三卷)的卷三十四至卷三十七，卷次改为一至四。赵世显《赵仁甫诗谈》二卷原为明万历刊本《芝园文稿》三十六卷的卷二十五和卷二十六，卷次改为上下。这三种都是从文集中别裁而出。这却也是《全明诗话新编》的编纂体

① 陈广宏、侯荣川《关于明诗话整理的若干问题》，《复旦学报》2013年第1期。

例。《诗话》前言称："在'文史'或'诗文评'之外，子、史部相应类目以及'别集'类中，搜辑那些单独成卷者。"这可以称为变通的书籍概念。

在编纂与流传中，诗话与别集的关系通常是可分可合，既已单行，也不妨附入本集，本集收录若干卷诗话，也不妨裁出单行。二者通常出于同一版刻，单行与否取决于刷印过程。如《诗话》所收胡之骥《诗说纪事》三卷，既有万历四十五年刊单行本（万历四十六年补刻），也附于万历四十五年刊《胡伯良集》中，二者实为同一版本。《诗话》所收三种由文集别裁而出的诗话，也是既单行又附于本集，只不过单行本亡佚而借本集传世。因此，搜集单独成卷的诗话，并不违背书籍的概念，是变通且有例可循的书籍概念。这样的编纂体例大抵介于周、吴二编之间。

三　价值举隅

《诗话》前言评述所收明人诗话的特点与价值，举出三方面：一是《汝南诗话》、《诗说纪事》等记事类，所记多作者亲历亲闻，与前代相比，叙述视角不同，主体意识和自传色彩明显增强；二是《清江诗法》、《翰林诗法》等格法类，有功于前代诗法著作的传存，且可觇见明代书籍出版情况；三是《弹雅》、《赵仁甫诗谈》等理论类，在理论和体系上的追求，是对前代诗话体制的变革，在声调、体制等诸多问题上的探讨，是对中国诗学传统的重要贡献。这三方面都包含值得引申和开掘的丰富议题，诗话研究领域的有心人自可着意关注。

其中所收若干种诗话著作都值得专门研究。《诗话》前言特别提及赵宧光《弹雅》一书的价值："其实有很重要的分量与重要的地位，却未为人所熟知。赵氏所处时代，正当复古派格调诗学影响广播而拓殖为难、趋于分化之际，他本人则以文字音韵之精深造诣，依诗歌体性、结构、作用等内在层次，建立起相当系统的诗学分析与评价体系。”明代诗学中最重要的几大议题，如格调、辨体、声韵，在《弹雅》中都有详尽的阐述，是后人研究明代诗学的重要文献。侯荣川先生也有专文讨论陈霆《渚山堂诗话》在文献和诗学等方面的价值，陈霆在正德间的记载有助于后人了解当时复古派的影响，所引宋元明人诗则具有辑佚和校勘的价值。①

从明诗研究的角度看，《诗话》的主要价值大概在于明人谈明诗的资料。一方面是很多在后人视野中消失的明代诗人，我们现在可以看到当时人的相关评论；另一方面是著名诗人的诗作与诗论，我们现在可以看到当时或稍后明人的回应和批评。例如，《白石山堂诗话》卷下专论隐没不彰、风韵孤寂的明布衣诗。又如《诗说纪事》凡例自述：“是编多引用《杨升庵集》所载者，然纪其不足以补之，或议论可否，余因评骘。”这两方面都有助于学者回到明诗发生和流传的语境，看到明诗丰富和真实的状态，进而反思和批判清人眼中的褪色且变形的明诗。明人谈明诗的诗话，以及明人选明诗的选本，同样都是明诗研究中最需要深入开掘的文献资源。

此外，学者依据各自的研究视野和关注重心，在阅读《诗话》时各取所需，也当有不同程度的收获。以我自己的关注和阅读为例。宋人诗话多讲诗句的胎息因革和点化优劣，隐含的观念是诗歌所有权的问题，是为宋代诗学的核心问题之一。明代诗学的重心虽已转移，而赵统《骊山诗话》仍然关注这一

---

① 侯荣川《明陈霆〈渚山堂诗话〉及其诗学价值》，《上海大学学报》2014 年第6 期。

问题，卷一"诗不可蹈袭句语"、"诗中俗字无所本祖"、"诗用坐字"、"诗句不必求所本祖"，卷二"蹈袭"、"诗用字有据无据"、"诗忌用旧语"，卷三"诗不可忌前人道过"、"蹈袭"诸条，都围绕出处（本祖）问题展开议论。与宋人相比，赵统的发展是有关所有权的边界问题的议论，如提出"常言字语，古今天下之公语，无所用蹈袭"（卷二），以此反对作诗必求本祖的倾向。

阮籍集现存的早期传本是明嘉靖二十二年范钦、陈德文校刊的《阮嗣宗集》二卷，卷首有陈德文《刻阮嗣宗集叙》，卷中有若干陈德文评语。持校陈德文《石阳山人蠡海》二卷（嘉靖十八年刊本），卷中评语悉出于《蠡海》卷上而略有删节，如第五十首评语删去末句"千世之下，言可以兴"；卷首陈叙评阮籍《咏怀》八十一首"律之中行则病矣"，与《蠡海》卷下（即《石阳山人病诗》）可相参证，《病诗》六十首（据《天一阁书目》卷四著录，原有八十一首）即为阮籍《咏怀》之嗣响。学者如果研究阮籍之接受史，陈德文实为重要一环，其校刊阮集、《蠡海》之评论与仿作，以及《孤竹宾谈》卷三有关阮籍的两条论断，皆当参考。

江淹集现存旧注是明万历二十六年刊胡之骥注《江文通集》十卷。胡之骥《诗说纪事》卷中称："骥注《江文通集》，颇得奇解，其叙曰：'后世谁知，过谭敬礼。九原可起，不愧文通。'会心处那得不尔。"以笺注而会心于作者，胡之骥自信如此，其中显例莫如注江淹《效阮公十五首》。胡之骥注曰："阮籍《咏怀》八十首，身仕乱朝，常恐罹谤遇祸，因兹发咏，志在讥刺，而文多隐避。江淹之效阮公者，亦因建平王景素与不逞之徒日夜构议，淹知祸机将发，赋诗十五首，明性命之理，因以为讽，王遂不悟，乃黜为吴兴令。"沿述李善注与江淹《自序》，似无所谓会心之处。而《诗说纪事》卷下有两条与此相关，可相参证。其一曰："阮籍《咏怀诗》八十一首，江文通《效阮公十五首》，余又效江文通《咏怀》十五首，有慨世寓兴，悲歌当泣之意，实自苦心，傥能传之后世，必有知余者。”其二曰：“丙午岁，公觐太史家居，余为《咏怀诗》十五首，书卷以赠，盖效步兵、文通之意，以抒己之愤懑耳。太史不悟。今并录于卷末，志余之忠告也。”可知胡之骥所谓会心之处，不仅在于笺注得当，更在于政治抒情传统的自觉传承和践履。由此一例也可看到，明代盛行的拟古诗写作未必都是文辞的效仿和因袭，也可以是抒情传统的沿续和实践。

古诗流传，屡经传写刊刻，不免滋生异文。考订诗之文字异同，既属校勘学的范畴，又通于谈艺论文的诗学。这可称之为异文的诗学。然而相关资料多属只言片语，散见诗话、笔记与诗集校语中，专门的讨论不易多见。赵宧光《弹雅》卷十三《刊误八之上》、卷十四《刊误八之下》多见文字考异的资料，既提出明确的校勘原则，又举出具体的校勘方法。略摘二则：“古歌词之见于经传百家者，往往不同。不特传写之误，即著书家各自就其作用而为之裁酌，后世校伪者，必欲是此非彼而一之，则逾校而逾伪矣。各就本人作用，方是校书之法。”“常谓阙疑其迹可，阙疑其心不可，至所谓存而不论，论而不辨者，蒙庄可，我则不可。”前一则涉及他校法应注意古人引书并不忠实于原文的问题，后一则是有关校勘中多闻阙疑原则的辨析。至于校定具体诗句的例子颇多，不烦枚举。赵宧光的校诗方法既有常规的以典故事义为依据，又有新创的以声调格制为旨归，都可作为诗歌校勘学研究的参考。

以上四例无非是阅读时的一点随想。学者细读此书，自能体会明人诗话蕴含的诸多价值。

四　校读偶记

细读此书,获益良多。文字、句读与提要表述等方面偶见失校或疑误,间为拈出若干条如次。

（一）文字疑误

《汝南诗话》提要:“著有《皆山诗集》。”(页35)案:“皆”应作“偕”。

《兰庄诗话》提要:“陈著《石堂先生遗集》二十二卷。”(页73)案:“著”应作“普”。

《石阳山人蠡海》:“诗废酒狂,从此訾毁。”(页106)案:范钦、陈德文校刊《阮嗣宗集》卷下《咏怀诗》附此条评语,“此”作“世”。

《弹雅》卷十五引曹植诗:“贱妄当何依。”(页1024)案:“妄”当作“妾”。

（二）句读疑误

《渚山堂诗话》卷三:“其出守南安道常州时,陆学士廉伯方家居。”(页25)案:似应标作:“其出守南安,道常州,时陆学士廉伯方家居。”

《兰庄诗话》:“此真妙体。昔贤之心,盖推类尽义之至言也。”(页94)案:似应标作:“此真妙体昔贤之心,盖推类尽义之至言也。”

《骊山诗话》卷一“叶合”条:“是知叶合皆韵之变,通词赋之穷尔。”(页211)案:似应作:“是知叶合皆韵之变通,词赋之穷尔。”

《白石山堂诗话》卷上:“(沈启南)其拟古诸篇俱醇雅,有则画理。上之并驾唐宋诸名家,下亦不失子久、叔明笔意。”(页362)案:似应标作:“其拟古诸篇俱醇雅有则。画理上之并驾唐宋诸名家，下亦不失子久、叔明笔意。”

《茗碗谈》：“今有拟古诗及乐府者，自序云‘用拟’，如吴宽之《营新丰市》，不失尺寸。”(页753)案：似应标作：“今有拟古诗及乐府者，自序云‘用拟如吴宽之营新丰市，不失尺寸，即鸡犬亦竞识其家’，岂知登傀儡戏场，衣冠具而生气无也？”又“吴宽”应为“兒宽”之误。

《弹雅》卷十三：“说者谓陶集中问来使一首，为太白诗。”(页991)案：似应标作：“说者谓陶集中《问来使》一首为太白诗。”书中失标书名者不止一处，不赘举。

（三）提要表述疑误

《渚山堂诗话》提要：“卷十七、十八题作‘诗话’。”(页4)案：应作卷十八、十九。

《兰庄诗话》提要：“兹以国图藏明钞本为底本，校以《说郛》本、《诗话杂钞》本（北京大学图书馆藏），辑得佚文五则附录于后。”(页74)案：所辑五则佚文，标注出处为《古诗纪》与《说郛》，未见《诗话杂钞》。

《诸仙诗话》提要：“有明钞本，国家图书馆藏，兹据以点校。”(页179)案：提要录黄裳跋曰：“写手颇精，然不及明时也。”明言此钞本年代的上限，此处著录为明钞本，不知所据。

《诗说纪事》卷首郭士望《胡伯良诗集序》。(页647)案：此序不必收录。提要称，《诗说纪事》今存两种，一附《胡伯良集》后，一为万历刻单行本，实为同一版本。又称单行本卷首有郭士望《胡伯良诗集序》。由此可推测，郭序实为《胡伯良集》而作，单行本偶附卷首而已，实与诗话无关。

柯素芝《临江仙:中国中世纪的性与神女》读后

Suzanne Cahill,"Sex and the Supernatural in Medieval China: Cantos on the Transcendent Who Presides over the River." *Journal of the American Oriental Society*, Vol. 105. No. 2 (Apr. - Jun., 1985), pp. 197 - 220.

一 柯文概要

几世纪以来,批评家一般认为,词牌与词作的内容之间几乎不存在联系,只是一系列依照韵谱写成的词作的传统标签。柯素芝重提宋人黄昇"唐词多缘题"(《唐宋诸贤绝妙词选》卷一)的观点,认为统一词牌的不是韵律,而是主题和语言;《临江仙》的共同主题是求(神)女,神女和帝王是求女情节永恒的主角。柯素芝进而追溯了求女主题在中国古典诗歌中的历史:《诗经·关雎》的"窈窕淑女,君子好逑";《九歌》中的《湘君》、《湘夫人》;宋玉《高唐赋》、《神女赋》;曹植《洛神赋》;汉乐府铙歌十八曲中的《巫山高》及后人拟作如沈佺期一首;并注意到六朝和唐代求女主题在道教视野中的表现,即求女无异于求仙;而出现于唐五代的《临江仙》是这一求女题材的最后一种变体。在此基础上,柯素芝归纳了《临江仙》词牌的六个情节:

环境的描写,神女显现(通常包括其外貌描写),神女与帝王相会,分离,分离后的情感描写,访客(诗人)的声音出现;并详细分析了这六种情节在词作中的具体表现。

在上文探讨《临江仙》词牌的基础上,柯素芝反过来以这些探讨的结论解读唐五代词人的三十一首《临江仙》词作,分析每一首词的情节、语汇和意象,尤其强调词中可能的隐喻及其对上文所梳理的题材传统的呼应。

二 柯文不能成立的理由

柯素芝此文的意图,是把同一词牌下的一系列词作放在一起进行分析,发现它们共同的情节和语汇,并以此为基础反过来解读该词牌下的具体词作。其思路颇为精彩,具有结合宏观与微观两种分析方法的中观视角。但审视唐五代词尤其是柯素芝所举的三十一首《临江仙》词,以及词史的基本事实,我们认为,柯素芝此文的立论不能成立。

柯素芝所分析的三十一首唐五代《临江仙》词,具备求女主题或神女形象的是:和凝(1),牛希济(1)(2)(3)(4)(5)(6)(7),毛文锡(1),毛熙震(1),阎选(1)(2),张泌(1),计十三首,其余十八首不过写俗世男女的离合悲欢。其中牛希济七首都具备“求神女”的主题,所采用本事分别是:(1)楚王与巫山神女,(2)女冠谢自然升仙,(3)萧史、弄玉乘鹤仙去,(4)《九歌》中的湘君或湘夫人,(5)《洛神赋》中的曹植与宓妃,(6)郑交甫与汉水游女,(7)赵师雄罗浮山遇梅仙。如果唐五代的《临江仙》词牌只留下牛希济一人的作品,那么柯素芝的观点或许可能成立。但其他词人的作品表明牛希济只是个特别的例子。牛希济以“求神女”作为《临江仙》的主题,是因为他的道教思想背景,而非《临江仙》词牌本身的要求。

“求神女”的主题也不仅仅出现在部分《临江仙》词中，其它词牌同样可以使用。我们不妨以柯素芝所举的词人为例。

和凝《天仙子》二首，其一曰：“翠娥双脸正含情，桃花洞，瑶台梦。”其二曰：“洞口春红飞蔌蔌。仙子含愁眉黛绿。阮郎何事不归来，懒烧金，慵篆玉。流水桃花空断续。”

顾敻《虞美人》曰：“少年艳质胜琼英。早晚别三清。……此时恨不驾鸾皇。访刘郎。”《浣溪沙》曰：“青鸟不来传锦字，瑶姬何处琐兰房。忍教魂梦两茫茫。”

孙光宪《河渎神》一曰：“翠华一去不言归。庙门空掩余晖。”其二曰：“春晚湘妃庙前。一方柳色楚南天。”《女冠子》其一曰：“品流巫峡外，名籍紫微中。真侣墉城会，梦魂通。”其二曰：“勿以吹箫伴，不同群。”

鹿虔扆《女冠子》其二曰：“步虚坛上。绛节霓旌相向。引真仙。……欲留难得住，却归天。”

尹鹗《满宫花》：“风流帝子不归来，满地禁花慵扫。……何处醉迷三岛。”

毛熙震《女冠子》：“应共吹箫侣，暗相寻。”《南歌子》：“暗想为云女，应怜傅粉郎。”《菩萨蛮》：“屏掩断香飞，行云山外归。”

李珣《浣溪沙》：“早为不逢巫峡梦，那堪虚度锦江春。”《巫山一段云》其一：“楚王曾此梦瑶姬。一梦杳无期。”其二：“云雨朝还暮，烟花春复秋。”《望远行》：“愁聚萧娘柳眉。玉郎一去负佳期。水云迢递雁书迟。”《河传》：“迢迢巴楚。山水相连。朝云暮雨。依旧十二峰前。猿声到客船。”

张泌《浣溪沙》：“云雨自从分散后，人间无路到仙家。”《女冠子》：“何事刘郎去，信沉沉。”

毛文锡《虞美人》：“遥思桃叶吴江碧。便是天河隔。”《赞浦子》:“正是桃夭柳媚,那堪暮雨朝云。宋玉高唐意,裁琼欲赠君。”《醉花间》:“银汉是红墙,一带遥相隔。”《浣溪沙》其一:“罗袜生尘游女过,有人逢着弄珠回。”《诉衷情》:“刘郎去,阮郎行。……何时携手洞边迎。诉衷情。”《巫山一段云》:“雨霁巫山上,云轻映碧天。远风吹散又相连。十二晚峰前。 暗湿啼猿树,高笼过客船。朝朝暮暮楚江边。几度降神仙。”

因此,“求神女”主题既不专属于《临江仙》词牌,也不是《临江仙》词必须遵循的主题传统,也就是说,“求神女”主题并非使《临江仙》这一词牌得以成立的条件,使《临江仙》自别于其它词牌的恐怕还是韵律方面的特征。并且,“求神女”的主题也只是在晚唐五代这一并不太长的时期中流行过,宋代及其后的词人似乎并无这种明显的倾向。

《临江仙》本是唐代教坊所用曲调,见载于崔令钦《教坊记》。根据黄昇《花庵词选》的记载,《临江仙》的本题是咏水仙。水仙有两种含义,一是指水中神仙。唐司马承祯《天隐子神解》:“在天曰天仙,在地曰地仙,在水曰水仙。”如《越绝书》卷十四《越绝德序外传》称被吴王尸沉江中的伍子胥为水仙,《拾遗记》卷十《洞庭山》称自沉汨罗的屈原为水仙。二是指花名。这两种含义本来和求女、求仙都没有直接关系。部分《临江仙》词作与“求神女”题材产生联系,恐怕和晚唐五代巴蜀地区的道教文化氛围有关。柯素芝所举数十位词人大多是后蜀“花间”词人,其中牛希济等人具有明显的道教思想背景,他们可能是在使用《临江仙》词牌时,由其题面的“仙”字,联想到道教仙话中的诸多神女题材,如巫山神女、西王母、宓妃等。这种做法相当于拟古乐府诗中的赋题手法,也就是宋代词人曹勋《松隐乐府》在《夹竹桃》、《隔帘花》等词牌下自注的“咏题”。上文所举的词牌中有一种为《天仙子》,也是因为题面有一

“仙”字，所以该词牌的词作在晚唐五代也常常出现“求神女”题材和相关的语汇、意象。[①]

从这篇论文的行文来看，柯素芝似乎制造了一个狡黠的逻辑游戏。柯素芝先是从唐五代一系列《临江仙》词作中，总结出它们共同的主题、语汇和意象，并追溯其历史渊源，从而归纳出这一主题传统的若干特征；然后再反过来把得来的结论作为解读每一首《临江仙》的背景知识。从甲归纳出乙，再从乙演绎到甲，这似乎有点循环论证的嫌疑。如上所述，柯素芝归纳的结论既已不能成立，那么，她对具体词作的解读也不尽可信。例如，柯素芝过分强调词中某些语汇如云、雨、风的象征意义，将俗世的男女当成帝王和神女，将一般的景物描写看作巫山云雨所隐喻的两性际会。

或许可以作这样的结论：性是晚唐五代词的常见题材，超自然的题材在道教视野中与性取得了互相隐喻的联系，求女与求仙融合成传说和文学作品中的“求神女”。一部分具有道教思想背景的词人选择了这一主题，《临江仙》词牌因其题面中的“仙”字，经常被联想到道教仙话中的神女，因此有一部分《临江仙》词作运用了这一主题。但其它词牌同样可以使用这一主题，其中如《天仙子》、《女冠子》、《河渎神》，和《临江仙》一样，也经常以此为主题。

---

① 案：敦煌唐写本《云谣集杂曲子》中有《天仙子》二首，也是“求神女”的主题。其一曰：“燕语啼时三月半。烟蘸柳条金丝乱。五陵原上有仙娥，携歌扇。香烂漫。留住九华云一片。　犀玉满头花满面。负妾一双偷泪眼。泪珠若得似珍珠，拈不散。知何限。串向红丝应百万。”其二曰：“燕语莺啼惊觉梦。羞见鸾台双舞凤。天仙别后信难通，无人问。花满洞。休把同心千遍弄。　叵耐不知何处去。正是花开谁是主。满楼明月夜三更，无人语。泪如雨。正是思君肠断处。”

三 柯文引起的联想:乐府古题与词牌

乐府古题和词牌一样,是一种被经常使用,具有相当联想功能的凝固的题目。二者之间的相似之处和相异之处,都有很多值得探讨的地方。比如,乐府古题具有本事和本义,或者还有明代人强调的本调。诗人以赋题、拟篇等手法写作的拟古乐府诗,必须沿用古乐府的本事。很多批评家强调这一点,因此产生了不少乐府解题的著作,如吴兢《乐府古题要解》。乐府一开始是入乐可歌的,乐府古题越到后世就成了崔豹、吴兢之徒"以事解目,以义说名",完全脱离了音乐曲调。而词牌的情况却是词人和批评家一般都认为,词牌和内容没有直接联系,因此也从未产生词牌解题类的著作。词到后世尽管也脱离了音乐演奏实践,但始终要求遵照一定的韵谱。这种差异实在令人深思。

如果把词看作广义乐府中的一种,那么词和古乐府应该有很多相关的地方。因此,在乐府研究中,我们不妨以词方面的所知去补古乐府方面的未知;反之,在词的研究中,也可以这样做。这样的思路或许可以给两个研究领域分别带来新的发现。

[附记] 2005年的旧文,整理文档时偶然翻检出来,记得是当时替人捉刀代笔,提交给程章灿老师"欧美汉学名著原典选读"课程的一份作业。

钱锺书《谈艺录》施注遗山诗集订补诸则札记

一

在《谈艺录》(中华书局 1984 年)的《补订》部分,钱锺书先生自述青年时期学习古典诗文的经历:

> 及入大学,专习西方语文。尚多暇日,许敦宿好。妄企亲炙古人,不由师授。择总别集有名家笺释者讨索之,天社两注,亦与其列。以注对质本文,若听讼之两造然;时复检阅所引书,验其是非。欲从而体察属词比事之惨淡经营,资吾操觚自运之助。渐悟宗派判分,体裁别异,甚且言语悬殊,封疆阻绝,而诗眼文心,往往莫逆暗契。(页 346)

钱锺书诗学宏深博赡、通观圆览,如其自述,肇基于总别集名家笺释的讨索,方法是笺注与本文的对质,以及引文是非的检验,意图是属词比事的体察,旨归是操觚自运的助资,潜研旧注而臻至的诗学境界,是透过宗派、体裁、言语、封疆的差异,发现相通相契的诗眼文心。自称为“赏析之作”的《谈艺录》,大半篇幅是对诸家旧注的评论、引申和订补,涉及的旧注包括:姚羹湖《昌谷诗注》、朱轼《笺注长吉诗》、陈本礼《协律钩元》、李雁湖《半山诗注》、沈小宛《王荆公诗集补注》、冯星实《苏诗合注》、任渊注《山谷内集》、史容注《山谷外集》、冒广生《后山诗注补笺》、胡仲孺注《简斋诗集》、施国祁《元遗山诗集笺注》以及钱仲联《人境庐诗草笺注》，又提及未传世的宋人《庚寅补注》、张篑斋《补正雁湖注》、许眉岑（仲堪）《注放翁诗》、陈杏孙（昌绅）《小仓山房集注》。研读集部旧注，可谓是钱锺书为后学开示的诗学研究门径，是鸳鸯绣后示人的金针。

在这些旧注中，施国祁《元遗山诗笺注》是钱锺书致力较多的一种，据吴忠匡所记，钱锺书"自谓于少陵、东野、柳州、东坡、荆公、山谷、简斋、遗山、仲则诸集，用力较劬"，"其后游欧洲，涉少陵、遗山之庭，眷怀家国，所作亦往往似之"①。《谈艺录》中专门评论元遗山诗的篇幅，据学者统计，近三万字。② 其中第四三则《施北研遗山诗注》，以两页的篇幅评论施国祁笺注的得失，有关此则的《补订》部分，以十八页的篇幅订正、补注施国祁笺注的误注、失注。

钱锺书对施国祁笺注的基本评价，一方面是肯定其笺证本事，尚多发明，另一方面是批评其注释故实，阙略疏漏，最大的问题则在于"注诗而无诗学"（页 148）。这固然是持平之论，也符合施国祁笺注的实际，而对这位金史学者以考据家身份注诗，钱锺书的评价也表现出有关注诗的一贯立场。在《谈艺录》第七则《李长吉诗》中，钱锺书援引张篑斋《涧于日记》"考据家不足与言诗"的评论，批评姚羹湖、朱轼、陈本礼三家"以本事说长吉诗"的注诗方式（页 45），又赞赏李仁卿《敬斋古今

---

① 吴忠匡《记钱锺书先生》，《随笔》1988 年第 4 期。

② 张静《钱锺书先生对元好问研究的贡献》，《山西大学学报》2007 年第 6 期。

鞋》的解说，虽是考据家所言，而“庶几不致借知人论世之名，为吠声射影之举”（页47）。在《谈艺录》第十九则《荆公诗注》，钱锺书批评沈钦韩《王荆公诗集补注》“志在考史，无意词章，繁文缛引，实鲜关系”（页80）。这些都是主张以诗家眼光注诗的立场。基于这种立场，钱锺书批评施国祁笺注：“遗山运用古人处，往往当面错过。”（页148）并着意指出：“词章胎息因袭，自有其考订，非于文词升堂嗜胾者不能。”（页149）

注重考订词章胎息因袭，是宋人注诗特别致力的方面；刻意指出运用古人处，也是宋人诗话中极为常见的内容。钱锺书对旧注的订补，正是继承宋代诗学关注点化、祖述、沿革的思想。由此，钱锺书对施国祁笺注的订补，绝不涉及本事的笺证，也罕及旧典的注释，大抵志在词章，无意考史，不讲知人论世，只讲诗眼文心，是诗家的注诗，而非考据家的注诗。

虽然自谦是“偶有弋获”（页475），钱锺书对施国祁笺注的订补，不仅数量丰富，涉及元遗山诗六十余首，而且超越宋人一词一句的考订，从词句的因袭，进而论定诗人之间隐秘的渊源关系。其中最启人深思的是挖掘出元遗山与陈简斋的联系。钱锺书先是提出：“余读遗山五古、七律，波澜意度，每似得力简斋。渠于宋诗人中，只诵说东坡，勿屑江西宗派，指斥山谷、后山，无只语及简斋诗。”（页477）以下是多方论证：1. 证明元遗山亲睹《简斋集》；2. 元遗山诗大量挦扯、效仿陈简斋诗的痕迹；3. 清人潘四农批评元遗山“以了字煞尾句太多”，是元遗山步趋陈简斋之证；4. 潘四农批评元遗山“好用平对实字装之句首”，此体亦是陈简斋所喜为。最后指出：“遗山与简斋为文字眷属，向来论诗，都不了此段。”（页481）

元遗山诗一直缺乏一个注重诗学的注本，施国祁笺注的本子是考据家的成果，民国以来的选注本也都不注重诗学的考订。近年问世的编年校注本，同样偏于本事、旧典的考证，并且令人遗憾地未能吸收钱锺书的订补成果。因此，学者研究元遗山诗，仍然很有必要重读《谈艺录》中有关施国祁笺注的评论和订补诸则。

以下是重读时所作的几条札记，所用方法亦是钱锺书提倡的"以注对质本文"。末学腹俭识陋，妄陈浅见，仅供覆瓿而已。

二

○《谈艺录》页476

《曲阜纪行》第九首："所得不毫发，咎责塞八区。"按昌黎《崔二十六立》："欢华不满眼，咎责塞两仪。"

案：如钱锺书所考，元遗山二句取自韩昌黎诗，而韩昌黎亦有所本，宋人诗话、笔记已明确指出，前此西汉叙传、魏人章疏已造此意。宋魏泰《临汉隐居诗话》："诗恶蹈袭古人之意，亦有袭而愈工，若出于已者。盖思之愈精，则造语愈深也。魏人章疏云，福不盈身，祸将溢世。韩愈则曰，欢华不满眼，咎责塞两仪。"王楙《野客丛书》卷十七《福不盈眦》："仆谓'福不盈眦，祸溢于世'，乃班固《答宾戏》，见《西汉叙传》，袁术议称尊号，尝引以为言，此语非出于魏人之口。"龚颐正《芥隐笔记》、孙奕《示儿编》卷七《祖述文意》同。

○《谈艺录》页477

《灞亭》："宿云淡野川，元气浮草木。"按陈简斋《感怀》："青青草木浮元气，渺渺山河接故乡"，又《龙门》："金银佛寺浮元气，花木禅房接上方。"简斋用字本刘文房《岳阳馆中望洞庭湖》："叠浪浮元气，中流没太阳"……胡震亨《唐音癸签》卷四谓"用元气二字最多者为刘长卿"，窃以为当云：以"元气"二字写景最多者为刘文房，语较圆切。舍前引一联外，尚有《登扬州栖灵寺塔》之“盘梯接元气，半壁栖夜魄”；《登东海龙兴寺高顶望海简演公》之“元气还相合，太阳生其中”；《送杜越江佐觐省往新安江》之“色混元气深，波连洞庭碧”；《自鄱阳还道中寄褚征君》之“元气连洞庭，夕阳落波上”；均不如“浮元气”三字，简斋洵具眼也。……遗山又有《乙酉六月十一日雨》之“元气淋漓中”，《南湖先生雪景乘骡图》之“元气开洪濛”，《夏山欲雨》之“太初元气入淋漓”；复均以“元气”作写景用。遗山用“元气”多于文房，而写景只此数处。

案：刘长卿以“元气”写景且状以“浮”字者，尚有《泛曲阿后湖简同游诸公》“元气浮积水，沉沉深不流”。遗山集中以“元气”写景者，尚有《双峰竞秀图为参政杨侍郎赋》“元气淋漓洗秋碧，画家晴景费经营”，《跋紫微刘尊师所画山水横披四首》其二“胸次江山老更奇，太初元气入淋漓”。

〇《谈艺录》页 484

《涌金亭示同游诸君》：“空青断石壁，微茫散烟萝”，施注引太白诗：“烟萝欲暝时。”按翁覃溪《复初斋文集》卷三十六《跋元遗山涌金亭诗石刻》谓遗山手书作“烟螺”，“可证集本萝字之误”。是也。“烟髻”、“螺髻”，形容峰峦常语。

案：集本作“烟萝”，石本作“烟螺”，翁方纲定从石本，但并无论证。钱锺书认同翁方纲的校订，并补充与“烟螺”相关的语汇，作为旁证。今人狄宝心《元好问诗词选》录此首，亦作“烟螺”，并引范成大《邢台驿》“太行东麓照邢州，万叠烟螺紫翠浮”，解释称：“句谓云雾消散在青山中。”(页 113)

此处异文，集本误而石本是，似乎已成定论，实际上尚存疑义。石本固然是元遗山手书遗迹，而集本源出家藏手稿，不应轻易定为误字。石本当日所作，集本晚年所定，“烟螺”、“烟萝”或是初稿、定稿的关系，也未可知。翁方纲的校订，失之武断。凌廷堪《元遗山先生年谱》卷上：“乾隆癸卯在京师，大兴翁覃溪师曾以此诗石刻见示，中唯‘空青断石壁，微茫散烟螺’，与集作‘散烟萝’者小异，余皆同。”对此处异文，已不置可否。钱锺书虽略有论证，二句文意亦稳顺可通，而置于全诗，却未必如此。狄宝心所释，同样限于二句而未能通观上下诗句。

且引上下数句：“我来适与风雨会，世界三日漫兜罗。山行不得山，北望空长哦。今朝一扫众峰出，千鬟万髻高峨峨。空青断石壁，微茫散烟萝。山阳十月未摇落，翠蕤云旓相荡摩。”

钱锺书取“烟螺”一语，理由是：“‘烟髻’、‘螺髻’，形容峰峦常语。”然而前文“千鬟万髻”句已作如此形容，此处若作“烟螺”，则嫌重复。另外，“烟髻”、“螺髻”确是常语，而“烟螺”一语虽非仅见，亦难称常语，狄宝心所引范成大诗外，元遗山之前，有宋人杨时《龟山集》卷四十一《王簿清辉亭》：“黛染烟螺拂槛低，抱城流水绿逶迤。”之后有遗山弟子王恽集中数例，明唐桂芳《白云集》、倪谦《倪文僖集》、清人张英《笃素堂诗集》、汤右曾《怀清堂集》亦用此语，此外并不多见。而“烟萝”一语，自唐人寒山、白居易、李白以降，已成山林隐逸的代名词，用例不胜枚举。

若依集本和施注，仍取“烟萝”一语，文意同样稳顺，且无重复之嫌，而结合上下文，又可见元遗山写景颇有层次。“今朝”二句是远景，众峰峨立如千鬟万髻；“空青”二句是中景，石壁与烟萝（松萝）应在涌金亭附近；“山阳”二句是近景，尚未摇落的树木应在亭前。另外，“烟萝”一语的隐逸意味，也与全诗的主题相应。

○《谈艺录》页485

《德恒斋》："养心如虎亦良勤，血战纷华老策勋"，兼用《庄子·人间世》："形莫若就，心莫若和。汝不知夫养虎者乎"，及山谷《次韵寄晁以道》："念公坐矐禅，守心如缚虎"，并参山谷《送王郎》："须要心地收汗马"。《遗山文集》卷三十一《孙伯英墓铭》："柬以诗礼，优柔餍饫，其郁郁不能平者，时一发见，如缚虎之急，一怒故在"，又卷三十二《东平府新学记》："而乃强自矫揉，以静自囚，缚虎之急，一怒故在"，均采山谷此喻。

案：元遗山二文"缚虎"之喻，确实采自黄山谷诗，而《德恒斋》诗二句似另有所本，"养心"非"守心"，"养虎"亦非"缚虎"，"血战"亦无关"汗马"，二者并无参用的关系，且上句与《庄子》的联系亦需稍作辨析。

《庄子·人间世》载颜阖将为卫储君之傅，询道于蘧伯玉，蘧答以二术："戒之，慎之，正女身也哉！形莫若就，心莫若和"云云，又譬以螳臂当车与养虎之法，曰："汝不知螳螂乎"云云，又曰："汝不知夫养虎者乎？不敢以生物与之，为其杀之之怒也；不敢以全物与之，为其决之之怒也。时其饥饱，达其怒心。虎之与人异类而媚养己者，顺也；故其杀者，逆也。"由此段文字看，《庄子》并无养心如养虎的譬喻。钱锺书撮录其中三句，有断章取义之嫌，而这种断章取义竟始于元遗山自己。遗山集中《通奉大夫钧州刺史行尚书省参议张君神道碑铭》亦尝引述此段文字曰："蘧伯玉为颜阖说养虎，人以为庄周氏之寓言。以君之事观之，世乃真有养虎者，至于时其饱饥、达其怒心，虎之与人，异类而媚，信斯言也。"未曾有养心如养虎的理解。而集中《临汾李氏任运堂二首》其一："此心未驯初，养虎时饱饥。一为金石止，坐阅万物驰。"以养虎譬拟未驯之心，正同《德恒斋》"养心如虎"之喻。

元遗山诗"养心如虎"之喻，字面上是《庄子·人间世》的断章取义，而此譬喻的结构则另有所本。南宋初邹浩《道乡集》卷二十五《颐斋记》："吾养气如养马，养情如养虎，养心如养鸡，养德如养木，彼不鞭其后者，皆吾覆辙之戒也。"所养可以是气、情、心、德，所拟可以是马、虎、鸡、木，虽然譬喻不一，而所以譬喻的思路并无二致。后来明人曹于汴《仰节堂集》卷十四《省躬诗》也有此类譬喻："养气如养虎，虎哮制则难。养心如养龙，龙变以能蟠。"

"血战纷华老册勋"句，典出《史记》："自子夏，门人之高弟也，犹云'出见纷华盛丽而说，入闻夫子之道而乐，二者心战，未能自决'。"刘祁《归潜志》卷十四所录元遗山佚诗《归潜堂》亦用此典："备尝险阻聊乘化，力战纷华又策勋。"以"战纷华"譬养心，自是妥贴。元遗山之前，已有梅尧臣《宛陵集》卷十九《次韵和酬永叔》："孔氏有高第，内自战纷华。"苏轼《径山道中次韵答周长官兼赠苏寺丞》："年来战纷华，渐觉夫子胜。"敖陶孙《臞翁诗集》所收《奉寄旌德尉刘申之》："伊余战纷华，心旆凡几偃。"与梅、苏、敖三例相较，元遗山诗增饰以"血"、"力"，以见心战之惨烈，又添说以"老册勋"，以见心战之胜绩，修辞中虽含军事的意味，却无有"汗马"的隐喻。以"汗马"而"战纷华"，可参宋人孙应时《烛湖集》卷十八《再答沙字韵》："幸有蠹鱼供老丑，何劳汗马战纷华。"

〇《谈艺录》页 488

《追录洛中旧作》："酒兵易压愁城破。"按钱珝《江行杂题》："一杯真战将，笑尔作愁兵"，杜牧之《不饮赠酒》："与愁争底事，要尔作戈矛"，又韩致尧《残春旅舍》："禅伏诗魔归净域，酒冲愁阵作奇兵。"

案："酒兵"、"愁城"的隐喻生成过程，应是先有以酒破愁的说法，后有兵城攻伐的隐喻，再有"酒兵"、"愁城"各自出现，最后才是“酒兵”与“愁城”并用于一诗。钱注引证不甚准确，更不充分。详引如下。

“酒兵”的隐喻。唐唐彦谦《无题诗》：“忆别悠悠岁月长，酒兵无计敌愁肠。”北宋苏轼《景贶履常屡有诗督叔弼季默唱和已许诺矣复以此句挑之》：“君家文律冠西京，旋筑诗坛按酒兵。”

“愁城”的隐喻。北周庾信《愁赋》：“攻许愁城终不破，荡许愁门终不开。”北宋李觏《旴江集》卷三十六《夏日雨中》：“酒退愁城外，吟兴愤涌中。”黄庭坚《山谷集》卷五《次巫山宋楙宗遣骑送折花厨酝》：“攻许愁城终不开，青州从事斩关来。”

“酒兵”、“愁城”并用。宋邓肃《栟榈集》卷一《和邓成材五绝》其二：“酒兵招我破愁城，顿觉春风拂面生。”张纲《华阳集》卷三十九《朝中措》：“莫遣酒兵，相对愁城，生怕频攻。”王庭珪《卢溪文集》更屡用之，卷四《刘端行自建溪归数来斗茶大小数十战予惧其坚壁不出为作斗茶诗一首且挑之使战也》：“酒兵先已下愁城，破睡论功如破贼。”卷十五《九日以菊花酒寄施醇翁通判》：“幸有酒兵堪一举，请公谈笑下愁城。”卷十五《次韵钟令》：“闲举酒兵挑一战，愁城欲下战方酣。”卷十六《早春怀叶观察》：“诗律未堪传乐府，酒兵聊且下愁城。”辛弃疾《稼轩词》卷三《江神子》亦有：“酒兵昨夜压愁城，太狂生，转关情。”

〇《谈艺录》页490

《家山归梦图》第三首：“卷中正有家山在，一段伤心画不成”，又《俳体香雪亭杂咏》第十四首：“赋家正有芜城笔，一段伤心画不成。”按高蟾《金陵晚望》：“世间无限丹青手，一片伤心画不成”；“赋家”二句如东坡《洋川园池·溪光亭》“溪光自古无人画，凭仗新诗与写成”，谓非画所能写，端赖赋咏以描摹之耳。

案:元遗山诗屡用“画不成”,意在感叹风景与人事,钱锺书所举二例外,集中尚有五例:

《遗山集》卷五《泛舟大明湖》:“晚晴一赋画不成,枉着风标夸白鹭。”

《遗山集》卷九《怀州子城晚望少室》:“十年旧隐抛何处,一片伤心画不成。”

《遗山集》卷九《野菊再奉座主闲闲公命作》:“晚景萧疏画不成,晚花作意出繁英。”

《遗山集》卷十《十日作》:“重阳拟作登高赋,一片伤心画不成。”

《遗山集》卷十四《春云淡冶》:“春云可是多姿态,五字韦郎画不成。”

“赋家”二句,钱锺书理解有误,与苏轼诗不同,元遗山并无比较诗、画表现能力的意思;从遗山集中包含“画不成”一语的全部七处诗句看,元遗山也从未有此用意。大抵而言,“画不成”一语在元遗山诗中有两种含义,一是沿袭唐人的用法,谓绘画难以表现的风景,意在感叹风景,而不是贬抑丹青,如吴融《唐英歌诗》卷中《绵竹山》“丹青画不成,造化供难足”,又如钱锺书所举高蟾诗,而韦庄《浣花集》卷四《金陵图》“谁谓伤心画不成,画人心逐世人情”,则有意反对贬抑丹青的观点,集中《怀州子城晚望少室》、《野菊再奉座主闲闲公命作》、《家山归梦图三首》其三皆是此种用法;二是以画喻诗赋,“画不成”指诗刻画、描画不出的风景,同样是意在感叹风景,而不是贬抑诗赋,集中《泛舟大明湖》、《十日作》、《春云淡冶》皆是此种用法,钱锺书所举《俳体雪香亭杂咏十五首》其十四“赋家”二句,亦是此种用法,前人集中似无此类用例。

钱锺书指出的“非画所能写，端赖赋咏以描摹之”的用法，苏轼之外，尚可举一例，遗山集附录所载乃兄元敏之《读裕之弟诗稿有莺声柳巷深之句漫题三诗其后》其二：“莺藏深树只闻声，不着诗家画不成。”

（2014年江南大学人文学院“从无锡到牛津：钱锺书的人生历程与学术成就”国际学术研讨会，提交并宣读）

江淹的嗣响:关于宋以后诗学的拟古与辨体

一 江淹的拟古诗

在六朝诗人中,鲍照、任昉、江淹都有晚年才尽之说,但广为人知的只是江淹,所谓江郎才尽,久已成为陈熟的典故。鲍照才尽,是忌主英威,深自韬晦,有意写作芜累之文;任昉才尽,是他原本就长于笔而短于诗,晚年弃长用短而属辞滞涩;而江淹才尽,则是出于两则引人遐思、流传广泛的传说。

> 淹少以文章显,晚年才思微退,云为宣城太守时罢归,始泊禅灵寺渚,夜梦一人自称张景阳,谓曰:"前以一匹锦相寄,今可见还。"淹探怀中得数尺与之,此人大恚曰:"那得割截都尽。"顾见丘迟谓曰:"余此数尺既无所用,以遗君。"自尔淹文章踬矣。又尝宿于冶亭,梦一丈夫自称郭璞,谓淹曰:"吾有笔在卿处多年,可以见还。"淹乃探怀中得五色笔一以授之。尔后为诗绝无美句,时人谓之才尽。①

一匹锦与五色笔,都是文(包括诗)的具象,张载问锦与郭

① (唐)李延寿《南史》卷五十九《江淹传》,中华书局 1975 年,页 1451。

璞索笔，都是债主催贷的隐喻。这两个传说，虽然是小说家者言，不足凭信，实际上包含着一种关于文的所有权的观念。张载和郭璞是所有者，而江淹是借贷者，江淹依靠借来的写作能力或灵感，妙笔生花，锦心绣口，一旦归还，诗文就恢复平庸。且不谈其中包含的讥讽之意，这两则传说的出现，实际上都与江淹的拟古诗直接相关。两则传说所隐喻的借贷关系，正是拟古写作的基本性质，即借助古人的风格、语汇和意象而完成的写作。

江淹垂名青史，至少应该部分地归功于两则传说的记录和流播，与此相应，江淹在诗史上的位置和影响，在很大程度上受益于他备受关注的拟古诗。在钟嵘《诗品》中，江淹位列中品，评语是："文通诗体总杂，善于摹拟。"中品的级别表明"善于摹拟"绝非贬词。萧统《文选》专门设有《杂拟》一目，收录拟古诗六十首，其中就包含江淹《杂诗三十首》。六朝诗人相与祖习的现象很普遍，拟古并不会让人联想到赝古、虚假或伪造。《诗品》卷下评论鲍令晖诗："拟古尤胜。"梁元帝《金楼子》称："刘休玄少好学，尝为《水仙赋》，当时以为不减《洛神》；拟古诗，时人以为陆士衡之流。"[①]这些评论都表明，江淹擅长拟古，可谓生逢其时。

载籍所见，至少有三个例子可以证明江淹拟古的水准。《杂体三十首》中的拟阮籍一首，见收于晚明范钦刊本和潘璁刊本阮集；拟陶渊明一首，长期以来都误作陶诗而收入陶集；拟鲍照一首，同时代的吉士瞻误作鲍诗，对客讽咏。文献流传的混淆，应当部分地归咎于原诗与拟作的形神俱合。清人冯班评曰："陆士衡《拟古诗》、江淹《拟古三十首》，如搏猛虎，捉

① 梁元帝《金楼子》，《丛书集成初编》本，中华书局 1985 年，页 38。

生龙,急与之较,力不暇,气格悉敌。今人拟诗,如床上安床,但觉怯处种种不逮耳。”[①]王士禛曰:“前人拟古,莫妙于陆机、江淹。”[②]诸如此类的称赏,后世屡见不鲜。江淹已然成为拟古的代表,而拟古也成为江淹的标签。

在江淹现存的一百四十多首诗中,拟古诗占到相当的比例。《学魏文帝》、《效阮公诗十五首》,在诗题中明显标示摹拟对象;《刘仆射东山集学骚》、《应谢主簿骚体》,效仿楚辞的风格;《古意报袁功曹》,效仿某种古代风格;《悼室人十首》,虽未明言,实际上受到潘岳《悼亡诗》的深刻影响;《杂体三十首》则是其中最有名的一组诗。后世学者评论江淹拟古,大概都要举出《杂体三十首》为例,因此这里的讨论同样以这组诗为主。

这组首尾完整并且意图明确的拟古诗,从文学批评史的角度看,具有多方面的特点和意义。江淹为这组诗提供了一篇论说明晰的小序:

> 夫楚谣汉风,既非一骨;魏制晋造,固亦二体。譬犹蓝朱成彩,杂错之变无穷;宫商为音,靡曼之态不极。故蛾眉讵同貌,而俱动于魄;芳草宁共气,而皆悦于魂,不其然欤?至于世之诸贤,各滞所迷,莫不论甘而忌辛,好丹而非素,岂所谓通方广恕、好远兼爱者哉?及公幹、仲宣之论,家有曲直;安仁、士衡之评,人立矫抗,况复殊于此者乎?又贵远贱近,人之常情;重耳轻目,俗之恒弊。是以邯郸托曲于李奇,士季假论于嗣宗,此其效也。然五言

① (清)冯班《钝吟杂录》,丁福保辑《清诗话》本,上海古籍出版社1978年,页43。

② (清)张宗柟辑《带经堂诗话》卷一,戴鸿森校点,人民文学出版社2006年,页24。

之兴，谅非复古。但关西、邺下，即已罕同；河外、江南，颇为异法。故玄黄经纬之辨，金碧沉浮之殊，仆以为亦合其美并善而已。今作三十首，敩其文体，虽不足品藻渊流，庶亦无乖商榷云尔。[①]

在这篇小序中，江淹提出的观点可归纳成三点：

① 对待古代文学遗产的态度，应该是“通方广恕、好远兼爱”，而不应该“贵远贱近”、“重耳轻目”。这是一种兼容并包、兼收并取的诗史眼光。

② 辨别诗歌体制的观点。从时代上讲，楚谣、汉风、魏制、晋造，各有其骨体；从作家上讲，刘桢（公幹）、王粲（仲宣）、潘岳（安仁）、陆机（士衡），各有其气貌；专就五言古诗说，西汉（关西）、建安（邺下）、西晋（河外）与东晋以降（江南），各有其法。[②]

③ 摹仿是一种批评。“敩其文体”、“品藻渊流”、“无乖商榷”的意思是说，摹仿古代诗人的文体，是一种品评古代诗人渊源流变并提出不同意见的方式。江淹对每一位诗人的具体看法，则需要从三十首拟作与相应原诗的比较中体察和总结。[③]

在这组诗中，江淹选取汉魏以降五古诗人三十家作为摹拟的对象，每一首都有标目：

古离别　李都尉从军　班婕妤咏扇　魏文帝游宴

① 俞绍初、张亚新校注《江淹集校注》，中州古籍出版社 1994 年，页 92—93。

② 关于江淹拟古的辨体观念，详细的论述参见葛晓音《江淹“杂拟诗”的辨体观念和诗史意义——兼论两晋南朝五言诗中的“拟古”和“古意”》，载《晋阳学刊》2010 年第 4 期，页 87—95。

③ 这方面的详细论述，参见程章灿《三十个角色与一个演员——从〈杂体诗三十首〉看江淹的艺术“本色”》，载《中山大学学报》2010 年第 1 期，页 1—10。

陈思王赠友　刘文学感遇

王侍中怀德　嵇中散言志　阮步兵咏怀　张司空离情　潘黄门述哀　陆平原羁宦

左记室咏史　张黄门苦雨　刘太尉伤乱　卢中郎感交　郭弘农游仙　孙廷尉杂述

许征君自序　殷东阳兴瞩　谢仆射游览　陶征君田居　谢临川游山　颜特进侍宴

谢法曹赠别　王征君养疾　袁太尉从驾　谢光禄郊游　鲍参军戎行　休上人怨别

三十首的标目都是人物加题材的句式,都意在简洁而准确地指出每一家所擅长的题材。每一位诗人对应一种题材,每一种题材都包含专擅于此的诗人常用的风格、语汇和意象。这实际上就构成一种诗体。宋人叶梦得正确地指出:"魏晋间人诗,大抵专工一体,如侍宴、从军之类,故后来相与祖习者,亦但因其所长取之耳。谢灵运《拟邺中七子》与江淹《杂拟》是也。"[①]魏晋诗人专工一体的特征,正是通过这组诗直观而完整地呈现出来。三十首的准确标目以及精细摹仿,充分表现出江淹辨别五言诗体制的能力。这是对前文由小序归纳出的第②点的详细展开。

在辨别诗歌体制之外,这组诗还有如下意义:

④ 构建序列完整的五言诗谱系。

作于南齐的这组诗,除去无主名的第一首外,三十首诗涉及汉魏至刘宋的二十九位诗人。这是最早的五言诗谱系的构建,具有序列完整的结构,而又影响深远。在同样完成于南齐

① (宋)叶梦得《石林诗话》卷下,(清)何文焕辑《历代诗话》,中华书局 2004 年,页 433。

的《文心雕龙》中,刘勰仍然认为“四言正体”、“五言流调”,与此相比,江淹这组诗应该有助于五言诗地位的提高。萧梁时期,钟嵘《诗品》在收录诗人及其品定上,萧统《文选》在收录诗人和题材类目上,都可以明显看到江淹这组诗的影响。①

从近体诗出现以后的角度看,江淹讲的五言诗就是五言古诗,这组诗所构建的也就是五言古诗的谱系。在宋以后的拟古诗写作中,五言古诗是最主要的诗体,这就更加凸显出江淹这组诗的典范意义。

如上所述四点,江淹《杂体三十首》具有多方面的特点和意义,因此对后世尤其是宋以后诗家产生深远的影响,出现很多效仿的作品和评论的资料。深入研讨这些有关江淹的效仿和评论,有助于考察宋以后诗学的拟古和辨体的观念。

二　江淹《杂体三十首》的嗣响

据清人顾嗣立的引述,明末冯舒(1593—1645)曾经说:“世人诗集中如有《拟铙歌》、《和江淹杂拟》及东坡尖叉韵,此人必不知诗。悠悠此世,解我语者毕竟无几人?”又说:“诗有拟不得者,江文通《杂拟》是也;有和不得者,尖叉是也。知此者可与言诗。”②在这两段武断的批评中,冯舒提到江淹《杂拟》(即《杂体三十首》)受到后世诗人摹拟的现象,但没有提到具体哪些诗人。征诸载籍,冯舒所言属实,江淹的嗣响不绝如缕,摹拟的摹拟,影子的影子,无代无之。清人汪师韩也注意到这种现象,并提到具体的效仿者:“江文通《杂拟》三十首,自

① 关于江淹与刘勰、钟嵘、萧统文学观念的异同,详细论述参见张晨《江淹拟诗探论》,载《文学评论》2011 年第 1 期,页 33—39。

② (清)顾嗣立《寒厅诗话》,丁福保辑《清诗话》本,上海古籍出版社 1978 年,页 88。

谓无乖商榷，后人每效为之。”“明薛蕙亦有《拟古诗》，王弇州《四部稿》又仿江、薛作《拟古七十首》，自李都尉至休上人凡二十九，广自苏属国至韦左司凡四十一，而阙《古别离》一章，欲另为《后十九首》，故不更拟。”[①]以下就阅读所及，举出明清时期效仿江淹《杂体三十首》的作品。

明正德、嘉靖初薛蕙（1489—1539）有《杂体诗二十首并序》，可能是江淹《杂体三十首》的最早效仿者，经常被后起继作的诗家提及。薛蕙在小序中称：“诗自曹、刘，下逮颜、谢，体裁各异，均一时之隽也。及江文通拟诸家三十首，虽间有未尽，然可谓妙解群藻矣。余慕其殊丽，依之为二十首，略者十人。惭凫企鹤，罔量非伦云尔。”[②]薛蕙的摹拟略去《古离别》与苏、李诗等十首，标目也有所改易，如《刘文学公宴》、《王侍中从军》、《潘黄门羁宦》、《陆平原行旅》等，与江淹原来的标目不同。薛蕙是复古派前七子李梦阳、何景明等的同道中人，小序提到曹、刘、颜、谢等诗人“体裁各异”，可知他所关注的是诗歌的体裁问题。

复古派后七子领袖王世贞继起而作《拟古》的组诗，并将江淹三十首的规模增广为七十首，小序称：

> 梁江淹拟《古离别》至休上人凡三十首，明亳州薛蕙亦嗣响焉。虽于汉氏未纯，亦彬彬乎优孟抵掌矣。夫物贵缔始，则因述似易；人具体裁，则兼功殆难。难矣，然文通颇胜于自运；易矣，然灵运微短于邺中。《诗》云唯其有之，是以似之。甚哉似之于有也。不佞既以罢官陆还，挟

① （清）汪师韩《诗学纂闻》，丁福保辑《清诗话》本，上海古籍出版社1978年，页456、444。

② （明）薛蕙《考功集》卷二，明万历刻本。

策仅文通一编，忽忽无博奕之欢，抽绎穷愁，窃仿厥体。自李都尉而下至休上人凡二十九，广自苏属国至韦左司凡四十一。时代既殊，规格从变。虽未足鼓吹诸氏，庶几驱驰江、薛云尔。其《古离别》一章，请俟异日为《后十九首》，故不更拟。①

在这篇小序中，王世贞提到江淹的拟古与薛蕙的嗣响，并将自己的拟诗与二者相提并论。江淹构建的五古谱系始于汉代而终于刘宋，薛蕙沿用江淹的谱系并有所删略，而王世贞既沿续江淹的谱系，又做出极大的扩充，一方面在江淹已经含括的汉至宋之间增加《苏属国武别友》、《孔北海融述志》、《郦征士炎见志》、《应文学玚侍集》等十三人，标目亦时有改易，另一方面又将谱系往下延续，增加刘宋以后的诗人，从《谢吏部朓省直》、《王著作融游邸》、《沈仆射约饯别》至唐代《王参军勃梦游》、《杜员外甫述贬》、《储参军光羲咏耕》、《韦左司应物寄僧》，凡二十八人。其中有《江记室淹卧疾》，江淹本身也在摹拟之列。王世贞构建的五言古诗谱系，含括汉魏至盛唐，而摒弃中晚唐及宋元，这正是复古派诗学的取舍标准。王世贞在小序中还提到复古派诗学的其他话题，如薛蕙诗序里同样提到"体裁"，创始与沿述的难易问题，拟古的似与不似的问题，时代与诗歌规格的关系问题。

晚明费元禄接续薛、王而作《拟古》诗，组诗小序称：

夫赓歌、风雅、汉赋、楚谣，魏晋迭兴，五朝更制，迨彼唐李，波蒸云郁。体以代殊，格以人异。顾创始颇难，而

---

① (明)王世贞《弇州四部稿》卷九，《景印文渊阁四库全书》1279 册，页105—106。

沿述为易。要以才情所适,或工自运,或巧规摹,亦各言其至也。若乃化工肖物,非雕非琢,神游笔先,照在阿堵。譬胡宽之营新丰,宫室衢道毕似,至鸡犬亡不知其家。此谓当巧,岂止呈形。《诗》曰:鹤鸣在阴,其子和之。我有好爵,与子縻之。殆此谓也。自梁文通拟古二十九首,明兴,考功嗣响,元美集成,广至七十。彼此互发,兴致翩翩,雄矣。不佞甲辰岁园居岑寂,蒋生之三益无聋,杨子之一区独处。备读三家,聊颦西子。始《古别离》,终韦左司,凡七十一首。虽未敢谓拟议变化以成日新,而抵掌优孟,或附鹤鸣子和之义云尔。①

在这组小序中,费元禄同样提到创始的江淹与嗣响的薛蕙,并用集成一词评价王世贞的增广。费元禄大体上沿用王世贞增广的规模,并重新加上王世贞别裁出去的《古离别》,因此而成七十一首,在各首标目上,也与王世贞保持一致。这意味着费元禄完全认同王世贞构建的五言古诗谱系,以及相应的取舍标准。王世贞小序中提到的复古派诗学的话题,费元禄在小序中也基本提到,如"体以代殊,格以人异","创始颇难,而沿述为易"。另外,费元禄提到拟议、变化、日新的说法,以及胡宽营新丰而鸡犬竟识其家的比拟,则是直接来自于后七子另一位领袖李攀龙有关摹拟古乐府的说法。②

晚明唐汝询在王世贞增广的基础上,进一步扩大规模,写成《拟古百首》,小序称:

---

① (明)费元禄《甲秀园集》卷五,明万历刻本。案:小序提到江淹"拟古二十九首",不知费元禄为何有此疏误。

② (明)李攀龙《沧溟先生集》卷一《古乐府》自序,包敬第标校,上海古籍出版社 1992 年,页 1。

> 梁江文通《杂体诗三十首》，自《古离别》至休上人止矣。我明王元美嗣响，广自苏属国而下终韦左司，凡七十人。余闲居多暇，乃益广之。从元美止，时更十代，诗幻百体，讵敢谓驰聚江、王，譬之临摹古帖，庶几得其影似云尔。[①]

在唐汝询"益广"而成百首之后，五言古诗的谱系从王世贞的盛唐下延至明代，王世贞本身也进入这一谱系，成为摹拟的对象。唐汝询在小序中还提到时代的变更与诗体的变幻，这也是复古派诗学的主要话题。

江淹的效仿者，在晚明还可以找到几位。王伯稠诗集中有《苏子卿别妇》、《李少卿别友》、《班婕妤咏扇》、《曹子桓游宴》、《曹子建示友》等二十二首，虽然没有《杂体》、《拟古》的总题，也没有明言效颦的小序，但从各首的标目与集中编排的形式，可以明显看出江淹的影响。这一系列的诗篇，对江淹《杂体三十首》而言，是一种松弛的摹仿。[②] 高出集中有《拟古三十首》，小序评论江淹、薛蕙、王世贞三家"虽才情并极，体制殊伦，亦各其致也"，并最终决定"今依文通作三十首，不更益之"[③]。这是对江淹的忠实的摹仿。帅机集中有《拟古诗》二十四首，没有小序，从标目和编排上看，是江淹的效仿者，其中《李都尉陵别友》，改易标目，《苏属国武奉使》，依从王世贞增入而又改易标目。[④] 郭濬集中有《杂体诗二十首并引》，小引曰："文通诸拟，攀提群藻，未尽厥长。"删略后的二十首，五首

① （明）唐汝询《酉阳山人编蓬集十卷》卷一《拟古百首有序》，明万历刻清乾隆二十四年唐元素重修本，《四库全书存目丛书》集192册影印，页558。

② （明）王伯稠《王世周先生诗集》卷四《五言古诗》，明万历刻本。

③ （明）高出《镜山庵集》卷十一《卢隐稿卷二杂体诗》，明天启刻本。

④ （明）帅机《阳秋馆集》卷二十三，清乾隆四年修献堂刻本。

标目稍有改易。这是带着修正意图的摹仿。①

以上所举薛蕙等八家,大概是明末冯舒所能经眼的江淹《杂体三十首》的效仿者,而清代出现的诸多江淹的效仿者,则是冯舒未能目睹的,可见冯舒的批判一点也没有降低江淹的影响。

清初单隆周有《拟选体二十首》,包括《魏太子公燕》、《陈思王赠友》、《刘文学桢感遇》、《郭景纯游仙》、《谢灵运游山》等,所拟不出江淹的范围而次序稍乱,小序称:

> 窃览昔贤仿拟诸咏,规摹悉似而别寓苦心。故作述后先,不嫌并见。近人多于声调字句间剽窃点窜,目为选体,恐非多拟古诗则诗道自进之旨。暇日取选诗拟之,得二十首。虽未敢方驾古人,亦庶几无乖商搉。昔于鳞之于乐府也,谓拟议以成变化。余之于选诗也,则藏变化于拟议之中。或不至为文通、士衡诸君所笑尔。②

在这篇小序中,单隆周没有明确提及明人薛蕙、王世贞对江淹的效仿,他所关注的重点是拟古本身的问题。在他看来,拟古的宗旨是促成诗歌的进步,应该"规摹悉似而别寓苦心",不应该"于声调字句间剽窃点窜"。李攀龙关于拟古的拟议变化之说,单隆周的表述稍有不同,立场则大体相同。另外值得注意的是,在诗题和小序中,单隆周用"选体"、"选诗"指称这组拟古诗,由此,对江淹《杂体三十首》的摹仿就转化成为对选诗的摹仿。

---

① (明)郭濬《虹映堂诗集》卷三,清顺治刻本。案:郭濬诗学信奉复古派,集中拟古诗颇多,如卷二《古乐府六十五首》、卷三《拟古诗十九首》、《拟古九首和陶韵》。卷首吴本泰《虹映堂集序》:"至于匠心结撰,先体裁而后菁藻,文一准帝门扶风,诗必宗开元、大历,迄近代亦只瓣香北地、历下、琅琊诸名家。"

② (清)单隆周《雪园诗赋》初集卷四,清康熙刻本。

清初王昊是晚明王世懋的曾孙，诗集中有《拟古二十九首》，小序称：

> 拟古之作，自昔难之。盖以写他人之胸臆，则声情俱非已出；规诸家之口吻，则意境犹病难兼。惟江文通拟古杂体诗二十九首。昔人以为胜于自运。入明，亳州薛中郎蕙爰有嗣响，而略其十人，仅得十九首。至先司寇乃益之为七十首，自苏属国起，讫韦左司止也，亦可谓究五言之变矣。余端居鲜欢，偶披先集，辄命笔效其意为之。自李都尉至休上人，如文通原拟之数。凡十日而毕。友人章子湘御见之，颇极叹赏。自愧得其皮毛，失其神理，要以借此戏墨用消闲暑云尔。①

小序中的“先司寇”，即王世贞。在清代的江淹效仿者中，通常不会提到明代的先驱，王昊在小序中提到薛蕙的删略与王世贞的增益，在清代实属罕见，这应该是家学渊源的关系。受王世贞的影响，王昊未拟《古离别》一首，但却声称“江文通拟古杂体诗二十九首”，让人不得其解。在数量和范围上，王昊则没有沿用王世贞的规模，而是继续遵循江淹“原拟之数”。

清代中叶李重华有《杂拟诗三十首》，小序称：

> 昔江文通作《杂拟诗三十首》，齐梁以前作者备列。顾风人代兴，各有祖述，巧拙华朴，因乎体裁。其不蹈袭古人，正其善学古人。谓唐无五言古诗，岂达识欤。自伯玉挺出变态，至子美而极嗣，或风气稍薄，亦运会固然，要惟能自树者蔚成大家。譬彼江湖洄洑，异澜同源，即不可时代限矣。余少为歌诗，首尚五古，慕效所切，可约略指

---

① (清)王昊《硕园诗稿》卷九《拟古二十九首并序》，清五石斋钞本。

陈。故自汉魏以讫唐宋,复各拟撰一篇。录而存之,将竢来者之折中云尔。[①]

在这篇小序中,除明人已经提到的“体裁”问题外,李重华的主要论述是反驳李攀龙提出的“唐无五言古诗而有其古诗”[②]之说。李攀龙的说法并非否定唐人的成就,而是为了强调汉魏与唐人的差异,李重华似乎并未认识及此,然而他指出陈子昂“挺出变态”,实际上与李攀龙的观点并不二致。在这组诗中,李重华在保持江淹三十首的格局下,扩大摹拟的范围,小序所谓“自汉魏以讫唐宋,复各拟撰一篇”,其中汉魏六朝与唐宋各占十五首。在五古谱系的构建中,李重华纳入宋人,虽然只有苏轼、黄庭坚两位,却是迥异于明代复古派诗学的表现,在清代也并不多见。

清人对江淹的效仿出现次韵的现象,这是明代所未见的。例如,朱筠《和江文通杂体诗三十首》、顾八代《拟古三十首用江文通原韵》;又如,刘凤诰集中有一组集杜诗,其中有《拟江文通杂体诗依其韵》五首,既是次韵又是集杜,可谓变态百出;再如,陈文述集中有《前拟古三十首和江文通》、《后拟古三十首和吴汉槎》,前一组诗是对江淹的忠实摹仿,后一组诗是对吴兆骞摹仿江淹的忠实摹仿。[③]

---

① (清)李重华《贞一斋诗集》卷一《杂拟诗三十首有序》,清乾隆刻本。

② (明)李攀龙《沧溟先生集》卷十五《选唐诗序》,包敬第标校,上海古籍出版社1992年,页377。

③ 以上所举各诗的出处:(清)朱筠《笥河诗集》卷一,清嘉庆九年朱珪椒华吟舫刻本;(清)顾八代《敬一堂诗钞》卷一,清乾隆十五年刻本;(清)刘凤诰《存悔斋集》卷二十二《集杜詩》,清道光十七年刻本;(清)陈文述《颐道堂集》外集卷一,清嘉庆十二年刻道光增修本。另,吴兆骞《秋笳集》(清《粤雅堂丛书》本)卷六《拟古后杂体诗》,从《谢吏部朓省直》至《薛司隶道衡酬忆》,凡三十首,是江淹《杂体三十首》的续篇。

江淹《杂体三十首》的特点之一是构建序列完整的谱系，后世效仿者大都注意保持完整的序列，然而清代也出现小型或散装的效仿。例如，潘奕隽集中有《杂拟四首》，包含《左太冲咏史》、《郭宏农游仙》、《谢临川斋中读书》、《鲍参军遇铜山掘黄精》；杭世骏集中有《效江淹杂拟二首》，包含《孙廷尉杂述》、《鲍参军戎行》；曹仁虎集中有《拟左太冲招隐》、《拟陶渊明田居》、《拟谢康乐游山》、《拟鲍明远从军》，凡四首；赵良树集中有《拟阮嗣宗咏怀》、《拟左太冲招隐》、《拟陶渊明田居》、《拟谢康乐游山》、《拟鲍明远从军》、《拟汤惠休怨别》，凡六首。①

以上所举诸例之外，清代的江淹效仿者还可以找到几位。宋征舆集中有《拟江文通杂体诗》三十首，诗后自识记载，这组拟古诗当时受到陈子龙、李雯的称赏。纳兰性德集中有《效江醴陵杂拟古体诗二十首》，标目部分改易，《谢玄晖观雨》等四首超出江淹的范围。沈德潜集中有《拟古诗十五章》，包含魏晋至中唐的十二位诗人，其中《陶彭泽饮酒三首》、《储太祝田家二首》，摆脱一家一首的旧规。张藻集中有《拟古诗十五首并序》，所拟诗人及其标目受到沈德潜的影响。张琦集中有《杂拟三十首》，小序称："始于十九首，终于庾开府。"②

明清时期的江淹效仿者，以上举出二十四家，这些当然不

① 以上所举各诗的出处：（清）潘奕隽《三松堂集》诗集卷一，清嘉庆刻本；（清）杭世骏《道古堂全集》诗集卷二十一，清乾隆四十一年刻光绪十四年汪曾唯修本；（清）曹仁虎《宛委山房集》卷一，清乾隆刻七子诗选本；（清）赵良树《肖岩诗钞》卷一，清嘉庆五年泾城双桂斋刻本。

② 以上所举各诗的出处：（清）宋征舆《林屋诗文稿》诗稿卷三，清康熙九籥楼刻本；（清）纳兰性德《通志堂集》卷二，清康熙三十年徐乾学刻本；（清）沈德潜《归愚诗钞》卷四，清刻本；（清）张藻《培远堂诗集》，清乾隆刻本；（清）张琦《宛邻集》卷一，清光绪盛氏刻《常州先哲遗书》本。

能囊括全部,例如,清人吴景旭提及拟古的方法时说:"若文通杂体,称风人之极轨,比情洽吻,几至乱真,审乃要归,实臻斯旨。钟伯敬以拟古面目嗤而不为,只是怕他。余不敏,著有拟古乐府十卷,《广杂体诗》百首,未知有当否也。故于《漫兴》有云:'新翻杜老千家注,广拟江郎杂体诗。'聊以自志。"①这些效仿的拟古诗,基本上沿续江淹《杂体三十首》的特点,关注的问题有如下三方面:

① 五古谱系的传承与修正,范围从汉魏六朝下延至唐和宋,所拟诗人及其标目,有的极其稳定,如阮籍与《咏怀》,有的经常出入和变化。

② 经常附有小序,表达作者有关拟古的各种论述,如创始与沿述、拟议与变化,以及品藻渊流的意图。

③ "体"是关键词,如明人薛蕙、王世贞小序都提到"体裁",费元禄提到"体格",高出提到"体制",标目的改易更具体地表现某一诗人与某种诗体的不同理解。

这三方面是整体的概括,比较起来,明人与清人又有所不同。相对而言,明人对江淹的效仿,更多地带有诗学层面的考虑,因此更加自觉地构建和修正五古的谱系,更多地讨论有关拟古的相关话题,更加强调诗歌体制的问题,而清人的效仿更加随意,带有更多的游戏笔墨的性质,如王昊讲"借此戏墨,用消闲晷云尔",张藻讲"未足言诗,聊藉消夏云尔"。这种差异根植于明清两代迥异的诗学背景,明代诗学的主流是复古,由此更加严肃地对待江淹的拟古诗。

---

① (清)吴景旭《历代诗话》卷三十三《杂体诗》,《景印文渊阁四库全书》1483册,页232。

三　江淹与宋以后的拟古与辨体

《杂体三十首》在宋以后的诸多效仿者，是江淹的直接的嗣响，在这些效仿的组诗及其小序中，宋以后诗家对江淹的回应可以归纳为两个互相联系的命题：拟古与辨体。这两个命题也是宋以后诗学中得到广泛讨论的重要命题。从这些讨论的诸多资料中可以看到，江淹在批评史上的意义，不仅体现于《杂体三十首》获得的直接回应，更在于江淹有关拟古与辨体的思想及其表述得到宋以后很多诗家的认同和传承。

以下从拟古与辨体两方面分别探讨。

先说拟古的观念。

在如何对待古代诗歌传统的问题，江淹在《杂体三十首》小序中，明确主张兼收并取、兼容并包，应该"通方广恕、好远兼爱"，而不应该"贵远贱近"、"重耳轻目"。这种通达的拟古态度，得到后世很多诗家的认同。杜甫讲"转益多师"，宋人讲"饱参"，都有见于此。然而，在辨别体制的前提下讲兼容并包，是明代开始普遍出现的观念，这才是江淹的宗旨。这里以明人高启和胡应麟为例。

活动于元末明初的高启，刻意学诗，深造有得，清人给予高度的评价：

> 其于诗，拟汉魏似汉魏，拟六朝似六朝，拟唐似唐，拟宋似宋，凡古人之所长，无不兼之。振元末纤秾缛丽之习，而返之于古，启实为有力。然行世太早，殒折太速，未能镕铸变化自为一家，故备有古人之格，而反不能名启为

何格,此则天实限之,非启过也。[1]

在这段提要中,高启是一位擅长摹拟又取径广泛的天才诗人,能够兼备“古人之所长”、“古人之格”,仅仅是因为年寿的限制,没能最终“镕铸变化自为一家”。这样的描述与江淹得到的评价何其相似。南宋严羽指出:“拟古推江文通最长。拟渊明似渊明,拟康乐似康乐,拟左思似左思,拟郭璞似郭璞,独拟李都尉一首不似西汉耳。”(《沧浪诗话·诗评》)高启自己的论述又似乎是对江淹的回应:

> 夫自汉魏晋唐而降,杜甫氏之外,诸作者各以所长名家,而不能相兼也。学者誉此诋彼,各师所嗜,譬犹行者埋轮一乡,而欲观九州之大,必无至矣。盖尝论之,渊明之善旷而不可以颂朝廷之光,长吉之工奇而不足以咏丘园之致,皆未得为全也。故必兼师众长,随事摹拟,待其时至心融,浑然自成,始可以名大方而免夫偏执之弊矣。[2]

与叶梦得讲魏晋诗人“专工一体”相近,在高启的论述中,汉魏晋唐诸作者各有所长,同时又各有所短,比如陶渊明善于抒写旷达的情怀,而不适于朝廷颂制之作,李贺擅长构造瑰奇的境界,而不能够吟咏田园逸致之诗,这都是一种偏执,只有集大成的杜甫能够避免这种弊病,成为大方之家。在拟古的取径上,高启提出“兼师众长,随事摹拟”,与江淹提出“合其美并善”一样,是兼容并包的主张。

有明一代,高启的主张没有得到直接的引述或回应,然而

---

① (清)永瑢等《四库全书总目》卷一六九《大全集提要》,中华书局 1965 年,页 1471—1472。

② (明)高启《凫藻集》卷二《独庵集序》,载(清)金檀辑注《高青丘集》,徐澄宇、沈北宗校点,上海古籍出版社 1985 年,页 885。

“兼师众长”的观念实际上是很多明代诗家的共识。例如，晚明张献翼为徐熥集作序，称道说：“由乐府而逮五七言古，由近体而至五七言绝，调匪偏长，体必兼善，力追古则，尽涤时趋，可谓头头是道，重重发光矣。”[①]五七言古近体样样精通，汉唐名家悉数取法，已经成为互相赞美的套话。清初吴乔嘲讽地指出：“明人以集中无体不备，汗牛充栋者为大家。”[②]

晚明后七子阵营中的的批评家胡应麟，致力于复古派诗学体系的构建与诗史叙述的书写，在其《诗薮》中高度评价江淹拟古的水准：

> 文通拟汉三诗俱远，独《魏文》、《陈思》、《刘桢》、《王粲》四作，置之魏风莫辨，真杰思也。
>
> 诗材禀赋，各有所近。灵运《邺中》，不惟不类，并其故武失之。文通诸拟，乃远出齐、梁上。尺短寸长，信不虚也。[③]

在胡应麟的诗学体系中，两汉高于魏晋，摹拟的难度更大，江淹所拟汉诗三首，《古离别》、《李都尉从军》、《班婕好咏扇》，与原诗存在较远的差距，而所拟魏诗四首，《魏文帝游宴》、《陈思王赠友》、《刘文学感遇》、《王侍中怀德》，与原诗难以辨别真伪高下。略早于江淹的谢灵运也有一组拟诗《拟魏太子邺中集诗八首》，在胡应麟看来，虽然谢灵运是更加优秀的诗人，但在拟古诗的写作上，江淹显然更胜一筹。

---

① （明）徐熥《幔亭集》卷首《幔亭集原序》，《景印文渊阁四库全书》1296册，页4。

② （清）吴乔《围炉诗话》卷一，郭绍虞编选、富寿荪校点《清诗话续编》，上海古籍出版社1983年，页475。

③ （明）胡应麟《诗薮》外编卷二，上海古籍出版社1979年，页149。

胡应麟认可江淹的拟古水准,同时也认同江淹的兼容并包的拟古取径。

> 诗至于唐而格备,至于绝而体穷。故宋人不得不变而之词,元人不得不变而之曲,词胜而诗亡矣,曲胜而词亦亡矣。明不致工于作,而致工于述;不求多于专门,而求多于具体;所以度越元宋,苞综汉唐也。①

> 盛唐而后,乐选律绝,种种具备,无复堂奥可开,门户可立。是以献吉崛起成、弘,追师百代;仲默勃兴河、洛,合轨一时。古惟独造,我则兼工。集其大成,何忝名世。②

在这两段论述中,胡应麟纵观诗体演变的过程,指出诗体发展至唐代已经具备种种体格,不可能再开辟新的堂奥、树立新的门户,留给明人致力的不是创造性的"作",而是传承上的"述"。如何在师古中超越前代,是明人面对的难题,胡应麟提出的策略是,在"具体""兼工"上努力,从而胜过"专门"、"独造"的古人,最终达到集大成的成就,并以此名世。

在兼容并包的广博视野上,高启与胡应麟的拟古观念显然与江淹是一致的,然而,基于不同时代的文学背景的差异,各自的关切点又有所不同。江淹提倡"通方广恕、好远兼爱",是为了避免贵远贱近、重耳轻目的常情和恒弊;高启提倡"兼师众长,随事摹拟",是为了避免偏执不全之弊,成就大方之家;胡应麟提倡"古惟独造,我则兼工",是超越前人的一种策略。在拟古的观念上,可以说江淹已经成为一种行业标准。

---

① (明)胡应麟《诗薮》内编卷一,上海古籍出版社 1979 年,页 1。

② (明)胡应麟《诗薮》续编卷一,上海古籍出版社 1979 年,页 344。

清人施补华准确地指出:"江文通一代清才,神腴骨秀,其《杂拟》三十首,尤可为后人拟古之法。"①

再说辨体的思想。

前引严羽对江淹拟古的高度评价,实际上已包含辨体的思想,所谓"拟渊明似渊明,拟康乐似康乐,拟左思似左思,拟郭璞似郭璞"的前提,是陶、谢、左、郭诸家都自成一体,诸家体格存在区别性的特征,而江淹辨识诸家体格并摹拟神似,展示出卓越的辨体能力。清人何焯正确地指出,江淹的摹拟准确地把握汉以后五言诗的"意制体源",并完备地体现出五言诗的流变。② 翁方纲也指出:"《邺中集》之有拟作,江文通之有拟作,丹素甘辛之喻,亦特就其体制而申析之,以为此某家之格制如此。"③

明清诗学中辨别体制、追求格调的思想,应该溯源至南宋严羽的《沧浪诗话》。严羽曾明确指出:"作诗正须辨尽诸家体制,然后不为旁门所惑。今人作诗,差入门户者,正以体制莫辨也。"④在这部诗话的《诗辩》部分,严羽概括地指出:"诗之法有五:曰体制,曰格力,曰气象,曰兴趣,曰音节。"⑤其中的体制、格力、音节都与辨体有关。在《诗体》部分中,严羽从各种

---

① (清)施补华《岘佣说诗》,丁福保辑《清诗话》本,上海古籍出版社1978年,页977。

② (清)何焯《义门读书记》卷四十七,崔高维点校,中华书局1987年,页938。

③ (清)翁方纲《复初斋文集》卷八《格调论下》,《近代中国史料丛刊》第四十三辑影印清光绪丁丑重校刊本,页337。

④ (宋)严羽著,郭绍虞校释《沧浪诗话校释》附录《答出继叔临安吴景仙书》,人民文学出版社1983年,页252。

⑤ (宋)严羽著,郭绍虞校释《沧浪诗话校释》,人民文学出版社1983年,页7。

角度总结古代的各种诗体,其中最重要的两种角度是"以时而论"和"以人而论"。

> 以时而论,则有建安体、黄初体、正始体、太康体、元嘉体、永明体、齐梁体、南北朝体、唐初体、盛唐体、大历体、元和体、晚唐体、本朝体、元佑体、江西宗派体。
>
> 以人而论,则有苏李体、曹刘体、陶体、谢体、徐庾体,沈宋体、陈拾遗体、王杨卢骆体、张曲江体、少陵体、太白体、高达夫体、孟浩然体、岑嘉州体、王右丞体、韦苏州体、韩昌黎体、柳子厚体、韦柳体、李长吉体、李商隐体、卢仝体、白乐天体、元白体、杜牧之体、张籍王建体、贾浪仙体、孟东野体、杜荀鹤体、东坡体、山谷体、后山体、王荆公体、邵康节体、陈简斋体、杨诚斋体。[①]

这两种辨别诗体的角度,在江淹《杂体三十首》小序中都已出现。江淹讲楚谣、汉风、魏制、晋造各有其骨体,又讲西汉、建安、西晋与东晋以降的五言诗各有其法,这就是严羽的"以时而论";江淹讲刘桢、王粲、潘岳、陆机各有其气貌,这就是严羽的"以人而论"。其间的渊源传承关系,十分清楚。

宋以后尤其是明代诗学中,辨体受到广泛的关注,辨体思想既包括诗与文的分界,诗与词的分界,古体与近体的分界,古诗与乐府的分界,五古、七古、五律、七律、五绝、七绝各自的体式与典范,也包括"以时而论"和"以人而论"两种角度的辨体。这里以高棅和胡应麟为例。

高棅《唐诗品汇》,从编纂体例上说,是将严羽"以时而论"

---

① (宋)严羽著,郭绍虞校释《沧浪诗话校释》,人民文学出版社 1983 年,页 52—59。

和“以人而论”合而论之。卷首《凡例》称:“大略以初唐为正始,盛唐为正宗、大家、名家、羽翼,中唐为接武,晚唐为正变、余响,方外异人等为傍流。间有一二家特立与时异者,则不以世次拘之。”[①]而在具体的批评中,又是分而论之,卷首《总叙》:“今试以数十百篇之诗,隐其姓名,以示学者。须要识得何者为初唐,何者为盛唐,何者为中唐、为晚唐,又何者为王杨卢骆,又何者为沈宋,又何者为陈拾遗,又何为李杜,又何为孟、为储、为二王、为高岑、为常刘韦柳、为韩李张王元白郊岛之制,辨尽诸家,剖析毫芒,方是作者。”[②]

高棅的选本对明代复古诗学的影响甚为深远,胡应麟在评论诸家唐诗选本时指出:“盖至明高廷礼《品汇》而始备,《正声》而始精。习唐诗者必熟二书,始无他歧之惑。”[③]胡应麟所撰《诗薮》也深具辨体的思想,卷一开宗明义提出“诗之体以代变”和“诗之格以代降”,体裁与世代是全书结构的主要线索,内编六卷分论杂言、五古、七古、五律、七律与绝句,是依体裁而论,外编六卷分论周汉、六朝、唐、宋、元,是依世代而论。从全书结构上说,外编的体例是严羽的“以时而论”,而外编六卷中评论历代诸名家,大多指明其体格声调,这是严羽的“以人而论”。

严羽、高棅和胡应麟都是宋以后颇具代表意义的主张体格声调的批评家,在他们辨别诗歌体制的论述中,不同诗人的家数和不同时代的格调是最重要的两个角度,而这两个角度

---

① (明)高棅《唐诗品汇》卷首,上海古籍出版社 1988 年影印明汪宗尼校订本,页 14。

② (明)高棅《唐诗品汇》卷首,上海古籍出版社 1988 年影印明汪宗尼校订本,页 9。

③ (明)胡应麟《诗薮》外编卷四,上海古籍出版社 1979 年,页 191。

的辨体实际上在江淹《杂体三十首》及其小序中已有明晰的呈现。因此,在诗歌辨体的思想谱系中,江淹应该占有一席之地。

综上所述,在宋以后的诗学论述中,江淹已然是拟古诗人的典范,一方面,他的《杂体三十首》引起很多忠实的效仿者,他在组诗小序中有关拟古和辨体也得到复述、推衍和修正;另一方面,在更宽泛的范围,他的拟古观念和辨体思想也得到诸多诗家的认同和传承。与此同时,江淹也遭受不少批评,例如明人陆时雍称:"江淹材具不深,凋零自易,其所拟古,亦寿陵余子之学步于邯郸者耳,拟陶彭泽诗,只是田家景色,无此老隐沦风趣,其似近而实远。"[①]清人潘德舆称:"文通一世隽才,何不自抒怀抱,乃为赝古之作,以供后人嗤点。沧浪回护,仍是为古人大名所压。"[②]夷考其实,平心而论,虽然贬斥的声音始终不绝于耳,嗣响和传法无疑还是主流,而无论是认同还是讥讽的论述,都共同表明江淹的不可磨灭的影响。对于江淹而言,宋以后的评论和效仿是一张筛子,过滤出他们需要的拟古典范江淹;而对于宋以后诗家而言,江淹及其作品是一面镜子,让他们在评论和效仿江淹时能够反观自身。

(曾刊载于复旦大学《中国文学研究》第 21 辑,2013 年)

---

① (明)陆时雍《诗镜总论》,丁福保辑《历代诗话续编》,中华书局 2010 年,页 1408—1409。

② (清)潘德舆《养一斋诗话》卷九,郭绍虞编选、富寿荪校点《清诗话续编》,上海古籍出版社 1983 年,页 2144。

古典诗歌的原题批评法

一 引言

在古代的观念中，诗是内心情志的外在显现。《毛诗序》曰:“诗者志之所之也，在心为志，发言为诗。”诗言志作为古老的诗学训条，贯穿于文学批评史的源流和始末。与此相关的问题，是如何由外在的文辞通达内心的情志，即如何推求隐藏的作者之意。刘勰的回答是:“夫缀文者情动而辞发，观文者披文以入情，沿波讨源，虽幽必显。世远莫见其面，觇文辄见其心。”[①]内心与文辞的关系，被比拟成源泉和波流的关系，虽然一幽一显，却是一脉相承，存在通达的可能和途径。刘勰称作者为“缀文者”，称读者为“观文者”，“缀”的义项有合、连、系等，缀文就是将文辞连合起来，如衣裳一般，将内心包裹起来，而读者为了通达内心的情志，需要做“披文”的工作，“披”的义项有分、开、解等，披文就是将文辞解开，如衣裳褪去一般，然后进入内里的情志。这里传达一个看似悖论的观念，即文辞既是索解内心情志的筌蹄，也是通往内心世界的障碍，或者说，文辞兼有表现和遮蔽的功能。文辞的外衣可能既不透明，

① 范文澜《文心雕龙注》卷十《知音》，人民文学出版社 2008 年，页 715。

也不会自行敞开，因而披文入情通常需要做点功课，讲些技巧，由此，文学批评史的诸多内容，就围绕着披文入情的方法问题而展开。

披文入情的方法，简易地说，由近到远、由里向外可分成三类：一是文本自身的方面，二是文本附属的方面，三是文本周边的方面。文本自身的方面，如从古老的传统说，诗有赋、比、兴三义，赋是直陈其事，没有曲折，义蕴明白，读者涵咏自知，而比兴则隐晦地传达含意，有待推求。清人魏源曰："读者知比兴之所起，即知志之所之也。"①引起比兴的是内心，求得比兴的起源，也就知晓内心情志的趋向。比兴之外，又如文体、隐喻、典故等，都是文本自身可资索解的要素。

文本附属的方面，主要是题、序和注三种要素。文本的题、序和注，虽然与正文紧密相联，却须分别看待，因为这些要素可能并非完全出于作者之手，而是出于后世编者的增补删改，可能与正文的完成并不同时，而是作者日后自编文集时再行增改，更重要的是，这些要素的功能通常是交待背景和解释音义，并非抒情言志。这些附属的要素，都是披文入情、沿波讨源时的路标，而且就在文辞之流的两岸，比起本事和人世来，指引的作用尤其显著。

文本周边的方面，主要是本事、知人和论世三种。本事批评，依孟启的说法是："其间触事兴咏，尤所钟情，不有发挥，孰明厥义。"②知人和论世是古老的批评方法，相当于西洋的传记批评和社会历史批评。以文本为坐标，所本之事、

---

① （清）陈沆《诗比兴笺》卷首魏源《序》，上海古籍出版社1981年，页1。

② （唐）孟启《本事诗》卷首《序》，丁福保辑《历代诗话续编》本，中华书局1983年，页2。

所知之人和所论之世的区别，略如点、线与面之间的区别，而在实际应用当中，通常不作区分，如清人吴乔以唐诗为例的批评教程："问：唐人命意如何？答曰：心不孤起，仗境方生。熟读新、旧《唐书》、《通鉴》、稗史、杂记，乃能于作者知其时事，知其境遇，而后知其诗命意之所在。如子美《丽人行》，岂可不知五杨事乎？试看《本事诗》，则知篇篇有意，非漫然为之者也。"①

披文入情的三类方法，相对而言，推求比兴和知人论世等，都已得到深入的研究，而文本附属的方面，虽然也是普遍存在，却只受到很少的关注和研究。我在此要讨论的就是那些以诗题为中心的批评理论和实践，姑妄名之曰原题批评法。② 清人庞垲曰："诗有题，所以标明本意，使读者知其为此事而作也。古人立一题于此，因意标题，以词达意，后人读之，虽世代悬隔，以意逆志，皆可知其所感，诗依题行故也。"③原题批评法的要义，就如这段话所论述的，是"诗依题行"。

二　理论批评

（一）诗题的退化论

关于古典诗的诗题演变，在现代学者的叙述中，都是一个由无到有、由简易到繁富的过程，甚至还有一个艺术性逐渐加

---

①　（清）吴乔《围炉诗话》卷一，郭绍虞编选、富寿荪校点《清诗话续编》本，上海古籍出版社 1983 年，页 495。

②　原题一语，例仿韩愈《原道》、《原性》等。原，取推究、研究的意思。金圣叹、浦起龙的杜诗注本中都用过"原题"一语，但含义与此有别。金的用例，见《唱经堂杜诗解》卷一《晚出左掖》；浦的用例，见《读杜心解》卷一之二《义鹘行》。

③　（清）庞垲《诗义固说》卷上，《清诗话续编》本，上海古籍出版社 1983 年，页 729。

强的变化。[1] 这种进化论的叙述，包含着现代学者特有的乐观精神，而古代批评家通常是厚古薄今，在他们眼中，不仅诗以代降，诗题也每况愈下。明人周叙《诗学梯航》中有专论诗题的《命题》一条，节录其要语如下：

> 自有诗以来，命题之语，代各不同，视其题语之纯驳，则知所作之高下，而可以窥其识见之浅深也。两汉尚矣。由汉而下，魏晋诗人赋咏篇什，无藉于题，特立题以纪辞耳，其语甚简。如……皆只一语略题赋诗之意，诗中兴趣萧散，不为题所拘系。宋齐以往，渐加繁细，如……之类，始觉受制于题。渐流至唐，愈加精密矣。尝观唐人之作，一诗之意具见题中，更无罅隙。其所长者，虽文采不加而用意曲折，叙事甚备而措辞不繁。……宋人命题虽曰明白，而其造语陈腐，读之殊无气味，有非唐人之比。虽欧、苏、黄、陈负当世大林者，尚不能变，盖气习使然。元朝诸公承宋旧染，互相传袭，自非确然有识论，不溺于流俗，而或自拔于晋、唐者，几何人哉。欲效一物，必获其肖，谚所共论。凡学汉魏诗，其题必祖汉魏，拟齐梁，必仿诸齐梁，唐体亦然，各贵其似。以齐梁唐人之语，题于汉魏古诗之首，是犹如近世巾帽而被玄端之服，不免为识者所诮，以汉魏题目而冠诸齐梁唐体之上，亦不伦矣。[2]

在周叙的叙述中，诗题由简趋繁的变化过程，与现代学者

---

① 陈声聪《兼于阁诗话》附录《诗题、小序及注》，上海古籍出版社 1985 年，页 347—353。吴承学《中国古代文体形态研究》第四章《诗题与诗序》，中山大学出版社 2000 年，页 65—86。

② （明）周叙《诗学梯航》，周维德《全明诗话》第一册，齐鲁书社 2005 年，页 94—95。

的观点并无不同,不同的是对此过程所作的价值判断。周叙的诗题退化论,在古代并非一家之言,实际上近乎老生常谈,绝大多数人都相信,诗题越来越成为一种束缚,损害诗人抒情的品质。依此判断,拟古作诗必然包含拟古制题,这就是周叙的结论。诸如此类的呼吁,屡见不鲜,如清人冒春荣曰:“今人诗集,不特诗不如古人,开卷一览诗题,则去古人远矣。学诗须先学制题。”[①]其实不待有识之士的呼吁,好古、佞古的诗人从来都不少见,古人的风格、意象、语汇等诸多方面,无一不可为我所用,诗题当然也不在话下。明代中后期的复古派堪称这些佞古之士的代表,而在此之前,已有先例,据李东阳说:“林子羽《鸣盛集》专学唐,袁凯《在野集》专学杜,盖皆极力摹拟,不但字面句法,并其题目亦效之,开卷骤视之,宛若旧本。”[②]

拟古作诗,有各种诗选可供涵咏、揣摩或仿制、剽窃,拟古制题也有类似的选本。明人费经虞以为,宋元人的诗题已经无复古人遗意,而近来的诗题更加乖丑,雅道全失,出于学习的需要,他汇集古人诗题,分成六大类,每类又分若干目。

> 天文日、月、星、宿……地理地、野、郊、原……人物皇帝、太子、诸王、太后……人事驾、幸、赐、诏……花木荣木、红叶、黄叶、松声……鸟兽鹤、雁、乌、鹏鸪……[③]

分类依照的是类书的标准,与《文苑英华》略同,而与《文选》迥异。清人张潜《诗法醒言》,袭用费经虞的想法,列举古

① (清)冒春荣《葚原说诗》卷一,《清诗话续编》本,上海古籍出版社 1983 年,页 1571。

② (明)李东阳《麓堂诗话》,《历代诗话续编》本,中华书局 2010 年,页 1374。

③ (明)费经虞《雅伦》卷二十、二十一《题引》,《全明诗话》第六册,齐鲁书社 2005 年,页 4962—4963。

人诗题，以备观览，但没有明确的分类，仅略依时代分成《古歌曲题》、《六朝雅题》、《唐人雅题》、《唐人长题》，“古歌曲题”即乐府古题，所谓“雅题”多是短题，所以又有“长题”一类。[①] 又有东洋人大洼诗佛、冈部菊厓同编《清新诗题》二卷、续二卷，分成春类、夏类、秋类、冬类、杂类和题画类，每类又依字数多寡编排。如果说费经虞汇集的诗题是总集式的，无所不包，那么，此书则是趣味褊狭的选本，专注于季节和题画两个小门类。[②]

对于某些批评家来说，不同朝代的诗歌都有其独有的风格，并且可以辨识出来。诗题方面也有类似的风格理论。前引周叙所论已称：“命题之语，代各不同。”这算是保守的说法，宋人严羽、明人谭俊、清人王士禛都宣称，仅凭诗题，不必读诗，就可辨识朝代，其中尤以王士禛的说法最为详赡而可疑。

> 予尝谓古人诗，且未论时代，但开卷看其题目，即可望而知之；今人诗，且未论雅俗，但开卷看其题目，即可望而辨之。如魏晋人制诗，题是一样，宋齐梁陈人是一样，初盛唐人是一样，元和以后又是一样，北宋人是一样，苏、黄又是一样，明人制题泛滥，渐失古意，近则年伯、年丈、公祖、父母，俚俗之谈，尽窜入矣。诗之雅俗，又何论乎。[③]

---

① （清）张潜等辑《诗法醒言》卷十《诗题》，《四库未收书辑刊》六辑三十册影印清乾隆刻本，卷首《凡例》曰：“此书悉遵《雅伦》以变通之。”（页 655）

② （日）大洼诗佛、冈部菊厓编《清新诗题》，日本文政十二年（1829）江户千钟房、青藜阁合梓。

③ （清）王士禛《带经堂诗话》卷二十七《俗砭类》，（清）张宗柟纂集，戴鸿森校点，人民文学出版社 2006 年，页 761。又，宋严羽《沧浪诗话》曰：“唐人命题，言语亦自不同，杂古人集而观之，不必见诗，望题引而知其为唐人今人矣。”（清何文焕《历代诗话》本，中华书局 1982 年，页 695）明谭俊《说诗》卷中《命题》：“或曰：观古今诸集，不必玩诗，望见题引，而世代人品可辨矣。”（《全明诗话》第三册，齐鲁书社 2005 年，页 1825）

这类说法，可能只是一时的大言，我们不能起古人于地下，无从验证真伪，只能姑妄听之。摒去夸饰的成分不提，这类说法实际上还是在宣扬诗题的退化论，不具备实际操作的可能。批评家自许非凡的辨识能力，大概只是为了证明自己亲近古人、不同流俗。

（二）诗与题的关系

顾炎武在考察《诗经》以降的诗题情况后，断言："古人之诗，有诗而后有题；今人之诗，有题而后有诗。有诗而后有题者，其诗本乎情；有题而后有诗者，其诗徇乎物。"[①]这个有关诗与题孰先孰后的结论，得到不少人的附和，如清人乔亿曰："论诗当论题。魏晋以前，先有诗，后有题，为情造文也；宋齐以后，先有题，后有诗，为文造情也。诗之真伪，并见于此。"[②]是将顾炎武的诗、题先后转化成刘勰的情、文先后。从诗史角度说，上古诗歌先有诗而后有题的判断，大概是可以成立的，然而，魏晋以降的情况就难以一概而论了。今人作诗，唱和、分韵、省试、拟古等，当然肯定是先有题而后有诗，而触情生景、即兴成诗等情况，想必是诗成而后制题。不幸的是，今人之诗，已被断言先有题而后有诗，与此伴随的是相应的价值判断，即以诗徇物和为文造情，一种违背抒情本质的陋行。

题既可指诗题，也可指题材，虽属二义，实际不可判然界定，古人有相题立论、依题作意之说，此所谓题，既是诗题，也是题材，不必强加分别。题材形成字面，即是诗题，而诗题也指向相应的题材，是二而一、一而二的关系。由此可知，诗与

---

① （清）顾炎武著、黄汝成集释《日知录集释》卷二十一，秦克诚点校，岳麓书社 1994 年，页 729—730。

② （清）乔亿《剑溪说诗》卷下，《清诗话续编》本，上海古籍出版社 1983 年，页 1103。

题的先后问题，不是可以澄清的争论，正如先有母鸡还是先有鸡蛋的问题，同属无解之题。

顾炎武们先诗后题的主张，大概本意上是在强调诗歌的自由、真诚的抒情本质，反对刻意造作的抒情，所谓无意于诗而诗自工。诗题完全成为诗人的一种束缚，这样说来，无题就享有完全的自由，有题总是不如无题。袁枚就是这样鼓吹无题诗的高妙："无题之诗，天籁也；有题之诗，人籁也。天籁易工，人籁难工。三百篇、古诗十九首，皆无题之作，后人取其诗中首句之一二字为题，遂独绝千古。"①无题诗通常身世不明、旨意难踪，确实给后人置喙留下宽广无垠的空间，但是否更有助于抒情的无碍和作品的高妙，其实尚难遽言。

关于诗与题的先后问题，顾炎武的观点是主流，但也不是没有异议，清人田同之就有这样的反调："古人作诗，先有题而后有诗，未有诗成后以题强肖者。故说来虽极平淡，无不入妙，盖与题有关，是即声情并至也。今人但触物造句，虽极警拔，而前后强凑，漫无指归，即强置一题，究属不合耳。"②二家都以诗与题的孰先孰后来区别古今人诗，虽然结论正好相反，其实都失之武断。撇开武断的结论不说，二家的主张都自有深意，顾炎武是在提倡自由的抒情，田同之则是在强调立意的重要性，先有题就是先确立一个题材和主意，可以起到绾结的结构功能，使抒情不致于漫无指归。在自由的问题上，他们似乎走到了对立面，实际上他们谈论的是不同层面的自由。

诗题经常妨碍抒情，已经是很多批评家的共识，但无题诗

① (清)袁枚《随园诗话》卷七，顾学颉校点，人民文学出版社1982年，页228。

② (清)田同之《西圃诗说》，《清诗话续编》本，上海古籍出版社1983年，页752。

似乎又没有推广的可能，因为要交待背景，要补充说明，要编排诗集，要引用评述，诸多方面的功能，表明诗题还是诗歌不可或缺的附属要素。那么，关于诗题的讨论，在有无和先后的问题之后，就应该是长短的问题。

在长短问题上，批评家几乎一致欣赏简洁的诗题，如《诗经》拈首句一二字为题，《杂诗》、《咏怀》一类含糊的诗题等。清人洪仲曰："今人诗味之短，以铸题长；古人诗味之长，以铸题短也。"[①]方贞观曰："立题最是要紧事，总当以简为主，所以留诗地也。""使作诗意必先见于题，则一题足矣，何必作诗。"[②]长题的弊病，一是使诗的味道淡薄，这是从读者的角度看，二是使诗的地盘狭小，这是从诗人的角度看。无论是洪仲的诗味说，还是方贞观的诗地说，都是浪漫主义的无理要求，忽视诗题的实用性质，没有考虑到读者需要诗题帮助阅读，诗人需要诗题帮助表达。

在有关诗题的有无、先后和长短问题上，几乎所有的讨论都伴随着古今的纵向对比。诗题从无到有、从短到长的发展史，在现代学者笔下是乐观的进化过程，在古代却经常充斥悲观的退化论调，并夹杂着追溯早期诗歌的拟古取向。这其中无疑折射出价值观念的变化。

在诗与题的关系方面，还有一类议论，涉及着题与否的问题。这类议论的实质是体物问题，是贴题细说还是离题泛说的问题，这里的题更多地是诗题所指的物象，而非诗题本身，

① (清)仇兆鳌《杜诗详注》卷四《对雪》引清洪仲《苦竹轩杜诗评律》，中华书局 1999 年，页 318。又，乔亿引邱庸谨说："题详尽，则诗味浅薄无余蕴。"(《剑溪说诗》卷下，《清诗话续编》本，上海古籍出版社 1983 年，页 1103)

② (清)方贞观《方南堂先生辍锻录》，道光十四年广陵聚好斋刊本。

因此这里不作深究。[①]

（三）有关诗题的教程

在涉及诗题历史的论述中，退化是主流的论调，这大概根源于古人的基本历史观，而在无关历史的创作层面，关于诗题的讨论，则更多的是现实主义的总结，是积极地教导后学如何更好地制题，而不是消极地批评现状。例如，清人李调元这样总结乐府古题的作法："乐府制题，提笔为要，篇中安章顿句，各有其故，或在题前，或在题后，或题不足而诗补之，或诗不足而题补之。"[②]吴修坞这样总结唐诗处理诗题关系的法则："题略者诗详之，题明者诗隐之，题顺者诗倒之，此一定之法也。"[③]

诗格一类著作，主要内容就是讲与诗题有关的篇章句法，如起首如何破题，结尾如何缴题，从本题如何说，从题外又如何说，等等。唐代以来，这类通俗的诗歌教程渐趋流行，这大概是与科举试诗有关。省试诗是命题作文，需要相题而作和准确赋题，诗题便成为创作的中心和掣肘。后人诟病先有题而后有诗，经常归咎于省试诗，算是有的放矢，但不免伤及无辜。诗格讲破题、入题、完题、收题、补题、点题等，通常比较实用和琐碎，不免令有识之士感到不屑一顾，不过，这类通俗著作自有其广阔的市场和广泛的群众基础。

诗话一类著作，不像诗格那样琐碎，关于诗题的议论，经常讲到的就是相题法。清人张谦宜曰："凡做诗，先相题之来

---

① 相关研究，参见浅见洋二《标题的诗学：论宋代文人的"著题"论及其源流》，《新宋学》第1辑。

② （清）李调元《雨村诗话》卷上，《清诗话续编》本，上海古籍出版社1983年，页1519。

③ （清）吴修坞《唐诗续评》卷一，何庆善点校《唐诗评三种》本，黄山书社1995年，页468。

处去处，此即吾之起结所从生也，次搜题之层数，与夫内境外境。”“我造题，我又先看题，次运题，缺者补之，丑处遮这，难处斡旋之，然后可以告成篇矣。”[①]薛雪曰：“一题到手，必观其如何是题之面目，如何是题之体段，如何是题之神魂。做得题之神魂摇曳，则题之面目、体段，不攻自破矣。”[②]诗话讲的相题法，实际也源于科举试诗，只不过讲得没那么琐碎而已。

科举考试所用的试律，或者称试帖诗，相对于古近体诗而言，具有严苛的写作程式，程式之一就是依题敷绎。清人郑光策曰：“试律为诗之一体，而其法实异于古近体诸诗。其义主于诂题，其体主于用法，其前后起止，铺衍诠写，皆有一定之规格、浅深之体势。而且题中有一字，即须照应不遗，题意有数重，又须回环钩绾。尺寸一失，虽词坛宗匠亦不入程式焉。”[③]试律的要义是诠诂诗题，即照应题字、钩绾题意，这些细密的尺寸，是试律有别于古近体诗的方面。而在汪廷绍看来，试律与古近体诗的区别，最终可以归结到诗言志的古老传统：“古近体义在于我，试帖义在于题。古近体诗不可无我，试帖诗不可无题。古近体之我，随地现形，试帖诗之题，随方现代。”[④]可见试律已经脱离古典诗的抒情传统，自成一体。

虽然有此鸿沟，试律的诂题观念，实际上深刻影响古典诗的批评史，诗格中的破题等方法，诗话中的相题法，以及诗选

---

① （清）张谦宜《䌹斋诗谈》卷三《学诗初步》，《清诗话续编》本，上海古籍出版社 1983 年，页 813。

② （清）薛雪《一瓢诗话》，《清诗话》本，上海古籍出版社 1978 年，页 686。

③ （清）梁章钜《试律丛话》卷一引郑光策语，陈居渊校点，上海书店出版社 2001 年，页 512。

④ （清）梁章钜《试律丛话》卷一引汪廷绍语，陈居渊校点，上海书店出版社 2001 年，页 515。

中关涉诗题的评点，都来源于试律的命题作诗的经验。与试律的严苛程式相比，古近体诗的破题、点题等手法，都不免是小巫见大巫。

三 实际批评

实际批评指的是具体作品的分析和评论，是批评的实践。以诗题为中心的实际批评，多见于诗歌注本中的诠解和评点，通常是以诗题为参照的章句分析。下面的讨论，将以杜诗注本为例，这是因为杜诗堪称古典诗的代表，杜诗注本也堪称古典诗注本的代表，并且杜诗的制题备受推崇，相关的评论可以引出有意义的论题。用以讨论的几种注本，是明单复《读杜愚得》、清金圣叹《唱经堂杜诗解》和仇兆鳌《杜诗详注》，之前的宋元注本只注诗而不解诗，都不涉及原题批评。

（一）单复《读杜愚得》十八卷

明洪武间剡人单复，撰《读杜愚得》十八卷，仿朱熹经传例，分段说诗，循文敷衍作者命意。在有关诗题的方面，单复的批评主要有两类：一是指出诗中某句或某段写出题意，通常是首句或首段；二是指出全诗各段与诗题的一一应合。各举数例。

卷九《送何侍御归朝》。单复评曰："起句见题意。"

卷九《章梓州桔亭饯成都窦少尹》。单复评曰："前四句见题意。"

卷一《对雨书怀走邀许主簿》。单复评曰："此诗首四句言对雨，第五句书怀，六七八句言走邀主簿，兼结。"

卷五《月夜忆舍弟》。单复评曰："此诗前四句言月夜，后四句忆舍弟。"

卷一《临邑舍弟书至苦雨黄河泛溢堤防之患簿领所忧因

寄此诗用宽其意》。单复评曰："此诗首四句言苦雨黄河泛溢，次八句言堤防之患簿领所忧及书至之事，次八句言燕南济上徐关碣石之泛溢，应首节，末言吾老，虽同泛梗然想蟠桃而利涉，此水且将倚赖一钓而掣巨鳌，所谓用宽其意者是矣。"①

《读杜愚得》中涉及诗题的批评，其实并不多见，然而，在诗题的实际批评上却颇见草创之功，足以启示后来的杜诗注家。首句或首段见题意的提示，就是各种诗话和注本中常说的点题、扼题，这不必多谈。《对雨书怀走邀许主簿》的解说，可谓依题解诗，诗句完点题面，这种方法，仇兆鳌称之为逐段还题。五律《月夜忆舍弟》分成前四句和后四句，并分别照应题面，这种分析似有后来金圣叹的律诗前后二解的思想。最后一例是长题，长题最讲逐段照应题面，后来注家莫不如此。

（二）金圣叹《唱经堂杜诗解》四卷

在杜诗注家中，金圣叹大概是最为看重诗题的一位，他的很多高妙评论都是围绕着诗题而展开。在其《唱经堂杜诗解》的首篇《游龙门奉先寺》中，金圣叹开宗明义地提出："看诗气力全在看题，有气力看题人，便是有气力看诗人也。"②关于诗与题的关系，他又在《登兖州城楼》的解说之后，做出这样的总结："杜诗题，有以诗补题者，如《游龙门奉先寺》是也；有以题补诗者，如《宇文晁尚书之孙崔彧司业之甥尚书之子重泛郑监前湖》是也；有诗全非题者，如《江上值水如海势聊短述》是也；

① （清）单复《读杜愚得》，《四库全书存目丛书》集第4册影印北京大学图书馆藏明天顺元年朱熊梅月轩刻本弘治十四年重刻本。以上诸例依次见于页168、173、29、110、30。

② （清）金圣叹《唱经堂杜诗解》卷一，《金圣叹全集》诗词曲卷，凤凰出版社2008年，页614。

有题全非诗者,此等是也。其法甚多,当即说之,兹未能悉数。”①

金圣叹解说诗歌的方法是分解,不仅施用于唐律,也施用于古诗,与分解相配套的是还题,前解写出题中一部分,后解则收拾余下的部分。杜诗中长篇且长题的作品,尤其适合逐段还题的解说。单复解说过的那首长题诗,金圣叹的解说更显精妙:“题先序舍弟书至,次序苦雨河泛,次序领官忧患,次序寄诗慰之。诗则先序苦雨河泛,次序领官忧患,次序舍弟书至,次序寄诗慰之者,盖文字贵有虚实起伏,不如是,便略无笔势也。”②不仅是逐段还题,还要讲究还题的次序,以及由此造成的所谓笔势。

关于唐人的长题,前引周叙的评论是:“尝观唐人之作,一诗之意具见题中,更无罅隙。”而乔亿的评论是:“唐人间作长题,细玩其诗,如题安放,极见章法。”③综合二家意见,是说唐人作长题诗,讲究诗与题的极有章法的两相对应。黄生的观点更有意思,他在《暇日小园散病将种秋菜督勤耕牛兼书触目》的解说之后提出:“古人有一题展作数诗者,有数题合作一诗者。一题数诗,贵在意绪各清;数题一诗,贵在联络无痕。如《何氏山林》、《秦州杂咏》,此一题数诗也。如《临邑舍弟书

---

① (清)金圣叹《唱经堂杜诗解》卷一,《金圣叹全集》诗词曲卷,凤凰出版社2008年,页624。案:卷四《宇文晁尚书之甥崔彧司业之孙尚书之子重泛郑监前湖》之后,有一段评论,与此差似,但在举例上似有矛盾:“古人诗,有诗从题出者;有题从诗出者;有诗之所无,题补之者;有题之所无,诗补之者;有题与诗了不相关者;有诗与题融然一片分开不得者。如此律,固诗与题一片者也。”(页823)

② (清)金圣叹《唱经堂杜诗解》卷一,《金圣叹全集》诗词曲卷,凤凰出版社2008年,页628。

③ (清)乔亿《剑溪说诗》卷下,上海古籍出版社1983年,页1103。

至》、《暇日小园散病》，此数题一诗也。于此可悟作法。”[①]一题数诗就是常见的连章组诗，而数题一诗是黄生对于长题的奇特理解。金圣叹逐段还题的解说，实际上也包含数题一诗的观念，即将长题拆成若干短题，分别与诗中各段对应。

金圣叹将层次丰富的长题称为络索题，诗能从容写尽题中所有，在他看来就是下笔不凡。[②] 还题，已然成为作诗的任务，完成的质量取决于诗人的笔下功夫。这就将古近体诗完全等同于科举试律，是命题成章，而非触事兴咏。试律的诂题观念，深刻决定了金圣叹的批评实践，《杜诗解》通常还只是讲长题的还题，而在《贯华堂选批唐才子诗》中，无论诗题短长，都要追求精整的还题，如苏颋《奉和初春幸太平公主南庄》，评曰：“一，是太平公主南庄。二，是初春。三四，是幸。此皆唐初律诗，前解之最精整者。”贾至《早朝大明宫呈两省僚友》，评曰：“前解，通写早朝大明宫。一，是朝。二，是早。三四，是大明宫。最华整。”“后解，专写两省僚友。”[③]

金圣叹的批评，擅长在细微处做文章，有时是好文章，有时却是故弄玄虚，强作解人。杜诗的制题，都被他说得无比玄妙，只字片言都可能暗藏微言大义。如《江上值水如海势聊短述》，评曰：“每叹先生作诗，妙于制题。此题有此诗，则奇而尤奇者也。诗八句中从不欲一字顾题，乃一口读去，若非此题，

---

① （清）仇兆鳌《杜诗详注》卷十九引黄生语，中华书局 1999 年，页 1670—1671。案：语出黄生《杜工部诗说》（清康熙三十五年一木堂刊本）卷二，但文字较略。

② 络索题，语见《贯华堂选批唐才子诗》卷一孙逖《和左司张员外自洛使入京中路先赴长安逢立春日赠韦侍御及诸公》诗后解说。

③ （清）金圣叹《贯华堂选批唐才子诗》卷之四上，《金圣叹全集》诗词曲卷，凤凰出版社 2008 年，页 152、163。

必不能弁此诗者。”[①]逐段还题，有一番妙论，此类全不顾题，也有一通道理。又如《秋兴八首》，评曰：“后人拟作者，或至汗牛充栋者，亦尝试于先生制题之妙一寻绎乎？”“题是秋兴，诗却是无兴。作诗者满肚皮无兴，而又偏要作《秋兴》。故不特诗是的的妙诗，而题亦是的的妙题；不特题是的的妙题，而先生的的妙人也。”[②]这只能算是批评家热情过度而刻意索解的惊人之语。

（三）仇兆鳌《杜诗详注》二十五卷

依题说诗的批评方法，大抵都有一个潜在的前提，即制题先于作诗，不过单复和金圣叹都未明言，而仇兆鳌明确提出，“古诗先有诗而后有题”，而“杜诗先有题而后有诗”。[③] 并且说：“诗家因事立题，便须就题命意。”[④]在诗与题的先后问题上，强调古今的对立，本来就是比较简单粗暴的断言，具体说到杜诗，就更不堪推敲了。[⑤] 然而，这一断言至少还是一个心理的前提，让依题说诗的批评实践得以展开。

《杜诗详注》中，依题说诗最普通的类型，就是指出局部诗句，尤其是首、末段（句），与诗题的关系，如点题、扼题、叙题、收题之类。这也是其他注本中最普通的类型，不过仇兆鳌更擅于总结，比如他在《赠花卿》之后，这样总结绝句的各种点题

---

① （清）金圣叹《唱经堂杜诗解》卷二，《金圣叹全集》诗词曲卷，凤凰出版社 2008 年，页 710。

② （清）金圣叹《唱经堂杜诗解》卷三，《金圣叹全集》诗词曲卷，凤凰出版社 2008 年，页 777。

③ （清）仇兆鳌《杜诗详注》卷首《杜诗凡例》，中华书局 1999 年，页 22。

④ （清）仇兆鳌《杜诗详注》卷九《堂成》，中华书局 1999 年，页 735。

⑤ 《杜诗详注》中就有不少自相矛盾的评论，如卷九《野老》评曰：“诗成后，拈首二字为题。”（中华书局 1999 年，页 748）卷十《畏人》评曰：“诗成后，拈畏人二字为题。”（中华书局 1999 年，页 881）

法:“首句点题而下作承转,乃绝句正法”,“有在次句点题者”,“有在三句点题者”,“有在四句点题者”,“有一句二句点题者”,“有一句三句点题者”,“有一句四句点题者”,“有二句三句点题者”,“有二句四句点题者”,“有三句四句点题者”,并各举一诗为例。[①] 他还总结出:“凡排律,多在首联扼题。”[②]

仇兆鳌依题说诗的另一种类型,是单复和金圣叹都用过的还题批评,却是自觉与分段相结合的还题。在明清杜诗注本中,分段虽然已经很普遍,但只有《杜诗详注》追求各段句数的多寡匀称,详略相应,并且各段之后都有提纲絜领的解说。仍以单、金都解说过的那首长题诗为例,仇兆鳌先是分段:“此诗前起后结,各四句,中间二段八句。”接着指出:“排律诗须见段落分明,看此篇逐段还题之法。”四段之后的解说依次是:“从苦雨泛河叙起。”“此言堤防之患,簿领所忧。”“此言傍河州郡皆被泛溢。”“末乃寄诗以宽其意。”[③]

在诗与题的关系上,以上所谈可归纳成两方面:一是局部诗句与诗题的关系,如点题之类;二是诗篇全体与诗题的关系,即还题。二者之外,另一种诗与题的关系,具有空间方位的隐喻,表现此类关系的用语有题前、题后、本题、题外、入题、背题等。诗题如平面直角坐标系,诗歌如某种类型的几何曲线,批评家则敏锐地观察曲线在四个象限中的位置和趋向。且以《韦讽录事宅观曹将军画马图歌》为例。仇兆鳌将此诗分成五段,四句者两段,八句者两段,十句者一段,第二段的解说是:“此见画之贵重,意在题前。”第三段:“此记九马之用,正写

---

① (清)仇兆鳌《杜诗详注》卷十,中华书局1999年,页847—848。

② (清)仇兆鳌《杜诗详注》卷八,中华书局1999年,页645。

③ (清)仇兆鳌《杜诗详注》卷一,中华书局1999年,页23—26。

本题。”第五段：“此从先帝感慨，意在题外。”①金圣叹的分段较细，基本上是四句一段，只第三段是六句，第一段评曰：“写曹将军，却从天落下一江都王，笔势矫悍，不可骤降，乃第三、四句，早又着题。”第三段后二句评曰：“今当写韦宅观画马矣，偏不写，偏再用悍笔折出题外去，横插二真马入来。”第四段：“前二句悍笔正在题外，此解看他公然矫矫便折入来。”第七段：“上文不知于题已完，抑未完，但见此解又用悍笔放开去。”第八段：“二解虽用悍笔，又陡写东巡三万匹，然末句仍挽到‘皆与此图’七字，不近不远，使可结束。先生偏不肯，仍折出去。”②

以杜诗为例，只是为了论述的方便，以诗题为中心的批评实践，并不局限于杜诗，原题批评实际上是一种应用普遍的批评方法。杜诗之外，可以先唐的古诗为例。清人张玉谷《古诗赏析》，与金圣叹一样，强调看题的作用。③ 例如谢灵运《石壁精舍还湖中作》，评曰：“此两截题格也。前六，先叙石壁之景，游壁之乐，而以‘出谷’二句点清竟日，落到还湖。中六，则叙湖中所见晚景，趋径偃扉，又透题后。后四，总上两层，约指其趣，自悟悟人，咏叹作结。”④谢灵运《从斤竹涧越岭溪行》，评曰：“此三截题，过涧一截，越岭一截，溪行一截也。须看其点次错综处。”⑤张玉谷的发明是截题，先分清诗题的层次，然后

---

① （清）仇兆鳌《杜诗详注》卷十三，中华书局 1999 年，页 1153—1155。

② （清）金圣叹《唱经堂杜诗解》卷三，《金圣叹全集》诗词曲卷，凤凰出版社 2008 年，页 723—725。

③ （清）张玉谷《古诗赏析》卷十六谢惠连《捣衣》评曰：“看题勿混。”（许逸民点校，上海古籍出版社 2000 年，页 372）

④ （清）张玉谷《古诗赏析》卷十六，上海古籍出版社 2000 年，页 369。

⑤ （清）张玉谷《古诗赏析》卷十六，上海古籍出版社 2000 年，页 370。

再分析诗与题的关系。①

张玉谷的另一发明，是将原题批评推衍到诗序，在解说陶渊明四言诗时指出："陶公四言，如《停云》、《时运》之类，止摘首句二字为题，体仿《三百》，而序语仿卜子小序，实则题也。读者须识其疏序即疏题布置匀、归宿密处。"②陶渊明《游斜川并序》，诗与序两相重叠，张评曰："首四，直从五日兴怀，及时出游冒起。'气和'四句，叙游斜川，写景处皆应序语。'班坐'二字，已藏邻曲异同。'回泽'四句，写望曾丘，亦括序语。后八，点清同游，即搭入饮酒，从酒生情，忽忧忽乐，序中'悲日月'二句意，插带得无限曲折。"③诗题与诗序之间从来没有明晰的分界，不同作者有不同的使用习惯，文献传衍中也时有混淆的情况，与其强分彼此，不如笼统地归并为文本的附属要素。因此，原题批评推衍到诗序，完全顺理成章。

四　结语

在未有诗题的先秦两汉，原题批评显然无从谈起；在诗题简易、趋同的魏晋南北朝，原题批评也很难出现；原题批评成立的前提，是诗题出于作者之手，而非编者代拟，诗题的功能不只是诗集编纂所需的标识，也不只是提供背景资料的文字，诗题必须是出于谋篇布局所需的有意构造。原题批评开始成

---

① （清）张玉谷《古诗赏析》卷十九任昉《赠郭桐庐出溪口见候予既未至郭仍进村维舟久之郭生乃至》，评曰："前六，先将题中层次一一叙清。"（上海古籍出版社 2000 年，页 451）

② （清）张玉谷《古诗赏析》卷十二，上海古籍出版社 2000 年，页 284。案：疏题，其实也是上文讲的还题，而在用语上更接近试律的诂题，即是说，诗有如题之传疏。

③ （清）张玉谷《古诗赏析》卷十三，上海古籍出版社 2000 年，页 296。

立的时间,大致是在唐代,一方面,唐人制题的水准受到后人的广泛推崇,另一方面,科举试诗有助于提高诗题在作诗活动中的地位,这两方面都促使批评家开始关注诗题及相关的诗法。例如旧题王昌龄《诗格》,讲诗法有十七势,前几种是有关入题的方法,如"第一,直把入作势"曰:"直把入作势者,若赋得一物,或自登山临水,有闲情作,或送别,但以题目为定,依所题目,入头便直把是也。""第三,直树一句,第二句入作势"曰:"直树一句者,题目外直树一句景物当时者,第二句始言题目意是也。"[①]简言之,原题批评能否成立,取决于诗题在批评中的地位。

原题批评,在古代是应用广泛的批评方法,唐宋时期已不鲜见,在明清时期科举考试的背景下,受到八股文与试帖诗的影响,古近体诗的原题批评更显繁盛和精妙。诗题在知人论世等方法中通常沦为背景资料,在摘句评点中通常沦为作品标识,只有在原题批评中,诗题才在文本中取得一席之地,得到批评家的关注。然而,在现代文学批评中,诗题再次沦为资料和标识,原题批评的方法更象是废黜在家的老将和失传已久的祖方,既不见于实际的应用,也不见于批评史的叙述,是一种几近湮灭无闻的批评方法。

(本文曾分成两部分,刊载于《作家》2012 年 11 月与《杜甫研究学刊》2011 年第 4 期)

① 张伯伟《全唐五代诗格汇考》,江苏古籍出版社 2002 年,页 152—153。

王袆传记的书写问题

在别集编纂中，作者的行状、墓志、史传等相关传记资料通常会载于卷末附录中，让读者在诵其诗，读其书的同时，可以知其人，论其世。然而，传记不同于年谱，不是作者行事的依年系月的胪列，而是包含一定叙述策略和文学笔法的书写，传记所具有的或明或暗的倾向性，对阅读的作用，不只是提供客观的史实，更具有引导和影响的意图。传记的书写问题，在元明之际金华文人王袆（1322—1374）的各种传记文献中，表现得尤为明显。

在徐永明《王袆年谱》（2005）以前，王袆年谱仅有一种，即清初王闻远《孝慈堂书目》著录的明人程封《王文节公年谱》一卷，与吴云年谱合刊为《二忠祠志年谱》。从合刊名称看，年谱是为明弘治年间云南立祠修志而编，大概篇幅不长。明清书目罕见著录，大概流传不广。实际上，明清诸种王袆集刊本在编校刊行时，都极力搜集相关传记资料，却都未能收入年谱，也全然不见提及。由此可知，明清时期的读者在阅读王袆集时，藉以知人论世的资料不会是年谱，而是文集附录的哀辞、行状、祭文、墓表等传记资料。这些传记如何书写王袆的一生，是否准确，有无掩饰或者阙漏，这想必能够影响文集的读者，或者说构成阅读过程的某种引导。

王袆集现存最早的刊本是明正统间刊本《王忠文公文集》二十四卷，卷末已附有朱肇所辑《附录》一卷，收王景彰《哀辞》、郑济《行状》、邹缉《墓表》、张纮《祭文》等传记资料。之后各本续有增辑。明嘉靖元年刊本增入吴宽《祠记》、李默《祠墓记》等。明万历三十二年刊本增入张维枢《传》等。明崇祯十二年刊本增入郑晓《吾学编》、何乔远《名山藏》、焦竑《献征录》诸史籍所载传记，以及黄道周《漳州新建王忠文公祠碑》、魏呈润《请特祀王忠文公奏记》等。清康熙三十年刊本增入尹守衡《史窃》、徐开任《明名臣言行录》等传记。清康熙本卷首有王廷曾《王忠文公文集订言四则》，其中第三则《订增附录》专事讨论文集附录传记资料的必要性。这些与文集相伴随的传记文献逐次增加，构成文集的重要组成部分，与王袆自己的文本共同塑造王袆的形象。整理本《王袆集》(浙江古籍出版社 2016 年)于此踵事增华，补辑更多传记资料，包括细节丰富的俞恂《家传》。

诸种传记文献，叙事详略或有异同，表述语言也未必一致，然而，稍加通览比观，就会发现叙述的若干要点以及彼此之间的祖述沿袭，略作考辩深究，就会看出其中的若干讹误、掩饰和阙漏。以下梳理明清时期诸传记大多包含的叙述要点，藉以呈现王袆一生梗概；又指出其间可能存在的书写问题，以此表明这些传记文献的叙述重心和偏向。

一　关于师承

诸传记都记载王袆师事元侍讲学士黄溍，与宋濂为同门友。宋濂也称“王君与濂为同门友”(《题陈忠肃公疏文跋语后》)，“同受经于侍讲黄先生之门”(《华川书舍记》)。这自然是事实，王袆集中也屡屡提及从学黄溍的经历，包括记述师弟子对话，阐明文道思想的《文训》一文。然而，除《明史》本传载“师柳贯、黄溍”外，诸传记大抵并不提及柳贯。王祎自称：“祎生也后，不及事吴先生，而幸尝及柳公之门，若黄公之门，又获久游焉。”（《跋宋景濂所藏师友帖》）王祎师事柳贯，约在至正初年，为时甚短，受教不多，诸传记大概因此略而不提。吴莱应王良玉之请所撰《王子充字序》，可为传记补出王祎弱冠时，柳贯制其字并序其说一事。

二 关于元末上书

至正七年至九年，王祎侍从黄溍在京修史期间，上书七八千言，纵论天下事势和时政衰敝，受到时宰的阻拦。又得到危素等翰林词臣的赏识和举荐，却未能受到执政的重视。这是诸传记叙述王祎元末行事的必选事件，用意大概在于表现王祎的非凡政治才能，并解释其怀才不遇的原因。这些叙述想必也是事实，然而，传记通常不会提及王祎游元都时，也有干谒之作，如《上平章扎剌尔公书》，有谀颂之作，如《上京大宴诗序》、《端本堂颂》。实际上，此时的频繁交游以及为此撰述的诸多诗文，足以表明王祎试图进入仕路，积极求取功名的心态。这些交游、干谒和谀颂，显然不合于传记所塑造的怀才不遇、待价而沽的清高形象，当然也就需要略而不提。

三 关于南归退隐

王祎元末游燕都二年余，上书不报，举荐不报，因于至正十年二月离京南归。这完全是史传叙事中屡见的士不遇的类型。据贡师泰《送王子充归金华序》记述，王祎临别前对宰相不能荐贤，表达自己的不满，并宣称：“安吾命以归休乎东海之滨，其庶不失进退之道乎。”诸传记叙述此段经历时，大抵将南归视为不遇之后的退隐,并引术士齐琦之语,将王袆元时不遇解释成等待明主兴起。俞恂《家传》的叙述颇为典型:“时有齐琦者,得传邵子先天数,推言天人兴衰殊验。见先生,叹曰:‘王君异代名臣耳。’先生亦知世道终不可为,返修初服,结屋青岩山中以居,日取群书,温寻博究,沉酣酝饫,以穷推乎理趣,于是道弥成,德弥备。”然而,事实并不尽如此,王袆离京固然是不遇,南归却并非隐退。王袆《舒啸台记》自述“就试南归”。顾瑛《草堂雅集》卷十王袆小传记载:“赴乡荐归江南,始与定交。时过草堂,觞咏累日。吴中习举业者多从之。”事实是王袆先后于至正十年、十三年两次参加乡试。此数年间,王袆往来义乌、钱塘、吴中等地,交游益广,且有《上苏大参书》、《上丞相康里公书》的干谒之作。

四 关于朱元璋召见

与南归退隐的叙述相承,传记中有关至正十八年王袆出仕朱元璋政权的记载,完全符合明君贤臣遇合的理想模式。《明史》本传载:“太祖取婺州,召见,用为中书省掾史。”俞恂《家传》载:“遣使物色,即山中致聘。”这些叙述不能说是无根之谈,却因叙述的过度简省和有所改写而不尽合乎事实。据何乔远《名世藏》卷六十载:“李文忠守金华,用袆为儒士,得见召,署中书省掾。”焦竑《熙朝名臣实录》卷一载:“李文忠守金华,又荐王袆、许元、王天赐诸儒,上皆遣使以书币征之。”可知王袆先入李文忠幕,后得朱元璋召见。而这仍然不尽合乎事实。据刘辰《国初事迹》载:“在金华时,李文忠用儒士屠性、孙履、许元、王天赐、王袆,干预公事,闻于太祖。(杨宪)差人提取屠性等五人到京内,王袆、许元、王天赐发充书写,惟屠性、孙履诛之。”可知所谓“召见”实是“提取”。钱谦益《太祖实录辨证》称:“刘辰所记盖不谬也,而国史以为用文忠之荐入礼贤馆,盖文忠没后,家传特美其词而国史因之也。”所谓“美其词”,实是家传、行状、墓志一类传记惯用的修辞。

五　关于朱元璋的任用

诸传记通常这样叙述王祎入仕后的官职迁转:擢中书省掾,授江南儒学提举司校理,除侍礼郎兼引进使,迁起居注,出为同知南唐府事,召还议礼,复出判漳州府事,召还,与宋濂同为《元史》总裁官,拜翰林待制、承直郎,同知制诰,兼国史院编修。又在这些流畅的叙述中,穿插王祎备受朱元璋知遇宠荣的事例,如商略机务,称字而不名,赐黄金带和梨浆。其间又有两次著名的上书,《平江西颂》与《祈天永命疏》。前者受到朱元璋的称赏:“吾固知浙东有二儒,卿与宋濂耳。学问之博,卿不如濂;才思之雄,濂不如卿。”由此确认王祎的文学侍从地位,王与宋文章并称从此屡见于史书的记载。这些叙述大抵都是事实,然而,流畅的传记叙述已经抹去一些不协调的细节。《明史》本传载:“坐事忤旨,出为漳州府通判。”忤旨贬职一事在传记中通常一笔带过,或索性不提。《明太祖实录》载:“乙未,翰林学士宋濂、待制王祎坐失朝,降为编修。”失朝贬职一事在传记中通常略而不提,已经难究其详。

六　关于《元史》纂修

洪武二年二月,诏修《元史》,宋濂、王祎同为总裁官,汪克宽、胡翰、高启、赵汸等同为纂修。这是《明太祖实录》等史书的标准记载。而王祎对于《元史》纂修的贡献,诸传记多强调其笔削之功。邹缉《墓表》称:“其于史职,雅擅其长,裁繁剔秽,公之功为多。”张维枢《学士忠文王公传》称:“公夙具史才,裁繁剔秽，力任笔削，景濂多所推让。”都在与同为总裁官的宋濂的比较中，突出王祎的功劳。而俞恂《家传》称：“先生于史素擅其长，僚佐皆岩穴草莱之士，凡事疏谬，惟宋公为优，以年颇老倦，先生独任笔削之劳，一无所让，他皆敛衽顾视而已。逾年书成，先生未尝以为功。宋公每语人曰：‘《元史》，王君一手笔也。’君子闻之，既善先生，且贤宋公之扬善。”在纂修之功上，不仅将王祎推挤于宋濂之上，更一概贬抑其他纂修学者。这显然是溢美夸大之词。赵汸《华川文集序》称：“圣天子既混一华夏，即诏修《元史》，乃起宋公景濂总其事，而以子充佐之。”此序出于同时纂修之人，又是为王祎文集所作，宋濂总其事而王祎佐之的记述庶几近于事实。

七　关于出使云南

洪武五年正月，王祎奉诏出使云南，招谕元宗室梁王把都。六年十二月，伏节以死。这是王祎一生中最重要的经历，也是诸传记最为关注的事件，通常也是浓墨重彩，详加描述的部分。然而，诸传记对王祎死事的叙述，多着意于招谕辞令的记载，藉以表现王祎的忠义气节，记载大抵本于王绅的《滇南恸哭记》，却对事件的始末，如朱元璋为何选择王祎作为使臣，王祎死事为何多年不闻，阙略不载，至于王祎居滇一年半的情况，更是文献无征，只字不提。

关于王祎受命远使云南，俞恂《家传》称：“上念天下既平，惟西南夷未宾服，必深于儒而达机务者可以招徕之，乃诏先生持节往甘肃。明年十二月，还朝。又明年正月，复有云南之命焉。”此时王祎死事尚未昭闻。而徐一夔《哀辞》沿袭《家传》记载，则是在云南已平定，死事传回之后。这样的记载仍然不出明君贤臣遇合的叙述模式。然而，其他传记却有不同记载。邹缉《墓表》称："既屡遣使往谕之，辄杀使者，拒不从命。太祖皇帝终欲以德绥怀之。洪武五年正月，乃复遣翰林待制王公持诏往谕焉。众皆谓公文学词臣，不宜远蹈不测之境，而公辞色慷慨，即日就道。"吴宽《祠记》、王景彰《哀辞》、焦竑《献征录》也有相近的记载。这样的记载却已脱离遇合模式，与此前所受诸般宠荣，形成明显的反差。而方孝孺《祭王文节公》称："何期谗夫奸竖，谋孽间构，卒俾苍黄奔走于西南万里之滇棘，百不一试，而身竟死于犬羊戎虏之腥膻。"已指出受命出使的原因。李默《祠墓记》更明确指出具体的幕后人物："遇事敢言无讳，尤为胡惟庸所忌，故黜之远夷以穷死。"这样的真相与诸传记渲染的明主知遇之恩，几乎构成反讽。

王祎洪武六年十二月遇害，至十四年云南平定，死事才经由归附的喻的斤传回。此前的漫长八年之间，方孝孺洪武十二年八月撰《像赞》，宋濂洪武十三年七月撰《和王内翰见怀韵并序》，俞恂洪武十三年十月撰《家传》，对此都一无所知。诸传记大抵对此不置一词，或者归咎于云南未平，路途遥远。仅见李默嘉靖十八年撰《祠墓记》提出激烈的批评："当是时，高皇尚在御，绅仕亲藩，雅以情事见哀贤王，守臣征南公又上心膂臣也，曾不能为天子言待制伏节事。"又曰："先生不爱一死以终令名，而当时执事之臣胶吻龃舌，反不能发明忠愤，俾易名之典久而后伸。是何平居纷纷多爱身士邪。"这确实是值得关注的问题。

从史籍记载看，朱元璋理应意识到王祎出使云南的风险。除传记所载廷臣的反应外，《明太祖实录》卷一三八也记载，洪武十四年出师平定云南之前，"上谕在廷文武诸臣曰：'云南自昔为西南夷，至汉置吏，臣属中国。今元之遗孽把匝剌瓦尔密等自恃险远，桀骜梗化，遣使招谕，辄为所害，负罪隐慝，在所必讨。'群臣合词以赞”。事实上，王祎之后，洪武八年出使的湖广行省参知政事吴云同样遇害。另外，平定云南后，王祎、吴云死事闻于朝廷，吴云子𪻐得荫为国子生，而王祎及其后人未得任何褒赠或荫庇。这想必能够反映朱元璋对王祎及其他文学词臣的态度，足以摧破诸传记热衷于君臣遇合的叙述模式。

王祎在云南的一年半中，除去招谕梁王、最终被害的事件外，日常的交游、著述等情况，诸传记都阙略不载。其仲子绅洪武二十九年至滇寻访，并由此撰成《滇南恸哭记》。据此可知，王祎在云南的交游，包括梁王府僚达理麻、喻金等，其中喻金应即徐一夔《哀辞》、张纨《祭文》提及的喻的斤；包括亲炙王祎于佑圣宫的画工何仁可，曾接待王祎的南关董金刚保、春登杨氏，以及处理王祎后事的元帅苏庆时；又包括达理麻门客贾宽，王祎有诗寄赠；还包括枢密院都事李起宗，王祎曾为其竹轩题诗三首。据贾宽所述，王祎居滇时有文集二大册，稿本与达理麻所藏录本皆已不知所在。《记》中所述诗篇，《寄贾宽》与《题李起宗竹轩诗三首》，以及未提及的另一首《游太华寺》，凡五首，王绅录归，今存《凤林王氏宗谱》。而文集二大册已佚，无从知悉王祎居滇时读书著述的情况。

以上对明清时期的王祎传记稍作检讨，可知隐然其中的主要线索，无非是士遇不遇的古老话题，无非是君臣遇合的理想模式。王祎在元末乱世弊政中怀才不遇，而受到朱元璋的知遇宠荣，际遇遽变，让叙述稍具波澜。元末上书不报，与明初进颂上疏受到表彰，同样的行动，不同的结果，进一步加强遇与不遇的反差。最终王祎以翰林词臣而殉节遐方，又让君臣遇合的叙述收束于忠义报国的结局。这种叙述圆满完成的代价，却是掩去各种不协调的细节，如元末的谀颂、应举，明初的忤旨、失朝，更关键的是曲写朱元璋对王祎等词臣的态度。这种叙述在一篇传记中自然可以自圆其说，甚至打动读者，然而稍作考辨比勘，就会发现事实不尽如此，传记有时也不能事核言直，有时也不免虚美隐恶。

后 记

书中所收的三十六篇文章，是十余年来胡乱读书的心得和记录。不喜经营长文，因此多半是短篇；不擅持论说理，因此多数是考订；又不善于结撰投稿，因此大半自藏箧中，不曾发表。水平自然很有限，问题想必也大多很无趣，收罗成书的理由或者藉口，一半是敝帚自珍，请多包涵，另一半是刚好获得一笔经费，有钱任性。

初次见面的同行时常会问，你是研究什么的。心知那只是学究的寒暄和闲聊的开端，却因此不免有时反躬自省，我是研究什么的。认真一想，茫然自失，狂胪文献十余年，终究没有养成一种可以炫售的专门绝学。嘴上只好回答，只会游击，没有阵地。由此，书中所收各篇，札记、书评、考证和论文，都只是四处游击小打小闹的一点成绩。

记得钱基博在一篇文章中，自诩他和钱锺书的集部之学可与嘉定钱氏的史学后先照映。拙稿当然谈不上集部之学，不过，既然我的游击大体不出集部的范围，又执教于无锡小蠡湖畔所谓的“江南第一学府”，不妨就借用无锡钱氏的集部之学的意思，取了这样的书名。

书中所收各篇文章，有一些在撰写、资料或发表上得到师友的教正和帮助，我深感谢意。关于高启集的版本考证，是我的学术生涯的第一篇文章。记得是研一选修武秀成老师文献学课程期间，经常跑清凉山下南图古籍部，完成的一篇习作。导师巩本栋教授细心批改，并推荐给《中国诗学》。孙桂平师兄戏称，从此在学术界露脸了。关于《词家玉律》和《乐府古题要解》二文，无锡市图书馆的朱刚老师为我提供阅览善本的便利，又提供摄制精良的书影。他是一位对旧籍无所不知的称职馆员，我有时羡慕他那样的工作，安身故纸堆，不要发论文。《江淹的嗣响》一篇，承蒙黄仁生老师的帮助，刊登在复旦的《中国文学研究》，我很感激。在这本刊物上发表文章，对我而言，有特殊的意义。

关于书稿的结集出版，我要感谢罗鹭和林日波两位仁兄。罗兄治学勇猛精进，一直是我敬佩的老同学，不过我只打算细水长流悠着来，无力也无心奋起直追了。林兄慨然接受这本杂乱无章的书稿，并且满足我的各种要求，让我这样的无名之辈也感受到作者的尊严。

颜庆余

2017 年 10 月 10 日记于江南大学